新典社研究叢書299

源氏物語 草子地の考察2

——「末摘花」〜「花宴」

佐藤信雅 著

新典社刊行

目 次

8『花宴』

はじめに

『源氏物語』作者の、「ものの語り」の意(こころ)、その世界を理解し、物語創出の手法の一端を確認するために、草子地・「けり」止め・無敬語表現・意図的敬語使用の形の語りを、特に、聴く者（読む者）の裡への響きを意識した意図的表出態、『源氏物語』演出態と見做して、各帖の、「話(わ)」の構成上、物語展開上の用法に着目し、その位置・機能・作意を確かめた。

各語りに「現在演出・展開誘導・展望」の意識、「話」ごとに単複の主題・作意があり、「人」「こと」をクローズアップして、「ものの語り」に聴く者の興味を誘い、好奇の心を昂めながら、次話を待たせて作者の世界に身も心も没入させていく意が認められた。『伊勢物語』にも見られる、「話」[1]重視の、変化の妙を見せる物語構成の手法である。『源氏物語』の作者・紫式部は、人の「生」の流れ、人と人との関わり合い、人の出逢う物事の局面を、中世芸能の演出法にも通う「序・破・急」に「余韻」を加えた展開を基調にしていた、と理解される。

そこで、各物語展開の「話」を、それに倣って分類して、草子地・「けり」止め・無敬語表現・意図的敬語使用四者だけではなく、すべての語りを直視すること、作者の演出の跡を辿ることによって、四者の機能[2]にこめた意がより明らかになり、『源氏物語』を創り出す作者の心の機微が、手法が、確かな何かが見えてくるのではないか、の懐いに駆られて、本書の著者は果てしない試みを夢見るようになった。

今、各帖の、「話」の構成を縦の糸、物語展開の「序・破・急・余韻」の構成を横の糸と見做して、人の「生」（命の「光と影」）の哀しさの極みをこまやかに織り上げた綾の、縦・横の語りの糸の一筋一筋を確かめ、作者の心の琴線を感受しながら、対聴く者（読む者）意識の視座から、作者の世界を創出する意の機微に触れてみたいと思う。

作者・紫式部は、「光源氏」を心柱とする伝承を客観的・主観的視座から語る複数の古女房・今女房を設定して、これら作者の化身たる話者たちの「ものの語り」を筆録したものを纏め上げた形を見せている。

『光源氏の物語』の世界の人々の、興味がひかれる「こと」を直接・間接に知る複数の古女房・今女房の語る形の、リアルで、脈動感にあふれ、身内にしみわたる「ものの語り」を聴く者は、もの語り巧者の女房の、「話」に区切り、「話」間に一呼吸入れて余韻を醸成しながら、「陰陽」の抑揚をつけた、鷹揚な、懐いをかみしめるような語りの反復により、ヒーロー・ヒロインや、それらに絡み合う人々の、挙措を、様態を、心の機微を、脳裏に映し取り、心の裡に染みわたらせて、ことばの一つ一つに耳を傾け、「語り」の意味するところに意識を集中させ、展開に興味をそそられ、好奇心を誘われながら、作者の世界に没入していったものと理解される。

地の語りに巧みに混ぜた、所謂**草子地**の形の語りは、聴く者（読む者）に一番近い立場からの、古女房・今女房の発言を思わせ、「話」に割り込む形で、**地**の語りと表裏の関係を印象づけながら、物語の世界に溶け合うものとなっており、筆録者の立場からの語りも**草子地**の範疇に入るものと見做される。

これらは、直面している物事を解説したり、自らの懐いを述べたり、物語の流れを誘導したりしながら、物語の世界に、現実感、自然感、生動感、脈動感、躍動感、情動感、昂揚感、不安感、緊迫感、迫真感、重圧感、立体感、臨場感、親近感等をもたらして、話者・聴く者（読む者）・物語の世界を一体化する演出を見せ、物語馴れした人たちの興味・興趣・情感・好奇心を昂めており、言わば、物語の世界と聴く者（読む者）を結ぶ桟の機能を果たしている。

草子地は、物語の世界を感受する立場からの体験的語りとして、語り手・書き手述懐型のものと、物語の世界を解説する立場からの一般的語りとして、語り手・書き手私見陳述型のものに大別される。

前者の表現形態は、**推量態**、**推定態**、**伝聞態**、**婉曲態**、**反語態**、**話者述懐態**、**話者認識態**、**筆録者推量態**、**筆録者伝聞態**、**筆録者婉曲態**、**筆録者反語態**、**筆録者述懐態**等に、後者は、**確認的説明態**、**話者注釈態**、**話者評言態**、**話者想起態**、**話者意向表明態**、**話者省略表明態**、**筆録者注釈態**、**筆録者省筆表明態**等に分類される。

地の文の述部の付属語として機能している**「けり」止め**の語りは、意識的演出態として、表現形態は**確認態**と**認識態**に分類される。

確認態の語りは、客観的視座から伝承の世界を語る立場に立脚した、しかと確認する口調で注意を喚起しながら、聴く者（読む者）の意識を集中させ、物語を展開させていく布石をその裡に残していく作意を思わせている。

認識態の語りは、話者自身を物語の世界の人として、話者の実体験している「場・時」における、人物の、心情、様態、行為、所作、通念、状況等を、しかと認識する印象を表しながら、聴く者（読む者）の物語の世界への没入化と物語の自然な展開の演出を念頭におく作意を思わせている。

無敬語表現の語りは、通常敬語を用いて語るべき人物の上を、特に無敬語表現で表す、意識的演出の作意による、**実感強調態**である。用法は、ヒーロー・ヒロイン（ニューヒーロー・ニューヒロイン）・物語展開に重要な位置を占めるものと見做される人物を強調する形で、聴く者（読む者）の心の視線をその上に集めて、語りの意味するところに意識を集中させながら展開に興味を誘うものと見做される。

意図的敬語使用の語りは、通常敬語を用いて語る必要のない人物の上を、特に敬語表現で表す、意識的演出の作意による、**実感強調態**である。用法は、ヒロイン・特定の人物を強調する形で、聴く者（読む者）の心の視線をその上に集めて、語りの意味するところに意識を集中させながら展開に興味を誘うものと見做される。

本書では各帖の考察を以下のように構成した。

一〜三　草子地・「けり」止め・無敬語表現の用法は、三者の語りを、**物語展開演出主体**の機能をもつもの、**物語の文様演出主体**の機能をもつものに分類し、前者の№をゴチで表した。

　また、語りの位置を明示し、物語の世界と一体化した体験者的立場からの語り、物語の世界を客観視するナレーター的立場からの語り、上を書き留める筆録者の立場からの語りに分類し、「現在演出」「展開誘導」「展望」の作意理解、それらの連鎖関係、さらに、叙述内容、語りに関わる人物名、語りが見えている物語展開上の話題を記し、最後に、位置一覧を示した。

四　物語創出の手法　「話」の構成上・物語展開上の草子地・「けり」止め・無敬語表現の位置・機能・作意では、まず、各帖の「話」について、表の流れの内容を整理し、裏の流れも指摘した。

　各物語展開を「**序・破・急・余韻**」に分類し、すべての語りに、地・会話・文（ふみ）・和歌・草子地・「けり」止め・無敬語表現を明記し、理解される機能・作意を示し、さらに、「**話**」の**主題・作意**、草子地・「けり」止め・無敬語表現の、単独・併有・融合化による「話」の主題の直接表出・誘導表出、語りの余韻表出、次話への橋懸り表出、物語展開の展望による設定表出、語りの解説表出、登場人物の心情批評・心情解説・性情批判・体験確認との連関を明示し、各物語展開の「序・破・急・余韻」の後に、「**語りの留意点**」「**手法の要点**」を列挙した。

　活字化されていない日本大学蔵（八木書店刊）の三条西家証本を底本にしたのは、多く底本として使われている大島本・明融本と比較して遜色のない善本と判断して、『源氏物語』の語りを、白紙状態で、作者の脈動が自然に伝わってくる形で考えてみたいとの懐いからである。

　なお、三条西家証本と大島本・明融本の相違するところは、該当する帖の一〜三の「注」で指摘して、私見を示した。

底本の活字化に際しては、以下のようにした。
・底本の定家仮名遣い・表音式仮名遣い・変体仮名を歴史的仮名遣いに統一した。
・底本の漢字表記は、そのまま活字化するのではなく、当て字は普通の表記に直し、仮名書きした方がよいと判断したものはそのように改めた。
・底本が仮名書きでも、漢字表記の方が理解しやすいところは適宜判断して直した。
・句読を切り、濁点をほどこし、会話・手紙文は、「　」をつけた。句読点は、文意、語法、音読による叙述効果を勘案した。
・底本にない動詞の活用語尾、送り仮名は、適宜補い、語法上の誤りと認められるものは改めた。
・底本の「〱」、繰り返し記号は、文字を繰り返し表記したり、「々」に改めた。
・漢字のルビは、読みにくいもの、現代仮名遣いと相違するもの、つけた方がベターと考えられるものにつけた。
・「御」は、底本が仮名書きの場合は、それをそのままルビとした。
・敬語表現の補助動詞は、すべて仮名書きに統一した。

注

（1）「話」は、基本的に、各帖の芯の「話」と、それを誘導する「話」、語りの余韻を醸成しながら展開を待たせる「話」に分類され、芯の「話」が次の芯の「話」を誘導する機能をもつものも指摘される。

（2）基本的に、Ⅰ「話」の主題の直接表出、Ⅱ「話」の主題の誘導表出、Ⅲ語りの余韻表出、Ⅳ次話への橋懸り表出、Ⅴ物語展開の展望による設定表出、Ⅵ語りの解説表出、Ⅶ登場人物の心情批評、Ⅷ登場人物の心情解説、Ⅸ登場人物の性情批判、Ⅹ登場人物の体験確認に分類される。

凡 例

一〜三について

本文上に付した算数字ゴチは、物語展開演出主体の機能をもつ語りと見做されるもの。

〈A〉は物語の世界と一体化した体験者的立場からの語りと解されるもの。

〈B〉は物語の世界を客観視するナレーター的立場からの語りと解されるもの。

〈C〉は右を書き留める筆録者の立場からの語りと解されるもの。

イは「現在演出」、**ロ**は「展開誘導」、**ハ**は「展望」、の作意による語りと見做されるもの。
▼は草子地、▽は「けり」止め、★は無敬語表現と連鎖するもの。
（ ）の算数字は、三条西家証本（八木書店刊）のページ、漢数字は行数。

《 》は表現形態。下接の文は叙述内容。語りに関わる人物名は通称か各帖の呼び名で示した。ゴチは語りの主対象。（ ）は背景的存在。［ ］は物語展開上の話題。

三の本文傍線部は、無敬語表現の語。

四について

物語展開の（ ）入りは、背後の底流を思わせるもの。

各「話」を、話質により、「件」―主として物語の世界を形成していく機能をもつもの、「場」―主として物語展開のハイライトシーンを演出したり、特に語りに集中化する効果をもたらしたりして、聴く者（読む者）を物語の世界に没入させる機能をもつものに分類した。

「話」一覧では、草子地・「けり」止め・無敬語表現の、単独・融合化による機能を、「はじめに」の注（2）で挙げた、Ⅰ〜Ⅹを転写して、その中から該当するものを選び示した。

表中の（ ）の漢数字一〜三と算数字の組み合わせは、一〜三の叙述記号。

6

『末摘花』

一　草子地の用法

1　さてもやと思(おぼ)しよるばかりの、けはひあるあたりにこそ、ひとくだりをもほのめかしたまふめるに、
［文中］〈A〉**イロ▼**（第二巻6二〜四）

《婉曲態》魅惑的夕顔の「形代」出現願望による、源氏の積極的求愛姿勢推量―**光源氏**・（夕顔・女君たち）―［源氏、夕顔哀慕、「形代」出現願望］

2　なびききこえず、もて離れたるは、をさをさあるまじきぞ、いと目馴れたるや。［文末］〈A〉**イ▼**（6四〜六）

《話者述懐態》源氏の愛の対象範疇の女君たち、源氏の求愛行動への拒絶のめったになきは、新鮮味なき懐い―（光源氏・女君たち）―［1に同じ］

3　荻(をぎ)の葉も、さりぬべき風のたよりある時は、おどろかしたまふをりもあるべし。［独立］〈A〉**イロ**（7二〜四）

《推量態（確信的推量）**》**軒端荻の許に、機を見ての源氏の便り推量―**光源氏・軒端荻**―［源氏、かりそめの情事の女たち―伊予介後妻・継娘―想起］

4　左衛(さゑ)門の乳母(めのと)とて、大弐(だいに)の尼君のさしつぎに思(おぼ)いたるがむすめ、大輔命婦(たいふのみやうぶ)とてさぶらふ、わかむどほりの兵部(ひやうぶ)

の大輔なる、むすめなりけり。

《確認的説明態》大輔命婦、皇族の血筋の兵部大輔の娘―大輔命婦・兵部大輔・(左衛門乳母・大弐乳母)―[源氏の乳母子、大輔命婦]

[独立]〈B〉イロハ（7七～8二）

[注]「けり」止め（確認態）を併有するもの（二3）。

5　いといたう色好める若人(わかうど)にてありけるを、

[文頭]〈B〉イロハ▼▽（8一～二）

《確認的説明態》大輔命婦、とても「色」好む性質の若女房―大輔命婦―[4に同じ]

[注]「けり」止め（確認態）を併有するもの（二4）。

6　命婦は、継母のあたりには住みつかず、姫君のあたりを睦びて、ここには来るなりけり。

[独立]〈B〉イロハ▽（10五～七）

《確認的説明態》大輔命婦、父夫婦の許に居住せず、常陸宮(ひたちのみや)の姫君に親しみ来訪―大輔命婦・末摘花・(兵部大輔・継母)―[故常陸親王(ひたちのみこ)の姫君]

[注]「けり」止め（確認態）を併有するもの（二9）。

7　なにばかり深き手ならねど、

[文頭]〈B〉イロ（12六～七）

《話者注釈態》宮姫君の琴(きん)の琴(こと)の演奏、特に優れぬ技量―末摘花―[源氏、春十六夜(いさよい)、大輔命婦の案内で、故常陸親王の姫君の琴の琴の演奏傍聴]

[注]無敬語表現（手・なら）の融合化するもの（三1）。

8　ものの音(ね)からの、すぢことなるものなれば、

[挿入]〈B〉イロ★（12七～八）

《話者注釈態》琴(きん)の琴(こと)の音色、他の楽器と性質の異なるもの―[7に同じ]

9
また契りたまへるかたやあらむ、　　[文頭]〈A〉**イロ**（15四）
《推量態（現在推量）**》**宮中外の源氏の好色事推量—**光源氏**—［7に同じ］

10
頭中将なりけり。　　[文末]〈A〉**イロハ**（17二）
《話者認識態》常陸親王邸に忍び入る男、頭中将—**頭中将**—［頭中将、源氏尾行、源氏の好色事にライバル意識］
［注］「けり」止め（認識態）を併有するもの（二12）。
［注］無敬語表現（なり）の融合化するもの（三1）。

11
帰りや出でたまふと、した待つなりけり。　　[文末]〈B〉**イロ★**（18二）
《話者認識態》頭中将、源氏帰途の出現待望の下心—**頭中将・光源氏**—［10に同じ］
［注］「けり」止め（認識態）を併有するもの（二16）。
［注］無敬語表現（した待つ）の融合化するもの（三6）。

12
その後、こなたかなたより、文などやりたまふべし。　　[独立]〈A〉**イロ**（23五～六）
《推量態（確信的推量）**》**源氏・頭中将より宮姫君に文・贈り物推量—**光源氏・頭中将・末摘花**—［頭中将の、常陸宮姫君に対するロマンの夢想、心情、焦燥感、源氏に妬心］

13
あさましうものづつみしたまふ心にて、ひたぶるに見も入れたまはぬなりけり。　　[文末]〈B〉**イロハ**（32三～五）
《確認的説明態》宮姫君、極端に恥ずかしがりやの性格、源氏の文を一向に目にも入れず—**末摘花・光源氏**—［源氏、大輔命婦に常陸宮姫君への仲介催促］
［注］「けり」止め（確認態）を併有するもの（二22）。

14 いとよきをりかな、と思ひて、御消息や聞こえつらむ、 ［文中］〈A〉 イロ （33五〜七）

《推量態（確信的推量）》 大輔命婦、好機の判断により、源氏に来邸の案内—大輔命婦・光源氏— ［源氏・常陸宮姫君の契り］

15 乳母だつ老人などは、曹司に入り臥して、夕まどひしたるほどなり。 ［独立］〈B〉 イロ （37四〜五）

《話者注釈態》 宮姫君を世話する乳母のような老女房などは、部屋に入り、横になって眠気を催す時分—乳母— ［14に同じ］

16 めづらしきに、なかなか口ふたがるわざかな。 ［文末］〈A〉 イロ （40十〜41一）

《話者述懐態》 宮姫君のもの馴れた言い方の意外感は、かえって返事につまる行為—光源氏・末摘花— ［14に同じ］

17 何やかやとはかなきことなれど、 ［文頭］〈B〉 イロ （41三〜四）

《話者注釈態》 その場限りの数々の求愛の言辞—光源氏・末摘花— ［14に同じ］

18 何のかひなし。 ［文末］〈A〉 イロ （41五）

《話者述懐態》 源氏の数々の愛の言辞に宮姫君の無反応—末摘花・光源氏— ［14に同じ］

19 心得ず、なまいとほし、とおぼゆる御さまなり。 ［文末］〈B〉 イロハ （42九〜十）

《話者注釈態》 源氏、合点がいかぬ、何か気の毒と思われる宮姫君の感触—光源氏・末摘花— ［14に同じ］

［注］ 無敬語表現（おぼゆる）の融合化するもの（三15）。

20 何ごとにつけてかは御心のとまらむ。 ［独立］〈A〉 イロハ▼★ （42十〜43一）

《反語態》 宮姫君に源氏の心を惹きつけるものなし—光源氏・末摘花— ［14に同じ］

21 ことども多く定めらるる日にて、 ［文頭］〈B〉 イロ （45二〜三）

22　**《話者注釈態》**朱雀院行幸に関する事柄を多く決める日――［源氏、後朝（きぬぎぬ）の文遅延］

雨降り出（い）でて、ところせくもあるに、笠宿りせむと、はた思（おぼ）されずやありけん。　［独立］〈B〉**イロ**▽（45六～七）

《推量態（過去推量）**》**源氏の、宮姫君訪問の意思なきを推量――**光源氏**――［源氏、夕刻に後朝の文、二日の夜来訪なし］

23　六条（でう）わたりにだに離（か）れまさりたまふめれば、　［文中］〈A〉**イロ**▽（51八～九）

《婉曲態》源氏の、六条の御方に対する以前にまさる夜離れ推量――**光源氏・六条の御方**――［源氏、宮姫君に無沙汰］

24　されど、みづからは、見えたまふべくもあらず。　［独立］〈A〉**イロ**▽（52八～九）

《話者認識態》宮姫君、源氏の視界に入らず――**末摘花**・光源氏――［源氏、宮姫君女房たち隙見］

25　秘色（ひそく）やうの、唐土（もろこし）の物なれど、　［挿入］〈B〉**イロ**（53三）

《話者注釈態》お膳は、青磁風で、唐製の物――［24に同じ］

26　荒れたるさまは劣らざめるを、　［挿入］〈A〉**イロ**（56二～三）

《婉曲態》『夕顔』の、某院と比較して劣らぬ荒廃ぶり推量――［源氏、宮姫君訪問、激しい降雪、険しい空模様、吹き荒れる風］

27　あながちなる御心なりや。　［文末］〈A〉**イロハ**（58七）

《話者述懐態》源氏の君のないものねだり無理――**光源氏**――［源氏、宮姫君の容姿・容貌ショック］

28　うちつぎて、あな、かたはと見ゆるものは、御鼻なりけり。　［独立］〈A〉**イロハ**★（58九～十）

《話者認識態》宮姫君の、不格好なお鼻――**末摘花**――［27に同じ］

［注］「けり」止め（認識態）を併有するもの（二42）。

29 なほ下（しも）がちなる面（おも）やうは、おほかたおどろおどろしう長きなるべし。［文末］〈A〉**イロ★**（59六〜八）

［注］無敬語表現（見ゆる）の融合化するもの（三21）。

《推量態（確信的推量）**》**宮姫君の、下に伸びる顔立ちの異様な長さ推量―**末摘花**―［27に同じ］

30 着たまへる物どもをさへ言ひたつるも、もの言ひさがなきやうなれど、［文頭］〈B〉**イロ**（60八〜九）

《話者注釈態》特に宮姫君の着衣云々は、口さがない仕業―**末摘花**―［27に同じ］

31 昔物語にも、人の御装束（さうぞく）をこそは、まづは言ひためれ。［文末］〈A〉**イロ▼**（60九〜61一）

《婉曲態》昔物語でも、高い身分のしかるべき方のお召し物は、聴く者（読む者）の関心事推量―［27に同じ］

32 古体（こたい）のゆゑづきたる御装束なれど、［文頭］〈B〉**イロ**（61五〜六）

《話者注釈態》宮姫君の着衣は、古風な由緒あるお召し物―**末摘花**―［27に同じ］

33 されど、げに、この皮（かは）なうて、はた、寒からまし、と見ゆる御顔（かほ）ざまなるを、［文頭］〈A〉**イロ★**（61八〜十）

《話者認識態》黒貂（ふるき）の皮衣（かわぎぬ）、宮姫君にとり生活必需品―**末摘花**―［27に同じ］

［注］無敬語表現（なる）の融合化するもの（三29）。

34 むすめにや、むまごにや、［文頭］〈A〉**イロハ**（66三〜四）

《推量態（現在推量）**》**常陸宮邸の使用人の血縁関係推量―［常陸宮邸の荒廃、人々の窮乏生活］

35 世の常なるほどの、ことなることなさならば、思ひすててもやみぬべきを、［文頭］〈B〉**イロハ**（67九〜十）

《推量態（確信的推量）**》**人並みの容貌、特に優れた点のない様子の姫君なら、源氏の執着なき推量―**光源氏・末摘花**―［源氏、宮姫君の実生活世話の意思・実行］

［注］無敬語表現（やみ）の融合化するもの（三33）。

36　人のほどの心苦しきに、名の朽ちなむはさすがなり。　［独立］〈B〉**イ**（75七〜八）

《話者注釈態》その行為云々は、宮姫君の身分上気の毒、名の傷つく語りは慎むべき──**末摘花**──［宮姫君、源氏に正月の晴れ着の贈物］

37　白き紙に、捨て書いたまへるしもぞ、なかなかをかしげなる。　［独立］〈A〉**イ**（78一〜三）

《話者述懐態》宮姫君への返歌の、源氏のすさび書きの魅力──**光源氏**──［源氏の、戯れ言、すさび書きの魅力］

38　今年、男踏歌あるべければ、　［挿入］〈A〉**イ**（79七〜八）

《推量態（確信的推量）**》**男踏歌催事の年推量──［正月七日、源氏、宮姫君訪問］［末摘花のお見送り］

39　女の御装束、今日は世づきたりと見ゆるは、ありし箱の心葉をさながらなりけり。　［独立］〈B〉**イロ**（82六〜八）

《確認的説明態》今日の宮姫君の衣装の世間並み、源氏の心遣いによるもの──**末摘花・光源氏**──［38に同じ］

［注］「けり」止め（確認態）を併有するもの（二50）。

40　かくよき顔だに、さてまじれらむは、見苦しかるべかりけり。　［文末］〈A〉**イロ**（86三〜四）

《話者認識態》最高に美しい光源氏の顔でも、赤鼻の交じるは見苦しいもの──**光源氏**──［源氏・紫の君の馴れ睦び］

［注］「けり」止め（認識態）を併有するもの（二54）。

41　かかる人々の末々、いかなりけむ。　［独立］〈B〉**イ**（88五〜六）

《推量態（過去推量）**》**光源氏・紫の君・宮姫君の「生」の成り行き推量──**光源氏・紫の君・末摘花**──［40に同じ］

○表現形態は、推量態10、婉曲態4、反語態1、確認的説明態5、話者述懐態5、話者注釈態10、話者認識態6で、推量態・話者注釈態が約二割半となっている。

○単独で機能しているものは、全41例中30例で、「けり」止めを併有は、10例（確認的説明態5例―4 5 6 13 39、話者認識態5例―10 11 24 28 40）あって、「なりけり」（7例―4 6 10 11 13 28 39）、「にてありける」（1例―5）の形、無敬語表現の融合化は、7例（話者注釈態―7 19、話者認識態―10 11 28 33、推量態―35）となっている。

○表出位置は、独立が最も多くて13、以下、文末11、文頭9、挿入4、文中3で、独立・文頭・文末が全体の約八割を占めている。

もの語り巧者の女房の、「話」に区切りながら、陰陽の抑揚をつけた、鷹揚な、懐いをかみしめるような語りの反復により、いずれも、『源氏物語』の世界に、リアルな効果をもたらしているが、独立・文頭・文末の語りの多用は、所謂「草子地」の形の語りが、作者の意（こころ）を聴く者の心裡（うち）に直接的に響かせる効果を期する意図的演出態であることを思わせている。

【位置一覧】（ABは、話者立場記号。No.ゴチは、「けり」止めを併有9箇所、No.囲みは、無敬語表現の融合化5箇所）

位置	数	内訳
独立	13	3A（推量）・**4**B（確認的説明）・**6**B（確認的説明）・12A（推量）・15B（話者注釈）・20A（反語）・22A（推量）・**24**A（話者認識）・[**28**]A（話者認識）・36B（話者注釈）・37A（話者述懐）・**39**B（確認的説明）・41A（推量）
文頭	9	**5**B（確認的説明）・[7]B（話者注釈）・9（推量）・17B（話者注釈）・21B（話者注釈）・30B（話者注釈）・32B（話者注釈）・[33]A（話者認識）・34A（推量）・[35]A（推量）

位置	数	用例
文中	3	1A（婉曲）・14A（推量）・23A（婉曲）
文末	12	2A（話者述懐）・9A（確認的説明）・10A（話者認識）・11B（話者認識）・13B（確認的説明）・16A（話者述懐）・18A（話者述懐）・19B（話者注釈）・27A（話者述懐）・29A（推量）・31A（婉曲）・40A（話者認識）
挿入	4	8B（話者注釈）・25B（話者注釈）・26A（婉曲）・38A（推量）

二 「けり」止めの用法

1 のたまひさしつるもおほかりけり。　［文末］〈B〉**イ**（第二巻6十~7一）

《確認態》夕顔の「形代」候補の、意に適わぬ女君たちに、源氏の求愛中止例多数―**光源氏**・女君たち―［源氏、夕顔哀慕、「形代」出現願望］

2 おほかた、なごりなきもの忘れをぞ、えしたまはざりける。　［独立］〈B〉**イロハ▼**▽（7六~七）

《確認態》源氏の飽くなき好色心健在―**光源氏**―［源氏、かりそめの情事の女たち―伊予介後妻・継娘―想起］

3 左衛門の乳母とて、大弐の尼君のさしつぎに思いたるがむすめ、大輔命婦とてさぶらふ、わかむどほりの兵部の大輔なる、むすめなりけり。　［独立］〈B〉**イロハ**▽**▼**（7七~8二）

《確認態》大輔命婦、皇族の血筋の兵部大輔の娘―**大輔命婦**・兵部大輔・（左衛門乳母・大弐乳母）―［源氏の乳母子、大輔命婦］

［注］草子地（確認的説明態）を併有するもの（一4）。

4 いといたう色好める若人にてありけるを、　［文頭］〈B〉**イロハ▼**▽（8一~二）

《確認態》大輔命婦、とても「色」好む性質の若女房―**大輔命婦**―［3に同じ］

［注］草子地（確認的説明態）を併有するもの（一5）。

5 母は、筑前守(ちくぜんのかみ)の妻(め)にて下(くだ)りにければ、　［文頭］〈B〉**イロ**（8三～四）

《確認態》大輔命婦母、筑前守の妻になり下向―**大輔命婦母**・（筑前守）―［3に同じ］

6 もののついでに語りきこえければ、　［文中］〈B〉**イロ**（8七～八）

《確認態》大輔命婦、故常陸宮(ひたちのみや)晩年の姫君の心細い生活状態を源氏の君に言上―**大輔命婦**・光源氏―［故常陸親王の姫君］

7 父の大輔の君は、ほかにぞ住みける。　［独立］〈B〉**イロ**▽（10三～四）

《確認態》父の大輔の君は、新しい妻の許に居住―**兵部大輔**・（新しい妻）―［6に同じ］

8 ここには時々ぞ通ひける。　［独立］〈B〉**イロ**▽▼（10四～五）

《確認態》兵部大輔、故常陸親王(ひたちのみこ)邸に時々の訪れ―**兵部大輔**―［6に同じ］

9 命婦は、継母のあたりには住みつかず、姫君のあたりを睦びて、ここには来るなりけり。　［独立］〈B〉**イロハ**▽（10五～七）

《確認態》大輔命婦、父夫婦の許に居住せず、常陸宮の姫君に親しみ来訪―**大輔命婦**・末摘花・（兵部大輔・継母）―［6に同じ］

［注］草子地（確認的説明態）を併有するもの（一6）。

10 いたう耳馴らさせたてまつらじ、と思ひければ、　［挿入］〈B〉**イロ**（13七～八）

《確認態》大輔命婦の才覚による演出―**大輔命婦**・光源氏―［源氏、春十六夜(いさよい)、大輔命婦の案内で、故常陸親王の

姫君の琴の琴の演奏傍聴］

11 もとより立てる男ありけり。　［文末］〈B〉**イロ**（16九）

《認識態》常陸親王邸に忍び入る男の存在―**頭中将**―［頭中将、源氏尾行、源氏の好色事にライバル意識］

12 頭中将なりけり。　［文末］〈A〉**イロハ▽**（17二）

《認識態》常陸親王邸に忍び入る男、頭中将―**頭中将**―［11に同じ］

［注］草子地（話者認識態）を併有するもの（一10）。

［注］無敬語表現（なり）の融合化するもの（三2）。

13 この夕つ方、内裏よりもろともにまかでたまひける、やがて、大殿にも寄らず、二条の院にもあらで、ひき別れたまひけるを、　［文頭］〈B〉**イロ▼▽★**（17二〜五）

《確認態》源氏、頭中将と共に宮中退出、源氏、左大臣邸にも寄らず、自邸にも戻らず別行動―**光源氏・頭中将**―［11に同じ］

14 いづちならむと、ただならで、われも行く方あれど、あとにつきて、うかがひけり。　［文末］〈B〉**イロハ▽**（17五〜七）

《確認態》頭中将、源氏尾行、様子窺見―**頭中将・光源氏**―［11に同じ］

［注］無敬語表現（うかがひ）の融合化するもの（三3）。

15 あやしき馬に、狩衣姿の、ないがしろにて来ければ、　［文頭］〈B〉**イロ▽★**（17七〜八）

《確認態》頭中将、見た目の変な感じの馬に乗り、狩衣姿の、めかさぬ身なりで、源氏尾行―**頭中将・光源氏**―［11に同じ］

［注］無敬語表現（来）の融合化するもの（三4）。

16　帰（かへ）りや出（い）でたまふと、した待つなりけり。　［文末］〈A〉**イロ★**（18二）

《認識態》頭中将、源氏の帰途の出現待望の下心―**頭中将・光源氏**―［11に同じ］

［注］草子地（話者認識態）を併有するもの（一11）。

［注］無敬語表現（した待つ）の融合化するもの（三6）。

17　あはれげなりつる住まひのさまなども、やうかへてをかしう思ひつづけ、あらましごとに、いとをかしうらうたき人の、さて年月（としつき）を重ねゐたらん時、見そめて、いみじう心苦しくは、人にももて騒がるばかりや、わが心もさまあしからむ、などさへ、中将は思ひけり。　［文末］〈B〉**イロハ▽★**（22五～23二）

《確認態》頭中将、想念の世界で、実に美しくかわいい宮姫君との逢い初め、熱愛のロマン―**頭中将・末摘花**―

「頭中将、想念の世界で、常陸宮姫君熱愛のロマン、源氏に妬心」

［注］無敬語表現（思ひ）の融合化するもの（三9）。

18　この君の、かう、けしきばみ歩（あり）きたまふを、まさに、さては過ぐしたまひてんやと、なまねたうあやふがりけり。　［独立］〈B〉**イロハ▼▽★**（23二～五）

《確認態》頭中将、宮姫君に対する源氏の求愛行動に嫉妬・不安―**頭中将・光源氏**・常陸宮姫君―［17に同じ］

［注］無敬語表現（あやふがり）の融合化するもの（三10）。

19　おぼつかなく心やましきに、あまりうたてもあるかな、さやうなる住まひする人は、もの思ひ知りたるけしき、はかなき木草（くさ）、空のけしきにつけても、とりなしなどして、心ばせおしはからるるをりをりあらんこそ、あはれなるべけれ、重しとても、いと、かう、あまりうもれたらむは、心づきなくわるびたり、と、中将は、まいて、心い

られしけり。　［独立］〈B〉イロ（23七〜24五）

《確認態》頭中将、宮姫君に対するロマンの想念・心情、返り言なき焦燥感―頭中将・末摘花―［17に同じ］

［注］無敬語表現（心いられし）の融合化するもの（三11）。

20　かう、この中将の言ひ歩(あり)きけるを、　［文中］〈B〉イロハ（25四〜五）

《確認態》頭中将、宮姫君に求愛行動―頭中将・末摘花―［源氏、頭中将対抗心から、大輔命婦に本気で仲介依頼］

［注］無敬語表現（言ひ歩き）の融合化するもの（三15）。

21　なまわづらはしく、よしめきなどもあらぬを、なかなかなるみちびきに、いとほしきことや見えむ、など思ひけれど、　［文中］〈B〉イロハ（31二〜五）

《確認態》大輔命婦、源氏の宮姫君への仲介催促に、気の毒な結果の懸念―大輔命婦・末摘花―［20に同じ］

22　あさましうものづつみしたまふ心にて、ひたぶるに見も入れたまはぬなりけり。　［文末］〈B〉イロハ（32三〜五）

《確認態》宮姫君、極端に恥ずかしがりやの性格、源氏の文を一向に目にも入れず―末摘花・光源氏―［20に同じ］

［注］草子地（確認的説明態）を併有するもの（一13）。

23　父君にも、かかることなども言はざりけり。　［文末］〈B〉イハ（32十〜33一）

《確認態》大輔命婦、源氏・宮姫君の対面の機画策を父に知らせず―大輔命婦・兵部大輔・光源氏・末摘花―［大輔命婦、源氏・宮姫君の対面の機画策］

24　かうやうの人にもの言ふらむ心ばへなども、ゆめに知りたまはざりければ、　［文中］〈B〉イロハ（36十〜37二）

《確認態》宮姫君、若い皇子のような異性と言葉を交わす心得等も、全く知らず―末摘花・光源氏―［源氏・常陸宮姫君の契り」

25　ただおほどかにものしたまふをぞ、うしろやすう、さしすぎたることは、見えたてまつりたまはじ、とおもひける。　［文末］〈B〉イロハ（38五～八）

《確認態》大輔命婦、宮姫君の、おっとりしている様子は、安心で、出過ぎた振舞いを源氏に見せぬ思惟―大輔命婦・末摘花・光源氏―［24に同じ］

26　いと、かかるも、さまかへて、思ふかた異(こと)にものしたまふにやと、ねたくて、やをら押し開けて入りたまひにけり。　［文末］〈B〉イロ▼▽（41五～八）

《確認態》源氏、入室―男の嫉妬心による衝動的行動―光源氏―［24に同じ］

27　命婦、あなうたて、たゆめたまへると、いとほしければ、知らず顔(がほ)にてわが方へ往(い)にけり。　［文末］〈B〉イロ▽（41八～十）

《確認態》命婦、驚愕、油断させて源氏に謀られた懐い、用意なき姫君気の毒さに、知らぬ顔で自室に退去―大輔命婦・光源氏―［24に同じ］

28　ただ、思ひもよらずにはかにて、御心もなきをぞ思ひける。　［文末］〈B〉イロハ（42三～四）

《確認態》若女房たち、意想外の急な展開に、宮姫君の心の用意なきを心配―若女房たち・末摘花―［24に同じ］

29　命婦は、いかならむと、目覚めて聞き臥せりけれど、　［文中］〈B〉イロハ（43一～二）

《確認態》命婦、源氏・宮姫君の契りの結果に不安な懐い―大輔命婦―［24に同じ］

30　君も、やをら忍びて出(い)でたまひにけり。　［独立］〈B〉イロハ▽（43四～五）

《確認態》源氏、人目を避けるように退邸―光源氏―［24に同じ］

31 二条の院におはして、うち臥したまひても、なほ思ひにかなひがたき世にこそ、と思しつづけて、軽らかならぬ人の御ほどを、心苦し、とぞ思しける。［独立］〈B〉イロハ▽（43五～八）
《確認態》源氏、願いどおりにならぬ男女関係痛感、軽視できぬ宮姫君の身分の重荷負担の思案―光源氏・末摘花―［源氏、後朝の文遅延］

32 かしこには、文をだにと、いとほしく思し出でて、夕つ方ぞありける。［独立］〈B〉イロ▼（45四～六）
《確認態》源氏、夕刻に後朝の文―光源氏・末摘花―［源氏、夕刻に後朝の文、二日の夜来訪なし］

33 かしこには、待つほど過ぎて、命婦も、いといとほしき御さまかなと、心憂く思ひけり。［文末］〈B〉イロ▼（45七～九）
《確認態》命婦、宮姫君憐憫の情、仲介の身として、源氏の仕打ちに心憂き懐い―大輔命婦・末摘花・光源氏―［32に同じ］

34 さうじみは、御心のうちに、恥づかしう思ひつづけたまひて、今朝の御文の暮れぬるも、なかなか思ひわきたまはざりけり。［独立］〈B〉イロ▽（45十～46二）
《確認態》宮姫君、源氏との契りの羞恥心のあまりに、夕刻の後朝の文にも、事の適否の判断力なし―末摘花・光源氏―［32に同じ］

35 御心を知らねば、かしこには、いみじうぞ嘆いたまひける。［独立］〈B〉イハ（48一～二）
《確認態》末永く最後まで世話する源氏の意思知らぬ宮姫君、二日の夜来訪なきに深い悲嘆―末摘花・光源氏―［32に同じ］

36 この御いそぎのほど過ぐしてぞ、時々おはしける。［独立］〈B〉イハ（51四～六）

37　まして、荒れたる宿（やど）は、あはれに思（おぼ）しおこたらずながら、もの憂（う）きぞわりなかりける。　［文末］〈A〉イハ▼（51九～52一）

《確認態》源氏、朱雀院行幸準備後、時々宮姫君訪問―光源氏・末摘花―［大輔命婦、源氏の薄情の訴え］

《認識態》源氏、宮姫君に常に憐憫の懐いあるも、気のすすまぬは仕方なきこと―光源氏・末摘花―［源氏、宮姫君に無沙汰］

38　うちとけたる宵居（よひゐ）のほど、やをら入りたまひて、格子（かうし）のはざまより見たまひけり。　［独立］〈B〉イロ▼（52六～八）

《確認態》源氏、宮姫君の容貌・容姿不審から、ある宵居の時分に格子から隙見―光源氏・末摘花―［源氏、宮姫君女房たち隙見］

39　かけても、人のあたりに、近うふるまふ者とも知りたまはざりけり。　［独立］〈B〉イロハ（54二～三）

《確認態》源氏、宮姫君近侍の古女房たちに認識不足―光源氏・古女房たち―［38に同じ］

40　侍従（じじゅう）は、斎院（さいゐん）に参（まゐ）り通う若人（わかうど）にて、このころはなかりけり。　［独立］〈B〉イロハ★（55四～五）

《確認態》侍従、斎院勤めの若女房、近頃不在―侍従―［源氏、宮姫君訪問、激しい降雪、険しい空模様、吹き荒れる風］

41　いとど憂（うれ）ふなりつる雪、かきたれいみじう降りけり。　［独立］〈B〉イロ★（55七～九）

《確認態》激しい降雪―女房たち―［40に同じ］

42　うちつぎて、あな、かたはと見ゆるものは、御鼻なりけり。　［独立］〈A〉イロハ★（58九～十）

《認識態》宮姫君の、不格好なお鼻―末摘花―［源氏、宮姫君の容姿・容貌ショック］

［注］草子地（話者認識態）を併有するもの（一28）。
［注］無敬語表現（見ゆる）の融合化するもの（三21）。

43 御車寄せたる中門(ちゅうもん)の、いといたうゆがみよろぼひて、夜目(よめ)にこそ、しるきながらも、よろづ隠ろへたること多かりけれ、 ［文頭］〈B〉**イロハ**（63七〜十）
《確認態》常陸宮邸の荒廃―［常陸宮邸の荒廃、人々の窮乏生活］

44 御車出(い)づべき門(かど)は、まだ開(あ)けざりければ、 ［文頭］〈B〉**イロハ**（65十〜66一）
《確認態》源氏の朝まだき離邸―［43に同じ］

45 心やすく、さるかたの後見(うしろみ)にてはぐくまむ、と思(おも)ほしとりて、さまことに、さならぬうちとけわざもしたまひけり。 ［文末］〈B〉**イハ**（68七〜十）
《確認態》源氏、宮姫君の実生活世話の意思、ごく親しい関係の世話―**光源氏**・末摘花―［源氏、宮姫君の実生活世話の意思・実行］

46 召しなき時も、聞こゆべきことあるをりは参上(まうのぼ)りけり。 ［文末］〈B〉**イロハ**（70三〜四）
《確認態》大輔命婦、源氏に用件ある時は参上―**大輔命婦**・光源氏―［宮姫君、源氏に正月の晴れ着の贈物］

47 宮には、女(をんな)ばらつどひて、見めでけり。 ［文末］〈B〉**イ**（77八〜九）
《確認態》宮邸の老女房たち、源氏のすさび書き賞賛―末摘花女房たち―［源氏の、戯(ざ)れ言(ごと)、すさび書きの魅力］

48 姫君も、おぼろけならでし出(い)でたまへるわざなれば、ものに書きつけておきたまへりけり。 ［独立］〈B〉**イ**（79四〜六）
《確認態》源氏への贈歌、宮姫君の並々ならぬ労作―**末摘花**―［源氏、宮姫君に贈物、姫君たち、自画自賛］

49　夜に入りて、御前よりまかでたまひけるを、　［文中］〈B〉**イロ**（80一〜二）

《確認態》源氏、御前より退出―**光源氏**・（桐壺院）―［正月七日、源氏、宮姫君訪問］［末摘花のお見送り］

50　女の御装束、今日は世づきたりと見ゆるは、ありし箱の心葉をさながらなりけり。　［独立］〈B〉**イロ**▽（82六〜八）

《確認態》今日の宮姫君の衣装の世間並み、源氏の心遣いによるもの―**末摘花**・光源氏―［49に同じ］

［注］草子地（確認的説明態）を併有するもの（一39）。

51　さも思しよらず、興ある紋つきて、しるき表着ばかりぞ、あやし、とは思しける。　［独立］〈B〉**イ**▼▽（82九〜83一）

《確認態》源氏、わが贈答の衣装に気つかず、興趣ある紋様の、目立つ表着だけに見覚えの認識―**光源氏**・末摘花―

［49に同じ］

52　古代の祖母君の御なごりにて、歯ぐろめもまだしかりけるを、　［文頭］〈B〉**イロハ**（84七〜九）

《確認態》お歯黒せぬ紫の君―**紫の君**・北山尼君―［源氏・紫の君の馴れ睦び］

53　よろづにをかしうすさび散らしたまひけり。　［独立］〈B〉**イロハ**（85五〜六）

《確認態》紫の君、興趣を見せる絵すさび―**紫の君**―［52に同じ］

54　かくよき顔だに、さてまじれらむは、見苦しかるべかりけり。　［文末］〈A〉**イロ**（86三〜四）

《認識態》最高に美しい光源氏の君の顔でも、赤鼻の交じるは見苦しいもの―**光源氏**―［52に同じ］

［注］草子地（話者認識態）を併有するもの（一40）。

55　階隠のもとの紅梅、いととく咲く花にて、色づきにけり。　［独立］〈B〉**イロ**（87十〜88二）

《確認態》階隠のもとの色づく紅梅――［52に同じ］

○表現形態は、確認態（49例）と認識態（6例）に分類され、確認態が全体の約九割を占めている。

○**確認態**は、44例が単独、5例（3 4 9 22 50）が草子地・確認的説明態を併有、7例（14 15 16 17 18 19 20）が無敬語表現の融合化で、草子地を併有は、文末「なりけり」（3 9 16 50）、「にてありける」（4）の形になっている。

○**認識態**は、2例（11 37）が単独、3例（16 42 54）が草子地・話者認識態を併有、2例（12 42）が無敬語表現の融合化で、草子地を併有は、文末「なりけり」（12 42）、「べかりけり」（54）の形になっている。

［位置一覧］（ABは、話者立場記号。**No.**ゴチは、草子地を併有9箇所、[No.]囲みは、無敬語表現の融合化9箇所）

位置	数	一覧
独立	24	2B（確認）・**3**B（確認）・7B（確認）・8B（確認）・**9**B（確認）・[18]B（確認）・[19]B（確認）・26B（確認）・30B（確認）・31B（確認）・32B（確認）・34B（確認）・35B（確認）・36B（確認）・38B（確認）・39B（確認）・40B（確認）・41B（確認）・[**42**]A（認識）・48B（確認）・**50**B（確認）・51B（確認）・53B（確認）・55B（確認）
文頭	7	**4**B（確認）・5B（確認）・13B（確認）・[15]B（確認）・43B（確認）・44B（確認）・52B（確認）
文中	6	6B（確認）・[20]B（確認）・21B（確認）・24B（確認）・29B（確認）・49B（確認）
文末	17	1B（確認）・11A（認識）・[**12**]A（認識）・[14]B（確認）・[**16**]A（認識）・[17]B（確認）・**22**B（確認）・23B（確認）・25B（確認）・27B（確認）・28B（確認）・33B（確認）・37A（認識）・45B（確認）・46B（確認）・47B（確認）・**54**B（認識）
挿入	1	10B（確認）

三　無敬語表現の用法

1　なにばかり深き手ならねど、　［文頭］〈B〉イロ▼（第二巻12六～七）

「手・なら」―宮姫君の琴(きん)の琴(こと)の演奏の、特に優れぬ技量強調―**末摘花**―「源氏、春十六夜(いさよい)、大輔命婦の案内で、故常陸親王(ひたちのみこ)の姫君の琴の琴の演奏傍聴」

［注］草子地（話者注釈態）に融合化するもの（一7）。

2　頭中将なりけり。　［文末］〈A〉イロハ▽（17二）

「なり」―常陸親王邸に忍び入る男、頭中将クローズアップ―**頭中将**―［頭中将、源氏尾行、源氏の好色事(すき)にライバル意識］

［注］草子地（話者認識態）・「けり」止め（認識態）併有に融合化するもの（一10―12）。

3　いづちならむと、ただならで、われも行(ゆ)く方あれど、あとにつきて、うかがひけり。　［文末］〈B〉イロハ▽★（17五～七）

「うかがひ」―頭中将の、源氏尾行、様子窺見クローズアップ―**頭中将・光源氏**―［2に同じ］

［注］「けり」止め（確認態）に融合化するもの（二14）。

4 あやしき馬（むま）に、狩衣（かりぎぬ）姿の、ないがしろにて来ければ、　［文頭］〈B〉**イロ▽★**（17七〜九）

「来」—頭中将の、源氏尾行クローズアップ—**頭中将**—［2に同じ］

［注］「けり」止め（確認態）に融合化するもの（二15）。

5 心もえず思ひけるほど、ものの音（ね）に聴きついて立てるに、　［文中］〈A〉**イロ▼▽★**（17十〜18一）

「立て」—頭中将の行動クローズアップ—**頭中将**—［2に同じ］

6 帰（かへ）りや出（い）でたまふと、した待つなりけり。　［文末］〈A〉**イロ★**（18二）

「した待つ」—頭中将の思惟強調—**頭中将・光源氏**—［2に同じ］

［注］草子地（話者認識態）・「けり」止め（認識態）併有に融合化するもの（二11―16）。

7 ふと寄りて、**「**ふりすてさせたまひつるつらさに、御送り仕（つか）うまつりつるは。

もろともに　大内山（おほうち）は　出（い）でつれど　入（い）るかた見せぬ　いさよひの月**」**

と恨むるも、　［文中］〈A〉**イロ**（18五〜九）

「恨むる」—頭中将の行動・言葉強調—**頭中将・光源氏**—［2に同じ］

8 **「**まことは、かやうの御歩（あり）きは、随身（ずいじん）からこそ、はかばかしきこともあるべけれ。おくらさせたまはでこそあらめ。やつれたる御歩きは、かるがるしきことも出（い）できなん**」**と、おしかへしいさめたてまつる。　［独立］〈A〉**イロ**（19四〜九）

「いさめ」—頭中将の言葉強調—**頭中将・光源氏**—［2に同じ］

9 頭の君、心かけたるを、　［文中］〈A〉**イロハ**（21五〜六）

「心かけ」―頭中将の、中務の君懸想クローズアップ―**頭中将・中務の君**―［源氏・頭中将、同車にて左大臣邸行き、音楽の遊び］

10　あはれげなりつる住まひのさまなども、やうかへてをかしう思ひつづけ、あらましごとに、いとをかしうらうたき人の、さて年月を重ねゐたらん時、見そめて、いみじう心苦しくは、人にももて騒がるるばかりや、わが心もさまあしからむ、などさへ、中将は思ひけり。　［文末］〈B〉**イロハ▽★**（22五～23二）

「思ひ」―頭中将の想念の世界強調―**頭中将・末摘花**―［頭中将、想念の世界で、常陸宮姫君熱愛のロマン、源氏に妬心］

［注］「けり」止め（確認態）に融合化するもの（二17）。

11　この君の、かう、けしきばみ歩きたまふを、まさに、さては過ぐしたまひてんやと、なまねたうあやふがりけり。
［独立］〈B〉**イロハ▼▽★**（23二～五）

「あやふがり」―頭中将、常陸宮姫君に対する源氏の求愛行動に嫉妬・不安強調―**頭中将・光源氏・末摘花**―［10に同じ］

［注］「けり」止め（確認態）に融合化するもの（二18）。

12　いづれも、返り言見えず、おぼつかなく心やましきに、あまりうたてもあるかな、さやうなる住まひする人は、もの思ひ知りたるけしき、はかなき木草、空のけしきにつけても、とりなしなどして、心ばせおしはからるるをりをりあらんこそ、あはれなるべけれ、重しとても、いと、かう、あまりうもれたらむは、心づきなくわるびたり、と、中将は、まいて、心いられしけり。　［独立］〈B〉**イロ▼**（23六～24五）

「心いられし」―頭中将の、宮姫君に対するロマンの夢想・心情、返り言なき焦燥感強調―**頭中将・末摘花**―［頭中将の、宮姫君に対するロマンの夢想、心情、焦燥感、源氏に妬心」

[注]「けり」止め（確認態）に融合化するもの（二19）。

13 「しかじかの返り言は、見たまふや。心みにかすめたりしこそ、はしたなくてやみにしか」と、うれふれば、

[文中]〈A〉イロ（24六〜九）

「うれふれ」―頭中将の、源氏に宮姫君の返り言なき哀訴強調―頭中将・光源氏・末摘花―[12に同じ]

14 人分きしけると、ねたう思ふ。

[文末]〈A〉イロ（25一〜二）

「思ふ」―宮姫君の差別意識との理解による、頭中将の源氏妬心強調―頭中将・光源氏・末摘花―[12に同じ]

15 かう、この中将の言ひ歩きけるを、

[文中]〈B〉イロハ（25四〜五）

「言ひ歩き」―頭中将の、宮姫君に対する求愛行動クローズアップ―頭中将・末摘花―[源氏、頭中将対抗心から、大輔命婦に本気で仲介依頼]

[注]「けり」止め（確認態）に融合化するもの（二20）。

16 心得ず、なまいとほし、とおぼゆる御さまなり。

[文末]〈B〉イロハ▼（42九〜十）

「おぼゆる」―源氏の、合点がいかぬ、何か気の毒と思われる心情強調―光源氏・末摘花―[源氏・常陸宮姫君の契り]

[注]草子地（話者注釈態）に融合化するもの（一19）。

17 頭中将来て、「こよなき御朝寝かな。ゆゑあらんかしとこそ思ひたまへらるれ」と言へば、

[文中]〈A〉イロ（43九〜44一）

「言へ」―頭中将の、源氏のわけありげな朝寝揶揄強調―頭中将・光源氏―[源氏、後朝の文遅延]

18　いかに思ふらむと、思ひやるもやすからず。　［独立］〈A〉イロ（47七〜八）
「思ひやる」―源氏の宮姫君の思惟推量強調―光源氏・末摘花―［源氏、夕刻に後朝の文、二日の夜来訪なし］

19　いよいよあやしうひなびたるかぎりにて、見ならはぬ心地ぞする。　［独立］〈A〉イロ▽（55六〜七）
「心地ぞする」―応接する女房たち、見苦しくあか抜けしない感じの者だけ、見慣れぬ源氏の心情強調―光源氏・女房たち―［源氏、姫君訪問、激しい降雪、険しい空模様、吹き荒れる風］

20　ほどの狭（せば）う、人げのすこしあるなどに、慰めたれど、　［挿入］〈A〉イロ▼（56三〜四）
「慰め」―源氏の不安で心細い心情強調―光源氏・女房たち―［19に同じ］

21　さればよと、胸つぶれぬ。　［文末］〈A〉イロハ▼▽★（58九）
「胸つぶれ」―宮姫君の、座高高く、胴長の姿を目にした時の源氏の衝撃強調―光源氏―［源氏、宮姫君の容姿・容貌ショック］

22　うちつぎて、あな、かたは、と見ゆるものは、御鼻なりけり。　［独立］〈A〉イロハ★（58九〜十）
「見ゆる・なり」―宮姫君の、不格好な御鼻クローズアップ―光源氏・末摘花―［21に同じ］
［注］草子地（話者認識態）・「けり」止め（認識態）併有に融合化するもの（一27二42）。

23　ふと目ぞとまる。　［独立］〈A〉イロハ▼▽★（59一）
「とまる」―源氏の、御鼻注視クローズアップ―光源氏・末摘花―［21に同じ］

24　普賢菩薩（ふげんぼさつ）の乗り物とおぼゆ。　［独立］〈A〉イロハ★（59一〜二）
「おぼゆ」―源氏の、御鼻の印象強調―光源氏・末摘花―［21に同じ］

25　額（ひたひ）つきこよなうはれたるに、　［文中］〈A〉イロ▼（59五〜六）

「はれ」―宮姫君のおでこクローズアップ―末摘花―［21に同じ］

26 いとほしげにさらぼひて、肩のほどなど、痛げなるまで衣（きぬ）の上だに見ゆ。　［文末］〈A〉イロ（59八～十）
「見ゆ」―宮姫君の、痩せ細り、衣の上まで見える肩の辺の痛々しい状態クローズアップ―末摘花―［21に同じ］

27 頭（かしら）つき、髪のかかりはしも、うつくしげにめでたし、と思ひきこゆる人々にも、　［文頭］〈A〉イ★（60三～五）
「思ひ」―源氏の、姫君たちの、頭の形、額髪の下がり端（ば）の美麗さに対する評価強調―光源氏・姫君たち―［21に同じ］

28 人々にもをさをさ劣るまじう、袿（うちき）の裾（すそ）にたまりて、引かれたるほど、一尺ばかり余りたらむと見ゆ。　［文末］〈A〉イ▼★（60五～七）
「見ゆ」―宮姫君の、頭の形、額髪の下がり端（ば）、袿の裾にふさふさとたまる髪の魅力クローズアップ―末摘花―［21に同じ］

29 なほ、若やかなる女の御よそひには、似げなう、おどろおどろしきこと、いともてはやされたり。　［文末］〈A〉イロ▼★（61六～八）
「もてはやさ」―宮姫君の着衣の不似合い感、仰々しい感じクローズアップ―末摘花―［21に同じ］

30 されど、げに、この皮（かは）なうて、はた、寒からまし、と見ゆる御顔（かほ）ざまなるを、　［文頭］〈A〉イロ★（61九～十）
「見ゆる」―宮姫君の赤鼻を引き立てる顔色クローズアップ―末摘花―［21に同じ］
［注］草子地（話者認識態）に融合化するもの（一33）。

31 ことごとしく、儀式官（ぎしきくわん）の、練（ね）り出（い）でたる肘（ひぢ）もちおぼえて、　［文中］〈A〉イロ★（62五～六）

32　「おぼえ」―若い女性の魅力の感じられぬ、宮姫君の羞恥のしぐさ強調―光源氏・末摘花―［21に同じ］
さすがにうち笑みたまへるけしき、はしたなうすずろびたり。［文末］〈A〉イロ★（62六～八）

33　「けしき・すずろび」―若い女性の魅力の感じられぬ、宮姫君の表情クローズアップ―末摘花―［21に同じ］
世の常なるほどの、ことなることなさならば、思ひすててもやみぬべきを、［文頭］〈A〉イロハ（67九～十）
「やみ」―人並みの容貌、特に優れた点のない様子の姫君なら、源氏の執着なきを強調―光源氏・末摘花―［源氏、宮姫君の実生活世話の意思・実行］
［注］草子地（推量態）に融合化するもの（一35）。

34　いとよう書きおほせたり。［独立］〈A〉イロ（71六～七）
「書きおほせ」―実に見事に書き上げた宮姫君の文クローズアップ―末摘花―［宮姫君、源氏に正月の晴れ着の贈物］

35　「さへづる春は」と、からうじてわななかしいでたり。［文末］〈A〉イロ（83四～五）
「わななかしいで」―宮姫君の震え声の発声・所作クローズアップ―末摘花―［正月七日、源氏、宮姫君訪問］［末摘花のお見送り］

○全35例中、光源氏10、頭中将15、末摘花10。
○単独22、草子地に融合化4、「けり」止めに融合化6、草子地・「けり」止め併有に融合化3。
○光源氏は、単独9（18 19 20 21 23 24 27 31 33）、草子地に融合化1（16）。頭中将は、単独6（5 7 8 9 14 17）、「けり」止めに融合化6（3 4 10 11 12 15）、草子地・「けり」止め併有に融合化2（2 6）。末摘花は、単独7（25 26 28 29 32 34 35）、

草子地に融合化2（1 30）、草子地・「けり」止め併有に融合化1（22）。

［位置一覧］（ABは、話者立場記号。№ゴチは、草子地に融合化4箇所、№アミかけは、「けり」止めに融合化6箇所、№囲みは、草子地・「けり」止め併有に融合化3箇所）

位置	数	用例
独立	9	8A（頭中将）・**11**B（頭中将）・12B（頭中将）・18A（光源氏）・19A（光源氏）・22A（末摘花）・23A（光源氏）・24A（光源氏）・34A（末摘花）
文頭	5	**1**B（末摘花）・**4**B（頭中将）・27A（光源氏）・**30**A（末摘花）・**33**A（光源氏）
文中	8	5A（頭中将）・7A（頭中将）・9A（頭中将）・13A（頭中将）・15B（頭中将）・17A（頭中将）・25A（末摘花）・31A（光源氏）
文末	12	2B（頭中将）・**3**B（頭中将）・6B（頭中将）・10B（頭中将）・14A（頭中将）・**16**B（光源氏）・21A（光源氏）・26A（末摘花）・28A（末摘花）・29A（末摘花）・32A（末摘花）・35A（末摘花）
挿入	1	20A（光源氏）

四　物語創出の手法

「話」の構成上・物語展開上の、草子地・「けり」止め・無敬語表現の位置・機能・作意

『末摘花』の構造は、物語展開・叙述効果の作意理解から、31の「話（わ）」から形成されているものと見做され、表の流れの内容は以下に整理される。

a　**『源氏・夕顔の宿の女（ひと）の物語』**（1話）―**「余韻」**―第1話―約二二行

b　**『源氏・かりそめの女の物語〈第四部〉』**（2話）―**「余韻」**―第2 26話―約一四行

c　**『源氏・常陸宮姫君の物語〈第一部〉』**（13話）―**「序」**―第3〜6話、**「破」**―第8〜10 12 13話、**「急」**―第14話、**「余韻」**第15〜17話―約一二五行

d　**『源氏・常陸宮姫君の物語〈第二部〉』**（13話）―**「序」**―第18 19話、**「破」**―第20 21話、**「急」**―第22〜25話、**「余韻」**―第27〜31話―約五七行

e　**『源氏・左大臣姫君の物語〈第二部〉』**（2話）―**「破」**―第7 17話―約三九行

f 『源氏・藤壺宮の物語〈第一部〉』（1話）―「余韻」―第11話―約三行

g 『源氏・紫のゆかりの物語〈第一部〉』（2話）―「余韻」―第11 31話―約四五行

［注］第11話が、f『源氏・藤壺宮の物語〈第一部〉』「余韻」とg『源氏・紫のゆかりの物語〈第一部〉』「余韻」、第17話が、c『源氏・常陸宮姫君の物語〈第一部〉』「余韻」とe『源氏・左大臣姫君の物語〈第二部〉』「破」、第31話が、d『源氏・常陸宮姫君の物語〈第二部〉』「余韻」とg『源氏・紫のゆかりの物語〈第一部〉』「余韻」の重複。

裏の流れとしては、『源氏・夕顔の宿の女の物語』（第1話）に『源氏・左大臣姫君の物語』『源氏・六条の御方の物語』、『源氏・常陸宮姫君の物語〈第二部〉』（第19話）に『源氏・紫のゆかりの物語』『源氏・六条の御方の物語』、『源氏・常陸宮姫君の物語〈第二部〉』（第24話）に『源氏・藤壺宮の物語』『源氏・六条の御方の物語』、『源氏・かりそめの女の物語〈第四部〉』（第26話）に『源氏・常陸宮姫君の物語』が認められる。

『末摘花』の叙述内容の割合は、『源氏・常陸宮姫君の物語』が約六割、『源氏・紫のゆかりの物語』が約一割半、『源氏・左大臣姫君の物語』が約一割半弱、『源氏・夕顔の宿の女の物語』『源氏・かりそめの女の物語』『源氏・藤壺宮の物語』合わせて約一割強となっている。

本命は、『源氏・常陸宮姫君の物語』で、はかない契りの女（ひと）夕顔の「形代」を切に求める若きヒーロー光源氏の君の情念の末の結果を、白き花の夕顔ならぬ紅き鼻の宮姫君に変貌させて、本流『光源氏の物語』の基幹流『源氏・藤壺宮の物語』、さらに、それを継承する『源氏・紫のゆかりの物語』と並流する副流の物語として長編的展望を思わせて、他の物語とは異趣の展開を予想させながら、諧謔・揶揄の筆致の背後に「上の品」の姫君の「生」の哀しさを聴く者（読む者）の裡に刻んでいる。

各物語展開の芯の語りは以下のようになる。

a 『源氏・夕顔の宿の女（ひと）の物語』（1話）

光源氏の君の、夕顔哀慕により、その「形代」の出現願望から、当代皇子の愛の範疇「上の品」の、品位・教養の噂ある姫君たちに求愛行動を起こすも、容易に靡く方々は、新鮮味なく期待感喪失、意に適わぬには求愛中止例多数として、北の方左大臣姫君、六条の御方を背景に置きながら、「上の品」の女君には夕顔の「形代」となるべき対象の求めがたき状況とする。

b 『源氏・かりそめの女の物語〈第四部〉』（2話）

夕顔の「形代」として「上の品」の女性求愛の行き詰まり感から、源氏、「中の品」の女性に好奇の心を向けて、裳抜けの殻の空（うつ）し身の女を妬（ねた）く想起し、女たちの垣間見再来の夢想、関わりをもった女性を全く忘れ得ぬ本性（さが）を確認して、来たるべき展開の伏線としながら、夕顔の「形代」の物語展開の背後に、かりそめの情事の陰陽の女の影を思わせる。

常陸宮の姫君と契りの、夕顔の「形代」愛の夢想失敗の現実後、内なる美の魅力の女と、心の嗜み以前の問題の宮家の姫君を比較して、女の良し悪しは心の嗜みの魅力によるものの述懐、かりそめの情事の女空蟬の、心の嗜みの魅力の余韻に浸る若きヒーローの哀感に誘いながら、『源氏・かりそめの女の物語』の続編の再浮上の機を匂わせる。

c 『源氏・常陸宮姫君の物語〈第一部〉』（13話）

「序」（第3〜6話）

最初に、源氏の乳母子大輔命婦を設定して、好色の、若きヒーロー・脇役を揃えた新展開に聴く者（読む者）の好奇心を誘う。

次いで、「上の品」の故常陸宮の姫君を源氏の耳に入れて、姫君像を、琴の琴の嗜み以外、気立て・容姿等不明として、「中の品」の夕顔の「形代」として、「上の品」の宮姫君登場の物語展開の新鮮さに興味をそそる。

さらに、宮姫君の純粋そのものの性格を思わせながら、源氏、姫君の嗜み聴取として、命婦の、源氏の好奇心・好色心をそそる演出とするも、源氏は、宮姫君への急な積極的求愛に迷い、命婦は、宮姫君の源氏との関わりによる今以上の不幸の懸念として、両者の不安の影に、『源氏・常陸宮姫君の物語』展開の展望による用意をうかがわせる。

最後に、頭中将を登場させて、源氏の密事把握の意図、その好色事へのライバル意識を表にして、源氏の人生の表裏に深く関わり合う重要な脇役の位置を予想させるが、当面は、『源氏・常陸宮姫君の物語』展開の展望による用意を思わせ、その裏の流れとして、「光源氏・頭中将・撫子」の三巴の大展開を予想させる。

「破」（第8〜10 12 13話）

頭中将の、宮姫君熱愛のロマンの夢想から入り、源氏対抗意識による妬心として、「源氏・頭中将・常陸宮姫君」の、三巴の物語展開に興味を誘う。

次いで、源氏・頭中将の、宮姫君に求愛行動として、頭中将は、宮姫君の応対不審、源氏対抗意識による妬心を反復して、三巴の成り行きに聴く者（読む者）の好奇心をそそる。

一方、源氏は、頭中将対抗心から本気で大輔命婦に媒依頼、薄情な心はもち得ぬ性格表明、宮姫君の境遇はわが懐いに適合として、宮姫君に夕顔の「形代」化の願望、『源氏・常陸宮姫君物語』展開の用意設定に興味を昂める。

さらに、源氏、命婦に宮姫君への媒を説得するも、宮姫君に気の毒な結果の命婦の懸念、姫君の世の常に似ぬ稀有な性格設定に、物語展開の伏線を思わせながら、夕顔哀慕による「形代」の物語の幕開けを用意する。

最後に、『源氏・常陸宮姫君の物語』成立の介添え役命婦をクローズアップして、熱愛・哀慕の夕顔の「形代」の物語の仕掛けに注目させる。

「**急**」（第14話）

第一部のクライマックス・ハイライトシーンを、孤独な宮姫君の住環境、八月二十よ日、源氏の来邸から入り、命婦、姫君に強い姿勢の忠告・対面進言、姫君は、源氏との対面に心の用意なく、源氏は、姫君の第一印象に満足するも、恋の口説のかぎりに姫君の無反応に焦れて、頭中将の影の意識の嫉妬心による衝動的入室と運ぶも、源氏、姫君との契りに失望として、『源氏・常陸宮姫君の物語』の成立・展開に問題を提起する。

「**余韻**」（第15～17話―第17話はe『源氏・左大臣姫君の物語〈第二部〉』「破」と重複）

まず、源氏、亡き夕顔の「形代」掌中の本願成就とは裏腹の結果に苦悩として、『源氏・常陸宮姫君の物語』展開への問題提起を確認する。

次いで、源氏、憐憫の情から、夕刻に後朝（きぬぎぬ）の文、命婦、姫君哀憫の念、源氏の仕打ちに心憂き懐い、一方、姫君の、源氏との契りの極度の羞恥心をクローズアップする。

さらに、源氏、姫君との契りに不満、二日の夜訪問も心進まず、姫君の答歌に落胆し、自作自演の結果の、穏やかならぬ複雑な胸裡に、宮姫君を情深く最後まで世話する意思として、本流『光源氏の物語』の副流『源氏・常陸宮姫君の物語』の長編性を思わせる。

最後に、源氏、朱雀院行幸の準備により姫君に無沙汰として、『源氏・常陸宮姫君の物語』の、異色の物語展開の成り行きに興味を昂める。

d 『源氏・常陸宮姫君の物語〈第二部〉』（13話）

「序」（第18 19話）

まず、聴く者（読む者）を魅了する世の好色（すき）人光源氏の君の若々しい稀有な美貌の魅力をクローズアップしながら、宮姫君を時々訪問として、情深く最後まで世話する意思の「まめ人」性を確認する。

次に、源氏、藤壺宮ゆかりの少女鍾愛により、宮姫君に無沙汰として、『源氏・常陸宮姫君の物語』『源氏・紫のゆかりの物語』の並流する展開の長編的展望をのぞかせる。

「破」（第20 21話）

源氏、宮姫君の容姿不審、確認願望の隙見により、宮家の窮乏生活、古参女房の悲嘆ショックとして、『源氏・常陸宮姫君の物語』の核心部の幕開けに聴く者（読む者）の好奇心を昂める。

「急」（第22～25話）

第二部のクライマックス・ハイライトシーンを、源氏訪問の宮姫君邸の夜の状況から入り、雪の光に映える源氏の君の輝く美貌の魅力と対照する形で、源氏の後目（しりめ）に写る宮姫君の容姿を活写する。

座高高く、胴長の姿に衝撃、奇異な御鼻に大衝撃、青白い顔色、おでこ、異様な下長の顔、痛々しい痩身と列挙して、頭形、頭髪美は認めるも、着衣の魅力、羞恥の所作に、源氏の君の後悔の念、姫君哀憐の情と展開させて、奇異な容姿目睹による源氏の大ショックの、後の物語展開への投影の仕方に興味を誘う。

夕顔の「形代」のロマンの夢無惨ながら、亡き常陸宮の魂の導きによる宿命的出会いとの源氏の認識、末永く姫君世話の意思により、『源氏・常陸宮姫君の物語』の長編的展望、本流『光源氏の物語』の基幹流・副流双方の流れへの投影を、宮姫君の生活万般に渉る行き届いた世話を通して、光源氏の君を稀有な容姿の魅力だけではなく、「好色（すき）

人」性・「まめ人」性の二元性具備の理想のヒーロー像として聴く者（読む者）の裡に深く刻み込むこの物語の本質を思わせる。

「余韻」（第27～31話―第31話はｇ『源氏・紫のゆかりの物語〈第一部〉』「余韻」と重複）

宮姫君の、源氏への正月の晴れ着の贈物から入り、源氏・姫君の異趣の世界に興味を誘いながら、源氏の、紅のはなに袖触れた後悔の述懐、媒命婦の、源氏に宮姫君哀憐の懐い期待をクローズアップする。

次いで、源氏の、戯れ言、吟唱、所作、筆遣いの魅力をクローズアップする。

さらに、「まめ人」性光源氏の君の、宮姫君・老女房たちへの関わり合いの仕方に興味を誘う。

最後に、源氏の宮姫君訪問、姫君邸の活気、姫君の生活の全面的に源氏依存、姫君、夫の君の求めに懸命に対応の果てに、末摘花の夫の君見送りのオチまでつけて、光源氏の君の、「まめ人」性、優しい人柄のクローズアップから、副流異趣の『源氏・常陸宮姫君の物語』展開の、本流『光源氏の物語』の基幹流『源氏・藤壺宮の物語』『源氏・紫のゆかりの物語』との絡み合いに興味を誘いながら幕を下ろす。

ｅ　『源氏・左大臣姫君の物語〈第二部〉』（２話）

「破」（第7 17話―第17話はｃ『源氏・常陸宮姫君の物語〈第一部〉』「余韻」と重複）

左大臣家の音楽の楽しみ、頭中将の左大臣家女房中務の君懸想、中務の君の情念により、『源氏・常陸宮姫君の物語』の世界に、「源氏・頭中将・故常陸宮の姫君」「源氏・頭中将・中務の君」の二つの流れを重ねて興味を誘う。

ｆ　『源氏・藤壺宮の物語〈第一部〉』（１話）

「余韻」（第11話―ｇ『源氏・紫のゆかりの物語〈第一部〉』「余韻」と重複）

『若紫』の『源氏・紫のゆかりの物語』『源氏・藤壺宮の物語』の世界を想起させて、『源氏・常陸宮姫君物語』の、

『源氏・紫のゆかりの物語』『源氏・藤壺宮の物語』との連関の仕方に興味を誘いながら、『源氏・常陸宮姫君物語〈第一部〉』のクライマックス・ハイライトシーンの幕開けに「間」を設定する。

g 『源氏・紫のゆかりの物語〈第一部〉』（2話）

「余韻」（第11 31話―第11話はf『源氏・藤壺宮の物語〈第一部〉』「余韻」、第31話はd『源氏・常陸宮姫君の物語〈第二部〉』「余韻」と重複）

美少女紫の君の一段とねびまさる容貌、絵の才能、源氏の、紫の君と紅鼻の戯れ言、述懐として、本流『光源氏の物語』の基幹流『源氏・紫のゆかりの物語』に関わり合う副流『源氏・常陸宮姫君の物語』の長編的展望を思わせる。

a 『源氏・夕顔の宿の女の物語』（1話）

「余韻」（第1話）

○第1話「源氏、夕顔哀慕、「形代」出現願望」―「件」（第二巻5一〜7一―約21行）

起筆の**和歌**、「思へども　なほあかざりし　夕顔の　露におくれし　ほどの心地を」の調べは、頭中将・撫子の影を宿した女との偶然の出逢い、熱愛の最中に怪死した女を哀慕する光源氏の君の並々ならぬ懐いをうかがわせて、悲劇に至る顚末を想起させながら、見果てぬ夢のロマンの世界にタイムスリップさせる。

さらに、「夕顔の　露におくれし　ほどの心地を」をうける「年月経れど　思し忘れず」の**七七**の哀韻は、はかない契りの女への熱い想いが若きヒーローの裡を占める、『源氏・夕顔の宿の女の物語』「余韻」の流れを思わせる。

続く**地**で、「上の品」の女君たちの、うち解けぬ方ばかりの、高い自尊心、情愛の張り合いの辟易さによりとして、北の方左大臣姫君、六条の御方を想わせながら、「思ふやうならん」女性を求めつづけて、秘めたる恋の苦悩の彷徨に身を沈める若い皇子を、親しみを感じる、自然に心惹かれる肌の温もりに優しくつつんでくれた女(ひと)への、似るものなき哀慕の懐いの昂まりを新しい物語展開の開幕の辞とする。

即ち、新帖は、『源氏・夕顔の宿の女の物語』の流れをうけ、本流『光源氏の物語』の基幹流『源氏・藤壺宮の物語』『源氏・紫のゆかりの物語』、副流の『源氏・左大臣姫君の物語』『源氏・六条の御方の物語』を背景に置くことを印象づける。

地を継いで、大仰な評判はなく、実に愛らしい感じの、気遣いの要らぬ女性をぜひにと、今なお記憶に生々しい怪死事件に性懲りもなく、亡き夕顔の面影・温もりの再現を夢見る光源氏の君の願望の語りは、夢の実現に聴く者（読む者）を半信半疑の懐いに誘うが、愛の範疇の、品位・教養あるように噂されるあたりには必ず心惹かれる、その方面に抜け目なき源氏の本性(さが)による女君たちに対する求愛生活を思わせる。

草子地《婉曲態》（一1）を継いで、魅惑的夕顔の「形代」出現願望による、源氏の積極的な求愛姿勢を推量する形で、新しい愛の対象・世界に興味を誘う。

草子地《話者述懐態》（一2）を**連鎖**して、愛の対象の範疇の女君たちの、求愛行動への拒絶のめったになきは、新鮮味なき懐いとして、容易に靡く人たちに、期待感喪失を思わせて、源氏の心をときめかせる新鮮な魅力ある女性の出現を待たせる。

地の語りで、源氏の積極的な求愛当初は、今上最愛の皇子をも拒む、冷淡で気が強く、たとえようもなく情味に欠ける生真面目さは、度を越して物事の程度を弁えぬようだが、焦れて消極的姿勢に転じると、当初の凛とした輝きもなくなり、気落ちして、平凡な妻におさまる女君の存在を、**「けり」止め**《確認態》（二1）でうけて、夕顔の「形代」候補の意に適わぬ女君たちに対する源氏の求愛中止例多数として、夕顔の魅力に比肩する人なきを思わせ、失望感募る若きヒーローの前に現われる女性に聴く者（読む者）の好奇心を誘う。

「話」の主題は、「源氏、夕顔哀慕により、その「形代」の出現願望」（1）「源氏、愛の範疇の、品位・教養ある噂の女君たちに求愛行動」（2）「源氏、容易に靡く女君たちに、新鮮味なく期待感喪失」（3）「源氏、意に適わぬ女君たちに求愛中止例多数」（4）、作意は、「夕顔の「形代」出現に聴く者（読む者）の好奇心誘発」と見做される。

草子地（一1）が、主題2の直接表出、**草子地**（一2）が、主題3の直接表出、**「けり」止め**（二1）が主題4の直接表出となっている。

語りの留意点として次が指摘される。

1 新帖の起筆を和歌の語りにして、前々帖の展開を想起させながら、新展開を若きヒーローの亡きヒロイン哀慕による「形代」の物語示唆。

2 **草子地**婉曲態・話者述懐態、**「けり」止め**確認態の語りで、亡きヒロインの「形代」の出現困難示唆。

3 若きヒーローの前に現れる「上の品」の女君に聴く者（読む者）の好奇心誘発。

4 巻頭の「話」に、新しい物語展開誕生の必然性・背景設定示唆。

手法の留意点として次が指摘される。

1 新帖の起筆を和歌の語りにして、前々帖の展開を想起させながら、哀韻の余韻で聴く者（読む者）の情感誘発。

2 **草子地**婉曲態・話者述懐態の語りで、聴く者（読む者）の情感を誘発しながら、物語の世界との一体感招来。

3 **「けり」止め**確認態の語りで、物語の必然的展開の用意示唆。

b　『源氏・かりそめの女の物語〈第四部〉』（2話）

「余韻」（第226話）

○第2話「源氏、かりそめの情事の女たち―伊予介後妻・継娘―想起」―「件」（第二巻7一～七一約6行）

これは、『夕顔』の『源氏・かりそめの女の物語〈第四部〉』「余韻」の語りをうけて、源氏、かりそめの情事の陰・陽の女（ひと）、「中の品」の空蟬・軒端荻を話題にする。

地の、源氏の、何かの折ごとに空蟬を癪な女として想起する語りに、新しい物語展開の背後に『源氏・かりそめの女の物語』の底流を思わせて、その再浮上の機、新展開との関わり合いの仕方に興味を誘う。

草子地《推量態》（一3）で、軒端荻の許に、機を見ての源氏の便りを推量する形で、魅惑的姿態の継娘との情事の忘れ得ぬを思わせて、若きヒーロー光源氏の君の飽くなき好色（すき）心によるロマンに聴く者（読む者）の好奇心をかきたてる。

地で、白い羅（うすもの）の単襲（ひとえがさね）に、二藍（ふたあい）の小袿（こうちぎ）めいたものの無造作な着方、紅の袴の腰紐の結び際まで胸露な、男の官能をそそる、色白で、豊満な肉体、すらりと伸びた背、形のよい頭・額つき、愛嬌のある目もと口もと、人目を引く派手な顔立ち、ふさふさとした髪、下がり端・肩の線の美しさを想起して、垣間見の機の再来を願う好き人光源氏の君の燃え盛る身内に聴く者（読む者）を引き入れる。

「話」止めを**「けり」止め**《確認態》（二2）で、関わりをもった女性に、全く跡形もなきもの忘れをし得ぬ源氏の本性（さが）を確認する形で、余韻を醸し出しながら、新展開の布石を思わせて、聴く者（読む者）の好奇心を誘う。

「話」主題は、「源氏、裳抜けの殻の空（うつ）し身の女を妬（ねた）く想起」（1）「源氏、垣間見の再来夢想」（2）「源氏、関わりをもった女性を全く忘れ得ぬ本性(さが)」(3)、作意は、「夕顔の「形代」の物語展開の背後に、かりそめの情事の陰・陽の女の影示唆」と見做される。

草子地(一3)が、主題2の直接表出、**「けり」止め**(二2)が、主題3の直接表出となっている。

○第26話「源氏、宮姫君と比較しながら、受領の後妻空蟬の心の嗜みの魅力想起」—「件」(68十～69八—約8行)

『源氏・常陸宮姫君の物語〈第二部〉』「急」の展開のハイライトシーン後の、夕顔の「形代」愛の夢想失敗の現実、この物語展開の閉幕に際して見える。

源氏の**心話**で、「方違へ」時のかりそめの情事の女の、源氏との逢う機をかたくなに拒む一受領の後妻の、垣間見時の、宵の寛ぎ時の横顔は、実に優れぬ容姿ながら、心の嗜みによる身のこなしに隠された、内なる美の魅力の女と、心の嗜み以前の問題の宮家の姫君を比較して、女の良し悪しは「品」にもよらぬものとの述懐、さらに、空蟬の、穏やかな性格、腹立たしい再三の逢う機拒絶、女の強固な意思に負けたままで終わる悔しさを、機あるごとに想起とする。

これは、『源氏・常陸宮姫君の物語』の本質とその長編性を思わせた後に、『源氏・かりそめの女の物語』を急浮上させて、二つの副流の物語が、本流『光源氏の物語』の展開の中での接点出来(しゅったい)の展望示唆により聴く者(読む者)の好奇心を誘う。

「話」の主題は、「源氏、女の良し悪しは心の嗜みの魅力依拠の述懐」(1)「かりそめの情事の女空蟬の、心の嗜みの魅力の余韻」(2)、作意は、『源氏・かりそめの女の物語』の再浮上による続編示唆」と見做される。

語りの留意点として次が指摘される。

1　**草子地**推量態の語りで、源氏、魅惑的姿態の女軒端荻執着示唆（第2話）。

2　**「けり」止め**確認態の語りで、源氏、見えた（まみ）女性を全く忘却不可の本性（第2話）。

3　魅惑的姿態、心の嗜みの魅力の、対照的な「中の品」の女の余韻醸成（第2話）。

4　一話を源氏の**心話**で構成して、女性の「品」の高さ、外見美の魅力より、心の嗜みによる内面美に魅せられる本性の印象化（第26話）。

5　女性の心の嗜みによる内面美の魅力が源氏の心を捕える物語展開出現の予想化（第26話）。

6　女性の外見美・内面美の魅力に惹かれる源氏の二面性の、長編物語展開の中での現出の仕方に興味誘発（第2 26話）。

7　『源氏・かりそめの女の物語〈第四部〉』2話を、『源氏・常陸宮姫君の物語』の開閉幕時に配して、かりそめの情事の「中の品」の陰陽の女をクローズアップして、「上の品」の女君と比較対照（第2 26話）。

8　『源氏・夕顔の宿の女の物語』『源氏・かりそめの女の物語』の、異質の二つの副流の物語の続編の、本流『光源氏の物語』展開の中での接点、関わり合いに仕方に興味誘発（第2 26話）。

手法の要点として次が指摘される。

1　幕を下ろした物語展開を想起させて、聴く者（読む者）をその余韻に浸しながら、新たな物語展開との関わり合いの仕方に興味誘発（第2話）。

2　**草子地**推量態の語りで、聴く者（読む者）の情感を誘発しながら、物語の世界との一体感招来（第2話）。

3　**「けり」止め**確認態の語りで、源氏の本性による新たな物語展開に聴く者（読む者）の好奇心誘発（第2話）。

4　一話を**心話**で構成して、若きヒーローの述懐の印象化（第26話）。

c　『源氏・常陸宮姫君の物語〈第一部〉』（13話）

「序」（第3〜6話）

○第3話「源氏の乳母子（めのとご）、大輔命婦（たいふのみょうぶ）」―「件」（第二巻7七〜8五―約7行）

第1話**『源氏・夕顔の宿の女（ひと）の物語』**の主題「源氏、夕顔哀慕により、その「形代」の出現願望」、第2話**『源氏・かりそめの女の物語〈第四部〉』**の主題「源氏、関わりをもった女性を全く忘れ得ぬ本性（さが）」を基底にして、新展開の幕を上げる。

「話」頭に、**草子地**《確認的説明態》・**「けり」止め**《確認態》**併有**（一4―3）で、新登場人物を、女官命婦、皇族の血筋の兵部（ひょうぶ）大輔の娘、源氏の乳母子として、皇族と血縁関係の人物の登場、その身分設定により、新しい物語の世界、ニューヒロインを「上の品」の女君と思わせて、夕顔・空蟬・軒端荻の「中の品」の女性たちとは異なる世界の愛の対象、展開に聴く者（読む者）の好奇心を昂める。

さらに、**草子地**《確認的説明態》・**「けり」止め**《確認態》**併有**（一5―4）を**連鎖**して、大輔命婦を「いといたう色好める若人（わかうど）」として、新たなロマンの世界を構成する人物設定を思わせながら、若きヒーローの飽くなき好奇心・好色（すき）心によるまだ見ぬ展開に興味をそそる。

地を継いで、源氏、大輔命婦を召し使いなどするとして、両者の親しい関係を思わせて、新しい物語展開の中で、乳母子命婦のしかるべき役割を予想させ、源氏・夕顔の仲の媒、源氏の腹心の侍者乳母子惟光と対にするかの設定は、夕顔の「形代」出現願望の展開の展望立脚を確信させる。

「けり」止め《確認態》（二5）で、大輔命婦母、筑前守の妻になり下向として、命婦の、その意思のままに行動可能な、フリーな立場、その役割の想による設定をうかがわせる。

「話」止めを**地**で、命婦、父兵部大輔の許を里に宮中に行き来として、新展開の役割を前提にした設定を思わせる。

「話」の主題は、「源氏の乳母子大輔命婦」、作意は、「好色の、若きヒーロー・脇役を揃えた新展開に聴く者（読む者）の好奇心誘発」と見做される。

草子地・「けり」止め併有（一4二3・一5二4）が、主題の直接表出、**「けり」止め**（二5）が、物語展開の展望による設定表出となっている。

○第4話「故常陸親王（ひたちのみこ）の姫君」――「件」（8五～10七―約22行）
地で、常陸親王の晩年に生まれ、大切に世話された姫君、父親王亡く心細い様子として、「上の品」の姫君の登場ながら、孤立感の、精神的にも経済的にも問題ある設定を思わせる。
「けり」止め《確認態》（二6）で、乳母子大輔命婦、姫君の心細い生活状態を源氏の君に言上として、両者の親しい関係、新しい物語展開における、命婦の重要な役割を予測させる。
源氏の、同情の**辞**、姫君像への関心の**地**として、夕顔の「形代」出現願望の若きヒーローの好奇心誘発の反応を印象づける。
命婦の**言葉**を、源氏最大の関心事、気立て・容貌など詳細のことは知り得ず、人目に立たぬ、人に親しまぬ振舞故に、用向きで参上の宵なども、物越しでの話、琴（きん）を親しい話し相手として、琴（きん）の琴（こと）の楽しみ以外不明の、寡黙な姫君に、何やら謎めく仕掛けの匂いを感じさせる。

源氏の**言葉**を、琴(きん)の嗜みの要、姫君の演奏傍聴所望、父親王の優れた嗜みの影響により、姫君の人並ならぬ奏法推量として、源氏の一方ならぬ期待感、脳裏で美化された宮姫君像を思わせる。

命婦、姫君の演奏技量に対する源氏の認識否定の**言葉**、源氏、命婦の思わせぶりの刺激的発言と理解、最近の朧月夜のうちに姫君訪問の意思、命婦に宮中退出指示の**辞**、**地**で、命婦、面倒な成り行きの懐いながらも、宮中の春の所用なき頃に宮邸退出とテンポよく運んで、新展開の本格的な幕開けを待たせる。

「けり」止め《確認態》(二7)で、父の大輔の君は、新しい妻の許に居住、さらに、**「けり」止め**《確認態》(二8)を連ねて、兵部大輔、故親王邸には時々の訪れ、**草子地**《確認的説明態》・**「けり」止め**《確認態》**併有**(一6二9)を**連鎖**して、大輔命婦、父夫婦の許に居住せず、宮姫君に親しみの来訪を語り、命婦の意思のままの行動可能な、フリーな立場を思わせながら、その役割の想による設定を印象づける。

「話」の主題は、「故常陸親王の姫君」(1)「姫君像、琴の琴の嗜み以外、気立て・容姿等不明」(2)「紹介者、大輔命婦の生活」(3)、作意は、「「中の品」の夕顔の「形代」、「上の品」の親王姫君の物語展開に聴く者(読む者)の好奇心誘発」と見做される。

「けり」止め(二78)、**草子地・「けり」止め併有**(一6二9)が、主題3の直接表出、**「けり」止め**(二6)が、主題1の誘導表出となっている。

○第5話「源氏、春十六夜(いさよい)、大輔命婦の案内で、故常陸親王の姫君の琴(きん)の琴(こと)の演奏聴取」――「**場**」(10七〜16五―約58行)

地で、源氏、命婦への言葉どおり、十六夜の月の趣深く美しい夜、故常陸親王邸来訪として、宮姫君に期する想いの並々ならぬを思わせる。

源氏の来訪強行に、姫君気の毒の懐い、琴(きん)の音の十六夜の月の魅力に劣り、源氏の君の心に適うか危惧の念の思わせぶりの命婦の**言葉**に、源氏の演奏**催促**、一女官のくつろぐ私室に今上皇子源氏の君を置いて気がかり恐縮の命婦の**思惟**、姫君の、趣深い梅の香を愛でる**地**で語りを止めて、源氏・姫君の出会いにベストの演出の命婦の思惑、若きヒーローの急く一途な好奇心の昂まりを印象づける。

姫君の琴の音色の優る夜の風情に誘われて参上、常々気忙しさに紛れて拝聴できぬ残念の懐いの、命婦の**言葉**の誘い水に、姫君の、琴の情趣を解する人の存在の喜び、わが技量の拙さの謙遜の**言葉**ながらも、演奏の用意をする**地**で、宮姫君に、物語構想に立脚した、純粋そのものの性格設定を思わせると同時に、その演奏に、源氏の反応を想う命婦の不安の胸の鼓動を語って、臨場感・物語の世界との一体感を演出する。

地で、微かな演奏に興趣の感じる音色として、「上の品」の深奥の姫君の嗜みをうかがわせる。

草子地《話者注釈態》に**無敬語表現**の**融合化**（一7三1）で、姫君の琴の琴の演奏の、特に優れぬ技量を強調して、「上の品」の姫君の嗜みの域を出ぬを思わせ、**草子地**《話者注釈態》（一8）を**連鎖**して、琴の琴の音色は、他の楽器と性質の異なるものを語り、**地**でうけて、それに親しむ宮姫君の素養を、源氏の聴きにくからぬ懐いとして、好印象の、魅力的人柄を想う源氏の裡をのぞかせながら、『源氏・常陸宮姫君の物語』の本格的幕開け間近を予測させる。

父宮在世中は、昔風に重々しく大切に世話をして住まわせていた影も形もないように、一面にひどく荒廃した、寂寥感の充ち満ちる所で、宮姫君のもの思いのかぎりの推量、昔物語にも、零落した「上の品」の姫君に心惹かれる事例存在の認識、直情径行の光源氏の君の、常ならぬ求愛の意(こころ)の迷い、唐突感の懸念、宮姫君に対する気後れにより躊躇と、とつおいつする源氏の**思惟**の語りを重ねて、さる仕掛けを思わせる。

地で、命婦を才覚ある者として、**「けり」止め**《確認態》(二10)を入れて、姫君の演奏に、源氏の耳慣らさず、興趣を誘う程度の切り上げる意思を語り、宮姫君に源氏の好奇心・好色(すき)心をそそる命婦の演出を印象づけながら、展開の行方に興味を誘う。

言葉・**地**で、命婦の、琴の琴中断、下格子、帰室、源氏、中途半端な状態の、技量の善し悪しの判断前の演奏中断に不満の**辞**、好奇心・好色心を擽る命婦の演出に源氏の興趣感取を**地**で語る。

姫君近くて傍聴願望の源氏の**言葉**に、**地**で、命婦の、源氏の裡に奥ゆかしい影を投げかける程度で幕にする**思惟**、その**独り言**を、宮姫君の、頼る者なく心細い有様に意気消沈の、気の毒な様子に加えて、源氏の君との関わりにより、今以上の不幸の懸念として、物語展開の予告を思わせながら、宮姫君の「生」の行方に興味を誘う。

源氏、命婦の独り言首肯、急な求愛・合意は、自身も宮姫君も、「上の品」の身分に不相応、哀憐の懐いも催される御身分の**思惟**により、宮姫君に対する好意の子細伝達を依頼する源氏の親しみこもる**言葉**として、源氏の理知の判断を印象づけて、急く聴く者(読む者)に展開の腹案ある語りを思わせる。

草子地《推量態》(一9)を入れて、宮中外の源氏の好色(すき)事を推量し、「いと忍びて帰りたまふ」の**地**を添えて、源氏・宮姫君の成り行きに集中させた心を、宮中内外に渉る源氏の数多の好色事に逸らして、その対象を想わせながら興味を誘う。

最愛の皇子の忍び歩きの「やつれ姿」のゆめ認識なき帝の、真面目人間の御心痛に笑止の機の存在の命婦の諧謔の**言葉**に、源氏の、わざわざ引き返して、命婦の過度の好色性の実感を笑う反駁の**辞**として、源氏・乳母子命婦両者の親しい間柄を垣間見せると同時に、『源氏・常陸宮姫君の物語』展開の行く手に両者の絡み合いによる投影を予想させる。

命婦の羞恥心による無言の**地**で「話」を止めて、してやったりの源氏と作者のほくそ笑みを思わせながら、聴く者（読む者）を序章の第一場の余韻に遊ばせる。

「話」の主題は、「宮姫君の純粋そのものの性格示唆」（1）「源氏、宮姫君の琴の嗜み聴取」（2）「命婦、宮姫君に源氏の好奇心・好色心をそそる演出」（3）「源氏、宮姫君への急な積極的求愛に迷い」（4）「命婦、宮姫君の源氏との関わりによる今以上の不幸の懸念」（5）「源氏・乳母子命婦の親しい間柄示唆」（6）、作意は、『源氏・常陸宮姫君の物語』展開の展望による用意設定示唆」と見做される。

「けり」止め（一10）が、主題3の直接表出、**草子地**に**無敬語表現**の**融合化**（一7三1）、**草子地**（一8）が、語りの解説表出、**草子地**（一9）が、語りの余韻表出となっている。

○第6話「頭中将、源氏尾行、源氏の好色事にライバル意識」――「**場**」（16五～20二―約38行）

地で、命婦の部屋を後にした源氏の、寝殿の方に、琴の琴の主の、微かな気を感じ、幽き声を耳にする期待感をクローズアップしながら、転換した「場」の臨場感・物語の世界との一体感をもたらす。

透垣の折れ残る物陰に近寄る源氏の**地**に、**「けり」止め**《認識態》（二11）を入れて、以前から常陸親王邸に忍び入る男の存在の認識として、その人物の、源氏・宮姫君への並々ならぬ関心を思わせる。

宮姫君に想いを懸ける好色者との源氏の**思惟**、物陰に張りつくようにして隠れる**地**に、**草子地**《話者認識態》・**「けり」止め**《認識態》**併有**に、**無敬語表現**を**融合化**（一10二12三2）させる語りを続けて、急に頭中将ズームアップする登場のさせ方は、熟した物語構想によるもので、新展開における重要な役割を確信させる。

頭中将は、『帚木』第2話「左大臣息中将、源氏と親交」に登場させて、源氏の北の方左大臣姫君の同胞、源氏との姻戚関係以上の親密な私的関係を強調しながら、本流『光源氏の物語』展開の中の重要な人物として、光源氏の人生の表裏に深く関わり合う位置を予想させる。

『帚木』『品定め』の「中将の実体験披露—温順で哀れな女」（第12話）で、中将の愛執を無敬語表現で強調して、中将に愛されて女児を儲けながらも、中将北の方辺よりの無情な圧力により、「撫子（なでしこ）」を連れて失踪として、「中将・女・撫子」の問題に次帖以後の展開を待たせる。

『空蝉』にその語りはなく、『夕顔』で、中将の女は、源氏に深く愛される女（ひと）として再登場するが、その怪死により「撫子」一人が残されて、「頭中将・撫子」の接点は語られず、その再登場は、想像力の逞しい聴く者（読む者）も皆目想像不可の状態で放置される。

『若紫』第15話に、源氏の瘧病（わらわやみ）加療の北山行きの迎えの人々の中に見え、頭中将の笛の演奏を無敬語表現でクローズアップする。

即ち、頭中将の再登場は、「光源氏・頭中将・常陸宮姫君」の三巴の新たなロマンの世界を構成する人物設定を推理させる。

「けり」止め《確認態》（二13）を**連鎖**して、源氏・頭中将それぞれに、想う所への別行動を思わせるが、**「けり」止め**《確認態》に**無敬語表現**の**融合化**（二14三3）を**連鎖**する語りで、頭中将の、源氏尾行、様子を窺見する様子をクローズアップして、頭中将の、源氏の行動に格別の関心を思わせながら、両者の絡み合いを予想させて興味をそそる。

さらに、**「けり」止め**《確認態》に**無敬語表現**の**融合化**（二15三4）を**連鎖**して、頭中将の、気を遣わぬ女性訪問の姿のクローズアップにより、「中の品」以下の女性との関わりをうかがわせる。

源氏は、頭中将尾行の認識不可、頭中将は、意想外の家に源氏入所の地に、**無敬語表現**（三5）を入れて、頭中将の、源氏の微行不審、琴の琴の音色に好奇心昂揚と展開させる。

草子地《話者認識態》・**「けり」止め**《認識態》併有に、**無敬語表現の融合化**（一11二16三6）を**連鎖**して、頭中将の、源氏帰途の出現待望を強調して、源氏の密事把握の意図を確信させる。

地の、頭中将と判別不可、自身の身元判明回避意識で、光源氏の君の、抜き足差し足忍び足の、懸命な立ち退き姿を想わせて、聴く者（読む者）の笑み誘いながら、臨場感・物語の世界との一体感をもたらす。

行く先をくらます源氏に対する頭中将の**恨み言**を**無敬語表現**（三7）で強調して、源氏の密事把握の意図、好色事への並々ならぬライバル意識を思わせる。

源氏の、頭中将と認識して、尾行の腹立たしさと少々おかしさの**地**、頭中将の意想外の行動への源氏の**恨み言**、頭中将の、微行への積極的関与の、本音・戯（ざ）れ言（ごと）織り交ぜた強迫の**辞**と連ねて、『帚木』第2話「左大臣息中将、源氏と親交」、第3話「中将、源氏の好色事に強い関心」を想起させながら、『源氏・夕顔の宿の女（ひと）の物語』を背景に、源氏・頭中将の絡み合いの現実化を予想させる。

源氏に、忍び歩きは随伴者次第でことの成就可、置き去り行為なき勧め、お忍び姿は不都合事出来（しゅったい）の、進言・諫言織り交ぜた頭中将の**言葉**を**無敬語表現**（三8）で強調して、『品定め』『夕顔』の語りの、源氏・頭中将の間柄、二人の世界の語りに基づく発言、源氏の好色事へのライバル意識を強く印象づける。

「話」止めの**地**で、常に頭中将による密事露見の負い目の源氏の腹立たしさとして、幾筋もの物語の裏の流れを思わせ、また、頭中将の知り得ぬ「撫子」の行方承知を源氏の大手柄とする意識は、来るべき「頭中将・撫子・光源氏」

の三巴による大展開を予想させて聴く者（読む者）の好奇心を誘う。

「話」の主題は、「頭中将の、『源氏・常陸宮姫君の物語』展開における重要な役割示唆」（1）「頭中将の、光源氏の人生の表裏に深く関わり合う重要な脇役の位置の予想化」（2）「頭中将の、源氏の密事把握の意図、その好色事へのライバル意識示唆」（3）「「光源氏・頭中将・常陸宮姫君」の三巴の新たなロマンの世界に聴く者（読む者）の好奇心誘発」（4）「源氏・頭中将の絡み合う幾筋もの物語の裏の流れ示唆」（5）「「光源氏・頭中将・撫子」の三巴の大展開の予想化」（6）、作意は、『源氏・常陸宮姫君の物語』展開の展望による用意設定示唆」「「光源氏・常陸宮姫君・頭中将」の裏の流れとして、「頭中将・撫子・光源氏」の三巴の大展開の予想化」と見做される。

草子地・「けり」止め併有に無敬語表現の融合化（一10二12三2）が、主題1の直接表出、**「けり」止め**（二11）が、主題1の誘導表出、**「けり」止め**（二13）、**「けり」止めに無敬語表現の融合化**（二14 15三3 4）、**無敬語表現**（三5 7 8）、**草子地・「けり」止め併有に無敬語表現の融合化**（一11二16三6）が、主題2の誘導表出となっている。

語りの留意点として次が指摘される。

1　**草子地**確認的説明態・**「けり」止め**確認態併有の語りで、『源氏・夕顔の宿の女の物語』の、源氏の乳母子惟光に対照する形で、乳母子大輔命婦クローズアップ（第3話）。

2　**草子地**確認的説明態・**「けり」止め**確認態**併有**の語りで、大輔命婦の性（さが）の設定により、新展開における重要な役割示唆（第3話）。

3　「中の品」の夕顔の「形代」候補として、「上の品」の姫君を登場させるも、父親王亡く心細い様子として、孤立感の、精神的にも経済的にも問題ある設定示唆（第4話）。

4　「けり」止め確認態の語りで、大輔命婦、姫君の心細い生活状態を源氏の君に言上（第4話）。

5　紹介者大輔命婦の口からは、気立て・容貌は勿論、琴(きん)の琴の楽しみ以外不明の、もの言わぬ深奥の宮家の姫君を印象化（第4話）。

6　「けり」止め確認態、草子地確認的説明態・「けり」止め確認態併有の語りで、大輔命婦の生活をクローズアップして、新展開におけるさるべき位置を確信化（第4話）。

7　新展開の幕開けに、大輔命婦紹介の宮姫君像に期する源氏の並々ならぬ懐いによる、琴の琴の嗜み聴取の「場」を設定（第5話）。

8　姫君の純粋そのものの性格示唆（第5話）。

9　「けり」止め確認態の語りで、源氏・姫君の出会いに、源氏の好奇心・好色(すき)心をそそる命婦の思惑（第5話）。

10　源氏の、宮姫君への急な積極的求愛に迷い、命婦の、宮姫君の源氏との関わりにより今以上の不幸の懸念を印象化（第5話）。

11　「場」の幕に、源氏・乳母子命婦の対話の筆の遊びにより、『源氏・常陸宮姫君の物語』の悲喜劇的展開の匂い示唆（第5話）。

12　草子地話者認識態・「けり」止め認識態併有に無敬語表現の融合化の語りで、頭中将をクローズアップして、『源氏・常陸宮姫君の物語』展開における重要な役割を確信化（第6話）。

13　「けり」止め確認態、「けり」止め確認態に無敬語表現の融合化の重複、無敬語表現、再び、草子地確認的説明態・「けり」止め確認態併有に無敬語表現の融合化、さらに、無敬語表現を重ねて、頭中将の、源氏の微行不審の好奇心をクローズアップして、源氏の密事把握の意図、その好色(すき)事へのライバル意識示唆（第6話）。

14 「光源氏・頭中将・常陸宮姫君」の三巴の新たなロマンの世界に聴く者（読む者）の好奇心誘発（第6話）。
15 源氏・頭中将の絡み合う幾筋もの物語の裏の流れ示唆（第6話）。
16 「話」止めに、「光源氏・頭中将・撫子」の三巴による来るべき大展開を予想化（第6話）。

手法の要点として次が指摘される。

1 新物語展開の幕開けに、脇役をクローズアップして、若きヒーローとの絡み合いによる重要な位置示唆（第3話）。
2 **草子地確認的説明態・「けり」止め確認態併有**の語りで、条件設定により必然的な流れを誘導（第3話）。
3 **草子地確認的説明態・「けり」止め確認態併有**の語りで、人物の性（さが）の設定により必然的な流れを誘導（第3話）。
4 **「けり」止め**確認態の語りで、必然的な展開の用意による人物配置示唆（第3話）。
5 新展開の幕開けに、ニューヒロインと目される人物の嗜好をクローズアップして、物語展開への投影示唆（第4話）。
6 新展開の幕開けに、脇役の人物をクローズアップして、若きヒーローとの絡み合いによる重要な位置示唆（第4話）。
7 **「けり」止め**確認態の語りで、必然的な展開の用意による人物配置示唆（第4話）。
8 **草子地**確認的説明態・**「けり」止め**確認態**併有**の語りで、必然的な展開の用意示唆（第4話）。
9 対話・独り言を敬語表現の有無により区別（第5話）。
10 **草子地**話者注釈態に**無敬語表現**の**融合化**の語りで、聴く者（読む者）の懐いを誘いながら、臨場感・物語の世界との一体感招来（第5話）。

11　**草子地話者注釈態**の語りで、聴く者（読む者）の情感を誘発しながら、臨場感・物語の世界との一体感招来（第5話）。

12　**「けり」止め**確認態の語りで、聴く者（読む者）の意想外の展開の用意示唆（第5話）。

13　**草子地**推量態の語りで、聴く者（読む者）の情感を誘発しながら、物語の世界との一体感招来（第5話）。

14　**草子地話者認識態・「けり」止め**認識態**併有**に**無敬語表現**の**融合化**する語りで、若きヒーローに絡む脇役の再登場をクローズアップして、新たな流れを引き出す、新展開で重要な位置を占める人物示唆（第6話）。

15　通常敬語を用いて語るべき人物の上を、一例を除いて**無敬語表現**で表して、話題の中で、特にその人物の行動・思惟・言葉を強調する作意示唆（第6話）。

「**破**」（第8〜10 12 13話）

○第8話「頭中将、想念の世界で、常陸宮姫君熱愛のロマン、源氏に妬心」――「件」（22四〜23五―約11行）

源氏・頭中将を舞台回しとして、**『源氏・常陸宮姫君の物語』**から**『源氏・左大臣姫君の物語〈第二部〉』**の世界に転じて、源氏・頭中将は横笛、左大臣は高麗笛（こまぶえ）、女房たちは箏（そう）の琴と、左大臣家の音楽の楽しみ、琵琶の名手中務（なかつかさ）の君に頭中将の懸想クローズアップ、中務の君の拒絶、源氏への情念（おもい）による煩悶として、左大臣家の一女房のクローズアップにより、前話の「源氏・頭中将・故常陸宮姫君」の展開に並流するかのように、「源氏・頭中将・中務の君」の三巴の設定を思わせる。

地で、源氏・頭中将、宮姫君の琴（きん）の音想起として、共に宮姫君に対する好き心を確認するが、**「けり」止め**《確認態》に**無敬語表現**の**融合化**（二17三10）で、頭中将は、実に美しくかわいい宮姫君との逢い初め、熱愛のロマンの夢想をクローズアップして、相似る源氏の想念の世界のロマンを想わせながら、「源氏・頭中将・故常陸宮姫君」の、三巴の物語展開を予想させて興味をそそる。

さらに、**「けり」止め**《確認態》に**無敬語表現の融合化**（二18三11）を**連鎖**して、頭中将の、宮姫君に対する源氏の積極的求愛行動に嫉妬・不安を強調して、頭中将の、源氏への対抗意識による嫉妬心、想念の世界の一人相撲による被害妄想を思わせる。

「話」の主題は、「頭中将の、常陸宮姫君熱愛ロマンの夢想」（1）「頭中将の、源氏対抗意識による妬心」（2）、作意は、「「源氏・頭中将・常陸宮姫君」の、三巴の物語展開に興味誘発」と見做される。

「けり」止めに無敬語表現の融合化（二17三10）が、主題1の直接表出、**「けり」止めに無敬語表現の融合化**（二18三11）が、主題2の直接表出となっている。

○第9話「頭中将の、宮姫君に対するロマンの夢想、心情、焦燥感、源氏に妬心」―「**場**」（23五～25二―約18行）

草子地《推量態》（一11）で、源氏・頭中将より宮姫君への文・贈り物を推量して、源氏・頭中将それぞれに、宮姫君とのロマンの夢想を思わせながら、両者の求愛行動の究極に聴く者（読む者）の好奇心を誘う。

地で、源氏・頭中将共に宮姫君の返り言なしとして、**「けり」止め**《確認態》に**無敬語表現の融合化**（二19三12）で、頭中将の、ロマンの夢想・心情、返り言なき焦燥感を強調して、頭中将と同様の源氏の裡を思わせながら、頭中将の、源氏ライバル・コンプレックス意識をのぞかせ、源氏との差別待遇の疑念による頭中将の被害者意識を強調する。

地で、「例の隔てきこえたまはぬ」心として、源氏に対して、隔意をもたぬ頭中将の基本的な心情を語り、源氏との相違を思わせる。

無敬語表現（三13）で、頭中将の、源氏に宮姫君の返り言なき**哀訴**を強調して、源氏に対する隔意をもたぬ心情と同時に、内に込めおくこと不可能な性格を印象づけながら、源氏・頭中将の親密な関係の中での三巴の展開に興味を誘う。

源氏の、思惑とおりの頭中将の求愛行動に、笑み誘われる**地**から、含みのある、頭中将をやきもきさせる**言葉**として、二人の仲、胸裡、表情を想わせて聴く者（読む者）をその場に引き入れる。

宮姫君の差別意識との理解による、頭中将の源氏妬心を強調する**無敬語表現**（三14）で、頭中将の、源氏に対するライバル意識を思わせながら、再度、源氏・頭中将の親密な関係の中での三巴の展開に興味を誘う。

「話」の主題は、「源氏・頭中将の、宮姫君に求愛行動」（1）「頭中将、宮姫君の応対不審」（2）「頭中将、源氏対抗意識による妬心」（3）、作意は、「「源氏・頭中将・常陸宮姫君」の、三巴の物語展開に興味誘発」と見做される。

草子地（一12）が、主題1の直接表出、**「けり」止め**に**無敬語表現**の**融合化**（一19三12）、**無敬語表現**（三13）が、主題2の直接表出、**無敬語表現**（三14）が、主題3の直接表出となっている。

○第10話「源氏、頭中将対抗心から、大輔命婦に本気で宮姫君への仲介依頼」――「**場**」（25二〜27七―約25行）

地で、必ずしも深く思わぬことながら、宮姫君の、時の帝の最愛の皇子の求愛の詞（ことば）に返り言もせぬ、プライド無視の非礼、許容を越えた対応の仕方に対する源氏の興ざめ感を語る。

「けり」止め《確認態》に**無敬語表現**の**融合化**（一20三15）を入れて、頭中将の、源氏ライバル意識による積極的求愛行動をクローズアップして、源氏の、女は、親愛の言葉の多い方に靡くは必定、得意顔に、牛を馬に乗り換えたような様子は遺憾の**思惟**から、紹介者乳母子大輔命婦に、本気で宮姫君への媒（なかだち）依頼として、頭中将対抗心からの、積極的行動に転換する契機を作り出す。

　源氏の言葉を、一に、求愛に対する姫君の全くの無反応に、不安・不満の実につらい懐い、二に、わが好色の方面に宮姫君の疑念の確信的推量、三に、薄情な心はもち得ぬ性格（底本は、「さりとも、短き心はえつかはぬものを」で、大島本の、「さりとも、短き心ばへつかはぬものを」より、源氏の真面目人間の本質を強調するものとなる）、四に、相手の性急な性格による意想外の展開のみながら、結果的にはわが過失帰着の確信的推量、五に、おおらかで、親兄弟の干渉、不満による恨みもなく、気がおけない女は可愛く思われることと、宮姫君の含むところの、これまでの不幸な結果はすべて相手に起因、宮姫君の境遇はわが求める女として、自己弁護の言葉でわが身を飾りながら、後の展開の伏線を思わせる、自縄自縛の論理を印象づける。

　命婦は、一に、興趣を求める仮の宿りに宮姫君は不似合い、二に、ただただ控えめに振る舞い、内向的面は珍しい方と、目にする様子の言上として、源氏の本音の期待感に適合否定、さらに、想像をかき立てる宮姫君の外見の印象、その本質は全く不明、との仕掛けにより、仮初ならぬ展開の予見に聴く者（読む者）の好奇心を誘う。

　源氏は、才気煥発ならず、「いと子めかしうおほどかならむこそ、らうたくはあるべけれ」と、亡き夕顔哀慕による発言として、宮姫君にひたすらその「形代」を求める懐いの強さを思わせて、「光源氏・夕顔・宮姫君」の流れが、やがて「光源氏・藤壺宮・若紫」の流れと交わる機の浮上する長編的展開を予想させる。

「話」の主題は、「源氏、頭中将対抗心から本気で大輔命婦に媒依頼」（1）「源氏、薄情な心はもち得ぬ性格表明」（2）「宮姫君の境遇、源氏の懐いに適合」（3）「宮姫君に夕顔の「形代」化願望」（4）、作意は、『源氏・常陸宮姫君物語』展開の用意設定に興味誘発」と見做される。

「けり」止めに無敬語表現の融合化（二一20三15）が、主題1の誘導表出となっている。

○第12話「源氏、大輔命婦に常陸宮姫君への仲介催促」――「場」（27十〜32五―約46行）

地で、常陸宮姫君の琴（きん）演奏聴取の「いさよひの月をかしきほど」（第5話）の「春」からの時の流れを確認するかの「秋のころほひ」として、夕顔熱愛・永別の秋からひと年の、また来る秋に、若きヒーロー光源氏の君の胸を切なくしめつける、哀慕の想い一入の時の到来を思わせる。

夕顔の「形代」を求める懐いに駆られての、たびたびの文にも、宮姫君の相も変わらぬ無反応に、世の常識外れに、忌ま忌ましく、「負けてはやまじ」の心も加わった、命婦に催促の言葉として、プライドを損じた、意固地な若い皇子の、ロマンの香りなき展開に聴く者（読む者）を複雑な思いにする。

万事に控え目が昂じて返り言不可能の命婦の所見言上として、源氏の不快の矛先をいなす、もの馴れした姉が一途な弟を愛おしむかの、乳母子の大人の対応を思わせて、本願成就への展開に興味をそそる。

源氏の言葉は、世間並みならぬ姫君の対応への反発から入り、二に、恋の悩みを知り得ぬ、一人ではわが身の意のままならぬ頃は、羞恥心も当然、三に、今の姫に万事に沈着冷静さを推量、四に、何となく所在なく心細き懐い一入故、同じお胸の姫の返事により本願成就、五に、面倒な男女関係の思惑を離れて、姫邸の簀子で立話願望、六に、姫の無反応に募る不審感故、合意なくても対面の方策依頼、七に、姫の態度に苛立ち、好ましからぬ振る舞いなき推量として、命婦に安心感をもたらす、光源氏の君の巧みな口説の論理に聴く者（読む者）の苦笑を誘う。

地で、源氏は、わが世界の女（ひと）の境遇に、情報収集、強い関心をもつ性癖で、命婦の、退屈な宵居などのふとした機会の、宮姫君の上の言上に対して熱心に媒依頼として、第4話の『源氏・常陸宮姫君の物語』の幕開けの経緯の語りを再確認する。

「けり」止め《確認態》（二21）を入れて、命婦、源氏の媒催促に、気の毒な結果の懸念として、的中の可能性をのぞかせながら、物語展開の伏線を思わせて成り行きに興味を誘う。

源氏の本気の媒依頼に対して、自ら契機を作りながらの不承知も、いかにも歪み心との反省、父宮在世中でも、時の流れに取り残され、父宮亡き今は、まして訪れる人皆無の、前途に一筋の光明なき生活の懐いの命婦の**心話**から、漏り来る光源氏の君の「御けはひ」に、初老の侍女たちの笑み浮かべて返り言を勧める**地**の語りに流して、経緯の語りを省きながら具体的な展開に一歩を踏み出す。

「話」止めに、**草子地**《確認的説明態》・**「けり」止め**《確認態》**併有**（一13二22）で、宮姫君の、極端に恥ずかしがりやの性格、源氏の文を一向に目にも入れずとして、世の常の姫君に似ぬ稀有な性格設定の仕掛け、物語展開の伏線を想わせて成り行きに興味を誘う。

「話」の主題は、「源氏、乳母子命婦に宮姫君への媒説得」（1）「命婦、宮姫君に気の毒な結果の懸念」（2）「宮姫君、世の常の姫君に似ぬ稀有な性格」（3）、作意は、「夕顔哀慕による「形代」の物語の幕開け用意」と見做される。**「けり」止め**（二21）が、主題2の直接表出、**草子地・「けり」止め併有**（一13二22）が、主題3の直接表出となっている。

○第13話「大輔命婦、源氏・宮姫君の対面の機画策」――「件」（32五～33一―約六行）

適当な折に、物越の対話で、源氏の意に添わぬ時はそれまで、また、二人の宿命（さだめ）による、仮初の源氏の訪れに親同（はら）胞（から）なき宮の内で咎める人なしの命婦の**心話**を入れた**地**で、軽薄軽率な心による独断専行をクローズアップする。

「話」止めに、**「けり」止め**《確認態》（二23）で、命婦、源氏・宮姫君の対面の機画策を父に知らせぬを確認する形で、成り行きに興味を誘いながら、物語構想による仕掛けを思わせる。
「話」の主題は、『源氏・常陸宮姫君の物語』成立の介添え」、作意は、「熱愛・哀慕の夕顔の「形代」の物語の仕掛けに興味誘発」と見做される。

「けり」止め（二23）が、物語展開の展望による設定表出を思わせている。

語りの留意点として次が指摘される。

1　**「けり」止め**確認態に**無敬語表現**の**融合化**の語りで、頭中将の、想念の世界、源氏への対抗意識による嫉妬心クローズアップ（第8話）。

2　**「けり」止め**確認態に**無敬語表現**の**融合化**の語りで、頭中将の、宮姫君に対する源氏の求愛行動に嫉妬・不安強調（第8話）。

3　**草子地推量態**の語りで、源氏・頭中将の、宮姫君に求愛行動（第9話）。

4　**「けり」止め**確認態に**無敬語表現**の**融合化**の語りで、頭中将、宮姫君の返り言なきに、焦燥感（第9話）。

5　**無敬語表現**の語りで、頭中将、宮姫君の返り言なきに、源氏に哀訴、妬心（第9話）。

6　**「けり」止め**確認態に**無敬語表現**の**融合化**の語りで、頭中将の積極的な求愛行動を強調して、源氏の覚めかけた想いを、対抗心から本気で大輔命婦に媒依頼に転じる契機誘導（第10話）。

7　源氏、命婦に、宮姫君の冷対応を、わが好色・不実の疑念故と解して、自己弁護、誠実な性格の自己顕示、宮姫君の境遇はわが懐いに適合表明（第10話）。

8　大輔命婦、宮姫君は、仮初の愛の対象に不適、本質は全く不明の応答（第10話）。

9 『源氏・常陸宮姫君の物語』の長編的展開、物語展開の伏線設定示唆（第10話）。
10 『源氏・夕顔の宿の女（ひと）の物語』の「形代」愛（＝哀）の展開を予想化（第10話）。
11 若きヒーロー光源氏の君の、求愛無視の屈辱感により、プライドをかけて乳母子命婦に対する媒説得の巧みな口説の論理（第12話）。
12 「けり」止め確認態の語りで、宮姫君に気の毒な結果の命婦の懸念に、物語展開の伏線示唆（第12話）。
13 草子地確認的説明態・「けり」止め確認態併有の語りで、世の常の姫君に似ぬ稀有な性格設定に、物語展開の伏線示唆（第12話）。
14 『源氏・夕顔の宿の女の物語』成立の立役者源氏の乳母子惟光の性（さが）にも通う、「あだめきたるはやり心」の乳母子命婦を『源氏・常陸宮姫君の物語』成立の介添えにクローズアップして、種々仕掛けを想わせて成り行きに興味誘発（第13話）。
15 「けり」止め確認態の語りで、物語構想による新展開の仕掛け示唆（第13話）。

手法の要点として次が指摘される。

1 「けり」止め確認態に無敬語表現の融合化の語りで、聴く者（読む者）の意想外の展開の用意示唆（第8話）。
2 「けり」止め確認態に無敬語表現の融合化の語りで、聴く者（読む者）の情感を誘発しながら、物語の世界との一体感招来（第8話）。
3 「けり」止め確認態に無敬語表現の融合化の語りで、長編物語のヒーロー・脇役の絡み合う展開に聴く者（読む者）の好奇心誘発（第8話）。

4　**草子地推量態**の語りで、聴く者（読む者）の情感を誘発しながら、物語の世界との一体感招来（第9話）。
5　**「けり」止め**確認態の語りで、長編物語のヒーロー・脇役の絡み合う展開に聴く者（読む者）の好奇心誘発（第9話）。
6　**無敬語表現**の語りで、聴く者（読む者）の情感を誘発しながら、物語の世界との一体感招来（第9話）。
7　**「けり」止め**確認態に**無敬語表現**の**融合化**の語りで、物語の必然的な流れを誘導（第10話）。
8　**無敬語表現**の語りで、聴く者（読む者）の情感を誘発しながら、物語の世界との一体感招来（第9話）。
9　若きヒーロー光源氏の君の巧みな口説の論理で聴く者（読む者）の苦笑誘発（第10話）。
10　**「けり」止め**確認態の語りで、物語展開の伏線示唆により成り行きに興味誘発（第10話）。
11　**草子地**確認的説明態・**「けり」止め**確認態**併有**の語りで、物語展開の伏線示唆により成り行きに興味誘発（第10話）。
12　本流『光源氏の物語』の副流の物語成立の立役者・介添えに若きヒーローの乳母子の男女の用意示唆（第13話）。
13　**「けり」止め**確認態の語りで、物語展開の伏線を想定させて成り行きに興味誘発（第13話）。

「急」（第14話）

○第14話「源氏・宮姫君の契り」――「場」（33一～43五―約104行）
地で、ハイライトシーンの「場」を、故常陸宮邸、時は、「八月二十よ日」、「宵過ぐるまで、待たるる月の心もとな」く、「星の光ばかりさやけく、松の梢（こずゑ）吹く風の音心細」い状況の下、父母亡く、同胞（はらから）なき、訪れる人皆無、前途に一道の光明もなき生活の、孤独な宮姫君の住環境をクローズアップし、命婦を前にして、「いにしへのこと語り出（い）

でて、うち泣きなどしたまふ」と、哀感を誘う語り出しに、聴く者（読む者）の懐いを姫君の上に集める。

草子地《推量態》（一14）を入れて、命婦、好機の判断により、源氏に来邸の案内として、用意周到な画策を思わせながら、『空蟬』の小君の折を想起させて、ことの成否に興味を昂める。

地で、源氏の、「例のいと忍びて」来邸として、好色（すき）人光源氏の君の、いかにももの馴れした所作をイメージ化しながら、若い聴く者（読む者）の裡を熱く染める。

地を継いで、源氏と共に宮邸に現れて、照らす月の、荒れた籬辺（まがき）の気味悪く、厭わしい懐いで眺める姫君、命婦に「琴（きん）そそのかされて、ほのかにかき鳴らしたまふほど、けしうはあらず」として、姫の運命（さだめ）の幕開けに聴く者（読む者）の耳目を集中させる。

地で、命婦の、今風の華ある感じの加わる演奏を期する心として、わが意のままの演出の成り行きを案じて波打つ心を印象づけながら、姫君の不幸不運な将来を予感させる。

地で、荒れはてて人目なき所故、源氏のスムーズな入邸、命婦召呼と短い句切りの語りを連続させて、聴く者（読む者）に臨場感・物語の世界との一体感をもたらしながら、成り行きに好奇の心を昂める。

今初めて源氏の来邸に気づき顔の命婦の演技の**地**からその**言葉**に入る。

一に、時の帝の最愛の皇子光源氏の君の恐れ多い来邸に、実に羞恥の懐い、二に、源氏の君の、心からの求愛に対する姫君の全く返り言なきもどかしさによる来邸推量、三に、姫君の全く返り言なき常々の恨み言に対して、命婦、わが意のままならぬ由の言上、四に、自ら直接ものの道理を知らせる御意思の反復、五に、空しい御帰邸不可、六に、普通の軽々しい行動の叶わぬ御身故気の毒、七に、物越で源氏の君の言上聴取の勧め、として先行の源氏の口説に優るとも劣らぬ、もの馴れした命婦の巧みな論理に聴く者（読む者）を興じ入れる。

姫君の羞恥の懐いの**地**から、さる方に申し様も知らぬ**言葉**、さらに**地**で、膝行して奥に入る様子の、いかにも世馴れぬ感じとして、光源氏の君好みの深奥の姫君をイメージ化して展開を待たせる。

命婦の笑いの**地**から、その**言葉**を、一に、姫君の大人げなさがとても気がかり、二に、宮家の姫君でも、親同胞の後見なき今、世間知らずの振舞は非現実的、三に、これほど心細い境遇で、いつまでも男女の語らい遠慮は不似合いの教えとして、親切発言から、強い姿勢の忠告・進言は、姫君の日常生活の世話を束ねる立場を印象づける。

姫君の、しかるべき人の言葉は強く拒まぬ性格の**地**から、返事なしで話を聞けと言うなら、格子などの施錠が適切の**言葉**として、やっと一歩踏み出す語りに、簀子（すのこ）などは不都合、無理強いに軽薄な振舞はよもやの、実に言葉巧みに姫に安心感をあたえる**発言**から、**地**に移して、命婦自らの手で、二間（ふたま）の境の障子（さうじ）を強く施錠、敷物の用意として、万端整える成り行き如何に聴く者（読む者）の胸をときめかせる。

姫君の羞恥の懐いの**地**に**「けり」止め**《確認態》（二24）を入れて、若い皇子のような異性と言葉を交わす心得等も、全く知らずとして、初心（うぶ）な深奥の姫君の印象をもたらしながら、光源氏の君がいかに口説き落とすかに聴く者（読む者）の好奇心を昂める。

地で、親同胞なき姫君の光源氏の君との出会いに、二人の宿世（さだめ）の懐いで控える命婦を語って、『源氏・常陸宮姫君の物語』展開の行方を垣間見せる。

草子地《話者注釈態》（一15）で、聴く者（読む者）の疑問に応える形で、姫君を世話する乳母のような老女房などは、部屋に入り、横になって眠気を催す時分として、姫の傍らにしかるべき人なき、源氏の意のままに運べる状況を思わせる。

地で、若女房二三人は、世間で称賛される御様子拝見願望の、緊張感・心ときめき感の状況を説明して、臨場感・

物語の世界との一体感をもたらす。

地を継いで、姫君は、無難なお召し物に着替え、身なりの整え、世話されるままの、格別の心の用意もなき、光源氏の君の期待に応えられるや否やの、「ただ絵に描きたるものの姫君のやうにしすゑられて、うちみじろきたまふこともかたく」(『若紫』第一巻425十〜426三)をイメージ化して、ことの成り行きに聴く者(読む者)を急かせる。

地で、光源氏の君を「男(をとこ)」として、称賛の辞を尽くせぬ容姿美の人の、お忍びの心遣いから醸し出される香しいムードは最高に優美とし、その価値の解る人に見せたい願望、対照的な、零落した宮家の、何一つ光彩なき暗いムードに、執着する光源氏の君気の毒の、命婦の複雑な懐いを、「けり」止め《確認態》(二25)でうける形で、姫君の、おっとりしている様子は、安心、出過ぎた振舞いを男君に見せぬ思惟として、姫君を源氏の好みに合うタイプと思わせると同時に、無難な性格に潜む懸念を匂わせる。

命婦の思惟の地を続けて、源氏の、対面の機の媒の催促から逃れるために、姫君に気の毒な悩み事出来(しゅったい)の、心穏やかならぬ懸念として、ハイライトシーンの幕を上げながら、源氏・姫君の前途を想わせるかの語りで聴く者(読む者)を不安に駆り立てる。

地で、源氏の、意識の根底は、宮家の姫君を求める心、直感的第一印象は、ひどく気取った今風の上品ぶりよりも、この上なく奥ゆかしい懐い、姫君は、促され膝行して源氏に近づく様子はひそやか、実に心惹かれるように漂う薫物の香り、おっとりしている感じとして、夕顔の「形代」を切に求める若きヒーローの、予想どおりの満足感に、燃え立つ血潮、高鳴る鼓動を思わせる。

言葉巧みな愛訴に対する姫君の無反応に、世の好色(すき)人光源氏の君も全くなす術なく堪え難い心情の嘆息として、聴く者(読む者)の同情を誘うと同時に、なぜかくまでの疑念を生じさせて、その仕掛けに興味を誘う。

贈歌・言葉で、姫君の拒絶の辞なきを頼みに求愛し続けて、理解不可の沈黙に幾度(いくたび)も負けた悔しさに煮える心、想いの全く噛み合わぬ苦悩に、いっそ拒否の明言をの強い口調の訴えとして、焦れた光源氏の君の我慢の限界の最後通告を思わせて、姫君方の反応に注目させる。

侍従の呼称の姫君の乳母子を、逸る気持ちの強い若女房として登場させ、無言の時の経過に、もどかしく、きまり悪く思う**地**から、代詠の**答歌**を、源氏の君の求愛拒絶は不可でも、応じる気持になれぬは我ながら不可解と、若々しい特に重々しからぬ声で、人づてと解らぬように装っての言上に、源氏は、宮家の姫君としては馴々しい感じとして、**草子地**《話者述懐態》（一16）で、姫君のもの馴れた言い方は、かえって返事につまる行為を語り、姫君の代詠とは知らぬ源氏の、意外感、多少の興ざめ感の、心象の姫君との相違する懐いを印象づける。

源氏の**返歌**を、沈黙は裡(うち)で燃えたぎる心故と理知の心では承知しながらも、目の前の愛する人の、思いを胸に秘めて口に出さぬつらさの訴えとして、姫君の無言行(ぎょう)に対して、世に称えられる光源氏の君の面目を保たんとするも、忍耐力の限界を匂わせて、聴く者（読む者）の同情を誘いながら、窮余の一策を予想させる。

草子地《話者注釈態》（一17）を入れて、頼みにならぬ、その場限りの言辞を弄して、無垢の宮姫君の歓心を得ようと懸命に努める光源氏の君を想わせる。

地で、姫君が、心和むように興味が惹かれる内容にも、わが夫(つま)として頼む心に誘う真実味にも、恋の口説のかぎりを尽くす世の好色人光源氏の君をイメージ化する。

草子地《話者述懐態》（一18）で、数々の愛の言辞に姫君の無反応として、思案投げ首の困惑顔を想わせながら、光源氏の君の次の一手に聴く者（読む者）の好奇心を昂める。

以上、**地**を語る女房、**草子地**を語る女房の、交互の語りで、クライマックスに向けて状況を迫り上げて最後の瞬間を待たせる、『帚木』（第一巻173七〜176二）の、源氏・空蟬の契りと同じ演出を思わせる。

「けり」止め《確認態》（二26）で、源氏の入室を、姫君に想う人の存在故の頑なな態度と解した、男の影に張り合う嫉妬心による衝動的行動と思わせて、受動の姫君の身と聴く者（読む者）を一体化しながら、夕顔の「形代」の物語以外の、隠れた本命の作意に皆目見当もつかない『源氏・常陸宮姫君の物語』展開の行方に好奇心を昂める。

「けり」止め《確認態》（二27）で、命婦、驚愕、油断させて源氏に謀られた懐い、心の用意なき姫君気の毒さに、知らぬ顔で自室に退去として、意想外の展開に居たたまれぬ懐いを表しながら、源氏の意のままの経過を想わせる。

地で、若女房たちは、稀有な魅力の光源氏の君の容子の評判により、不意の侵入に咎め立ても大げさな嘆きもなくとして、源氏・姫君の契りを自然に受け入れる周囲の平静なムードを想わせるが、**「けり」止め**《確認態》（二28）で、意想外の急な展開に姫君の心の用意なき心配を強く確認する語りで、姫君の驚愕・惑乱状態の姿態の、源氏の心象への投影の仕方に不安を思わせて、物語展開上の伏線を予想させる。

地で、当の姫君は、茫然自失、突如女の身と成り変わる羞恥、夫君への恥じらいに、身の置き所もなき震えとして、源氏のまだ知らぬ体験に、愛しき懐い、初心そのものの大切に世話された女性との源氏の理解を、**草子地**《話者注釈態》に**無敬語表現**の**融合化**（一19三16）でうけて、さりながら、合点がいかぬ、何か気の毒な姫君の感触を強調して、これまで見える女性たちと相違する違和感を思わせながら、自身の目で確認する時を予想させて、聴く者（読む者）の好奇心を誘う。

草子地《反語態》（一20）を**連鎖**して、宮姫君に源氏の心を惹きつけるものなきを強調して、新展開の本格的幕開け時のニューヒロインの設定の仕方に興味を誘いながら、新展開の流れを引き出していく基本設定を思わせる。

地で、源氏の、嘆息、深夜の離邸として、その胸の裡の澱みを想わせながら、幕開けしたばかりの物語に、聴く者

（読む者）のまだ知らぬ新奇な趣向による展開を確信させる。

「けり」止め《確認態》（二29）で、命婦、源氏・宮姫君の契りの結果への不安な懐いを確認する形で、媒の身として、成り行きに強い関心、危惧の念を思わせる。

地で、命婦の、素知らぬ顔の思惟、見送りの声作（こわづく）りなしとして、機転をきかせた対応に、惟光と同じ乳母子の今後の展開における重要な役割を予測させる。

「けり」止め《確認態》（二30）で、源氏の人目を避けるように退邸を確認して、深い興ざめ感による複雑な胸中を思わせて、この成り行きに興味を誘う。

「話」の主題は、「孤独な宮姫君の住環境」（1）「源氏、姫君訪問」（2）「源氏の乳母子大輔命婦、姫君に強い姿勢の忠告・進言」（3）「姫君、源氏との対面に心の用意なし」（4）「源氏、姫君の第一印象に満足感」（5）「源氏、無言の君に我慢の限界、最後通告」（6）「姫君の乳母子侍従の代詠に、源氏の意外感」（7）「源氏の恋の口説のかぎりに姫君の無反応」（8）「源氏、嫉妬心による衝動的行動」（9）「命婦、退出、結果危惧」（10）「源氏、宮姫君に失望」（11）、作意は、『源氏・常陸宮姫君の物語』の成立・展開に問題提起」「源氏・常陸宮姫君の乳母子の重要な役割示唆」と見做される。

「けり」止め（二24）が、主題4の直接表出、**草子地**（一16）が、主題7の直接表出、**草子地**（一18）が、主題8の直接表出、**「けり」止め**（二26）が、主題9の直接表出、**「けり」止め**（二27 28）が、主題10の直接表出、**草子地**（一20）が、主題11の直接表出、**草子地**（一14）が、主題2の誘導表出、**「けり」止め**（二25）が、主題5の誘導表出、**草子地**（一19）に**無敬語表現**（三16）**融合化**が、主題11の誘導表出、**「けり」止め**（二29 30）が、語りの余韻表出、**草子地**（一15 17）が、語りの解説表出となっている。

語りの留意点として次が指摘される。

1 ハイライトシーンに、孤独な宮姫君の住環境クローズアップ。
2 源氏、命婦の案内により来邸、姫君の琴（きん）の演奏傍聴。
3 命婦、姫君に源氏の言上聴取の勧誘、強い姿勢の忠告・進言。
4 姫君の第一印象、この上なく奥ゆかしく、膝行して近づく様子はひそやか、心惹かれる薫物の香り、おっとりしている感じで、源氏の予想どおりの満足感。
5 言葉巧みな愛訴に対する姫君の無反応に、世の好色（すき）人光源氏の君も全くなす術なし。
6 源氏、和歌・言葉で、理解不可の沈黙の悔しさに煮える心、想いの全く噛み合わぬ苦悩に、いっそ拒否の明言をの強い口調の訴え、焦れて、我慢の限界の最後通告。
7 姫君の乳母子侍従の答歌の代詠に、源氏答歌。
8 **「けり」止め**確認態の語りで、源氏、男の影に張り合う嫉妬心による衝動的行動の入室。
9 **草子地**話者注釈態に**無敬語表現**の**融合化**の語りで、源氏の合点がいかぬ、何か気の毒な姫君の感触。
10 **草子地**反語態の語りで、源氏の失望感強調。
11 源氏、夜深（よぶか）く退邸。

手法の要点として次が指摘される。

1 ヒロインの乳母子に物語展開上の重要な位置の用意示唆。

2　地を語る女房、**草子地**を語る女房の、交互の語りで、クライマックスに向けて状況を迫り上げて最後の瞬間を待たせる、『帚木』（第一巻173七〜176二）の、源氏・空蟬の契りと同演出示唆。
3　**草子地**推量態の語りで、聴く者（読む者）の情感を誘発しながら、物語の世界との一体感招来。
4　「**けり**」**止め**確認態の語りで、物語展開の伏線を想定させて成り行きに興味誘発。
5　**草子地**話者注釈態の解説的な語りの挿入により、物語展開に説得力を期待。
6　「**けり**」**止め**確認態の語りで、ヒロインの性格設定により、物語展開の伏線を想わせて成り行きに興味誘発。
7　**草子地**話者述懐態の語りで、聴く者（読む者）の情感を誘発しながら、臨場感・物語の世界との一体感招来。
8　**草子地**話者注釈態の解説的な語りの挿入により、愛の言辞のかぎりを想わせて、聴く者（読む者）の情感を誘発しながら、物語の世界との一体感招来。
9　**草子地**話者注釈態の語りで、クライマックス前に一呼吸入れて、聴く者（読む者）の懐いを昂める効果期待。
10　「**けり**」**止め**確認態の語りで、聴く者（読む者）の情感を誘発しながら、臨場感・物語の世界との一体感招来。
11　「**けり**」**止め**確認態の語りで、物語展開の展望に基づく用意設定示唆。
12　**草子地**話者注釈態に**無敬語表現**の**融合化**の語りで、人物の状態をイメージ化して、聴く者（読む者）の情感を誘発しながら、臨場感・物語の世界との一体感招来。
13　**草子地**反語態の語りで、新展開の流れを引き出していく基本設定示唆。
14　**草子地**反語態の語りで、聴く者（読む者）の情感を誘発しながら、臨場感・物語の世界との一体感招来。
15　「**けり**」**止め**確認態の語りで、幕開けから皆目見当がつかない『源氏・常陸宮姫君の物語』展開の行方に興味誘発。

16 「けり」止め確認態の語りで、聴く者（読む者）の懐いを誘いながら、臨場感・物語の世界との一体感招来。
17 「けり」止め確認態の語りで、物語展開の展望をのぞかせながら、成り行きに興味誘発。

「余韻」（第15〜17話―第17話はｅ『源氏・左大臣姫君の物語〈第二部〉』「破」と重複）

○第15話「後朝（きぬぎぬ）の文遅延」―「件」（43五〜45四―約19行）

「話」頭に、「けり」止め《確認態》（二31）で、源氏、願いどおりにならぬ男女関係痛感、軽視できぬ宮姫君の身分の重荷負担の思案を強い口調で確認して、亡き夕顔の「形代」掌中の本願成就とは裏腹の結果に苦悩する複雑な胸中を思わせながら、『源氏・常陸宮姫君の物語』の、逢い初めから問題多き展開の行方に聴く者（読む者）の好奇心を昂める。

源氏の苦悩の地に無敬語表現（三17）を入れて、頭中将の、源氏のわけありげな朝寝揶揄強調として、その含みのある言葉に、源氏の隠し事に対する頭中将の疑念を思わせながら、宮姫君を巡る両者の絡み合う物語展開を予想させて興味を誘う。

源氏の、頭中将の影に張り合う嫉妬心による衝動的行動の笑止な大失態を隠すかの「心やすき独り寝云々」の演技の言葉から、頭中将の、本日の朱雀院行幸の楽人・舞人人選を父大臣に伝達して宮中帰参の辞として、『若紫』の「十月に朱雀院の行幸」（第34話―第一巻452十〜453一）を、「源氏・藤壺宮の逢う機」後に、さらに、「源氏・宮姫君の契り」翌日の語り方により、この二件に絡ませる作意のそれぞれの結果に注目させる。

両人同車しての参内の語りに、頭中将の、源氏の隠し事への疑念の言葉として、源氏の数多の密事の、近い将来に頭中将の手による露見の機を予想させる。

源氏、終日宮中伺候の地の語りに、**草子地**《話者注釈態》（一21）を入れて、朱雀院行幸に関する事柄を多く決める日を断る形で、後朝の文遅延の理由づけを思わせながら、物語展開に不自然感を回避する叙述姿勢を印象づける。

「話」の主題は、「源氏、亡き夕顔の「形代」掌中の本願成就とは裏腹の結果に苦悩」（1）「頭中将、源氏の隠し事に対する疑念」（2）「朱雀院行幸の楽人・舞人人選、関連事決定の日」（3）、作意は、『源氏・常陸宮姫君の物語』展開に問題提起」「朱雀院行幸の、物語展開への投影の仕方に興味誘発」と見做される。

「けり」止め（二31）が、主題1の直接表出、**無敬語表現**（三17）が、主題2の直接表出、**草子地**（一21）が、主題3の直接表出となっている。

○第16話「源氏、夕刻に後朝の文、二日の夜来訪なし」――「件」（45四～48二―約27行）

「話」頭に、**「けり」止め**《確認態》（二32）で、夕刻に後朝の文を強い口調で確認する形で、失望する源氏に宮姫君訪問の意思なく、憐憫の情による使者派遣を思わせ、**草子地**《推量態》（一22）を**連鎖**して、古女房の「けり」止めの重い語り口から今女房の軽妙な口調に変えて、源氏の、姫君訪問の意思なきを推量する形で、愛なき物語展開の行方に聴く者（読む者）の好奇心を昂める。

「けり」止め《確認態》（二33）を**連鎖**して、命婦、姫君哀憫の念、媒の身として、源氏の仕打ちに心憂き懐いとして、複雑な胸中を思わせながら、源氏・姫君の仲の先行き不透明感を印象づける。

さらに、**「けり」止め**《確認態》（二34）を**連鎖**して、姫君、源氏との契りの羞恥心で、夕刻の後朝の文に事の適否の判断力なしとして、気が転倒している状態を思わせながら、この先の展開に興味を誘う。

贈歌は、世の好色（すき）人光源氏の君も、姫君との契りに不満、二日の夜訪問にも心進まぬ本音をのぞかせ、源氏の来訪の意思なしと解した女房たちの衝撃、返歌の勧めにも、姫君の、惑乱状態、後朝の文の答歌の型通りの詠歌不可、焦れた侍従の指南、人々の催促により認めるも、**答歌**の、紙も、筆跡、文字配りも、見る価値なく、源氏の落胆の程を確信させる。

無敬語表現（三18）で、源氏の宮姫君の思惟推量を強調して、進むも退くも叶わぬ、自作自演の結果の、穏やかならぬ複雑な胸裡を思わせながら、この物語展開の先行き不透明感に興味を誘う。

地で、後悔の念（おも）いながら、わが宿命（さだめ）として、情深く最後まで世話する源氏の意思を語り、好色性の反面の「まめ人」性を強く印象づけて、聴く者（読む者）を安堵させると同時に、『源氏・常陸宮姫君の物語』の長編的展開を予想させる。

「話」止めを**「けり」止め**《確認態》（二35）で、源氏の意思知らぬ姫君の、二日の夜の来訪なき深い悲嘆を強い口調で確認する形で、三日（みか）の夜の来訪有無に興味をそそりながら、宮姫君の「生」の行方に聴く者（読む者）の好奇心を誘う。

「話」の主題は、「源氏、憐憫の情から、夕刻に後朝の文」（1）「命婦、姫君哀憫の念、源氏の仕打ちに心憂き懐い」（2）「姫君、源氏との契りに極度の羞恥心」（3）「源氏、姫君との契りに不満、二日の夜訪問も心進まず」（4）「源氏、姫君の答歌に落胆」（5）「源氏、自作自演の結果の、穏やかならぬ複雑な胸裡」（6）「源氏、宮姫君を情深く最後まで世話する意思」（7）「姫君、二日の夜の来訪なきに深い悲嘆」（8）、作意は、「本流『光源氏の物語』の副流『源氏・常陸宮姫君の物語』の長編性示唆」と見做される。

「けり」止め（二32）が、主題1の直接表出、**「けり」止め**（二33）が、主題2の直接表出、**「けり」止め**（二34）が、主題3の直接表出、**無敬語表現**（三18）が、主題6の直接表出、**「けり」止め**（二35）が、主題8の直接表出、**草子地**

（一22）が、語りの余韻表出となっている。

○第17話「源氏、朱雀院行幸準備に忙殺、宮姫君訪問なし」――「件」（48二〜49七―約15行）

地で、源氏、宮姫君との契りの二日目の夜、舅左大臣の宮中退出に伴われる形で、北の方の姫君の許へとする。朱雀院行幸を興趣あることに思い、楽人・舞人に選ばれた左大臣家の君達（きんだち）の参集、その話題に、舞の習得に明け暮れして、耳障りな程の諸々の楽器の音色、それぞれの競争心の渦巻く、常の優雅な遊びと異なり、大篳篥（おおひちりき）、尺八（さくはち）、太鼓（たいこ）と、左大臣邸の大活況模様を語り、当然のこと源氏もその輪の中にあるを推測させる。

その背後には、三日の夜も空しく経過の現実の下に、宮姫君方の人々の、一夜限りの契りに、世の好色（すき）人光源氏の君に謀られた、宮家のプライド蹂躙の屈辱感、父宮・同胞（はらから）・後見なき心細い生活に、源氏の君来訪の明るい期待の反動による失望感、姫君自身の想像に余る悲嘆と、宮邸の暗く深い沈黙の淵を想わせて、聴く者（読む者）の哀憐の懐いを昂める、語らぬ効果演出の作意を思わせる。

源氏の、行幸準備に忙殺される中、一途に心にかける所にだけは人目を忍ぶも、宮姫君の許には無沙汰のままで暮れはてる秋、誰も疎かにできぬはずの宮家の期待のかいもなく過ぎていく月日として、聴く者（読む者）を我が身の上の如き悲痛な懐いに誘い、源氏・宮姫君の仲の行方に注目させる。

「話」の主題は、「左大臣邸、朱雀院行幸の準備に大活況」（1）「源氏、宮姫君に無沙汰」（2）「悲嘆に明け暮れる宮邸の暗く深い沈黙示唆」（3）、作意は、『源氏・常陸宮姫君の物語』の、異色の物語展開に興味誘発」と見做される。

語りの留意点として次が指摘される。

1 **「けり」止め**確認態の語りで、源氏、亡き夕顔の「形代」掌中の本願とは裏腹の結果に苦悩（第15話）。
2 **無敬語表現**の語りで、頭中将の、源氏の隠し事に対する疑念強調（第15話）。
3 **草子地**話者注釈態の語りで、朱雀院行幸の楽人・舞人人選、関連事決定の日（第15話）。
4 源氏、終日宮中伺候、後朝の文遅延（第15話）。
5 **「けり」止め**確認態の語りで、二日の夜訪問の意思なきを思わせる夕刻に、せめて後朝の文だけでもの、源氏の宮姫君憐憫の情（おもい）からの使者派遣（第16話）。
6 **草子地**推量態の語りで、愛なき物語展開の行方に聴く者（読む者）の好奇心昂揚（第16話）。
7 **「けり」止め**確認態の語りで、命婦の、姫君哀憐の念、源氏の仕打ちに心憂き懐い明示（第16話）。
8 **「けり」止め**確認態の語りで、姫君の、契りの極度の羞恥心で、夕刻の後朝の文に判断力なし（第16話）。
9 源氏、姫君の答歌に落胆（第16話）。
10 **無敬語表現**の語りで、姫君の心情を推察する源氏の、穏やかならぬ複雑な胸裡強調（第16話）。
11 源氏、後悔一入、思案投げ首の果てに、亡き常陸宮の姫君を情深く最後まで世話する意思により、この物語展開の長編性を予想化（第16話）。
12 **「けり」止め**確認態の語りで、源氏の意思知らぬ姫君の深い悲嘆（第16話）。
13 朱雀院行幸準備による左大臣邸の大活況とは裏腹に、源氏の来訪なく、悲嘆に明け暮れる宮邸の暗く深い沈黙の想像化により、聴く者（読む者）を哀憐の懐い誘発（第17話）。
14 本格的に幕開けしたばかりの『源氏・常陸宮姫君の物語』に、亡き夕顔の「形代」の物語ならぬ流れの、全く想像不可の方向示唆（第17話）。

手法の要点として次が指摘される。

1　「行幸」の、複数の物語展開への投影の仕方に興味誘発（第15話）。
2　**「けり」止め**確認態の語りで、幕開けから問題含みの物語展開の行方に興味誘発（第15話）。
3　**無敬語表現**の語りで、興味をそそりながら、臨場感・物語の世界との一体感招来（第15話）。
4　**草子地**話者注釈態の語りで、解説的な語りの挿入により、展開の不自然感を回避する叙述姿勢示唆（第15話）。
5　「話」頭・「話」止めの**「けり」止め**確認態の語りを、物語展開上の重要な布石化（第16話）。
6　**「けり」止め**確認態の語りで、異色の物語展開の先行き不透明感に興味誘発（第16話）。
7　**草子地**推量態の語りで、異色の物語展開の先行き不透明感に興味誘発（第16話）。
8　**無敬語表現**の語りで、聴く者（読む者）の情感を誘発しながら、物語の世界との一体感招来（第16話）。
9　**「けり」止め**確認態の語りで、長編的展望をのぞかせながら、展開の仕方に興味誘発（第16話）。
10　「明」の語りの強調により、「暗」部を聴く者（読む者）の想像に委ねて受容効果を高める演出示唆（第17話）。

d　**『源氏・常陸宮姫君の物語〈第二部〉』**（13話）

「序」（第18 19話）

○第18話「大輔命婦、源氏の薄情の訴え」──**「場」**（第二巻49七〜51六─約19行）

地で、朱雀院行幸間近となり、「試楽」などと騒ぎ立てる頃、源氏の許に命婦参上の機を作る。

源氏の、宮姫君の様子の問、哀憐の懐いの地、命婦の、源氏のあまりにも冷淡な心情は、姫君の様子を目にする人も気の毒との、泣かんばかりの心痛の訴え、地で、宮姫君を奥ゆかしく思わせて幕にする命婦の意図を無にした、そのつらい胸中推測の源氏の思惟として、頭中将の影に張り合う男の嫉妬心による衝動的行動から覚めて、状況を客観的に分析する若きヒーローを思わせる。

源氏の、精神的外傷に苦悩する姫君の沈黙の胸中推量も気の毒の懐いの地から、朱雀院行幸準備忙殺故にやむなし、姫君の、相手の心を知らぬ風の気性を懲らす意図との、牽強付会の無沙汰弁明の辞、さらに、源氏の微笑の、若々しい美しさに惹かれて、もらい笑みの命婦の、女性に恨まれる年頃で、思いやりに欠け、わが意のままの生活も当然の懐いと展開させて、若きヒーローの若々しい稀有な美貌の魅力をクローズアップする。

「話」止めを「けり」止め《確認態》(二36)で、源氏、朱雀院行幸準備後、時々姫君訪問を強く確認する形で、源氏の、情深く最後まで世話する意思による「まめ人」性を思わせながら、「時々」来訪の意味するところに興味を誘う。

「話」の主題は、「世の好色人(すき)光源氏の君の若々しい稀有な美貌の魅力」(1)「世の好色人光源氏の君の「まめ人」性確認」(2)、作意は、「聴く者(読む者)を魅了する世の好色人光源氏の君クローズアップ」と見做される。

「けり」止め(二36)が、主題2の直接表出となっている。

○第19話「源氏、宮姫君に無沙汰」――「件」(51六〜52一―約5行)

地で、源氏、藤壺宮ゆかりの少女の二条院に迎え取り後、その鍾愛に熱中として、『若紫』(第51話―第一巻495三〜497七)の語りを想起させるが、藤壺宮の「形代」若紫と、夕顔の「形代」常陸宮の姫君のあまりもの違いに対する諧謔的筆致を思わせる。

草子地《婉曲態》（一23）を継いで、源氏の、六条の御方に対する以前にまさる夜離れを推量して、源氏の裡に占める六条の御方の存在感の大きさを思わせながら、『源氏・紫のゆかりの物語』『源氏・六条の御方の物語』の並流、因果関係による絡み合いの展開の長編的展望をのぞかせる。

「けり」止め《認識態》（二37）を続けて、源氏、宮姫君に常に憐憫の懐いあるも、気のすすまぬは仕方なきことの話者の認識として、源氏の、理知・本能の葛藤を思わせながら、『源氏・紫のゆかりの物語』『源氏・常陸宮姫君の物語』の並流、因果関係による絡み合いの展開の長編的展望をのぞかせる。

「話」の主題は、「源氏、藤壺宮ゆかりの少女鍾愛により、六条の御方・宮姫君に無沙汰」、作意は、「『源氏・常陸宮姫君の物語』『源氏・紫のゆかりの物語』『源氏・六条の御方の物語』の並流する展開の長編的展望示唆」と見做される。

草子地（一23）、**「けり」止め**（二37）が、主題の直接表出となっている。

語りの留意点として次が指摘される。

1　源氏の許に命婦参上の契機設定により、若きヒーローの、宮姫君哀憐の情、媒乳母子命婦に対する配慮なき反省（第18話）。

2　並々ならぬ帝寵の、プライド高き若き皇子ながらも、周囲に思いやりある心情の印象化（第18話）。

3　光源氏の君の微笑の、若々しく美しい稀有な魅力クローズアップ（第18話）。

4　**「けり」止め**確認態の語りで、光源氏の君の「まめ人」性確認（第18話）。

5 『若紫』の、光源氏の君の全的存在の女性（ひと）藤壺宮との宿命的逢う機の『源氏・藤壺宮の物語』、藤壺宮ゆかりの兵部卿宮姫君の二条院に迎え取り、その鍾愛生活の『源氏・紫のゆかりの物語』、『夕顔』から流れ出して、その展望不可解の『源氏・六条の御方の物語』の語り想起化（第19話）。

6 夕顔の「形代」の物語を思わせて誕生した『源氏・常陸宮姫君の物語』が、夕顔を哀慕する源氏の心を惹きつける物語ではなく、その性格不明の展開を印象化（第19話）。

手法の要点として次が指摘される。

1 機を捉えて、光源氏の君の、見る人の笑み誘う、若々しい稀有な美貌の魅力をクローズアップして、聴く者（読む者）を『源氏物語』の世界の擒にする演出（第18話）。

2 **「けり」止め**確認態の語りで、長編的展望をのぞかせながら、展開の仕方に興味誘発（第18話）。

3 「小話」を入れて、本流『光源氏の物語』の基幹流『源氏・藤壺宮の物語』『源氏・紫のゆかりの物語』、副流『源氏・夕顔の宿の女の物語』『源氏・六条の御方の物語』展開を確認しながら、新しい流れに入る前の「間」の演出示唆（第19話）。

4 **草子地**婉曲態・**「けり」止め**認識態の語りで、副流の物語展開の長編的展望をのぞかせながら、興味誘発（第19話）。

「破」（第20 21話）

○第20話「源氏、宮姫君の容姿不審、確認願望」――「件」（52一〜六―約5行）

地で、源氏、宮姫君の大仰な羞恥の容姿不審、その確認願望ながら、藤壺宮ゆかりの若紫鍾愛生活専心による時の経過を思わせて、『源氏・常陸宮姫君の物語』を『源氏・紫のゆかりの物語』の陰の存在と印象づける。

若き好奇心は、宮姫君の「見まさり」の期待感、愛戯の「手探り」からは、その実態把握不可により、容姿の不審感を募らせて、確認願望の擒となるも、あからさまの手立ては遠慮として、種々方策をめぐらす世の好色（すき）人を想わせながら成り行きに興味を誘う。

「話」の主題は、「源氏、宮姫君の容姿不審、確認願望」、作意は、『源氏・常陸宮姫君の物語』の核心部の幕開け示唆」と見做される。

○第21話「源氏、姫君女房たち隙見」――「**場**」（52六〜55四―約28行）

「けり」止め《確認態》（二38）で、源氏、姫君の容貌・容姿不審から、ある宵居の時分に格子の間（はざま）から隙見を確認する形で、源氏の、好奇心の昂まりを思わせながら、聴く者（読む者）を同じ懐いに誘う。

草子地《話者認識態》（二24）を継いで、姫君は見えそうもなしとして、源氏のさらなる好奇心の昂まりを思わせながら、展開に興味を誘う。

地で、室内模様を、源氏の視界に入る順に聴く者（読む者）脳裏に写し出して、臨場感・物語の世界との一体感をもたらす。

ひどく傷んでいるが、長年変わらぬ几帳の立処（たちど）により、姫君の姿は見えず、御達（ごたち）四五人が近侍、御前から下がった所で、人々、お膳の不体裁さに加えて、これといった種類もなく粗末な物の食事。

お膳に、**草子地**《話者注釈態》（二25）を入れて、青磁風、唐製の物と語り、父親王亡く、家は零落するも、宮家の格式を今に残すを思わせて、姫君の人柄・プライドをのぞかせる。

隅の間に、実に寒そうな女房の、言い表しようもなく煤けた白い着物に、汚れた褶（しびら）を巻きつけている腰のあたりは見苦しい感じ、一応櫛を垂れるように挿している額の様子は、内教坊（ないきょうぼう）、内侍所（ないしどころ）の辺りに、こんな古女官がいるよとおかしく感じるとして、諧謔味のある筆の遊びに聴く者（読む者）を引き入れる。

「けり」止め《確認態》（二39）を継いで、源氏の、姫君の古女房たちに対する認識不足を確認する形で、想像に余る、宮家の姫君近侍の古女房ショックに、姫君の劣悪な住環境の更なる展開を予想させながら、今後の伏線を思わせる。

古参女房の、寒い年、長生き故に悲惨な目に遭う悲嘆の**言葉**、泣く者存在の**地**、辛かった故宮生前の時にまさる窮状の嘆き、頼みなく過ぎる月日の無情実感の**辞**の、飛び立ちそうに身震いする者、様々に体裁の悪い泣き言を聞くに耐えかねて隙見中止、立ち退きて、今到着の演技を**地**で語る。

不審の姫君の容姿の確認願望とは裏腹の、皮肉な結果の、窮乏生活の、悲嘆吐露の目睹・傍聴の初体験に、光源氏の君の得も言われぬ表情を想わせる諧謔味の筆致は、聴く者（読む者）に究極の展開を待たせる。

源氏の突然の入来に古女房たちの驚きの**言葉**、灯火を明るくし、格子を上げて、源氏の入室を導く**地**で「話」を止める。

「話」の主題は、「源氏、宮姫君の容姿不審による隙見」（1）「宮家の窮乏生活」（2）「古参女房の悲嘆」（3）「源氏、常陸宮家古女房ショック」（4）、作意は、『源氏・常陸宮姫君の物語』の核心部の幕開けに聴く者（読む者）の好奇心昂揚」と見做される。

「けり」止め（二38）、**草子地**（二24）が、主題1の直接表出、**「けり」止め**（二39）が、主題4の直接表出、**草子地**

(一25) が、語りの解説表出となっている。

語りの留意点として次が指摘される。

1　源氏、宮姫君の大仰な羞恥の容姿不審、「見まさり」の期待感、確認願望ながら、あからさまの手立ては遠慮として、聴く者（読む者）の好奇心誘発（第20話）。
2　姫君の容姿不審による源氏の隙見の機設定（第21話）。
3　宮家の窮乏生活の現実を描写、古参女房の悲嘆吐露目睹・傍聴による光源氏の君の、初体験衝撃の諧謔味の語りにより、今後の展開に聴く者（読む者）の好奇心昂揚（第21話）。

手法の要点として次が指摘される。

1　聴く者（読む者）の好奇心を誘う「小話」を入れて、新しい流れに入る契機設定示唆（第20話）。
2　人の本能を擽る謎めく語りを入れて、究極の展開に聴く者（読む者）の好奇心誘発（第20話）。
3　筆の遊びから諧謔味のある筆致に移して、聴く者（読む者）に究極の展開の待望化（第21話）。
4　「けり」止め確認態の語りで、新奇な展開に聴く者（読む者）の好奇心昂揚（第21話）。
5　「けり」止め確認態の語りで、聴く者（読む者）の情感を誘発しながら、臨場感・物語の世界との一体感招来（第21話）。
6　草子地話者認識態の語りで、聴く者（読む者）の情感を誘発しながら、臨場感・物語の世界との一体感招来（第21話）。

7 草子地話者注釈態の語りで、解説的な語りの挿入により、物語展開に不自然感回避する叙述姿勢示唆（第21話）。
8 「けり」止め確認態の語りで、条件設定により問題を提起して展開に興味誘発（第21話）。

「急」（第22〜25話）

○第22話「源氏・宮姫君の夜の、激しい降雪、険しい空模様、吹き荒れる風」—「場」（55四〜56九—約15行）

「けり」止め《確認態》（二40）で、侍従、斎院勤めの若女房、近頃の不在を確認する形で、宮姫君近侍の女房たちの、侍従不在時の光源氏の君応接の仕方、機転がきく女房不在時の仕掛けに興味を誘う。

無敬語表現（三19）を連鎖して、応接する女房たちの、見苦しくあか抜けしない感じの者だけに、見慣れぬ源氏の心情を強調して、源氏の、宮姫君近侍の古女房ショックを思わせながら、さる女房たちだけの状況設定の結果を待たせる。

「けり」止め《確認態》（二41）を連鎖して、激しい降雪を確認する形で、『若紫』の、「霰(あられ)降り荒れて、すごき夜のさま」（第36話）の、若紫添い寝のロマンを想起させ、同趣の設定に、新趣向のロマンを想わせながら、興味をそそる。

地で、険悪な空模様、荒々しく吹く風、消えた灯火、点す人なしとして、荒廃した宮邸の不気味な闇の中に聴く者（読む者）を投じて、臨場感・物語の世界との一体感をもたらす。

『夕顔』の、源氏、物の怪に襲われた折想起の地に、草子地《婉曲態》（一26）を入れて、某院と比較して劣らぬ荒廃ぶりを推量して、某院の怪奇現象、夕顔の宿の女の怪死事件を想起させながら、『若紫』『夕顔』の同時想起により、何か重大な事態の発生を予測させせて、聴く者（読む者）の好奇心をかきたてる。

無敬語表現（三20）を**連鎖**して、源氏の不安で心細い心情を強調する形で、灯火の消えた闇の中の、不気味な状況に耐える源氏を想わせながら、次の出来事に聴く者（読む者）の好奇心を昂める。

続く**地**の、「すごう、うたて、いざとき心地する夜のさまなり」は、『若紫』の、「霰降り荒れて、すごき夜のさま」の折の、光源氏の君の全的存在の女性(ひと)輝く藤壺宮ゆかりの少女添い寝のロマンを想起させ、「をかしうも、あはれにも、様(やう)かへて心とまりぬべき」状況にもかかわらず、「いと埋(む)もれすくよかにて、何の映えなき」宮姫君を傍らにして、夕顔の夢再びの想いに浸ろうとする若きヒーローの夢無惨をクローズアップする。

「話」の主題は、「源氏訪問の宮姫君邸の夜の状況」（1）「若きヒーローの、夕顔の「形代」の夢無惨」（2）、作意は、『源氏・常陸宮姫君の物語』の核心部の展開に聴く者（読む者）の好奇心昂揚」と見做される。

「けり」止め（二40 41）、**無敬語表現**（三19 20）、**草子地**（一26）、が、主題1の直接表出となっている。

○第23話「源氏、宮姫君の容姿・容貌ショック」――「**場**」（56九～63七―約69行）

地で、夜明けの兆しに、格子を手づから上げて、前庭の植え込みの雪を見る源氏として、宮姫君と共寝の時の長さ、離床を待ちわびた懐いを思わせる語りに、「今朝のほど、昼間の隔てもおぼつかな」き亡き夕顔とのあまりもの違いに聴く者（読む者）を唖然とさせる。

降り積む雪に人跡なく、一面の荒廃、寂々そのものに、源氏の、離邸に姫君憐憫の情の**地**、黎明の空の情趣への誘い、万事消極的な姫君に心の隔ての**恨み言**と運ぶ。

雪の光に映える源氏の君の輝く美貌の魅力に、老女房たちの満面笑み湛える**地**、源氏の誘いに従うべき**進言**、**地**で、しかるべき人の言葉には逆らいえぬ姫君の性格により、黎明の、雪の反射光の中に身繕いをしたヒロインの登場として、聴く者（読む者）の視線を集中させる。

地の、顔は外に向け、好奇に輝く尻目の、「いかにぞ、うちとけまさりのいささかもあらば、うれしからむ」の期待感を、**草子地**《話者述懐態》（一27）でうけて、源氏の君のないものねだり無理として、宮姫君に対する源氏のはかない夢の、木っ端微塵の衝撃を思わせながら、夕顔の宿の女の怪死事件にも懲りぬ若きヒーローに対する諧謔の筆致に聴く者（読む者）の共感を誘う。

地で、まず、「居丈（ゐだけ）の高う、を背長（せなが）」の姫君を聴く者（読む者）の脳裏に映し出し、それを**無敬語表現**（三21）でうけて、宮姫君の、座高高く、胴長の姿を目にした時の源氏の衝撃を強調する形で、これまで合点がいかなかった感触の違和感の納得、紛う方なき現実に直面した源氏の言い表しようもない胸中を思わせる。

次に、**草子地**《話者認識態》・**「けり」止め**《認識態》**併有に無敬語表現の融合化**（一28二42三22）の語りで、姫君の、不格好な御鼻をズームアップして、とても見るに堪えない形に、源氏の仰天、衝撃の程を思わせながら、その具体像に聴く者（読む者）の好奇心を誘う。

無敬語表現（三23）を**連鎖**して、源氏の御鼻注視をクローズアップして、その具体像を待たせる。

無敬語表現（三24）を**連鎖**して、源氏の、姫君の御鼻の印象を強調する形で、その形容―白象の紅蓮華色の鼻―によりその具体像をイメージ化して、諧謔味を効かせた比喩により、この世に類なき奇異な容貌に聴く者（読む者）を注視させる。

地で、驚き呆れるほどに高く長く伸びて、先のところが少し垂れて赤みをおびる御鼻、それを引き立てる、雪がきまりが悪く思うほどに白くて青みがかる顔色と、諧謔の筆致の極限を思わせる。

無敬語表現（三25）で、姫君のおでこをクローズアップして、御鼻から額の様子へ、源氏の驚愕・好奇の視線により、さらに、聴く者（読む者）の好奇心を昂める。

草子地《推量態》（一29）を**連鎖**して、姫君の下に伸びる顔立ちの異様な長さを推量する形で、源氏の驚愕・好奇の視線に誘われた聴く者（読む者）を想像の擒にする。

無敬語表現（三26）を**連鎖**して、痩せ細り、衣の上まで見える肩の辺の痛々しい状態を強調して、容姿・容貌全貌目睹の語りにピリオドを打つ。

以上、草子地・「けり」止め併有に無敬語表現の融合化で、「あな、かたはと見ゆる」御鼻の、ズームアップに始めて、無敬語表現の四連続、草子地、さらに、無敬語表現と、語り口を変えながら、暗中の、初夜からの、源氏の、愛撫の指の感触の全行程の、好奇の視覚による確認を思わせる。

地で、姫君の全貌目睹の後悔の念一入ながら、めったに目にできぬ容姿・容貌に自然に目がいくとの諧謔の筆は、源氏の好奇心の昂まりの抑制不可を思わせて、更なる展開に興味をかき立てる。

無敬語表現（三27）で、源氏の、姫君たちの、頭の形、額髪の下がり端（ば）の美麗さに対する評価を強調する形で、常々、頭の形の良い、額髪の美しい、魅惑的女性美に惹かれる審美観を思わせる。

無敬語表現（三28）を**連鎖**して、宮姫君の、頭の形、額髪の下がり端、袿（うちき）の裾にふさふさとたまる髪の魅力をクローズアップして、容姿・容貌を除く美点の強調を思わせて、若きヒーローの好色（すき）心・好奇心の生け贄（にえ）、宮姫君哀憐の懐いを聴く者（読む者）の裡に染み渉らせる。

草子地《話者注釈態》（一30）を**連鎖**して、特に宮姫君の着衣云々は、口さがない仕業として、言わずもがなの、諧謔的過剰説明の弁明ポーズを思わせながら、常に聴く者（読む者）の反応に心する叙述姿勢を印象づける。

草子地《婉曲態》（一31）を**連鎖**して、昔物語でも、高い身分のしかるべき方のお召し物は、聴く者（読む者）の関心事を推量する形で、昔物語群に対して、今物語『光源氏の物語』の自負誇示をのぞかせながら、以下の語りの必要不可欠を強調する。

地で、薄赤色のひどく色褪せた単衣に、もとの色が分からない程に黒く汚れた袿を重ね、さらに、よい香りの古代物の高級品の黒貂(ふるき)の皮衣(かわぎぬ)の着用として、奇異な容姿・容貌の宮姫君の着衣の魅力を風刺・諧謔の筆致でズームアップする。

草子地《話者注釈態》(一32)を入れて、宮姫君の着衣は、古風な由緒あるお召し物として、宮家の格式の高さを思わせる。

無敬語表現(三29)を**連鎖**して、宮姫君の容姿・容貌により、着衣の不似合い感、仰々しい感じをクローズアップする形で、自作自演の不調和感を諧謔的語りで揶揄する。

さらに、**草子地**《話者認識態》に**無敬語表現**を**融合化**(一33三30)を**連鎖**して、赤鼻を引き立てる白くて青みがかる姫君の顔色をクローズアップしながら、黒貂の皮衣を生活必需品と思わせて、顔色と皮衣の密な関係を諧謔的語りで揶揄する。

以上、源氏の尻目による、宮家の姫君の容姿・容貌・着衣の強烈な印象を、諧謔・揶揄・風刺の語りで次々にクローズアップして、聴く者(読む者)の脳裏に映し出しながら、展開の行方に好奇心を昂めた語りを、源氏の憐憫の懐いの**地**で終止符を打つ。

言葉を失いながらも、姫君の開口を誘う源氏の努力に、ひどく恥じらう口覆いも「ひなび古めかしう」魅力なしの**地**に、**無敬語表現連鎖**(三31 32)の、諧謔・揶揄の筆致で、若い女性の魅力の感じられぬ羞恥のしぐさ、全く好色心のそそられぬ表情をクローズアップし、哀憐・同情の懐いで急ぎ離邸の地で宮姫君像活写の語りの筆を擱く。

源氏の、親同胞の後見なき境遇承知で逢い初めた相手に対する、姫君の疎遠の心なき親しみは本願成就、わが夫（つま）として認めぬかの様子の痛恨の懐いを離邸口実の**辞**とし、姫君の解けぬ心に対する苦衷吐露、垂れて赤みをおびる御鼻揶揄の**贈歌**を添えて、衝撃・悔恨の程を思わせる。

答歌はなく、ただ口重く「むむ」と笑う姫君を背に、哀憐の懐いで出邸とする「話」止めまで諧謔・揶揄の**地**で、世の好色人光源氏の君の複雑な胸裡を聴く者（読む者）の心に刻みながら、『源氏・常陸宮姫君の物語』第二幕のクライマックス・ハイライトシーンの幕を下ろすが、かくまで強烈な諧謔・揶揄・風刺の語りの成り行き、究極の展開を待たせる。

「話」の主題は、「雪の光に映える源氏の君の輝く美貌の魅力」（1）「源氏、宮姫君の、座高高く、胴長の姿に衝撃」（2）「源氏、宮姫君の、奇異な御鼻に大衝撃」（3）「宮姫君、青白い顔色、おでこ、異様な下長の顔、痛々しい痩身」（4）「宮姫君、頭形、頭髪美」（5）「奇異な容姿の宮姫君の着衣の魅力」（6）「宮姫君の羞恥の所作」（7）「源氏、宮姫君との仲に後悔の念、姫君哀憐の情」（8）、作意は、「宮姫君の奇異な容姿・容貌目睹の源氏の衝撃の、後の物語展開への投影の仕方の興味誘発」と見做される。

無敬語表現（三21）が、主題2の直接表出、**草子地**・**「けり」**止め併有に**無敬語表現**の**融合化**（一28二42三22）、**無敬語表現**（三23 24）が、主題3の直接表出、**無敬語表現**（三25 26）、**草子地**（一29）が、主題4の直接表出、**無敬語表現**（三27 28）が、主題5の直接表出、**無敬語表現**（三29）、**草子地**に**無敬語表現**の**融合化**（一33三30）が、主題6の直接表出、**無敬語表現**（三31 32）が、主題7の直接表出、**草子地**（一30）が、主題6の誘導表出、**草子地**（一27）が、登場人物の心情批評、**草子地**（一31 32）が、語りの解説表出となっている。

○第24話「常陸宮邸の荒廃、人々の窮乏生活」—「場」（63七～67九—約41行）

「けり」止め《確認態》（二43）で、常陸宮邸の荒廃、宮姫君の住環境を改めて確認する形で、今後の展開の展望に基づく伏線を思わせる。

地で、一に、寂寥感そそる常陸宮邸の荒廃、松の雪だけ温かそうな山里の雪帽子を想わせるとの諧謔の筆致で哀感誘発、二に、源氏、「葎の門」に意想外の女性存在の、『品定め』の左馬頭の言葉想起、三に、源氏、「心苦しくらうたげならむ人を、ここに据ゑて、うしろめたう恋しと思はばや」のロマンの夢想により、「あるまじきもの思ひ」の紛れる確信的想定、四に、源氏、想いに添わぬ宮姫君の有様実感、五に、源氏の、わが身以外に宮姫君に忍耐不可の懐い、六に、源氏、姫心配のあまりの故宮の魂の導きによる宿命的出会いの思惟とする。

これは、本流『光源氏の物語』の基幹流が『源氏・藤壺宮の物語』であることを確認し、その副流『源氏・夕顔の宿の女の物語』の「形代」の物語と思わせた『源氏・常陸宮姫君の物語』が、実は、亡き常陸宮の魂の導きによる、源氏・宮姫君の宿命的出会いとの物語構図を初めて明らかにし、その長編性を当然のことと思わせる。

地で、帰り路で、随身に払わせる雪に埋もれた橘の木、独りで起き上がる松の木からこぼれ落ちる雪に、聴く者（読む者）を古歌の興趣・情念の世界に誘いながら、源氏の、関わりをもった女性たちの人間模様の想起を思わせて、それほど深い情いでなくても、穏やかな程度にわが愛に応える女性の出現願望として、さる方の存在を念頭に置く懐い、即ち、胸裡から離れぬ六条の御方の確認を推測させて、表の流れに浮上する機を待たせる。

「けり」止め《確認態》（二44）で、源氏の朝まだき離邸を確認する形で、使用人の配慮不足の、万事に人手不足の、宮姫君の住環境を印象づけながら、今後の展開の伏線を思わせる。

地で、鍵の管理人として老使用人を登場させて、姫君近侍の老女房たちから外働きの使用人に至る常陸宮家の生活実態を源氏に認識させる、後の展開の用意を思わせる。

草子地《推量態》（一34）を入れて、老使用人の血縁関係を推量する形で、源氏の未知の世界を垣間見せて、宮姫君の住環境の一端を印象づけながら、今後の展開への投影をのぞかせる。

地で、雪明かりに目立つ薄汚れた着衣、寒さを痛感している顔色、変な物に火を少し入れて袖で包み持つ、老人の娘か孫か判然とせぬ女を、門を開けきることのできぬ老人の介添えとして登場させて、聴く者（読む者）も顔をしかめる光景をクローズアップする。

これは、「中秋の夕顔の宿」（『夕顔』第16話）の、暁の庶民生活の響きの語りを想起させながら、光源氏の君のこれまで見も知らぬ世界の人々の新登場に、新奇な展開の用意をうかがわせる。

源氏の、老使用人への憐憫の情の**詠歌**から、鼻に通じる詩句の**吟詠**を導き、青白い顔を背景にして寒さで赤みを増した宮姫君の御鼻の想起により独り笑みの**地**として、姫君の容姿・容貌の衝撃から、わが身以外に宮姫君に忍耐不可、亡き宮の魂の導きによる宿命的出会いの懐いの、「まめ人」光源氏の君の心の余裕を思わせる。

「話」止めの**地**で、「頭中将にこれを見せたらむ時、いかなることをよそへ言はむ、常にうかがひ来れば、今見つけられなん、とすべなう思す」として、近い将来に、宮姫君との仲の頭中将の知るところの展開、今後、「撫子」の件を含めて、本流『光源氏の物語』の基幹流・副流双方に、源氏・頭中将の関係に新たな事態の発生を予想させて、聴く者（読む者）の好奇心をそそる。

「話」の主題は、「常陸宮邸の荒廃、姫君の住環境確認」（1）「源氏、「葎(むぐら)の門」の「心苦しくらうたげならむ人」により、藤壺宮への道ならぬ恋の悩みの紛れの想定」（2）「源氏のロマンの夢想に添わぬ宮姫君」（3）『源氏・常陸宮姫君の物語』の、故宮の魂の導きによる、源氏と宮姫君との宿命的出会いの物語本質明示」（4）「まめ人」光源氏の君の、宮姫君世話の意思」(5)「源氏、穏やかにわが愛に応える女性の出現願望」(6)「源氏、老使用人に憐憫の情」(7)「源氏・頭中将の関係に興味誘発」(8)、作意は、『源氏・常陸宮姫君の物語』は、亡き常陸宮の魂の導きによる源氏と宮姫君との宿命的出会いの物語明示」『源氏・常陸宮姫君の物語』の背後に、『源氏・藤壺宮の物語』『源氏・紫のゆかりの物語』の底流示唆」「源氏・頭中将の関係の、本流『光源氏の物語』の基幹流・副流双方への投影示唆」と見做される。

「けり」止め(二43)が、主題1の直接表出、**「けり」止め**(二44)、**草子地**(一34)が、主題7の誘導表出となっている。

○第25話「源氏、姫君の実生活世話の意思・実行」—「件」(67九〜68十—約12行)

草子地《推量態》に**無敬語表現**の**融合化**(一35三33)で、人並みの容貌、特に優れた点のない様子の姫君なら、源氏の執着なきを推量して、光源氏の君の、「好色人(すき)」性・「まめ人」性の、本性(さが)の二元性、『源氏・常陸宮姫君の物語』の長編的展開の必然性を思わせる。

地で、源氏、宮姫君の容姿・容貌をわが目で確かめた後は、かえって哀憐の懐い深く、姫君の現実生活に即応するように常に便り、さらに、諧謔の筆の遊びを混ぜながら、具体的に、絹・綾・綿など、姫君の身の回り、老女房たちの着衣類から老使用人のに至る、正に上下(かみしも)に配慮しながらの贈り物として、姫君との出会いを父宮の魂の導きによるわが宿命(さだめ)と見做す「まめ人」光源氏の君の、姫君の生活万般に渉る行き届いた世話をクローズアップして、聴く者(読む者)を安心させる。

「話」止めを**「けり」止め**《確認態》(二45)で、源氏の実生活世話に宮姫君の羞恥なきにより、源氏の姫君の生活後見の意思、ごく親しい関係の世話を確認する形で、源氏の他の女性たちの間柄とは異なる展開、『源氏・常陸宮姫君の物語』を長編的展望の下に、他と異質の物語展開としての位置づけを思わせる。

「話」の主題は、「光源氏の君、「好色人」性・「まめ人」性の、二元性具備の本性（さが）」（1）「源氏、宮姫君の生活万般に渉る行き届いた世話」（2）『源氏・常陸宮姫君の物語』の、長編的展望の下、他と異質の物語展開としての位置づけ示唆」、作意は、『源氏・常陸宮姫君の物語』の本質示唆」と見做される。

草子地に**無敬語表現**の**融合化**（一35三33）が、主題1の直接表出、**「けり」止め**（二45）が、主題2の直接表出となっている。

語りの留意点として次が指摘される。

1　**「けり」止め**確認態の語りで、侍従、斎院勤めの若女房で不在（第22話）。

2　**無敬語表現**の語りで、源氏、宮姫君近侍の古女房ショック強調（第22話）。

3　**地**に、**「けり」止め**確認態、**草子地**婉曲態、**無敬語表現**を混ぜる語りで、『若紫』の、源氏、藤壺宮ゆかりの少女添い寝の夜のロマン、『夕顔』の、夕顔の宿の女の怪死事件の、同時想起（第22話）。

4　宮姫君、光源氏の君の夢砕く存在（第22話）。

5　雪の光に映える若きヒーロー光源氏の君の輝く美貌の魅力クローズアップ（第23話）。

6　**無敬語表現**の語りで、源氏、宮姫君の、座高高く、胴長の姿に衝撃強調（第23話）。

7　**草子地**話者認識態・**「けり」止め**認識態**併有**に**無敬語表現**の**融合化**、**無敬語表現連鎖**の語りで、源氏、宮姫君の、奇異な御鼻に大衝撃（第23話）。

8 地、**無敬語表現**、**草子地**推量態、**無敬語表現**の語りで、宮姫君の、青白い顔色、おでこ、異様な下長の顔、痛々しい痩身クローズアップ（第23話）。
9 **無敬語表現**の語りで、宮姫君の、頭形、頭髪美クローズアップ（第23話）。
10 **無敬語表現**、**草子地**話者認識態に**無敬語表現**の**融合化**の語りで、宮姫君の着衣の魅力クローズアップ（第23話）。
11 **無敬語表現連鎖**の語りで、宮姫君の羞恥の所作の魅力クローズアップ（第23話）。
12 **「けり」止め**確認態、地の語りで、常陸宮邸の荒廃、人々の窮乏生活クローズアップ（第24話）。
13 **草子地**推量態に**無敬語表現**の**融合化**の語りで、源氏、わが身以外に宮姫君に忍耐不可の懐い（第25話）。
14 源氏、姫を心配するあまりの故宮の魂の導きによる宿命的出会いの思惟―『源氏・常陸宮姫君の物語』の長編性示唆（第24話）。
15 「好色人」性・「まめ人」性の、光源氏の君の本性（さが）の二元性示唆（第25話）。

手法の要点として次が指摘される。

1 自然現象の語りで、前（さき）の物語展開のクライマックス・ハイライトシーンを想起させながら、新展開の本願のそれらの待望化（第22話）。
2 **「けり」止め**確認態の語りで、条件設定により問題を提起して展開に興味誘発（第22話）。
3 **無敬語表現**の語りで、聴く者（読む者）の情感を誘発しながら、臨場感・物語の世界との一体感招来（第22話）。
4 **「けり」止め**確認態の語りで、聴く者（読む者）の情感を誘発しながら、臨場感・物語の世界との一体感招来（第22話）。

5　**草子地**婉曲態の語りで、聴く者（読む者）の情感を誘発しながら、臨場感・物語の世界との一体感招来（第22話）。
6　機を促えて、若きヒーローの輝く美貌の魅力をクローズアップして、聴く者（読む者）を『源氏物語』の世界の擒化（第23話）。
7　**草子地**話者述懐態の語りで、聴く者（読む者）の懐いを誘いながら、臨場感・物語の世界との一体感招来（第23話）。
8　**無敬語表現**の語りで、聴く者（読む者）の懐いを誘いながら、臨場感・物語の世界との一体感招来（第23話）。
9　**無敬語表現**の諧謔味の語りで、聴く者（読む者）の懐いを誘いながら、臨場感・物語の世界との一体感招来（第23話）。
10　**草子地**話者認識態・**「けり」止め**認識態**併有**に**無敬語表現**の**融合化**の諧謔味の語りで、聴く者（読む者）の懐いを誘いながら、臨場感・物語の世界との一体感招来（第23話）。
11　**草子地**推量態の諧謔味の語りで、聴く者（読む者）の情感を誘発しながら、臨場感・物語の世界との一体感招来（第23話）。
12　**草子地**話者注釈態の解説的な語りの挿入により、物語展開の違和感・不自然感を極力回避する叙述姿勢示唆（第23話）。
13　**草子地**婉曲態の語りで、聴く者（読む者）の情感を誘発しながら、物語の世界との一体感招来（第23話）。
14　**草子地**話者注釈態の解説的な語りの挿入により、物語展開の不自然感を回避する叙述姿勢示唆（第23話）。
15　**草子地**話者認識態に**無敬語表現**の**融合化**の諧謔味の語りで、聴く者（読む者）の懐いを誘いながら、臨場感・物語の世界との一体感招来（第23話）。

16 本流『光源氏の物語』の基幹流・副流の基本構造を確認して、その絡み合う展開に興味誘発（第24話）。
17 聴く者（読む者）の懐いを先立てたりたたずませたりしながら展開に興味誘発（第24話）。
18 「けり」止め確認態の語りで、聴く者（読む者）の懐いを誘いながら、臨場感・物語の世界との一体感招来（第24話）。
19 草子地推量態の語りで、諧謔味の筆致で聴く者（読む者）の懐いを誘いながら、臨場感・物語の世界との一体感招来（第24話）。
20 随時諧謔の語りを入れて、物語展開の核心部を想起させながら、聴く者（読む者）を『源氏物語』の世界の人化（第25話）。
21 草子地推量態に無敬語表現の融合化の語りで、聴く者（読む者）の懐いを誘いながら、物語の世界との一体感招来（第25話）。
22 「けり」止め確認態の語りで、現展開の長編的展望の下に、他の物語とは異質の展開予示示唆（第25話）。

「余韻」（第27～31話―第31話はg『源氏・紫のゆかりの物語〈第一部〉』「余韻」と重複）

○第27話「宮姫君、源氏に正月の晴れ着の贈物」―「場」（69八～76二―約63行）
聴く者（読む者）の関心に応えるかのように、源氏・宮姫君の仲の媒（なかだち）大輔命婦の、源氏との関係に触れる。

地で、源氏の宮中の宿直所（とのいどころ）（桐壺）に命婦参上として、髪梳（す）き役の時などは、源氏、色恋めくことなく、乳同胞（はらから）の気が置けない間柄ながらも、近侍の女房同様に戯れ言を言ったりして、親しく召し使う故にとして、「けり」止め《確認態》（二46）で、お召しでない時も、源氏に用件ある時に自らの意思で上るを確認する形で、両者の親しい関係を思わせながら、『源氏・常陸宮姫君の物語』の長編的展望の下で、しかるべき機ごとに源氏への関わり合いの仕方に興味を誘う。

宮姫君の文持参、その開示に至る両者の**受け答え**を通して、うちとけた親しい関係を印象づけた後に、懸想文に使う薄様ならぬ、厚みのある陸奥国紙に香を深く焚き染めての諧謔の筆致に、**無敬語表現**（三34）を継いで、実に見事に書き上げた文を強調して、『源氏・常陸宮姫君の物語』の特質を思わせるかの諧謔・揶揄の語りで、源氏・姫君の異趣の世界に興味を誘い、同趣の語りの続く長編性をうかがわせながら、この展開の成り行き、本流『光源氏の物語』に占める位置に聴く者（読む者）の好奇心を誘う。

姫君から源氏への贈物として、**地**、源氏・命婦の**受け答え**により、その問題点を諧謔・揶揄の筆致の彩りで飾る。一に、重そうで古風な衣装箱、二に、北の方ならぬ宮姫君の、わが夫に特に正月の晴れ着用意の、分をわきまえぬ行為、三に、源氏、宮姫君の詠歌内容に、論外、実に恐れ多い懐い、四に、命婦、源氏のほほ笑みの裡を推量して赤面、五に、晴れ着の、薄紅色で、許容を越えて光沢なく古びて見える単衣に、裏表同じ濃い紅色の直衣と連ねる。

諧謔の流れの止めの語りを、姫君の文の端に、手習い様に、「なつかしき　色ともなしに　何にこの　すゑつむ花を　袖にふれけん　色こき花と見しかども」あのかぎりなく心惹かれた「白き花」の「おのれひとり、笑みの眉ひら」いたような夕顔の「形代」ならぬ、対照的な「紅のはな」に袖触れてしまった後悔一入、情趣を解し、情感濃やかな女性を夢見たのにの、源氏の心の赴くままの**独詠**の戯れ書として、聴く者（読む者）の笑み誘いながら、若きヒーロー光源氏の君の複雑な懐いの余韻に浸す。

命婦、源氏の歌詞の「花の咎め」を訳ありと見て、折々の月明下の姫君の容貌を思い合わせて、気の毒ながらおかしい懐いとする。

源氏の君の情愛の薄くても、宮姫君の名を汚す評判を立てることなく、労りの心の願い、気がかりな仲の、返歌の形の、実に世馴れた命婦の**独り言**に、源氏、宮姫君の詠歌にせめて通り一遍の詠み口だけてもの期待に反する実に残念な懐いとして、傍らに侍従なき姫君の、万事に心もとない生活を印象づける。

流れの止めを**草子地**《話者注釈態》(一36)で、宮姫君の行為云々は、その身分上気の毒、名の傷つく語りは慎むべきとして、言わずもがなの語りの弁明ポーズ、常に聴く者(読む者)の反応に心する叙述姿勢を思わせる。

人々の参上の**地**に、源氏の、贈物を取り隠す意思、宮姫君の行為として不適当の**言葉**から、源氏の嘆息の**地**に流して、命婦の、持参時の躊躇の予感的中に、深い後悔、浅慮・羞恥の懐いで退室とする。

これは、長編的展望の下に、大輔命婦なる源氏の乳母子を設定して、それに輔けさせながら哀しきヒロイン常陸宮姫君の際立つ滑稽味を演出する『源氏物語』作者の諧謔の作意をうかがわせる。

「話」の主題は、「宮姫君、源氏に正月の晴れ着の贈物」(1)「源氏・姫君の異趣の世界に興味誘発」(2)「源氏の、紅のはなに袖触れた後悔の述懐」(3)「媒命婦の、源氏に宮姫君哀憐の懐い期待」(4)、作意は、「源氏、宮姫君との仲に後悔、命婦の姫君哀憐の懐いクローズアップ」と見做される。

無敬語表現(三34)が、主題2の直接表出、**「けり」止め**(二46)が、主題1の誘導表出、**草子地**(一36)が、語りの余韻表出となっている。

○第28話「源氏の、戯れ言、吟唱、筆遣いの魅力」――「**場**」(76三~78三―約20行)

地で、翌日、命婦の清涼殿台盤所出仕時、宮姫君の文の返事を投げ与える源氏の、姫君の心への響きの遅さに倣ったかの、返り言の妙に心にかかり過ぎの軽い戯れ言、「紅のはな」の諧謔・揶揄の意をこめる歌謡の口すさびに、聴く者（読む者）を前話の「場」にタイムスリップさせる。

好奇心旺盛ながら事情(わけ)知らぬ女房たちの当を得ぬ言葉と宮姫君の件を背後に置いた命婦の噛み合わぬやり取りの諧謔味に、しばし聴く者（読む者）を遊ばせる。

源氏の返事持参を、**「けり」止め**《確認態》（二47）でうけて、宮邸の老女房たちの、源氏の筆遣いの魅力賞賛を確認する形で、光源氏の君礼賛の昂まりを思わせながら、荒廃の宮邸の、突然の来福感の行方に興味を誘う。

宮姫君の逢わぬ夜の無情の訴えに対する源氏の**返歌**、「逢はぬ夜を　へだつる中の　衣手(ころもで)に　かさねていとど　見もし見よとや」を、**草子地**《話者述懐態》（一37）でうけて、陸奥国紙(みちのくにがみ)ならぬ瀟洒な白い紙にすさび書きの魅力として、若きヒーロー光源氏の君の種々心配りの魅力に若い聴く者（読む者）の好色(すき)心を誘いながら、『源氏・常陸宮姫君の物語』のさらなる筆の遊びの行方に興味をそそる。

「話」の主題は、「源氏の、戯れ言、吟唱の魅力」（1）「源氏の、筆遣いの魅力」（2）、作意は、「若きヒーロー光源氏の君の所作・筆遣いの魅力クローズアップ」と見做される。

「けり」止め（二47）、**草子地**（一37）が、主題2の直接表出となっている。

○第29話「源氏、宮姫君に贈物」「姫君たち、自画自賛」―「件」（78三～79六―約14行）

地で、晦日(つごもり)の日の夕刻、姫君よりの贈物の衣装箱に、贈物の上に、姫君の晴れ着のお召し物一揃い、葡萄染(えびぞめ)の織物のお召し物、山吹襲等々の、色とりどりの見えるように重ねて、源氏、命婦を介して姫君に贈呈として、光源氏の君の「まめ人」性によるこまやかな配慮を思わせる。

地に**言葉**を混ぜて、贈物の返品に、装束の色合いの源氏の評価観を知るも、裏表同じ濃い紅(くれない)色の直衣へのこだわり、さらに、姫君の贈歌と源氏の答歌を比較して前者に高い評価と、宮家の、プライド高き、頑迷な「ねび人ども」の、論外の判断力、盲目的価値観に、再び諧謔・揶揄の筆致を極める。

「話」止めを、**「けり」止め**《確認態》（二48）の、諧謔・揶揄の語りで、宮姫君の贈歌の、並々ならぬ労作を確認する形で、物事にこだわる性質、物語展開の展望による性格・伏線設定を思わせる。

「話」の主題は、「光源氏の君の「まめ人」性」（1）「宮家の老女房たちの、論外の判断力・価値観」（2）「宮姫君、物事にこだわる性質」（3）、作意は、「「まめ人」性光源氏の君の、宮姫君・老女房たちへの関わり合いの仕方に興味誘発」と見做される。

「けり」止め（二48）が、主題3の直接表出となっている。

○第30話「正月七日、源氏、宮姫君訪問」「末摘花のお見送り」―「場」（79七～84一―約45行）

草子地《推量態》（一38）で、男踏歌（おとことうか）催事の年を推量して、源氏の必参加を思わせながら、若きヒーローの、「まめ人」性、優しい人柄を印象づける機を作る。

地で、正月も数日が過ぎ、いつものように、所々で、管弦よ、歌舞よと、男踏歌の準備に騒ぎ立てる、何となく慌ただしい中で、源氏、寂しい姫君邸哀憐の懐いから、七日の白馬（あおうま）の節会（せちえ）果てて御前より退出、宮中の宿直所（とのいどころ）（桐壺）宿泊をよそおいながら、夜を更かしての訪問とする。

御前よりの退出には、**「けり」止め**《確認態》（二49）で、帝に近侍する、花の近衛中将光源氏の君をイメージ化して、若き聴く者（読む者）の心を誘いながら、容姿・容貌ショック以来の宮姫君訪問の展開に耳目を集中させる。

地で、姫君邸の模様を写し出す。

邸内の様子は、これまでより活気づき、姫君も、もの柔らかな女のムードを身につけるとして、源氏の「まめ人」性による実生活世話の結果を印象づける。

もの言わぬ、無反応の姫君から一変する時の期待感のときめきに、しばし、ロマンの夢想に耽る若きヒーローを想わせて、以前とは異なる趣の展開を待たせる。

陽の光が顔をのぞかせる時に、帰邸をためらうかのように共寝の床を離れるとして、姫君愛、日頃の無沙汰への思いやりの優しい人柄を姫君・近侍の者の裡にしかと刻むかの若きヒーローの所作を思わせる。

廊の屋根もなく、荒廃する宮邸、雪の光に反射して、女房のおし開けた東の妻戸から射しこむ陽の光に、室内模様を可視化し、床からすこし出て、わが夫（せ）の君の直衣の着衣を見出だす、姫君の横向きの寝姿の、見事な、頭つき、こぼれ出る髪をクローズアップする。

源氏の、姫君の「生ひなほり」の期待感により格子の引き上げるも、気の毒な懐いのショックを想起して、上げきらずに脇息を寄せて格子をのせる配慮をうかがわせ、鬢（びん）ぐきの乱れの繕いとして、光源氏の君の艶めかしいしぐさに聴く者（読む者）を引き入れながら、対照的な姫君のあらまほしき姿態を思わせる。

ひどく古びた鏡台に、唐櫛笥（からくしげ）、掻上（かかげ）の箱、男の道具も少々が、しゃれた感じで源氏の興趣を誘うとして、光源氏の君を婿君に迎えて変わる生活感を写し出して展開の行方に聴く者（読む者）の好奇心をそそる。

草子地《確認的説明態》・**「けり」止め**《確認態》**併有**（一39―50）で、今日の姫君の衣装の世間並みに、若きヒーローの、「まめ人」性、温情味を強い口調で確認する形で、姫君の生活の全面的な源氏依存を思わせながら、『源氏・常陸宮姫君の物語』展開の、源氏の「生」と深く関わり合う展望をのぞかせる。

「けり」止め《確認態》（一51）を**連鎖**して、源氏、わが贈答の衣装に気つかず、興趣ある紋様の、目立つ表着（うわぎ）だけに見覚えの認識を強い口調で確認する形で、姫君の装いに並々ならぬ関心、美点発見願望を印象づける。

源氏の、今年はせめて声を少し、もの言わぬ、無反応の様子の改まる願望の**言葉**に、この巻最後の**無敬語表現**（三34）で、姫君の震え声の発声・所作のクローズアップにより、夫の君の求めに応えようとする懸命な懐い、「われぞふりゆく」嘆きの訴えを印象づけて、奇異な容貌による発声を想わせながら、新春草々の老いの嘆きを諧謔的語りで揶揄する『源氏・常陸宮姫君の物語』を、本流『光源氏の物語』の基幹流『源氏・藤壺宮の物語』の背後に流れる異趣の物語として、宿命的愛に苦悩する二人の関係の緊迫感・重圧感を逸らす役割を思わせて、その行方に聴く者（読む者）の好奇心を誘う。

姫君の、身の「古りゆく」訴えを、年経る成果の揶揄の**言葉**に変えて、無情の現実を忘れては紅花の君との出逢いを夢かと見る揶揄の懐いを**吟唱**しながら退室する源氏を、ものに添い臥して見送る姫君の、見事な髪からこぼれ出る一際色鮮やかな末摘花をズームアップする諧謔・揶揄の**地**の語りで余韻を響かせながら幕を下ろす。

「話」の主題は、「源氏、宮姫君訪問」（1）「姫君邸、活気」（2）「姫君の生活、全面的に源氏依存」（3）「宮姫君、夫の君の求めに懸命に対応」（4）「末摘花の夫の君見送り」（5）、作意は、「光源氏の君の、「まめ人」性、優しい人柄クローズアップ」「副流異趣の『源氏・常陸宮姫君の物語』展開の、本流『光源氏の物語』の基幹流『源氏・藤壺宮の物語』『源氏・紫りゆかりの物語』との絡み合いに興味誘発」と見做される。

「けり」止め（二49）が、主題1の直接表出、**草子地・「けり」止め併有**（一39―二50）、**「けり」止め**（二51）が、主題3の直接表出、**無敬語表現**（三35）が、主題4の直接表出、**草子地**（一38）が、主題1の誘導表出となっている。

語りの留意点として次が指摘される。

1　源氏・宮姫君の仲の媒、源氏の乳同胞（はらから）大輔命婦をクローズアップして、「けり」止め確認態の語りで、源氏と親しい関係示唆（第27話）。
2　『源氏・常陸宮姫君の物語』の長編的展望の下で、しかるべき機ごとに、命婦の源氏への関わり合いの仕方に興味誘発（第27話）。
3　北の方ならぬ宮姫君の、源氏の君に正月の晴れ着用意（第27話）。
4　源氏の、白き花の夕顔の「形代」ならぬ、紅のはなの姫君に袖触れた後悔の懐い一入クローズアップ（第27話）。
5　媒命婦、源氏に宮姫君労りの心期待（第27話）。
6　命婦を絡ませて光源氏の君の所作の魅力クローズアップ（第28話）。
7　「けり」止め確認態の語りで、宮邸の老女房たちを引き合いにして、光源氏の君のすさび書きの魅力クローズアップ（第28話）。
8　突然の御「光」到来の物語展開の行方に興味誘発（第28話）。
9　草子地話者述懐態の語りで、光源氏の君のすさび書きの魅力クローズアップ（第28話）。
10　宮家の老女房たちの判断力・価値観を問題視して、物語展開の展望による語り示唆（第29話）。
11　正月七日、宮姫君訪問の機を設けて、若きヒーローの、「まめ人」性、優しい人柄クローズアップ（第30話）。
12　源氏に全面的に依存する姫君邸の活気（第30話）。
13　無敬語表現の語りで、もの言わぬ、無反応の姫君の、夫の君の求めに懸命に応える姿勢（第30話）。
14　一際色鮮やかな末摘花の諧謔・揶揄の語りの、異趣の物語展開の成り行きに興味誘発（第30話）。

手法の要点として次が指摘される。

1 諧謔・揶揄の語りで、聴く者(読む者)の意識を活性化しながら、『源氏物語』の世界に没入化(第27話)。
2 諧謔・揶揄の語りの背後に、「上の品」の女性の「生」の哀しさ示唆(第27話)。
3 「けり」止め確認態の語りで、長編的展望をのぞかせながら、特定の人物の関わり合いの仕方に興味誘発(第27話)。
4 **無敬語表現**の語りで、聴く者(読む者)の懐いを誘いながら、物語の世界との一体感招来(第27話)。
5 **無敬語表現**の語りで、諧謔・揶揄の語りを入れて、異趣の物語展開の行方に興味誘発(第27話)。
6 **草子地**話者注釈態の語りで、解説的な語りの挿入により、物語展開に話者の立場から配慮する叙述姿勢示唆(第27話)。
7 機を促えて、光源氏の君の所作・すさび書きの魅力をクローズアップして、聴く者(読む者)を『源氏物語』の世界に没入化(第28話)。
8 諧謔・揶揄の語りで、聴く者(読む者)の意識を活性化しながら、『源氏物語』の世界に没入化(第28話)。
9 **草子地**話者述懐態の語りで、聴く者(読む者)の情感を誘発しながら、物語の世界との一体感招来(第28話)。
10 機を促えて、光源氏の「まめ人」性の魅力をクローズアップして、聴く者(読む者)を『源氏物語』の世界に没入化(第29話)。
11 諧謔・揶揄の語りで、聴く者(読む者)の意識を活性化しながら、『源氏物語』の世界に没入化(第29話)。
12 「けり」止め確認態の語りで、物語展開の展望による用意設定示唆(第29話)。
13 機を促えて、若きヒーローの「まめ人」性、優しい人柄の魅力をクローズアップして、聴く者(読む者)を『源氏物語』の世界に没入化（第30話）。

14　諧謔・揶揄の語りで、聴く者（読む者）の意識を活性化しながら、『源氏物語』の世界に没入化（第30話）。

15　**草子地推量態**の語りで、聴く者（読む者）の情感を誘発しながら、物語の世界との一体感招来（第30話）。

16　**「けり」止め確認態**の語りで、物語展開に現実感を与えながら、公人若きヒーローをイメージ化（第30話）。

17　**草子地確認的説明態・「けり」止め確認態併有**の語りで、条件設定により必然的な流れを誘導する想示唆（第30話）。

18　**「けり」止め確認態**の語りで、条件設定により必然的な流れを誘導する想示唆（第30話）。

19　**「けり」止め確認態**の語りで、聴く者（読む者）の情感を誘発しながら、臨場感・物語の世界との一体感招来（第30話）。

20　**無敬語表現**の語りで、諧謔・揶揄の語りを入れて、異趣の物語の行方に興味を誘いながら、臨場感・物語の世界との一体感招来（第30話）。

e　『源氏・左大臣姫君の物語〈第二部〉』（2話）

「**破**」（第7 17話—第17話はc『源氏・常陸宮姫君の物語〈第一部〉』「余韻」と重複）

○第7話「源氏・頭中将、同車にて左大臣邸行き、音楽の遊び」—「**場**」（20二〜22四—約22行）

『源氏・常陸宮姫君の物語〈第一部〉』の「**序**」の語り、第5話「源氏、春十六夜（いさよい）、大輔命婦の案内で、故常陸親王の姫君の琴（きん）の琴（こと）の演奏聴取」、第6話「「頭中将、源氏尾行、源氏の好色（すき）事にライバル意識」で、頭中将の、源氏微行への積極的関与による、本音・戯（ざ）れ言織（ごと）り交ぜての強迫の言葉を連ねた後に見える。

地で、源氏・頭中将の、成り行きの面映ゆさから、それぞれ約束の所にも行くことができず、同車して、風情あるほどに雲隠れする月の下、笛を合奏しながらの左大臣邸行きを語って、二人の親密な間柄を実感させて、聴く者（読む者）の身も心も若い貴公子の世界に引き入れると同時に、本格的な鞘当ての機を予想させる。

地を続けて、先払いもせず、左大臣邸に忍び入り、誰も見ぬ廊で直衣に着替え、さりげなく今帰邸の顔で、共に思いのままに吹笛を楽しむ二人、聞き過ごさず、高麗笛を実に興趣深く吹く左大臣、さらに、御簾の中の女房たちには箏の琴の調べの指示と、『若紫』第15話の、北山で、頭中将はじめとする左大臣若君たちの奏楽の楽しみ、源氏の琴演奏に続く、さながら左大臣家コンサートの集いに聴く者（読む者）を興じ入れて、再来の機に、予告の「朱雀院行幸」を想わせながら心ときめかせる。

地で、左大臣家女房中務の君を琵琶の名手として登場させて、**無敬語表現**（三9）で、頭中将の懸想を強調するも、中務の君の拒絶、心惹かれるは源氏の君と人知るところとなり、左大臣夫人大宮の不快感により、中務の君の、憂鬱、身の置き所なき懐いの、その情念・懊悩のクローズアップは、「源氏・頭中将・中務の君」の三巴の設定を思わせて、「源氏・頭中将・故常陸宮姫君」の裏の流れとして、その行方にも興味を誘う。

「話」の主題は、「左大臣家の音楽の楽しみ」（1）「頭中将、左大臣家女房中務の君懸想」（2）「中務の君の情念」（3）、作意は、『源氏・常陸宮姫君の物語』の世界に、「源氏・頭中将・故常陸宮姫君」「源氏・頭中将・中務の君」の二つの流れを重ねて興味誘発」と見做される。

無敬語表現（三9）が、主題2の直接表出となっている。

語りの留意点として次が指摘される。

1　源氏・頭中将を舞台回しとして、『源氏・常陸宮姫君の物語』から『源氏・左大臣姫君の物語』の世界に転換して、長編物語の流れの中での関わり合いの仕方に興味誘発。

2　源氏・頭中将は横笛、左大臣は高麗笛、女房たちは箏の琴、中務の君は琵琶と、左大臣家の音楽の楽しみに、聴く者（読む者）の興味誘発。

3　**無敬語表現**の語りで、頭中将の、琵琶の名手中務の君懸想強調。

4　中務の君、頭中将拒絶、源氏への情念（おもい）に煩悶として、「源氏・頭中将・故常陸宮姫君」の展開に並流するかのように、「源氏・頭中将・中務の君」の三巴の設定示唆。

手法の要点として次が指摘される。

1　絡み合う人物設定により、物語展開の複雑化を想わせて、聴く者（読む者）の好奇心昂揚。

2　物語展開に重要な位置を占めるものと見做される人物の心情の強調により、興味をそそりながら、物語の世界との一体感招来。

f　**『源氏・藤壺宮の物語〈第一部〉』**（1話）

「**余韻**」（第11話――g『源氏・紫のゆかりの物語〈第一部〉』「余韻」と重複）

○第11話「源氏、瘧病（わらわやみ）罹病、藤壺宮に逢う機による時の経過」――「件」（27七～十――約3行）

『源氏・常陸宮姫君の物語〈第一部〉』の「**破**」の語り、「頭中将、想念の世界で、常陸宮姫君熱愛のロマン、源氏に妬心」（第8話）「頭中将の、宮姫君に対するロマンの夢想、心情、焦燥感、源氏に妬心」（第9話）「源氏、頭中将対抗心から、大輔命婦に本気で宮姫君への仲介依頼」（第10話）の後に見える。
地で、源氏、瘧病発症に、北山の聖の加療の勧めで北山行き、傾慕の女性父帝女御藤壺宮酷似の美少女、藤壺兄兵部卿宮の姫君との出逢い、藤壺宮の「形代」化の願望により、その後見申出の「春」、藤壺宮との逢う機、宮懐妊の「夏」の経過として、『源氏・常陸宮姫君物語』が、源氏の「生」の宿命的展開の語りの『若紫』以前からの流れを思わせる。

「話」の主題は、「『若紫』の『源氏・紫のゆかりの物語』『源氏・藤壺宮の物語』の世界の想起化」、作意は、「『源氏・常陸宮姫君物語』の、『源氏・紫のゆかりの物語』『源氏・藤壺宮の物語』との連関の仕方に興味誘発」「『源氏・常陸宮姫君物語』のハイライトシーンの幕開けに「間」の設定」と見做される。

語りの留意点として次が指摘される。

1　巻の主流『源氏・常陸宮姫君物語』展開に挿入する「話」により、本流『光源氏の物語』の基幹流に並流する副流の展開の位置づけ。

2　本流『光源氏の物語』の基幹流・副流の物語展開との連関模様に興味誘発。

手法の要点として次が指摘される。

1　巻の主流の物語展開のハイライトシーンの幕開け前に「間」を入れて、叙述効果アップ。

g　『源氏・紫のゆかりの物語〈第一部〉』（2話）

「余韻」（第11 31話―第11話はｆ『源氏・藤壺宮の物語〈第一部〉』「余韻」、第31話はｄ『源氏・常陸宮姫君の物語〈第二部〉』「余韻」と重複）

○第31話「源氏・紫の君の馴れ睦び」――**「場」**（84一～88六―約45行）

巻の主流**『源氏・常陸宮姫君物語』**展開閉幕後に、本流『光源氏の物語』の基幹流・副流の物語展開に関わるものとして見える。

「話」頭を、**地**で、源氏、宮姫君邸から二条院へ、目に映る紫の君は、実に可愛らしい、成人に近づいていく少女、紅(くれない)色はこのように心惹かれる色と見える、桜襲の細長(ほそなが)をやわらかみが感じるように着用、無心の様子はとても愛しいと語り、源氏の裡で自然にふつふつとこみ上げてくる情愛を思わせて、『源氏・常陸宮姫君の物語』とは根本的に別次元の世界を印象づける。

「けり」止め《確認態》（二52）を継いで、以前は歯黒めせぬ若紫を確認する形で、「話」頭の「紫の君」、この「祖母君(おばぎみ)」の呼び名により、『若紫』の、北山の春の、源氏とその傾慕の女性(ひと)藤壺宮酷似の美少女との出逢い、宮ゆかりと知って、その「形代」としてわが妻に迎える願望により「祖母君」に少女後見の申し出、孫娘の将来依頼の「遺言」、源氏の少女「添い寝」、若紫の二条院西の対入り、源氏の愛育、純真無垢な紫のゆかりの、「後の親」への自然な親しみ、「祖母君」の資質・人となりの影響の流れを想起させる。

これは、本流『光源氏の物語』の基幹流『源氏・藤壺宮の物語』『源氏・紫のゆかりの物語』の、本格的に表の流れに浮上する機を待望させ、源氏・藤壺宮の逢う機、宮の懐妊、源氏の若紫愛育生活のその後に、聴く者（読む者）の好奇心を昂める。

地で、源氏、引眉(ひきまゆ)・歯黒めと紫の君の顔を整えさせ、眉がはっきりしているのも可愛らしく気品をたたえる美しさとして、藤壺宮酷似の美少女の一段とねびまさる容貌をズームアップし、と同時に、憂き世に彷徨うわが魂の感懐、目の前の可憐な少女一人に愛情を集中せぬ若きヒーローの苦悩をクローズアップする。

源氏、常のように紫の君と雛遊び、若紫の、絵を描いて彩色する**地**に、「けり」止め《確認態》（二53）を継いで、紫の君の興趣を見せる絵すさびを確認する形で、絵の才能を思わせて、『若紫』（第49話）の、雛遊び、祖母君似の筆跡を想起させながら、物語展開上に才能発揮の機を予感させる。

源氏、紫の君の絵に髪のとても長い女を描き添えて、鼻に紅をつけて見ると、絵に描いても見るのが厭わしい様子、さらに、鏡台に映る実に上品で美しい顔の鼻に色をつけて見る**地**を、**草子地**《話者認識態》・「けり」止め《認識態》**併有**（一40二54）でうけて、最高に美しい光源氏の君の顔でも、赤鼻の交じるは見苦しいものとして、宮姫君の致命的欠陥赤鼻への飽くなき諧謔・揶揄の辞に、『源氏・紫のゆかりの物語』『源氏・常陸宮姫君の物語』に表裏の関係を思わせて、今後の展開の関わり合いの仕方に興味を誘う。

地の、ひどく笑う紫の君に対する、わが身がかく見苦しくなる時の源氏の**問**に始めて、**地**に**言葉**を混ぜて、源氏の戯れ言・行為に、真剣に応じる純真無垢な少女の真っ直ぐな心情を印象づけ、「平中」の空涙のオチまで引き合いにしながら、「戯れたまふさま、いとをかしき妹背と見えたまへり」と、二人の馴れ睦ぶ微笑ましい光景に聴く者（読む者）を引き入れてその裡を紅く染めては、『源氏・常陸宮姫君の物語』の筆の遊びの本意を思わせる。

地で、のどかな春の日、霞の中の樹々の梢、待ち遠しい花の中でも、梅の蕾を紅をさした口元のほころびとして、紫の君の無心の笑みを想わせる。

「けり」止め《確認態》（二55）を継いで、階隠のもとの色づく紅梅を確認する形で、宮姫君の鼻を連想させながら、源氏の**述懐歌**を誘導する。

「くれなゐの　花ぞあやなく　うとまるる　梅の立ち枝は　なつかしけれど　いでや」（紅の花は特にわけもなく親しみを感じぬことよ、紅梅の立ち枝にはとても心惹かれるのに、心底われながら呆れはてる心よ）と、われとわが心の矛盾を自嘲する諧謔・揶揄、思わず漏れるため息を巻のエピローグとする。

巻末を**草子地**《推量態》（一41）で、光源氏の君・紫の君・宮姫君の行く末を推量して、各自各様の「生」の究極に興味をかきたてながら、当面は、本流『光源氏の物語』の基幹流『源氏・紫のゆかりの物語』と、副流『源氏・常陸宮姫君の物語』に表裏の関係を思わせて、長編物語の流れの中での関わり合いの仕方に興味を誘う。

「話」の主題は、「美少女紫の君の一段とねびまさる容貌」（1）「源氏の感懐・苦悩」（2）「紫の君の絵の才能」（3）「源氏、紫の君と紅鼻の戯れ言」（4）「源氏の述懐」（5）、作意は、「本流『光源氏の物語』の基幹流『源氏・紫のゆかりの物語』に関わり合う副流『源氏・常陸宮姫君の物語』の長編的展望示唆」と見做される。

「けり」止め（二53）が、主題3の直接表出、**草子地・「けり」止め併有**（一40二54）が、主題4の直接表出、**「けり」止め**（二52）が、主題1の誘導表出、**「けり」止め**（二55）が、主題5の誘導表出、**草子地**（一41）が、語りの余韻表出となっている。

語りの留意点として次が指摘される。

1　源氏の目に映る紫の君、実に可愛らしい、成人に近づいていく少女。
2　紫の君、桜襲の細長を着用して、無心の様子はとても可愛い感じ。
3　源氏の裡で自然にふつふつとこみ上げてくる情愛示唆。
4　『源氏・紫のゆかりの物語』『源氏・常陸宮姫君の物語』は、根本的に別次元の世界の印象づけ。

5　紫の君の、引眉・歯黒めにより整った、可愛らしく気品をたたえる、一段とねびまさる容貌。
6　源氏の、憂き世に彷徨う我が魂の感懐、目の前の可憐な少女一人に愛情を集中せぬ苦悩クローズアップ。
7　**「けり」止め**確認態の語りで、紫の君の、興趣を見せる絵すさびに、物語展開上に才能発揮の機の予感化。
8　**草子地話者**認識態・**「けり」止め**認識態**併有**の語りで、最高に美しい光源氏の君の顔にも赤鼻の交じるは見苦しいもの。
9　源氏の戯れ言・行為に、真剣に応じる純真無垢な紫の君の真っ直ぐな心情の印象づけ。
10　源氏・紫の君の馴れ睦ぶ微笑ましい光景、「いとをかしき妹背」の感。
11　巻のエピローグを若きヒーローの詠歌で、われとわが心の矛盾を自嘲する諧謔・揶揄の辞。
12　**草子地推量態**の語りで、光源氏の君・紫の君・宮姫君の行く末、各自各様の「生」の究極に興味誘発。

手法の要点として次が指摘される。
1　諧謔・揶揄の語りで、聴く者（読む者）の意識を活性化しながら、『源氏物語』の世界に没入化。
2　**「けり」止め**確認態の語りで、聴く者（読む者）の情感を誘発しながら、臨場感・物語の世界との一体感招来。
3　**草子地話者**認識態・**「けり」止め**認識態**併有**の語りで、聴く者（読む者）の情感を誘発しながら、物語の世界との一体感招来。
4　**草子地推量態**の語りで、聴く者（読む者）の情感を誘発しながら、物語の世界との一体感招来。
「話」ナンバーを一段目に、各話の、A話題（件場の別・行数〈約〉）、B物語展開（括弧入りは、背後の流れを思わせるもの）、C主題、D作意を二段目に、登場人物（通称か、この帖の呼び名。括弧入りは背景的存在）を三段目に表示し、草子地・「けり」止め・無敬語表現による語りの機能（a）・作意（b）を四段目に示してみる。（括弧の漢数字一二三と算数字の組み合わせは、一〜三の叙述記号。Ⅰは主題の直接表出、Ⅱは主題の誘導表出、Ⅲは語りの余韻表出、Ⅳは次話への橋懸り表出、Ⅴは物語展開の展望による設定表出、Ⅵは語りの解説表出、Ⅶは登場人物の心情批評、Ⅷは登場人物の心情解説、Ⅸは登場人物の性情批判、Ⅹは登場人物の体験確認、◎は連鎖表出）

<table>
<tr><td>1</td></tr>
<tr><td>A源氏、夕顔哀慕、「形代」出現願望（件・21）
B『源氏・夕顔の宿の女（ひと）の物語』（「余韻」）
（『源氏・左大臣姫君の物語』）
（『源氏・六条の御方の物語』）
C源氏、夕顔哀慕により、その「形代」の出現願望
1
源氏、愛の範疇の、品位・教養ある噂の女君たちに求愛行動2
源氏、容易に靡く女君たちに、新鮮味なく期待感喪失3
源氏、意に適わぬ女君たちに求愛中止例多数4
D夕顔の「形代」出現に聴く者（読む者）の好奇心誘発</td></tr>
<tr><td>光源氏
夕顔
（葵の上）
（六条御息所）
（女君たち）</td></tr>
<tr><td>[草子地]（一1）Ⅰ◎
a夕顔の「形代」を求める源氏の積極的姿勢示唆
b夕顔の「形代」の物語展開の開幕、若きヒーローの、新しい愛の対象・世界に聴く者（読む者）の好奇心誘発
――――
[草子地]（一2）Ⅰ◎
a源氏の、求愛に容易に靡く女性たちに、心ときめかせる期待感喪失示唆
b源氏の心をときめかせる新鮮な魅力の女性出現、夕顔の「形代」の物語展開の開幕、若きヒーローの、新しい愛の対象・世界に聴く者（読む者）の好奇心誘発
――――
[「けり」止め]（二1）Ⅰ
a夕顔の魅力に比肩する女性なき示唆
b失望感募る若きヒーローの前に現われる女性に聴く者（読む者）の好奇心誘発</td></tr>
</table>

2	A源氏、かりそめの情事の女たち—伊予介後妻・継娘—想起（件・6） B『源氏・かりそめの女の物語〈第四部〉』（「余韻」） C源氏、裳抜けの殻の空（うつ）し身の女を妬（ねた）く想起1 源氏、垣間見の再来夢想2 源氏、関わりをもった女性を全く忘れ得ぬ本性（さが）3 D夕顔の「形代」の物語展開の背後に、かりそめの情事の陰陽の女の影示唆	光源氏 空蟬 軒端荻	「草子地」（一3）Ⅰ a魅惑的姿態の継娘との情事の再来を夢見る想い示唆 b若きヒーローの飽くなき好色（すき）心による新たなロマンに聴く者（読む者）の好奇心誘発 「「けり」止め」（一2）Ⅰ aもの忘れせぬ源氏の本性を確認しながら新展開に聴く者（読む者）の好奇心誘発 a源氏のロマンの再来を夢見る懐い示唆 b若きヒーローの飽くなき好色心による新たなロマンに聴く者（読む者）の好奇心誘発
3	A源氏の乳母子（めのとご）、大輔命婦（たいふのみょうぶ）（件・7） B『源氏・常陸宮姫君の物語〈第一部〉』（「序」） C源氏の乳母子大輔命婦 D好色の、若きヒーロー・脇役を揃えた新展開に聴く者（読む者）の好奇心誘発	光源氏 大輔命婦 （左衛門乳母） （大弐乳母） （兵部大輔）	「草子地・「けり」止め併有」（一4—3）Ⅰ◎ a皇族と血縁関係の人物の登場、ワキの人物の身分設定により、新しい物語の世界、ニューヒロインを「上の品」の女君と思わせて、夕顔・空蟬・軒端荻の「中の品」の女性たちとは異なる世界の愛の対象に興味誘発 b新しい物語の世界の人物構成の用意示唆 「草子地・「けり」止め併有」（一5—4）Ⅰ◎ a新たなロマンの世界を構成する人物設定示唆 b若きヒーローの飽くなき好奇心・好色心による新たなロマンの世界に聴く者（読む者）の好奇心誘発 「「けり」止め」（一5）Ⅴ a命婦の、その意思のままに行動可能な、フリーな立

			場示唆 b命婦の役割の想による設定示唆
4	A故常陸親王の姫君（件・22） B『源氏・常陸宮姫君の物語〈第一部〉』（「序」） C故常陸親王の姫君1 姫君像、琴の琴の嗜み以外、気立て・容姿等不明 2 紹介者、大輔命婦の生活3 D「中の品」の夕顔の「形代」、「上の品」の親王姫君の物語展開に聴く者（読む者）の好奇心誘発	光源氏 末摘花 故常陸宮 大輔命婦 継母	[「けり」止め]（二6）Ⅱ a源氏・命婦の親密な関係示唆 b新たな物語展開で、命婦の重要な役割示唆 [「けり」止め]（二7）Ⅰ◎ a大輔命婦の、その意思のままの行動可能な、フリーな立場示唆 b命婦の役割の想による設定示唆 [「けり」止め]（二8）Ⅰ◎ a大輔命婦の、その意思のままの行動可能な、フリーな立場示唆 b命婦の役割の想による設定示唆 [草子地・「けり」止め併有]（一6二9）Ⅰ◎ a大輔命婦の、その意思のままの行動可能な、フリーな立場示唆 b命婦の役割の想による設定示唆
5	A源氏、春十六夜、大輔命婦の案内で、故常陸親王の姫君の琴の琴の演奏聴取（場・58） B『源氏・常陸宮姫君の物語〈第一部〉』（「序」） C宮姫君の純粋そのものの性格示唆1 源氏、宮姫君の琴の嗜み聴取2	光源氏 末摘花 大輔命婦	[草子地に無敬語表現融合化]（一7三1）Ⅵ◎ a宮姫君の琴の琴の演奏技量、「上の品」の姫君の嗜みの域 b宮姫君の嗜みによる展開の期待感否定 [草子地]（一8）Ⅵ◎

	命婦、宮姫君に源氏の好奇心・好色心をそそる演出3 源氏、宮姫君への急な積極的求愛に迷い4 命婦、宮姫君の源氏との関わりによる今以上の不幸の懸念5 源氏・乳母子命婦の親しい間柄示唆6 D『源氏・常陸宮姫君の物語』展開の展望による用意設定示唆		a琴の琴に親しむ「上の品」の宮姫君の素養示唆 b宮姫君の魅力を想う源氏の裡示唆 [「けり」止め]（二10）Ⅰ a宮姫君に源氏の好奇心・好色心をかきたてる命婦の演出示唆 b命婦の演出を思わせながら、展開の行方に聴く者（読む者）の好奇心誘発 [草子地]（一9）Ⅲ a源氏の好色事の宮中内外に渉る示唆 b源氏の数多の好色事に聴く者（読む者）の好奇心誘発
6	A頭中将、源氏尾行、源氏の好色事（すき）にライバル意識（場・38） B『源氏・常陸宮姫君の物語〈第一部〉』（「序」） C頭中将の、『源氏・常陸宮姫君の物語』展開における重要な役割示唆1 頭中将の、光源氏の人生の表裏に深く関わり合う重要な脇役の位置の予想化2 頭中将の、源氏の密事把握の意図、その好色事へのライバル意識示唆3 「光源氏・頭中将・常陸宮姫君」の三巴の新たなロマンの世界に聴く者（読む者）の好奇心誘発4 源氏・頭中将の絡み合う幾筋もの物語の裏の流れ	光源氏 頭中将	[「けり」止め]（二11）Ⅱ a頭中将の、源氏・宮姫君への並々ならぬ関心示唆 b宮姫君に源氏・頭中将の絡み合う展開に聴く者（読む者）の好奇心誘発 [草子地・「けり」止め併有に無敬語表現融合化]（一10二12三2）Ⅰ◎ a新たなロマンの世界を構成する人物設定示唆 b「源氏・頭中将・宮姫君」の三つ巴の展開に聴く者（読む者）の好奇心誘発 [「けり」止め]（二13）Ⅱ◎ a親密な関係の、源氏・頭中将の、想う所への別行動示唆

示唆5

「光源氏・頭中将・撫子」の三巴の大展開の予想化6

D『源氏・常陸宮姫君の物語』展開の展望による用意設定示唆1

「光源氏・常陸宮姫君・頭中将」の裏の流れとして、「頭中将・撫子・光源氏」の三巴の大展開の予想化2

---

b源氏・頭中将の絡み合う展開に聴く者（読む者）の好奇心誘発

〔「けり」止めに無敬語表現融合化〕（二14三3）Ⅱ◎
a頭中将の、源氏の行動に格別の関心示唆
b源氏・頭中将の絡み合う展開に聴く者（読む者）の好奇心誘発

〔「けり」止めに無敬語表現融合化〕（二15三4）Ⅱ◎
a頭中将の、気を遣わぬ女性訪問の姿示唆
b頭中将の、「中の品」以下の女性との関わり示唆

〔無敬語表現〕（三5）Ⅱ◎
a頭中将の、源氏の微行不審の好奇心示唆
b頭中将の、源氏の密事把握の意図示唆

〔草子地・「けり」止め併有に無敬語表現融合化〕（一11二16三6）Ⅱ◎
a頭中将の、源氏の密事把握の意図示唆
b頭中将の、源氏の好色事へのライバル意識示唆

〔無敬語表現〕（三7）Ⅱ
a頭中将の、源氏の密事把握の意図示唆
b頭中将の、源氏の好色事へのライバル意識示唆

〔無敬語表現〕（三8）Ⅱ
a『品定め』『夕顔』の、源氏・頭中将の間柄、二人の世界の語りに基づく発言示唆

			b頭中将の、源氏の好色事へのライバル意識示唆
7	A源氏・頭中将、同車にて左大臣邸行き、音楽の遊び（件・22） B『源氏・左大臣姫君の物語〈第二部〉』（「破」） C左大臣家の音楽の楽しみ1 頭中将、左大臣家女房中務の君懸想2 中務の君の情念3 D『源氏・常陸宮姫君の物語』の世界に、「源氏・頭中将・故常陸宮姫君」「源氏・頭中将・中務の君」の二つの流れを重ねて興味誘発	光源氏 頭中将 左大臣 中務の君 大宮	[無敬語表現]（三9）I a頭中将の懸想により、左大臣家女房中務の君の存在クローズアップ b中務の君、琵琶の名手、頭中将の懸想、心惹かれる源氏の君と、「源氏・頭中将・常陸宮姫君」と同じ三巴の設定により、物語展開の伏線示唆
8	A頭中将、想念の世界で、常陸宮姫君熱愛のロマン、源氏に妬心（件・11） B『源氏・常陸宮姫君の物語〈第一部〉』（「破」） C頭中将の、常陸宮姫君熱愛ロマンの夢想1 頭中将の、源氏対抗意識による妬心2 D「源氏・頭中将・常陸宮姫君」の、三巴の物語展開に興味誘発	光源氏 頭中将 末摘花	[「けり」止めに無敬語表現融合化]（二17三10）I◎ a頭中将と類似する源氏の想念の世界のロマン示唆 b頭中将の想念の世界のロマンのクローズアップにより、「源氏・頭中将・宮姫君」の、三巴の物語展開を予想させて興味誘発 [「けり」止めに無敬語表現融合化]（二18三11）I◎ a頭中将の、源氏への対抗意識による嫉妬心示唆 b頭中将の想念の世界の一人相撲による予感示唆
9	A頭中将の、宮姫君に対するロマンの夢想、心情、焦燥感、源氏に妬心（場・18） B『源氏・常陸宮姫君の物語〈第一部〉』（「破」） C源氏・頭中将の、宮姫君に求愛行動1 頭中将、姫君の応対不審2	光源氏 頭中将 末摘花	[草子地]（一12）I◎ a源氏・頭中将それぞれの、宮姫君とのロマンの夢想示唆 b両者の求愛行動の究極に聴く者（読む者）の好奇心誘発

番号		10
内容	頭中将、源氏対抗意識による妬心3 D「源氏・頭中将・常陸宮姫君」の、三巴の物語展開に興味誘発	A源氏、頭中将対抗心から、大輔命婦に本気で宮姫君への仲介依頼（場・25） B『源氏・常陸宮姫君の物語〈第一部〉』（「破」） C源氏、頭中将対抗心から本気で大輔命婦に媒（なかだち）依頼1 源氏、薄情な心はもち得ぬ性格表明2 宮姫君の境遇、源氏の懐いに適合3 宮姫君に夕顔の「形代」化願望4 D『源氏・常陸宮姫君物語』展開の用意設定に興味
人物		光源氏 頭中将 末摘花 大輔命婦
表現	[「けり」止めに無敬語表現融合化]（一19三12）Ⅰ◎ a頭中将と同様の源氏の心の内を思わせながら、頭中将の、源氏ライバル・コンプレックス意識示唆 b宮姫君に対する源氏との差別待遇の疑念による頭中将の被害者意識示唆 [無敬語表現]（三13）Ⅰ a頭中将の、源氏に対する隔意なき意識示唆 a頭中将の、内に込めおくことの不可能な性格示唆 b源氏・頭中将の親密な関係の中での三巴の展開に興味誘発 [無敬語表現]（三14）Ⅰ a頭中将の、源氏に対するライバル意識示唆 b源氏・頭中将の親密な関係の中での三巴の展開に興味誘発	[「けり」止めに無敬語表現融合化]（一20三15）Ⅱ a頭中将の、源氏ライバル意識による積極的求愛行動示唆 b源氏の、頭中将対抗心から、積極的求愛行動に転換する契機設定

	誘発		
11	A源氏、瘧病（わらわやみ）罹病、藤壺宮に逢う機による時の経過（件・3） B『源氏・藤壺宮の物語〈第一部〉』（「余韻」） 『源氏・紫のゆかりの物語〈第一部〉』（「余韻」） C『若紫』の『源氏・紫のゆかりの物語』『源氏・藤壺宮の物語』の世界の想起化 D『源氏・常陸宮姫君物語』の、『源氏・紫のゆかりの物語』『源氏・藤壺宮の物語』との連関の仕方に興味誘発1 『源氏・常陸宮姫君物語』のハイライトシーンの幕開けに「間」の設定2	光源氏 藤壺 （若紫）	
12	A源氏、大輔命婦に常陸宮姫君への仲介催促（場・46） B『源氏・常陸宮姫君の物語〈第一部〉』（「破」） C源氏、乳母子命婦に宮姫君への媒説得1 命婦、宮姫君に気の毒な結果の懸念2 宮姫君、世の常の姫君に似ぬ稀有な性格3 D夕顔哀慕による「形代」の物語の幕開け用意	光源氏 大輔命婦 末摘花	［「けり」止め］（一21）Ⅰ a命婦の、仲介による気の毒な結果の懸念的中の可能性示唆 b物語展開の伏線を想定させて成り行きに興味誘発 ［草子地・「けり」止め併有］（一13一22）Ⅰ a世の常の姫君に似ぬ稀有な性格設定の仕掛けの想像化 b物語展開の伏線を想定させて成り行きに興味誘発
13	A大輔命婦、源氏・宮姫君の対面の機画策（件・6） B『源氏・常陸宮姫君の物語〈第一部〉』（「破」） C『源氏・常陸宮姫君の物語』成立の介添え	光源氏 大輔命婦 末摘花	［「けり」止め］（一23）Ⅴ a命婦の独断の印象により、その成り行きに興味誘発 b物語構想による新展開の仕掛け示唆

	D熱愛・哀慕の夕顔の「形代」の物語の仕掛けに興味誘発	兵部大輔	
14	A源氏・宮姫君の契り（場・104） B『源氏・常陸宮姫君の物語〈第一部〉』（「急」） C孤独な宮姫君の住環境1 源氏、姫君訪問2 源氏の乳母子大輔命婦、姫君に強い姿勢の忠告・進言3 姫君、源氏との対面に心の用意なし4 源氏、姫君の第一印象に満足感5 源氏、無言の君に我慢の限界、最後通告6 姫君の乳母子侍従の代詠に、源氏の意外感7 源氏の恋の口説のかぎりに姫君の無反応8 源氏、嫉妬心による衝動的行動9 命婦、退出、結果危惧10 源氏、宮姫君に失望11 D『源氏・常陸宮姫君の物語』の成立・展開に問題提起1 源氏・常陸宮姫君の乳母子の重要な役割示唆2	光源氏 大輔命婦 末摘花 姫君乳母 若女房たち 侍従	［草子地］（一14）Ⅱ a命婦の用意周到な画策示唆 b『空蟬』の小君の画策を想起させて、成り行きに興味誘発 ［「けり」止め］（二24）Ⅰ a全く初心（うぶ）な深奥の姫君の印象化 b全く初心な宮姫君を源氏がいかに口説き落とすかに興味誘発 ［草子地］（一15）Ⅵ a宮姫君の傍らにしかるべき人なき状況示唆 b源氏の意のままに運べる状況示唆 ［「けり」止め］（二25）Ⅱ a宮姫君の、源氏の好みに合うタイプ示唆 b無難な性格に潜む懸念暗示 ［草子地］（一16）Ⅰ a侍女の代詠とは知らぬ源氏の、意外感、多少の興ざめ感示唆 b源氏の、心象の姫君との相違する懐い示唆 ［草子地］（一17）Ⅵ a頼みにならぬ、その場限りの言辞を弄する源氏の想

像化
b無垢の宮姫君の歓心を得ようと努める源氏の想像化

[草子地]（一18）Ⅰ◎
a源氏の思案投げ首の困惑顔の想像化
b世の好き者光源氏の君の次の一手に聴く者（読む者）の好奇心昂揚化

[「けり」止め]（二26）Ⅰ◎
a受動の宮姫君の身と聴く者（読む者）の一体化
b幕開けから皆目見当がつかない『源氏・常陸宮姫君の物語』展開の行方に聴く者（読む者）の好奇心昂揚

[「けり」止め]（二27）Ⅰ◎
a意想外の展開に命婦の居たたまれぬ懐い表出
b源氏の意のままの展開の想像化

[「けり」止め]（二28）Ⅰ
a宮姫君の心の用意なき状態の、源氏の心象への投影の仕方に不安感示唆
b物語展開上の伏線示唆

[草子地に無敬語表現融合化]（一19三16）Ⅱ◎
a源氏の知る女性たちと相違する、宮姫君の感触の違和感示唆
b源氏の目で確認する時を予想させて、聴く者（読む者）の好奇心誘発

			[草子地]（一20）Ⅰ◎ a新展開の本格的幕開け時のニューヒロインの設定の仕方に興味誘発 b新展開の流れを引き出していく基本設定示唆 [「けり」止め]（二29）Ⅲ a成り行きに命婦の強い関心示唆 b成り行きに命婦の危惧の念示唆 [「けり」止め]（二30）Ⅲ a興ざめ感による源氏の複雑な胸中示唆 b深い興ざめ感の成り行きに興味誘発
15	A後朝（きぬぎぬ）の文遅延（件・19） B『源氏・常陸宮姫君の物語〈第一部〉』（「余韻」） C源氏、亡き夕顔の「形代」掌中の本願成就とは裏腹の結果に苦悩1 頭中将、源氏の隠し事に対する疑念2 朱雀院行幸の楽人・舞人人選、関連事決定の日3 D『源氏・常陸宮姫君の物語』展開に問題提起1 朱雀院行幸の、物語展開への投影の仕方に興味誘発2	光源氏 頭中将	[「けり」止め]（二31）Ⅰ a亡き夕顔の「形代」出現願望とは裏腹の結果に苦悩する複雑な胸中示唆 b若きヒーローの、逢い初めから苦悩、重荷を背負う物語展開の行方に興味誘発 [無敬語表現]（三17）Ⅰ a頭中将の含みのある言葉に、源氏の隠し事に対する疑念示唆 b宮姫君を巡る両者の絡み合う物語展開を予想させて興味誘発 [草子地]（一21）Ⅰ a後朝の文遅延の理由づけ示唆

			b物語展開に不自然感回避する叙述姿勢示唆
16	A源氏、夕刻に後朝の文、二日の夜来訪なし〔件・27〕 B『源氏・常陸宮姫君の物語〈第一部〉』（「余韻」） C源氏、憐憫の情から、夕刻に後朝の文1 命婦、姫君哀憐の念、源氏の仕打ちに心憂き懐い2 姫君、源氏との契りに極度の羞恥心3 源氏、姫君との契りに不満、二日の夜訪問も心進まず4 源氏、姫君の答歌に落胆5 源氏、自作自演の結果の、穏やかならぬ複雑な胸裡6 源氏、宮姫君を情深く最後まで世話する意思7 姫君、二日の夜の来訪なきに深い悲嘆8 D本流『光源氏の物語』の副流『源氏・常陸宮姫君の物語』の長編性示唆	光源氏 大輔命婦 末摘花 人々 侍従	[「けり」止め]（二32）Ⅰ◎ a愛なき源氏に宮姫君訪問の意思なく、憐憫の情示唆 b愛なき物語展開の行方に興味誘発 [草子地]（一22）Ⅲ◎ a愛なき源氏に宮姫君訪問の意思の全くなき示唆 b愛なき物語展開の行方に興味誘発 [「けり」止め]（二33）Ⅰ◎ a命婦の複雑な胸中示唆 b源氏・宮姫君の仲の先行き不透明感示唆 [「けり」止め]（二34）Ⅰ◎ a宮姫君の極度の羞恥心示唆 b気が転倒している宮姫君の状態から、この先の展開に興味誘発 [無敬語表現]（三18）Ⅰ a源氏の、進むも退くも叶わぬ、自作自演の結果の、穏やかならぬ複雑な胸裡示唆 bこの物語展開の先行き不透明感を思わせて興味誘発 [「けり」止め]（二35）Ⅰ a三日の夜の来訪有無に興味誘発 b宮姫君の「生」の行方に聴く者（読む者）の好奇心誘発

17	A源氏、朱雀院行幸準備に忙殺　宮姫君訪問なし（件・15） B『源氏・左大臣姫君の物語〈第二部〉』（「破」） 『源氏・常陸宮姫君の物語〈第一部〉』（「余韻」） C左大臣邸、朱雀院行幸の準備に大活況1 源氏、宮姫君に無沙汰2 悲嘆に明け暮れる宮邸の暗く深い沈黙示唆3 D『源氏・常陸宮姫君の物語』の、異色の物語展開に興味誘発2	光源氏 左大臣 左大臣君たち 末摘花	
18	A大輔命婦、源氏の薄情の訴え（場・19） B『源氏・常陸宮姫君の物語〈第二部〉』（「序」） C世の好色（すき）人光源氏の君の若々しい稀有な美貌の魅力1 世の好色人光源氏の君の「まめ人」性確認2 D聴く者（読む者）を魅了する世の好色人光源氏の君クローズアップ	光源氏 末摘花 大輔命婦	[「けり」止め]（二―36）I a源氏の、情深く最後まで世話する意思による「まめ人」性示唆 b「時々」来訪の意味するところに興味誘発
19	A源氏、宮姫君に無沙汰（件・5） B『源氏・常陸宮姫君の物語〈第二部〉』（「序」） （『源氏・紫のゆかりの物語』） （『源氏・六条の御方の物語』） C源氏、藤壺宮ゆかりの少女鍾愛により、六条の御方・常陸宮姫君に無沙汰 D『源氏・常陸宮姫君の物語』『源氏・紫のゆかり	光源氏 末摘花 若紫 六条御息所	[草子地]（二―23）I◎ a源氏の裡に占める六条の御方の存在感の大きさ示唆 b『源氏・紫のゆかりの物語』『源氏・六条の御方の物語』の並流、因果関係による絡み合いの展開示唆 [「けり」止め]（二―37）I◎ a源氏の、理知・本能の葛藤示唆 b『源氏・紫のゆかりの物語』『源氏・常陸宮姫君の

	の物語』『源氏・六条の御方の物語』の並流する展開の長編的展望示唆		物語』の並流、因果関係による絡み合いの展開示唆
20	A源氏、宮姫君の容姿不審、確認願望（件・5） B『源氏・常陸宮姫君の物語〈第二部〉』（「破」） C源氏、宮姫君の容姿不審、確認願望 D『源氏・常陸宮姫君の物語』の核心部の幕開け示唆	光源氏 末摘花	
21	A源氏、姫君女房たち隙見（場・28） B『源氏・常陸宮姫君の物語〈第二部〉』（「破」） C源氏、宮姫君の容姿不審による隙見1 宮家の窮乏生活2 古参女房の悲嘆3 源氏、常陸宮家古女房ショック4 D『源氏・常陸宮姫君の物語』の核心部の幕開けに聴く者（読む者）の好奇心昂揚	光源氏 末摘花 女房たち	[「けり」止め]（二38）Ⅰ◎ a源氏の、好奇心の昂まり示唆 b聴く者（読む者）の好奇心昂揚 [草子地]（一24）Ⅰ◎ a源氏の、さらなる好奇心の昂まり示唆 b物語の運び方に聴く者（読む者）の好奇心昂揚 [草子地]（一25）Ⅵ a父親王亡く、家は零落するも、宮家の格式示唆 b格式高い宮家育ちの姫君の人柄・プライド示唆 [「けり」止め]（二39）Ⅰ a源氏の想像に余る、宮家の姫君近侍の古女房ショック示唆 b宮姫君の劣悪な住環境の更なる展開の予想化により、今後の展開の伏線示唆
22	A源氏・宮姫君の夜の、激しい降雪、険しい空模様、	光源氏	[「けり」止め]（二40）Ⅰ◎

	吹き荒れる風（**場**・15） B『源氏・常陸宮姫君の物語〈第二部〉』（「**急**」） C源氏訪問の宮姫君邸の夜の状況1 若きヒーローの、夕顔の「形代」の夢無惨2 D『源氏・常陸宮姫君の物語』の核心部の展開に聴く者（読む者）の好奇心昂揚	末摘花 侍従 女房たち	a宮姫君近侍の女房たちの、侍従不在時の源氏の君応接の仕方に興味誘発 b機転がきく女房不在時の仕掛けに興味誘発 [無敬語表現]（三19）Ⅰ◎ a源氏の、宮姫君近侍の女房ショック示唆 b源氏のショックをうける女房たちだけの状況設定の仕掛けに興味誘発 [「けり」止め]（二41）Ⅰ◎ a『若紫』の、「霰降り荒れて、すごき夜のさま」（第36話）の、若紫添い寝のロマンの想起化 b同趣の設定に、新趣向のロマンを想わせながら、聴く者（読む者）の好奇心昂揚 [草子地]（一26）Ⅰ◎ a某院の怪奇現象、夕顔の宿の女の怪死事件の想起化 b『若紫』『夕顔』の同時想起により、何か重大な事態の発生を想わせながら、聴く者（読む者）の好奇心昂揚 [無敬語表現]（三20）Ⅰ◎ a灯火の消えた闇の中の、不気味な状況下に耐える源氏の君の想像化 b次の出来事に聴く者（読む者）の好奇心昂揚
23	A源氏、宮姫君の容姿・容貌ショック（**場**・69） B『源氏・常陸宮姫君の物語〈第二部〉』（「**急**」）	光源氏 末摘花	[草子地]（一27）Ⅶ a宮姫君に対する源氏のはかない夢の、木っ端微塵の

C雪の光に映える源氏の君の輝く美貌の魅力1
源氏、宮姫君の、座高高く、胴長の姿に衝撃2
源氏、宮姫君の、奇異な御鼻に大衝撃3
宮姫君、青白い顔色、おでこ、異様な下長の顔、痛々しい痩身4
宮姫君、頭形、頭髪美5
奇異な容姿の宮姫君の着衣の魅力6
宮姫君の羞恥の所作7
源氏、宮姫君との仲に後悔の念、姫君哀憐の情8
D宮姫君の奇異な容姿・容貌目睹の源氏の衝撃の、後の物語展開への投影の仕方の興味誘発

女房たち

衝撃示唆
b夕顔の宿の女の怪死事件にも懲りぬ若きヒーローに対する諧謔の筆致に聴く者（読む者）の共感誘発

[無敬語表現]（三21）Ⅰ◎
aこれまで合点がいかなかった宮姫君の感触の違和感の納得、源氏の衝撃の程示唆
b紛う方なき現実に直面した源氏の言い表しようもない胸中示唆

[草子地・「けり」止め併有に無敬語表現融合化]（一28二42三22）Ⅰ◎
aとても見るに堪えない鼻相に、源氏の、仰天、衝撃の程示唆
bその具体像に聴く者（読む者）の好奇心誘発

[無敬語表現]（三23）Ⅰ◎
a源氏の、仰天、衝撃の程示唆
bその具体像に聴く者（読む者）の好奇心誘発

[無敬語表現]（三24）Ⅰ◎
a宮姫君の御鼻の形容—白象の紅蓮華色の鼻—によりその具体像のイメージ化
b諧謔味を効かせた比喩により、この世に類なき奇異な容貌の宮姫君に聴く者（読む者）の好奇心誘発

[無敬語表現]（三25）Ⅰ◎
a御鼻から額の様子へ、源氏の視線の焦点示唆

b源氏の驚愕・好奇の視線に、さらに、聴く者（読む者）の好奇心誘発

［草子地］（一29）Ⅰ◎
a額から下長の顔の様子へ、源氏の好奇の視線の焦点示唆
b源氏の驚愕・好奇の視線に誘われた聴く者（読む者）の想像の擒（とりこ）化

［無敬語表現］（三26）Ⅰ
a下長の顔の様子から、痛々しく痩せ細り、衣の上からも見える肩の辺へ、源氏の驚愕・好奇の視線示唆
b源氏の驚愕・好奇の視線に誘われた聴く者（読む者）を想像の擒化

［無敬語表現］（三27）Ⅰ◎
a源氏の、魅惑的女性美に惹かれる懐い示唆
b源氏の、常々の、審美観示唆

［無敬語表現］（三28）Ⅰ◎
a容姿・容貌を除く宮姫君の美点の強調示唆
b源氏の好色心・好奇心の生け贄（にえ）、宮姫君哀憐の懐いを聴く者（読む者）の裡に浸透化

［草子地］（一30）Ⅱ◎
a言わずもがなの、諧謔的過剰説明の弁明ポーズ示唆
b常に聴く者（読む者）の反応に心する叙述姿勢示唆

[草子地]（一31）Ⅱ◎
a言わずもがなの、諧謔的過剰説明の弁明ポーズ示唆
b常に聴く者（読む者）の反応に心する叙述姿勢示唆

[草子地]（一32）Ⅱ◎
a姫君のお召し物の、宮家の格式の高さ示唆
b宮姫君の容貌とお召し物の不調和感クローズアップ

[無敬語表現]（三29）Ⅰ◎
a宮姫君のお召し物の、容姿・容貌との不調和感クローズアップ
b着衣の不調和感を諧謔的語りで揶揄して、聴く者（読む者）の懐い誘発

[草子地に無敬語表現融合化]（一33三30）Ⅰ◎
a宮姫君の赤鼻の背景クローズアップ
b顔色を諧謔的語りで揶揄

[無敬語表現]（三31）Ⅰ◎
a源氏の好色心の全くそそられぬ宮姫君の所作の印象の強調
b宮姫君の所作を諧謔的語りで揶揄して、聴く者（読む者）の懐い誘発

[無敬語表現]（三32）Ⅰ◎
a源氏の好色心の全くそそられぬ宮姫君の表情のクローズアップ

			b宮姫君の表情を諧謔的語りで揶揄して、聴く者（読む者）の懐い誘発
24	A常陸宮邸の荒廃、人々の窮乏生活（場・41） B『源氏・常陸宮姫君の物語〈第二部〉』（「急」） （『源氏・藤壺宮の物語』） （『源氏・六条の御方の物語』） C常陸宮邸の荒廃、姫君の住環境確認1 源氏、「葎（むぐら）の門」の「心苦しくらうたげならむ人」により、藤壺宮への道ならぬ恋の悩みの紛れの想定2 源氏のロマンの夢想に添わぬ宮姫君3 『源氏・常陸宮姫君の物語』の、故宮の魂の導きによる、源氏と宮姫君との宿命的出会いの物語本質明示4 「まめ人」光源氏の君の、宮姫君世話の意思5 源氏、穏やかにわが愛に応える女性の出現願望6 源氏、老使用人に憐憫の情7 源氏・頭中将の関係に興味誘発8 D『源氏・常陸宮姫君の物語』は、亡き常陸宮の魂の導きによる源氏と宮姫君との宿命的出会いの物語明示1 『源氏・常陸宮姫君の物語』の背後に、『源氏・藤壺宮の物語』『源氏・紫のゆかりの物語』の底流示唆2	光源氏 頭中将 左馬頭 末摘花 常陸宮 使用人たち 供人たち	［「けり」止め］（二―43）Ⅰ a宮姫君の住環境を改めて確認 b今後の展開の展望に基づく伏線示唆 ［「けり」止め］（二―44）Ⅱ a使用人の配慮不足の、宮姫君の住環境示唆 b万事に人手不足の、宮姫君の住環境の印象の確認により、今後の展開の伏線示唆 ［草子地］（一―34）Ⅱ a源氏の未知の世界の、常陸宮邸使用人像の垣間見せ b宮姫君の住環境を印象づけながら、今後の展開への投影示唆

	源氏・頭中将の関係の、本流『光源氏の物語』の基幹流・副流双方への投影示唆3		
25	A源氏、姫君の実生活世話の意思・実行（件・12） B『源氏・常陸宮姫君の物語〈第二部〉』（「急」） C光源氏の君、「好色人（すき）」性・「まめ人」性の、二元性具備の本性（さが）1 源氏、宮姫君の生活万般に渉る行き届いた世話2 『源氏・常陸宮姫君の物語』の、長編的展望の下、他と異質の物語展開として位置づけ示唆3 D『源氏・常陸宮姫君の物語』の本質示唆	光源氏 末摘花 老女房たち 老使用人	[草子地に無敬語表現融合化]（一35三33）Ⅰ a「好色人」性・「まめ人」性の、源氏の本性の二元性示唆 b『源氏・常陸宮姫君の物語』の長編的展開の必然性示唆 [「けり」止め]（二45）Ⅰ a源氏の他の女性たちの間柄とは異なる物語展開示唆 b『源氏・常陸宮姫君の物語』を、長編的展望の下に、他と異質の物語展開として位置づけ示唆
26	A源氏、宮姫君と比較しながら、受領の後妻空蟬の心の嗜みの魅力想起（件・8） B『源氏・かりそめの女の物語〈第四部〉』（「余韻」） （『源氏・常陸宮姫君の物語〈第二部〉』） C源氏、女の良し悪しは心の嗜みの魅力依拠の述懐1 かりそめの情事の女空蟬の、心の嗜みの魅力の余韻2 D『源氏・かりそめの女の物語』の再浮上による続編示唆	光源氏 空蟬 末摘花	
27	A宮姫君、源氏に正月の晴れ着の贈物（場・63） B『源氏・常陸宮姫君の物語〈第二部〉』（「余韻」）	光源氏 末摘花	[「けり」止め]（二46）Ⅱ a源氏・大輔命婦の親しい関係示唆

番号	内容	人物	表現
	C宮姫君、源氏に正月の晴れ着の贈物1 源氏・姫君の異趣の世界に興味誘発2 源氏の、紅のはなに袖触れた後悔の述懐3 媒命婦の、源氏に宮姫君哀憐の懐い期待4 D源氏、宮姫君との仲に後悔、命婦の姫君哀憐の懐いクローズアップ	大輔命婦	b『源氏・常陸宮姫君の物語』の長編的展望の下に、両者の親しい関係の、機あるごとの関わり合いの仕方に興味誘発 [無敬語表現]（三34）Ⅰ a諧謔・揶揄の語りで、源氏・宮姫君の異趣の世界に興味誘発 b『源氏・常陸宮姫君の物語』に、機あるごとに現出する同趣の展開の続く長編性を思わせながら、その行方に興味誘発 [草子地]（一36）Ⅲ a言わずもがなの語りの弁明ポーズ示唆 b常に聴く者（読む者）の反応に心する叙述姿勢示唆
28	A源氏の、戯れ言、吟唱、筆遣いの魅力（場・20） B『源氏・常陸宮姫君の物語〈第二部〉』（「余韻」） C源氏の、戯れ言、吟唱の魅力1 源氏の、筆遣いの魅力2 D若きヒーロー光源氏の君の所作・筆遣いの魅力クローズアップ	光源氏 大輔命婦 上の女房たち 末摘花の老女房たち	[「けり」止め]（二47）Ⅰ a宮姫君の老女房たちの、光源氏の君称賛昂揚示唆 b荒廃の宮邸の、突然の来福感の行方に興味誘発 [草子地]（一37）Ⅰ a若きヒーローの魅力に聴く者（読む者）好色心誘発 b『源氏・常陸宮姫君の物語』の筆の遊びの行方に興味誘発
29	A源氏、宮姫君に贈物 姫君たち、自画自賛（件・14） B『源氏・常陸宮姫君の物語〈第二部〉』（「余韻」） C光源氏の君の「まめ人」性1	末摘花 大輔命婦 末摘花の老女房たち	[「けり」止め]（二48）Ⅰ a宮姫君の、物事にこだわる性質示唆 b物語展開の展望による性格設定示唆

No.	内容	人物	表現
	宮家の老女房たちの、論外の判断力・価値観2 宮姫君、物事にこだわる性質3 D「まめ人」性光源氏の君の、宮姫君・老女房たちへの関わり合いの仕方に興味誘発		
30	A正月七日、源氏、宮姫君訪問 ・・・末摘花のお見送り（場・45） B『源氏・常陸宮姫君の物語〈第二部〉』（「余韻」） C源氏、宮姫君訪問1 姫君邸、活気2 姫君の生活、全面的に源氏依存3 ・・・姫君、夫（せ）の君の求めに懸命に対応4 ・・・末摘花の夫の君見送り5 D光源氏の君の、「まめ人」性、優しい人柄クローズアップ1 副流異趣の『源氏・常陸宮姫君の物語』展開の、本流『光源氏の物語』の基幹流『源氏・藤壺宮の物語』『源氏・紫のゆかりの物語』との絡み合いに興味誘発2	光源氏 末摘花 末摘花女房	[草子地]（一38）II a源氏の必参賀示唆 b若きヒーローの、「まめ人」性、優しい性格を印象づける機の設定 [「けり」止め]（二49）I a源氏の、帝近侍の宮仕え生活確認 b帝に近侍する、花の近衛中将光源氏の君をイメージ化して、若き聴く者（読む者）の心誘発 [草子地・「けり」止め併有]（一39二50）I◎ a宮姫君の「光と影」の、源氏の演出依存確認 b『源氏・常陸宮姫君の物語』展開を、源氏の「光と影」によるもの示唆 [「けり」止め]（二51）I◎ a源氏の、宮姫君の装い注視示唆 b源氏の、宮姫君の装いに並々ならぬ関心、美点発見願望の印象化 [無敬語表現]（三35）I a夫の君の求めに応えようとする宮姫君の懸命な懐い、「われぞふりゆく」嘆きの印象化

b聴く者（読む者）に、宮姫君の、奇異な容貌による発声を想わせながら、震え声の老いの嘆きの訴えを諧謔的語りで揶揄

b諧謔・揶揄の語りを重ねて、『源氏・常陸宮姫君の物語』を本流『光源氏の物語』の基幹流『源氏・藤壺宮の物語』の背後に流れる異趣の物語として、その緊迫感・重圧感を逸らす役割を思わせながら、その行方に聴く者（読む者）の好奇心誘発

31

A源氏・紫の君の馴れ睦び（場・45）

B『源氏・紫のゆかりの物語〈第一部〉』（「余韻」）

『源氏・常陸宮姫君の物語〈第二部〉』（「余韻」）

C美少女紫の君の一段とねびまさる容貌1

源氏の感懐・苦悩2

紫の君の絵の才能3

源氏、紫の君と紅(べに)鼻の戯(ざ)れ言4

源氏の述懐5

D本流『光源氏の物語』の基幹流『源氏・紫のゆかりの物語』に関わり合う副流『源氏・常陸宮姫君の物語』の長編的展望示唆

光源氏

若紫

（末摘花）

［「けり」止め］（二一52）Ⅱ

a話頭の「紫の君」、この「祖母君」により、『若紫』の、北山の春の、若きヒーロー光源氏の君とその傾慕の女性(ひと)藤壺宮酷似の美少女との出逢い、藤壺宮ゆかりと知って、その「形代」としてわが妻に迎える願望により、「祖母君」に少女後見の申し出、孫娘の将来依頼の「祖母君」の「遺言」、源氏の少女「添い寝」、若紫の二条院西の対入り、源氏の愛育、純真無垢な紫のゆかりの、「後の親」光源氏の君への自然な親しみ、「祖母君」の資質・人となりの影響の流れの想起

b本流『光源氏の物語』の基幹流『源氏・藤壺宮の物語』『源氏・紫のゆかりの物語』の、本格的に表の流れに浮上する機の待望化、源氏・藤壺宮の逢う機、宮の懐妊、源氏の若紫愛育のその後に、聴く者（読む者）の好奇心昂揚

表出態別に整理すると、以下のようになる。

[「けり」止め](二53) I
a興趣を見せる絵すさび・彩色に、紫の君の絵の才能示唆
b『若紫』(第49話)の、雛遊び、祖母君似の筆跡を想起させながら、紫の君の才能発揮の機の予感化

[草子地・「けり」止め併有](一40二54) I
a宮姫君の致命的欠陥赤鼻の、見苦しさの程の諧謔・揶揄示唆
b『源氏・紫のゆかりの物語』『源氏・常陸宮姫君の物語』に表裏の関係を思わせて、その関わり合いの仕方に興味誘発

[「けり」止め](二55) II
a色づく紅梅から末摘花の連想化
b巻のピリオドの源氏の述懐歌を誘導

[草子地](一41) III
a光源氏・紫の君・宮姫君、それぞれ各様の「生」の究極に興味誘発
b本流『光源氏の物語』の基幹流『源氏・紫のゆかりの物語』と、副流『源氏・常陸宮姫君の物語』に表裏の関係を思わせて、その関わり合いの仕方に興味誘発

a 『源氏・夕顔の宿の女の物語』

［主題の直接表出］3（草子地2、「けり」止め1）

草子地	源氏、愛の範疇の、品位・教養ある女君たちに求愛行動「余韻」（一1）［婉曲態］ 源氏、容易に靡く女君たちに、新鮮味なく期待感喪失「余韻」（一2）［話者述懐態］
「けり」止め	源氏、意に適わぬ女君たちに求愛中止例多数「余韻」（二1）［確認態］

b 『源氏・かりそめの女の物語〈第四部〉』

［主題の直接表出］2（草子地1、「けり」止め1）

草子地	源氏、垣間見の再来夢想「余韻」（一3）［推量態］
「けり」止め	源氏、関わりをもった女性を全く忘れ得ぬ本性（さが）「余韻」（二2）［確認態］

c 『源氏・常陸宮姫君の物語〈第一部〉』

［主題の直接表出］31（草子地5、「けり」止め13、無敬語表現4、草子地・「けり」止め併有4、草子地・「けり」止め併有に無敬語表現融合化2、「けり」止めに無敬語表現融合化3）

草子地	源氏・頭中将、宮姫君に求愛行動「破」（一12）［推量態］ 宮姫君の乳母子（めのとご）侍従の代詠に、源氏の意外感「急」（一16）［話者述懐態］ 源氏の恋の口説のかぎりに宮姫君の無反応「急」（一18）［話者述懐態］

	源氏、宮姫君に失望「急」（一20）［反語態］
	朱雀院行幸の楽人（がくにん）・舞人人選、関連事決定の日「余韻」（一21）［話者注釈態］
「けり」止め	紹介者、大輔命婦（だいふのみょうぶ）の生活「序」（二7 8）［確認態］
	命婦、宮姫君に源氏の好奇心・好色心をそそる演出「序」（二10）［確認態］
	命婦、宮姫君に気の毒な結果の懸念「破」（二21）［確認態］
	宮姫君、源氏との対面に心の用意なし「急」（二24）［確認態］
	源氏、嫉妬心による衝動的行動「急」（二26）［確認態］
	命婦、退出、結果危惧「急」（二27 28）［確認態］
	源氏、亡き夕顔の「形代」掌中の本願成就とは裏腹の結果に苦悩「余韻」（二31）［確認態］
	源氏、憐憫の情から、夕刻に後朝（きぬぎぬ）の文「余韻」（二32）［確認態］
	命婦、宮姫君哀憐の念、源氏の仕打ちに心憂き懐い「余韻」（二33）［確認態］
	宮姫君、源氏との契りに極度の羞恥心「余韻」（二34）［確認態］
	源氏、宮姫君を情深く最後まで世話する意思「余韻」（二35）［確認態］
無敬語表現	頭中将、源氏対抗意識による妬心「破」（三13 14）［強調態］
	頭中将、源氏の隠し事に対する疑念「余韻」（三17）［強調態］
	源氏、自作自演の結果の、穏やかならぬ複雑な胸裡「余韻」（三18）［強調態］
	源氏の乳母子大輔命婦「序」（一45二34）［確認的説明態・確認態］

草子地・「けり」止め併有	紹介者、大輔命婦の生活「序」（一6二9）［確認的説明態・確認態］
	宮姫君、世の常の姫君に似ぬ稀有な性格「破」（一13二22）［確認的説明態・確認態］
草子地・「けり」止め併有に無敬語表現融合化	頭中将の、『源氏・常陸宮姫君物語』展開における重要な役割示唆「序」（一10二12三2）［話者認識態・認識態・強調態］
	頭中将の、光源氏の人生の表裏に深く関わり合う重要な脇役の位置の予想化「序」（一11二16三6）［確認的説明態・確認態・強調態］
「けり」止めに無敬語表現融合化	頭中将、常陸宮姫君熱愛のロマンの夢想「破」（二17三10）［確認態・強調態］
	頭中将、源氏対抗意識による妬心「破」（二18三11）［確認態・強調態］
	頭中将、宮姫君の応対不審、源氏対抗意識による妬心「破」（二19三12）［確認態・強調態］

［主題の誘導表出］12（草子地1、「けり」止め4、無敬語表現3、草子地に無敬語表現融合化1、「けり」止めに無敬語表現融合化3）

草子地	源氏、宮姫君訪問「急」（一14）［推量態］
	故常陸親王（ひたちのみこ）の姫君「序」（二6）［確認態］
	頭中将の、『源氏・常陸宮姫君物語』展開における重要な役割示唆「序」（二11）［確認態］
「けり」止め	頭中将の、源氏の密事把握の意図、その好色事（すき）へのライバル意識示唆「序」（二13）［確認態］
	源氏、宮姫君の第一印象に満足感「急」（二25）［確認態］

無敬語表現	頭中将の、光源氏の人生の表裏に深く関わり合う重要な脇役の位置の予想化「序」（三5 7 8）［強調態］
草子地に無敬語表現融合化	源氏、宮姫君に失望「急」（一19三16）［話者注釈態・強調態］
「けり」止めに無敬語表現融合化	頭中将の、光源氏の人生の表裏に深く関わり合う重要な脇役の位置の予想化「序」（一14 15・三3 4）［確認態・強調態］ 源氏、頭中将対抗心から本気で大輔命婦に媒（なかだち）依頼「破」（一20三15）［確認態・強調態］

［語りの余韻表出］４（草子地2、「けり」止め2）

草子地	源氏の好色事の宮中内外に渉る示唆「序」（一9）［推量態］ 愛なき源氏の、宮姫君訪問の意思なき示唆「余韻」（一22）［推量態］
「けり」止め	源氏・宮姫君の契りの成り行きに命婦の強い関心示唆「急」（一29）［確認態］ 宮姫君と契りの興ざめ感による源氏の複雑な胸中示唆「急」（一30）［確認態］

［物語展開の展望による設定表出］２

「けり」止め	大輔命婦母、筑前守の妻になり下向「序」（一5）［確認態］ 源氏・宮姫君の対面の機画策、大輔命婦の独断の印象により、その成り行きに興味誘発「破」（一23）［確認態］

［語りの解説表出］４（草子地3、草子地に無敬語表現融合化1）

草子地	琴（きん）の琴（こと）に親しむ「上の品」の宮姫君の素養示唆「序」（一8）［話者注釈態］ 宮姫君の傍らにしかるべき人なき状況示唆「急」（一15）［話者注釈態］

草子地に無敬語表現融合化	源氏のその場限りの数々の求愛の言辞示唆「急」（一17）［話者注釈態］
	宮姫君の琴の琴の演奏の、特に優れぬ技量強調「序」（一7三1）［話者注釈態・強調態］

d　『源氏・常陸宮姫君の物語〈第二部〉』

［主題の直接表出］35（草子地5、「けり」止め12、無敬語表現14、草子地・「けり」止め併有1、草子地・「けり」止め併有に無敬語表現融合化1、草子地に無敬語表現融合化2）

草子地	源氏、藤壺宮ゆかりの少女鍾愛により、宮姫君に無沙汰「序」（一23）［婉曲態］
	源氏、宮姫君の容姿不審による隙見「破」（一24）［話者認識態］
	源氏訪問の宮姫君邸の夜の状況「急」（一26）［婉曲態］
	宮姫君、青白い顔色、おでこ、異様な下長の顔、痛々しい痩身「急」（一29）［推量態］
	源氏の、筆遣いの魅力「余韻」（一37）［話者述懐態］
「けり」止め	世の好色人光源氏の君の「まめ人」性確認「序」（二一36）［確認態］
	源氏、藤壺宮ゆかりの少女鍾愛により、宮姫君無沙汰「序」（·一37）［確認態］
	源氏、宮姫君の容姿不審による隙見「破」（二一38）［確認態］
	源氏、常陸宮家古女房ショック「破」（二一39）［確認態］
	源氏訪問の宮姫君邸の夜の状況「急」（二一40 41）［確認態］
	常陸宮邸の荒廃、宮姫君の住環境確認「急」（二一43）［確認態］

	『源氏・常陸宮姫君の物語』の、長編的展望の下、他と異質の物語展開としての位置づけ示唆「急」（二45）［確認態］
	源氏の、筆遣いの魅力「余韻」（二47）［確認態］
	宮姫君、物事にこだわる性質「余韻」（二48）［確認態］
	源氏、宮姫君訪問「余韻」（二49）［確認態］
	宮姫君の生活、全面的に源氏依存「余韻」（二51）［確認態］
無敬語表現	源氏訪問の宮姫君邸の夜の状況「急」（三19 20）［強調態］
	源氏、宮姫君の、座高高く、胴長の姿に衝撃「急」（三21）［強調態］
	源氏、宮姫君の、奇異な御鼻に大衝撃「急」（三23 24）［強調態］
	宮姫君、青白い顔色、おでこ、異様な下長の顔、痛々しい痩身「急」（三25 26）［強調態］
	宮姫君、頭形、頭髪美「急」（三27 28）［強調態］
	奇異な容姿の宮姫君の着衣の魅力「急」（三29）［強調態］
	宮姫君の羞恥の所作「急」（三31 32）［強調態］
	宮姫君、源氏に正月の晴れ着の贈物「余韻」（三34）［強調態］
	宮姫君、夫(せ)の君の求めに懸命に対応「余韻」（三35）［強調態］
草子地・「けり」止め併有	宮姫君の生活、全面的に源氏依存「余韻」（一39 二50）［確認的説明態・確認態］
草子地・「けり」止め併有に無敬語表現融合化	源氏、宮姫君の、奇異な御鼻に大衝撃「急」（一28 二42 三22）［話者認識態・認識態・強調態］

草子地に無敬語表現融合化	奇異な容姿の宮姫君の着衣の魅力「急」（一33三30）［話者認識態・強調態］
	光源氏の君、「好色人」性・「まめ人」性の、二元性具備の本性「急」（一35三33）［推量態・強調態］

［主題の誘導表出］5（草子地3、「けり」止め2）

草子地	奇異な容姿の宮姫君の着衣の魅力「急」（一30）［話者注釈態］
	源氏、老使用人に憐憫の情「急」（一34）［推量態］
	源氏、宮姫君訪問「余韻」（一38）［推量態］
「けり」止め	源氏、老使用人に憐憫の情「急」（二44）［確認態］
	宮姫君、源氏に正月の晴れ着の贈物「余韻」（二46）［確認態］

［語りの余韻表出］1

草子地	その行為云々は、宮姫君の身分上気の毒、名の傷つく語りは慎むべき「余韻」（一36）［話者注釈態］

［語りの解説表出］3

草子地	父親王亡く、家は零落するも、宮家の格式を今に残すもの「破」（一25）［話者注釈態］
	諧謔的過剰説明の弁明ポーズ示唆「急」（一31）［婉曲態］
	宮姫君の着衣、宮家の格式の高さ示唆「急」（一32）［話者注釈態］

［登場人物の心情批評］1

草子地	宮姫君に対する源氏のはかない夢の、木っ端微塵の衝撃示唆「急」（一27）［話者

	述懐態〕

e『源氏・左大臣姫君の物語〈第一部〉』

〔主題の直接表出〕1

無敬語表現	頭中将の、左大臣家女房中務の君懸想「破」（三9）〔強調態〕

g『源氏・紫のゆかりの物語〈第一部〉』

〔主題の直接表出〕2（「けり」止め1、草子地・「けり」止め併有1）

「けり」止め	紫の君の絵の才能「余韻」（二53）〔確認態〕
草子地・「けり」止め併有	源氏、紫の君と紅鼻の戯れ言「余韻」（一40二54）〔話者認識態・認識態〕

〔主題の誘導表出〕2

「けり」止め	美少女紫の君の一段とねびまさる容貌「余韻」（二52）〔確認態〕
	源氏の述懐「余韻」（二55）〔確認態〕

〔語りの余韻表出〕1

草子地	光源氏・紫の君・宮姫君の「生」の成り行き推量「余韻」（一41）〔推量態〕

31話中、草子地・「けり」止め・無敬語表現のいずれも見えないのは、3話（第11 17 20話）で、28話の、物語展開別の各表出態による主題の直接表出・誘導表出の数は以下のように整理される。主題の直接表出の数をマル数字で示した。（第11 17 31話の3話が、物語展開の重複）

物語展開	話数	件	場	単独 草子	単独 けり	単独 無敬	併有・融合 草子×けり	融合化 草子×無敬	融合化 けり×無敬	融合化 草子×けり×無敬	
源氏・夕顔の宿の女の物語	1	1		2 ②	1 ①						3 ③
源氏・かりそめの女の物語〈第四部〉	2	2		1 ①	1 ①						2 ②
源氏・常陸宮姫君の物語〈第一部〉	13	7	6	6 ⑤	17 ⑬	7 ④	4 ④	1	6 ③	2 ②	43 ㉛
源氏・常陸宮姫君の物語〈第二部〉	13	4	9	8 ⑤	14 ⑫	14 ⑭	1 ①	2 ②		1 ①	40 ㉟
源氏・左大臣姫君の物語〈第二部〉	2	2				1 ①					1 ①
源氏・藤壺宮の物語〈第一部〉	1	1									
源氏・紫のゆかりの物語〈第一部〉	2	1	1		3 ①		1 ①				4 ②
	34	18	16	17 ⑬	36 ㉘	22 ⑲	6 ⑥	3 ②	6 ③	3 ③	93 (74)

主題の直接・誘導表出以外の、各物語の展開上の機能は以下のようになる。

物語展開	源氏・常陸宮姫君の物語〈第一部〉	
用法＼表出態	語りの余韻表出	物語展開の展望による設定表出
草子地	2	
「けり」止め	2	2
草子地×無敬語		
	4	2

	語りの解説表出	3		1	4
源氏・常陸宮姫君の物語〈第二部〉	語りの余韻表出	1			1
	語りの解説表出	3			3
	登場人物の心情批評	1			1
源氏・紫のゆかりの物語〈第一部〉	語りの余韻表出	1			1
		11	4	1	16

7

『紅葉賀』

一　草子地の用法

1　朱雀院（すざくゐん）の行幸（ぎやうがう）は、神無月（かんなづき）の十日（とをか）あまりなり。　［独立］〈B〉**イロハ**▼▽（第二巻95一〜二）

《話者注釈態》朱雀院への行幸、十月十日過ぎ—**桐壺院・一院**—［朱雀院行幸の試楽］

2　世の常ならずおもしろかるべきたびのことなりければ、　［文頭］〈B〉**イロハ**▼（95二〜三）

《確認的説明態》並々ならぬ程に興趣をそそられる催事—［1に同じ］

［注］「けり」止め（確認態）を併有するもの（二1）。

3　片手には、大殿（おほとの）の頭中将（とうのちゆうじやう）、かたち・用意、人にはことなるを、立ち並びては、花のかたはらの深山木（みやまぎ）なり。　［独立］〈B〉**イハ**▽▼（95七〜十）

《話者注釈態》容姿・心遣いの、卓越する頭中将も、光源氏の君と立ち並ぶ時は、光彩消光—**頭中将・光源氏**—

［花の中将光源氏の君の「青海波」の、至上美の舞姿の輝き］

4　入り方（がた）の日影（ひかげ）、さやかにさしたるに、楽（がく）の声まさり、もののおもしろきほどに、同じ舞の、足踏（あしぶみ）・面持（おももち）、世に見えぬさまなり。　［独立］〈B〉**イロハ**▼（95十〜96三）

《**話者注釈態**》夕陽の明るい光の中で、楽の音響、興趣の高まりに、光源氏の君の舞の足拍子・表情の、この世で決して見られぬ容子―**光源氏**― ［3に同じ］

5 宮は、やがて御宿直（とのゐ）なりけり。 ［独立］〈B〉**イロ**▽（97六～七）

《**確認的説明態**》試楽の夜、藤壺宮、御宿直―**藤壺宮**・桐壺院― ［藤壺宮、御宿直］

［注］「けり」止め（確認態）を併有するもの（二―5）。

6 目もあやなりし御さま・かたちに、見たまひ忍ばれずやありけむ、 ［挿入］〈B〉**イロ**（99二～三）

《**推量態**（過去推量）》源氏の君の光り輝く美しさの御容子・容貌に、藤壺宮の懐いの抑えきれぬを推量―**藤壺宮**・**光源氏**― ［源氏・藤壺宮の和歌贈答］

7 木（こ）高き紅葉の陰に、四十人の垣代（かいしろ）、言ひ知らず吹きたてたる物の音（ね）どもにあひたる松風、まことの深山（みやま）おろしと聞こえて吹きまよひ、色々に散りかふ木（こ）の葉の中より、「青海波」のかかやき出（い）でたるさま、いと恐ろしきまで見ゆ。 ［独立］〈A〉**イロハ**（101三～八）

《**話者述懐態**》「垣代」の楽に合う松風、色々に散り乱れる紅葉の中より現れる光源氏の君の「青海波」の舞の恐ろしい程の美の究極の輝きクローズアップ―**光源氏**― ［朱雀院行幸］

［注］無敬語表現（さま・見ゆ）の融合化するもの（三―1）。

8 さるは、いみじき姿に、菊の、色々うつろひ、えならぬをかざして、今日は、またなき手を尽くしたる入綾（いりあや）のほど、そぞろ寒くこの世のこととおぼえず。 ［文末］〈A〉**イロハ**（102三～七）

《**話者述懐態**》光源氏の君の至上美の容姿に、様々に色変り、言葉で表しえない程に美しい菊を挿頭にして、秘技を尽くした「入綾（いりあや）」の、寒気を感じる程に見事な、現世のこととは思われぬ容子をクローズアップ―**光源氏**― ［7

に同じ］

［注］無敬語表現（姿・おぼえ）の融合化するもの（三2）。

9　承香殿の御腹の四の皇子、まだ童にて、「秋風楽」舞ひたまへるなん、さしつぎの見物なりける。　［独立］〈B〉**イハ**▽（102十～103二）

《確認的説明態》承香殿御腹の第四皇子の「秋風楽」、光源氏の君の「青海波」に次ぐ見物—**第四皇子・光源氏**—［7に同じ］

［注］「けり」止め（確認態）を併有するもの（二8）。

10　異ことに目も移らず、かへりてはことざましにやありけん。　［文末］〈B〉**イ**▽（103三～四）

《推量態（過去推量）**》**「青海波」「秋風楽」以外の催事に興ざめ感推量—［7に同じ］

11　上達部は、みな、さるべきかぎり、よろこびしたまふも、この君にひかれたまへるなれば、　［文頭］〈B〉**イロ▼**（103六～八）

《話者注釈態》上達部の、しかるべき者の昇進はすべて、光源氏の君の恩恵—**光源氏・上達部**—［7に同じ］

12　人の目をもおどろかし、心をも喜ばせたまふ、昔の世ゆかしげなり。　［文末］〈A〉**イハ▼**（103八～九）

《話者認識態》光源氏の君の、至上美の輝き、人望に、前世ゆかしき懐い—**光源氏・上達部**—［7に同じ］

13　こよなううとみたまへるも、つらうおぼゆるぞわりなきや。　［文末］〈A〉**イロ**（109九～十）

《話者述懐態》この上なく遠ざける藤壺宮に対する源氏の辛い懐いは仕方なきこと—**光源氏・藤壺宮**—［藤壺宮・源氏の懐い齟齬］

［注］無敬語表現（おぼゆる）の融合化するもの（三4）。

14 されど、かくとりわきたまへる御おぼえのほどは、いと頼もしげなりかし。 ［独立］〈A〉イ▽（111五〜七）
《話者述懐態》源氏の格別の若紫寵愛時は、実に安心―**光源氏・若紫**―［少納言乳母の述懐］

15 さはいへど、御年の数添ふしるしなめりかし。 ［独立］〈A〉イロハ▽（114九〜十）
《婉曲態》若紫の、加齢による、源氏の君との夫婦(めおと)意識の芽生え、性の目覚めの確信的推量―**若紫**―［若紫、雛遊びに専念］

16 いとどうとく恥づかしく思さるべし。 ［文末］〈A〉イロハ▼（115十〜116一）
《推量態》（確信的推量）北の方左大臣姫君の、夫君(おとこ)に以前よりも一層親しみがもてず気の許せぬ懐い推量―**葵の上・光源氏**―［源氏・左大臣姫君の修復不可能な仲］

17 しひて見知らぬやうにもてなして、乱れたる御けはひには、えしも心強からず、御いらへなどうち聞こえたまへる、いとことなり。 ［独立］〈A〉イロハ▼（116一〜四）
《話者述懐態》女君、夫君(おとこ)の自邸に女性の迎え取り、大切に世話聞知を、見知らぬように振る舞い、夫君のうちとける様子には気が強い態度をとれず、受け答えするは、他のと比べて、実に格別な女性(ひと)の感じ―**葵の上・光源氏**―［16に同じ］

18 男君(をとこ)は、などか、いとさしも、と馴(な)らはいたまふ、御心の隔てどもなるべし。 ［文末］〈A〉イロハ（117四〜六）
《推量態》（確信的推量）二人の疎遠な関係に、帝と同胞(はらから)の宮腹の、傅育された一人娘の、夫君の、粗略な待遇を許さぬ、誇り高き姫君に対して、帝最愛の皇子のプライドの反発の因を推量―**葵の上・光源氏**―［16に同じ］

19 御衣(ぞ)の御うしろひきつくろひなど、御沓(くつ)を取らぬばかりにしたまふ、いとあはれなり。

［文末］〈A〉**イロハ**（118一〜三）

《**話者述懐態**》左大臣の光源氏の君傅きクローズアップ―**左大臣**・光源氏―［左大臣の光源氏の君傅き］

20　げに、よろづにかしづきたてて見たてまつりたまふに、生けるかひあり、たまさかにても、かからむ人を出だし入れて見むに、ますことあらじ、と見えたまふ。　［文末］〈A〉**イロハ**（118七〜119一）

《**話者認識態**》左大臣の光源氏の君傅きによる生き甲斐・至福感クローズアップ―**左大臣**・光源氏―［19に同じ］

21　見せたてまつりたまはぬもことわりなり。　［文末］〈A〉**イロ▼**（122一〜二）

《**話者述懐態**》藤壺宮、源氏の新皇子対面要望拒絶は当然のこと―**藤壺宮**・光源氏・新皇子（冷泉院）―［藤壺宮に、光源氏の君酷似の皇子誕生］

22　さるは、いとあさましうめづらかなるまで写し取りたまへるさま、紛ふべくもあらず。　［独立］〈A〉**イロハ▼**（122二〜三）

《**話者認識態**》源氏に瓜二つの新皇子の容貌、紛れもなき現実の結果―**新皇子**（冷泉院）・光源氏・藤壺宮―［21に同じ］

23　何のかひあるべきにもあらず。　［文末］〈A〉**イロハ**（122十〜123一）

《**話者認識態**》源氏、王命婦に、藤壺宮との対面画策の甲斐なき哀願―**光源氏**・王命婦―［源氏・王命婦、和歌贈答］

24　思へるけしきかたみにただならず。　［文末］〈A〉**イロハ▼**（123五）

《**話者認識態**》源氏・王命婦の並々ならぬ苦悩強調―**光源氏・王命婦**―［23に同じ］

［注］無敬語表現（思へ）の融合化するもの（三5）。

25 かたはらいたきことなれば、　［文頭］〈B〉**イロ▼★**（123五～六）
《**話者注釈態**》新宮誕生の件、恥部に属すること—**光源氏**—［23に同じ］

26 泣いたまふさまぞ心苦しき。　［文末］〈A〉**イロ**（123八）
《**話者述懐態**》源氏の涕泣の様子気の毒—**光源氏**・王命婦—［23に同じ］

27 心づきなしと思す時もあるべきを、　［文中］〈A〉**イロ▼**（125二～三）
《**推量態**（確信的推量）》藤壺宮の、王命婦不快の時推量—**藤壺宮**・王命婦—［藤壺宮、複雑な心情で、仲立ち王命婦を処遇］

28 いとわびしく思ひのほかなる心地すべし。　［文末］〈A〉**イ▼**（125三～四）
《**推量態**（確信的推量）》疎外感の感じられる藤壺宮の処遇に、実につらく心外な王命婦の心情推量—**王命婦**—［27に同じ］

29 思しよらぬことにしあれば、　［挿入］〈B〉**イロハ▽**（125七）
《**話者注釈態**》帝、重大な密事の認識なし—**桐壺院**・（藤壺宮・光源氏・若宮〈冷泉院〉）—［若宮、参内］［帝、光源氏の君酷似の若宮鍾愛］

30 中将の君、面の色変はる心地して、恐ろしうも、かたじけなくも、うれしくも、あはれにも、かたがたうつろふ心地して、涙落ちぬべし。　［独立］〈A〉**イロ**（127七～十）
《**推量態**（確信的推量）》若宮を鍾愛する帝の、源氏酷似の言葉に、源氏の、顔色の変わる懐い、恐れ、勿体なさ、嬉しさ、感無量と、あれこれ揺れ動く懐いによる落涙推量—**光源氏**—［帝、藤壺宮・光源氏の前で、若宮の源氏酷似の言葉］［源氏、複雑な懐い］

［注］無敬語表現（落ち）の融合化するもの（三6）。

31　我が身ながら、これに似たらんは、いみじういたはしうおぼえたまふぞ、あながちなるや。　［文末］〈A〉イロ▽（128二〜三）
《話者述懐態》若宮酷似により、源氏の君の、とても大切な我が身と思われる心情は行き過ぎ―**光源氏**―［源氏、とても大切な我が身の心情］

32　命婦（みやうぶ）の君のもとに書きたまふこと多かるべし。　［文末］〈A〉イロ（129一）
《推量態（確信的推量）》王命婦、源氏の苦悩理解の唯一の人―**光源氏**・王命婦―［源氏の真情吐露の文に、藤壺宮、返歌］

33　さりぬべきひまにやありけん、　［文頭］〈B〉イロ（129五）
《推量態（過去推量）》藤壺宮に源氏の文披露の好機推量―（王命婦・光源氏・藤壺宮）―［32に同じ］

34　例ならず背きたまへるなるべし。　［文末］〈A〉イロ▽（131四〜五）
《推量態（確信的推量）》甘えて拗ねて見せる少女の初々しいしぐさ推量―**若紫**―［源氏・若紫の馴れ睦び］

35　よしある宮仕（みやづか）へ人（びと）多かるころなり。　［文末］〈B〉イロ（138六〜七）
《話者注釈態》教養ある女官の多い時分―**女官**・（桐壺院）―［好き人若き光源氏の君・好色老典侍（ないしのすけ）の異趣な世界］

36　人の漏り聞かむも、古めかしきほどなれば、　［文中］〈B〉イロハ▽（140二〜三）
《話者注釈態》浮き名が立つにしても、源典侍（げんのないしのすけ）、若い源氏と不似合いな高齢―**源典侍**・光源氏―［35に同じ］

37　憎からぬ人ゆゑは、濡（ぬ）れ衣（ぎぬ）をだに着まほしがるたぐひもあなればにや、　［文中］〈A〉イロ（143十〜144二）
《推量態（現在推量）》愛する人のためなら濡れ衣も厭わぬ女性の存在推量―（光源氏・源典侍）―［老典侍、若き光

源氏の君に積極的求愛〕

38 人々も、「思ひの外なることかな」と、あつかふめるを、 〔文頭〕〈A〉イロ★（144三〜四）

《婉曲態》若い皇子と老典侍の意外な関係の、女房たちの取り沙汰推量―女房たち・光源氏・源典侍― 〔37に同じ〕

39 見まほしきはかぎりありけるをとや。 〔文末〕〈A〉イロハ▼（144九）

《伝聞態》好色老典侍、お相手にお好み限定―源典侍・（光源氏・頭中将）―〔好き人頭中将、好色源典侍に馴れ初め〕

40 うたての好みや。 〔独立〕〈A〉イロハ▼（144九〜十）

《話者述懐態》好色老典侍の、相手の選り好み嗜好に嫌悪感―源典侍―〔39に同じ〕

41 ものの恨めしうおぼえける折から、いとあはれに聞こゆ。 〔文末〕〈A〉イロ▼（145九〜十）

《話者述懐態》長の無沙汰の源氏の君の薄情を恨む懐いの折とて、源典侍の奏でる琵琶の音色に哀感―源典侍・（光源氏）―〔源氏、琵琶の上手源典侍の調べ・歌唱の魅力に情動〕

42 「瓜作りになりやしなまし」と、声はいとをかしうてうたふぞ、すこし心づきなき。 〔独立〕〈A〉イロ▼（145十〜146二）

《話者述懐態》源典侍の、優れた琵琶の弾奏、興趣を誘う声で、光源氏の君への想いの叶わぬ時は、いっそ卑賤な者の想い人に、の歌詞は少々気に入らぬ懐い―源典侍・（光源氏）―〔41に同じ〕

43 すこしまどろむにや、と見ゆるけしきなれば、 〔文中〕〈B〉イロ★（148五〜六）

《話者注釈態》源氏・源典侍、眠りにおちる様子―光源氏・源典侍―〔頭中将、源氏・源典侍の密会現場急襲〕

44 とけてしも寝られたまはぬ心なれば、 〔挿入〕〈B〉イロ（148六〜七）

45　**《話者注釈態》**若い源氏、内侍所で、老女官との仮寝の緊張感—**光源氏**—［43に同じ］
ほとほと笑ひぬべし。　［文末］〈A〉**イロ▼**（151二）
《推量態（確信的推量）**》**源氏の君脅迫の頭中将の大芝居に、主役の終演宣言寸前を推量—**頭中将**—［43に同じ］
［注］無敬語表現（笑ひ）の融合化するもの（三20）。

46　好ましう若やぎてもてなしたるうはべこそ、さてもありけれ、五十七八の人の、うちとけてもの思ひ騒げるけはひ、えならぬ二十の若人たちの御中にてもの怖じしたる、いとつきなし。　［独立］〈A〉**イロ▼★**（151一〜六）
《話者述懐態》源典侍、恐怖に動転する時、化けの皮の剝がれて、並一通りならぬ美貌の若君達の中で、老醜の不似合い無惨—**源典侍・光源氏・頭中将**—［43に同じ］

47　帯は、中将のなりけり。　［独立］〈A〉**イロ▽**（154五）
《話者認識態》源典侍の届けた帯は、源氏が対抗意識から引き解いた頭中将のもの—**頭中将**—［源氏の端袖、頭中将の帯、鞘当て時に紛失］
［注］「けり」止め（認識態）を併有するもの（二37）。

48　さて、その後は、ともすれば、ことのついでに、言ひむかふるくさはひなるを、　［文頭］〈A〉**イロハ▼**（156九〜157二）
《話者注釈態》鞘当ての一件後、頭中将、機ある度に、源氏の君に絡む種とする傾向—**頭中将・光源氏・源典侍**—
［好き人光源氏の君の後悔の念］
［注］無敬語表現（言ひむかふる）の融合化するもの（三29）。

49　いとど、ものむつかしき人ゆゑと、思し知らるべし。　［文末］〈A〉**イロ▼★**（157一〜二）

《推量態（確信的推量）**》** 源氏、機ある度に頭中将の絡むは、煩わしい女故と一層の自覚推量―**光源氏・頭中将・源典侍**― ［48に同じ］

50 この君ひとりぞ、姫君の御ひとつ腹なりける。 ［独立］〈B〉**イロハ▼**（157十～158二）

《確認的説明態》 左大臣子息達の中で、頭中将一人が妹君と同腹の関係確認―**頭中将・葵の上**― ［頭中将の、源氏の君対抗・挑戦意識］［頭中将の出自・自負心・人物像］

［注］「けり」止め（確認態）を併有するもの（二40）。

51 帝の御子といふばかりにこそあれ、我も、同じ大臣と聞こゆれど、御おぼえことなるが、皇女腹にて、またなくかしづかれたるは、何ばかり劣るべききはとおぼえたまはぬなるべし。 ［独立］〈A〉**イロハ▼▽**（158二～六）

《推量態（確信的推量）**》** 頭中将の、父方・母方による背景、自身の人望により、源氏の君と遜色なき意識推量―**頭中将・光源氏・左大臣・大宮**― ［50に同じ］

52 この御仲のいどみこそ、あやしかりしか。 ［独立］〈A〉**イロハ▽▼**（158八～九）

《話者述懐態》 頭中将の、源氏の君に対する挑戦意識・行動に不審感強調―**頭中将・光源氏**― ［50に同じ］

53 されど、うるさくてなん。 ［独立］〈C〉**イ▼**（158九）

《筆録者省筆表明態（省筆理由表示）**》** 頭中将の、源氏の君に対する対抗・挑戦意識・行動の語り、筆録の煩瑣故に省筆―**頭中将・光源氏**― ［50に同じ］

54 七月にぞ、后ゐたまふめりし。 ［独立］〈A〉**イロハ▼**（158九～十）

《婉曲態》 七月に、藤壺宮の立后推量―**藤壺宮**― ［弘徽殿、藤壺宮の立后に動揺］

55 御母方、みな親王たちにて、源氏の、公事知りたまふ筋ならねば、 ［文頭］〈B〉**イロハ▼▽**（159四～五）

《話者注釈態》若宮の御母方、すべて親王たち、賜姓源氏の皇族は政務とは関わりなき立場—若宮・藤壺宮・親王たち—［54に同じ］

56　母宮をだに、動きなきさまにしおきたてまつりて、つよりに、と思(おぼ)すになんありける。　［文末］〈B〉イロハ▼（159六〜八）

《確認的説明態》帝、せめて若宮の母宮だけでも、揺るがぬ地位につけて、若宮の強力な後ろ盾とする意思確認—桐壺院・藤壺宮・若宮—［54に同じ］

［注］「けり」止め（確認態）を併有するもの（二—40）。

57　弘徽殿(こうきでん)、いとど御心動きたまふことわりなり。　［独立］〈A〉イロハ▼▽（159八〜九）

《話者述懐態》藤壺宮の立后に、以前に増す弘徽殿の動揺当然—弘徽殿—［54に同じ］

58　そぞろはしきまでなん。　［文末］〈A〉イロ★（161二〜三）

《話者認識態》藤壺宮立后の儀の参内に供奉(ぐぶ)する源氏の君の落ち着かぬ懐い—光源氏—［源氏、藤壺宮立后の儀の参内に供奉(ぐぶ)］

59　ものいとあはれなり。　［文末］〈A〉イロ★（161六）

《話者述懐態》源氏、独り無明の闇に取り残された空虚感・孤独感で、途方にくれる感無量の懐い—光源氏—［58に同じ］

60　思ひよる人なきなめりかし。　［文末］〈A〉イロ▼（161九）

《婉曲態》若宮の光源氏の君酷似の重大な密事に気づく人なきを推量—若宮・（光源氏・藤壺宮）—［若宮、光源氏の君酷似］

61 げに、いかさまに作りかへてかは、劣らぬ御ありさまは、世に出(い)でものしたまはまし。

［独立］〈A〉イロ▼（161九～162一）

《話者述懐態》 光源氏の君に劣らぬ方のこの世に出現は不可能―**光源氏**―［60に同じ］

○表現形態は、推量態14、婉曲態4、伝聞態1、確認的説明態5、話者述懐態17、話者注釈態12、話者認識態7、筆録者省筆表明態1で、話者述懐態が約三割弱、推量態・話者注釈態が約二割となっている。

○単独で機能しているものは、全61例中49例で、「けり」止めとの併有は、6例（確認的説明態5、話者認識態1）あって、「なりけり」（5 47）、「なん…なりける」（9）、「になんありける」（56）、「ぞ…なりける」（50）、「なりければ」（2）の形、無敬語表現の融合化は、7例（推量態〈30 45〉、話者述懐態〈7 8 13〉、話者注釈態〈48〉、話者認識態〈24〉）となっている。

○表出位置は、文末が最も多くて25、以下、独立22、文頭7、文中4、挿入3となっている。もの語り巧者の女房の、「話」に区切りながらの、抑揚をつけた鷹揚な語りの反復によって、『源氏物語』の世界に、リアルな効果をもたらしているが、独立・文頭・文末の語りの多用は、所謂「草子地」の形の語りが、作者の意(こころ)を聴く者の裡に直接的に響かせる効果を期する意図的演出態であることを思わせている。

［位置一覧］（ABCは、話者立場記号。**No.**ゴチは、「けり」止めを併有、6箇所、[No.]囲みは、無敬語表現の融合化、7箇所）

独立	22	1B（話者注釈）・3B（話者注釈）・4B（話者注釈）・5B（確認的説明）・[7]A（話者述懐）・9B（確認的説明）・14A（話者述懐）・15A（婉曲）・17A（話者述懐）・22A（話者認識）・[30]A（推量）・40A（話者述懐）・42

		A（話者述懐）・46A（話者述懐）・**47**A（話者認識）・**50**B（確認的説明）・51A（推量）・52A（話者述懐）・53C（筆録者省筆表明）・54A（婉曲）・57A（話者述懐）・61A（話者述懐）
文頭	7	**2**B（確認的説明）・11B（話者注釈）・25B（話者注釈）・33A（推量）・38A（婉曲）・[48]B（話者注釈）・55B（話者注釈）
文中	4	27A（推量）・36B（話者注釈）・37A（推量）・43B（話者注釈）
文末	25	[8]A（話者述懐）・10B（推量）・12A（話者認識）・[13]A（話者述懐）・16A（推量）・18A（推量）・19A（話者述懐）・20A（話者認識）・21A（話者述懐）・23A（話者認識）・[24]A（話者認識）・26A（話者述懐）・28A（推量）・31A（話者述懐）・32A（推量）・34A（推量）・35B（話者注釈）・39A（伝聞）・41A（話者述懐）・[45]A（推量）・49A（推量）・**56**B（確認的説明）・58A（話者認識）・59A（話者述懐）・60A（婉曲）
挿入	3	6B（推量）・29B（話者注釈）・44B（話者注釈）

二 「けり」止めの用法

1 世の常ならずおもしろかるべきたびのことなりければ、 ［文頭］〈B〉**イロハ▼**（第二巻95二〜三）

《確認態》並々ならぬ程に興趣をそそられる催事—［朱雀院行幸の試楽］

［注］草子地（確認的説明態）を併有するもの（一2）。

2 源氏中将（ちゅうじゃう）は、「青海波（せいがいは）」をぞ舞ひたまひける。 ［独立］〈B〉**イロハ▼**（95六〜七）

《確認態》朱雀院行幸の試楽で、花の中将光源氏の君の「青海波」の舞クローズアップ—**光源氏**—［花の中将光源氏の君の「青海波」の、至上美の舞姿の輝き］

3 若き女房（ばう）などは、心憂し、と耳とどめけり。 ［文末］〈B〉**イロハ**（97三〜四）

《確認態》光源氏の君の至上美の舞姿に対する、弘徽殿女御の不吉の言葉に若女房の不快感—**若女房・弘徽殿女御・光源氏**—［弘徽殿の光源氏の君呪詛的発言］

4 藤壺は、おほけなき心なからましかば、ましで、めでたく見えなまし、と思すに、夢の心地なんしたまひける。 ［文末］〈B〉**イロハ▼▽**（97四〜六）

《確認態》藤壺宮、源氏との逢う機、その子の懐妊に夢中の懐い―**藤壺宮**―［藤壺宮の夢うつつの境地の彷徨い］

5　宮は、やがて御宿直（とのゐ）なりけり。　［独立］〈B〉**イロ**▽（97六～七）

《確認態》試楽の夜、藤壺宮、御宿直―**藤壺宮・桐壺院**―［藤壺宮、御宿直］

6　舞（まひ）の師どもなど、世になべてならぬをとりつつ、おのおの籠りゐてなん習ひける。［独立］〈B〉**イ**（101一～三）

［注］草子地（確認的説明態）を併有するもの（一5）。

《確認態》舞人たち、並々ならぬ師を迎えて、引きこもり習得―宰相・左衛門督・右衛門督・舞の師たち―［朱雀院行幸］

7　もの見知るまじき下人（しもびと）などの、木（こ）のもと、岩（いは）がくれ、山の木（こ）の葉に埋（うづ）もれたるさへ、すこしものの心知るは、涙落としけり。　［独立］〈B〉**イハ▼**▽（102七～十）

《確認態》物事の良さの解らぬ下人の感動、情趣を解する人は、花の中将光源氏の君の「青海波」の、至上美の舞姿の輝きに感涙―**光源氏・下人・ものの心知る人**―［光源氏の君の、「青海波」の舞姿の至上美の輝き］

8　承香殿（しょうきやうでん）の御腹の四の皇子（みこ）、まだ童（わらは）にて、「秋風楽（しうふうらく）」舞ひたまへるなん、さしつぎの見物（みもの）なりける。　［独立］〈B〉**イハ**▽（102十～103二）

《確認態》承香殿御腹の第四皇子の「秋風楽」、光源氏の君の「青海波」に次ぐ見物―**第四皇子・光源氏**―［行幸の見物（みもの）］

［注］草子地（確認的説明態）を併有するもの（一9）。

9　これらにおもしろさ尽きにければ、　［文頭］〈B〉**イ▼**▽（103二～三）

《確認態》光源氏の君の「青海波」、第四皇子の「秋風楽」の、格別の興趣確認―**光源氏・第四皇子**―［8に同じ］

10 「二条院には、人迎へたまへる」と、聞こえければ、　［挿入］〈B〉イロハ（104三〜四）
《確認態》左大臣姫君、源氏の女性迎え取り聞知―**光源氏・葵の上・若紫**・葵の上女房―［北の方左大臣姫君、源氏の女性迎え取りに不快］

11 おだしく軽々しからぬ御心のほども、おのづから、と頼まるるかたはことなりけり。　［文末］〈B〉イハ（105五〜六）
《確認態》左大臣姫君の穏やかで軽率感なき性質に、源氏の信頼感格別―**光源氏・葵の上**―［10に同じ］
［注］無敬語表現（頼ま）の融合化するもの（三3）。

12 かの父宮も、え知りきこえたまはざりけり。　［独立］〈B〉イロハ（106七〜八）
《確認態》兵部卿宮、若紫の生活事情の認識不可―**兵部卿宮**・若紫―［若紫の二条院生活］

13 僧都は、かくなんと聞きたまひて、あやしきものから、うれし、となんおもほしける。　［独立］〈B〉イロ（107八〜九）
《確認態》北山僧都、若紫の生活事情聞知により、不思議な懐いながら、安堵感―**北山僧都**・光源氏・若紫―［12に同じ］

14 大殿、いとやんごとなくておはし、ここかしこ、あまたかかづらひたまふをぞ、まことに、大人びたまはんほどには、むつかしきこともや、とおぼえける。　［文末］〈B〉イロハ▼（111二〜五）
《確認態》少納言乳母、高い身分の北の方の存在、多くの女性との源氏の関わり合いにより、若紫成人時に、面倒な事発生の懸念―**少納言乳母**・左大臣姫君・多くの女性たち・**若紫**―［少納言乳母の述懐］

15 心のうちに、我は、さは男まうけてけり、この人々の男とてあるは、みにくくこそあれ、我は、かくをかしげ

に若き人をも持たりけるかな、と今ぞ思ほし知りける。　［文末］〈Ｂ〉**イロハ▼**（114六～九）

《確認態》若紫、女房たちのとは異なる、若く美しい夫君をもつ意識―**若紫・光源氏・女房たち**―［若紫、雛遊びに専念］

16 殿の内の人々も、あやし、と思ひけれど、　［文中］〈Ｂ〉**イロ▽**（115一～二）

《確認態》二条院の人々、西の対の源氏・若紫の生活に不審感―**源氏・若紫・二条院の人々**―［15に同じ］

17 いとかう世づかぬ御添臥ならんとは思はざりけり。　［文末］〈Ｂ〉**イ▽**（115二～三）

《確認態》二条院の人々、幼い「添臥」の存在の想像不可能―**若紫・二条院の人々**―［15に同じ］

18 宮、几帳のひまよりほの見たまふにつけても、思ほすことしげかりけり。　［文末］〈Ｂ〉**イロハ**（119六～八）

《確認態》神が魅入られる程に美しい光源氏の君の晴れ姿を目にする藤壺宮の苦悩クローズアップ―**藤壺宮・光源氏**―［藤壺宮、苦悩］

19 命長くも、と思ほすは、心憂けれど、弘徽殿などのうけはしげに宣ふと聞きしを、空しく聞きなしたまはば、人笑はれにや、と思しつよりてなん、やうやうすこしづつさはやいたまひける。　［文末］〈Ｂ〉**イロハ**（121一～五）

《確認態》藤壺宮の、弘徽殿の呪う心の意識、気丈な性格の確認―**藤壺宮・弘徽殿**―［藤壺宮に、光源氏の君酷似の皇子誕生］

20 「見ても思ふ　見ぬはたいかに　嘆くらむ　こや世の人の　まどふてふ闇　あはれに心ゆるびなき御ことどもかな」と、忍びて聞こえけり。　［独立］〈Ｂ〉**イロハ**（124四～六）

《確認態》王命婦、源氏・藤壺宮の仲、生涯心休まる時なき心の闇の彷徨の理解―**王命婦・光源氏**―［源氏・王命婦、和歌贈答］

21 また並びなきどちは、げに通ひたまへるにこそはと、思ほしけり。 [文末]〈B〉**イロハ▼**（125八〜九）
《**確認態**》帝、比類なき者同士は似通う認識―**桐壺院・**若宮（冷泉院）・光源氏― [若宮、参内] [帝、光源氏の君酷似の若宮鍾愛]

22 宮は、わりなくかたはらいたきに、汗も流れてぞおはしける。 [独立]〈B〉**イロハ▼**（128三〜五）
《**確認態**》藤壺宮、ひどく羞恥の懐いにより流汗淋漓―**藤壺宮**― [帝、藤壺宮・光源氏の前で、若宮の源氏の君酷似の言葉] [藤壺宮、苦悩]

23 おはしながら、とくも渡りたまはぬ、なまうらめしかりければ、 [挿入]〈B〉**イロ▼**（131三〜四）
《**確認態**》若紫、帰院しながら即来室なき源氏に不満―**若紫・光源氏**― [源氏・若紫の馴れ睦び]

24 おのづから漏り聞く人、大殿に聞こえければ、 [文中]〈B〉**イロ**（136二〜三）
《**確認態**》愛しき人に引き止められて、源氏の女性訪問中止例多数の噂を左大臣家に言上―ある人・左大臣家の人々― [帝、源氏の左大臣姫君冷遇に苦言]

25 かうさだ過ぐるまで、などさしも乱るらん、といぶかしくおぼえたまひければ、 [文中]〈B〉**イロハ**（139七〜九）
《**確認態**》源氏、老典侍の、年齢不相応な好色性に不審感―**光源氏・源典侍**― [好き人若き光源氏の君と好色老典侍の異趣な世界]

26 似げなくも思はざりける。 [文末]〈B〉**イロハ▽**（139十）

27 あさまし、と思しながら、さすがにかかるもをかしうて、ものなど宣ひてけれど、
《**確認態**》若き源氏の求愛の戯れ言に老典侍の大真面目な反応―**源典侍**・光源氏― [25に同じ]

28　上の御梳櫛にさぶらひけるを、
《確認態》源氏、好色心露な老女に驚き呆れながらも、興味を誘われて遊び事―光源氏・源典侍―［25に同じ］　［文頭］〈B〉イロハ▽▼（139十～140二）
《確認態》源典侍、髪梳き役として伺候―源典侍・桐壺院―［老典侍、若き光源氏の君に積極的求愛］　［文頭］〈B〉イロ▽（140四～五）

29　はてにければ、
《確認態》源典侍、髪梳きの役目終了―源典侍・（桐壺院）―［28に同じ］　［文中］〈B〉イロ▽（140五）

30　上は、御袿はてて、御障子よりのぞかせたまひけり。
《確認態》帝、源氏・源典侍の受け答えの一部始終を襖から覗き見―桐壺院―［28に同じ］　［文末］〈B〉イロ（143五～六）

31　尽きせぬ好み心も見まほしうなりにければ、
《確認態》頭中将、老女の積極的好色性に対する好奇心昂揚―頭中将・源典侍―［好き人頭中将、好色源典侍に馴れ初め］　［文中］〈B〉イロハ▽★（144六～七）
［注］無敬語表現（なり）の融合化するもの（三10）。

32　語らひつきにけり。
《確認態》好き人頭中将・好色源典侍の馴れ初めに、前者の積極的求愛の確認―頭中将・源典侍―［31に同じ］　［文末］〈B〉イロハ▽★（144七）
［注］無敬語表現（語らひつき）の融合化するもの（三11）。

33　かなはぬもの憂さに、いと久しうなりにけるを、
《確認態》源氏、老典侍との交情の耐えられぬ憂鬱感により長の無沙汰―光源氏・源典侍―［源氏、琵琶の上手源典侍の調べ・歌唱の魅力に情動］　［文中］〈B〉イロ（145三～四）

34 さきざきもかやうにて心動かす折々(をり)ありければ、 ［文中］〈B〉**イロ**（149十〜150一）

《確認態》源典侍、以前も鞘当てによる動揺経験―**源典侍**―［頭中将、源氏・源典侍の密会現場急襲］

35 内侍(ないし)は、あさましくおぼえければ、 ［文頭］〈B〉**イロ**（153六〜七）

《確認態》頭中将の、抜刀して源氏の君脅迫、両者の着脱の戯れに、源典侍、呆然―**源典侍**・（光源氏・頭中将）―［源氏の端袖(はたそで)、頭中将の帯、鞘当て時に紛失］

36 わりなしと思へりしもさすがにて、**「**あらだちし　波に心は　騒がねど　寄せけむ磯を　いかがうらみぬ**」**とのみなんありける。 ［文末］〈B〉**イロ▼▽**（154二〜五）

《確認態》昨夜の件に悲嘆の極との、源典侍の厚顔無恥の贈歌に、源氏、女の苦衷に哀憐の懐いで、脅迫に動じぬながら、源典侍の頭中将との交情に深怨の答歌―**光源氏・源典侍・頭中将**―［35に同じ］

37 帯は、中将のなりけり。 ［独立］〈A〉**イロハ▽**（154五）

《認識態》源典侍の届けた帯は、源氏が対抗意識から引き解いた頭中将のもの―**頭中将**―［35に同じ］

［注］草子地（話者認識態）を併有するもの（一47）。

38 端袖(はたそで)もなかりけり。 ［文末］〈A〉**イロハ**（154六〜七）

《認識態》源氏の端袖紛失―（光源氏）―［35に同じ］

39 中将は、妹(いもうと)の君にも聞こえ出(い)でず、ただ、さるべきをりのおどしぐさにせん、とぞ思ひける。 ［独立］〈B〉**イロ**（157三〜五）

《確認態》鞘当ての一件を、源氏の北の方の我が妹にも内密にする頭中将の、適当な機会に源氏の君脅しの好材料にする魂胆確認―**頭中将・葵の上・光源氏・源典侍**―［頭中将の、源氏の君対抗・挑戦意識］

［注］無敬語表現（思ひ）の融合化するもの（三30）。

40 この君ひとりぞ、姫君の御ひとつ腹なりける。　［独立］〈B〉**イロハ▼**（157十〜158二）

《確認態》左大臣子息達の中で、頭中将一人が妹君と同腹の関係確認—**頭中将・葵の上**—［頭中将の出自・自負心・人物像］

41 人柄も、あるべきかぎりととのひて、何ごともあらまほしく、足らひてぞものしたまひける。　［独立］〈B〉**イロハ▼**（158六〜八）

［注］草子地（確認的確認態）を併有するもの（一50）。

《確認態》頭中将の、人柄も、諸条件整い、すべて理想的で、不足なき人物確認—**頭中将**—［40に同じ］

42 母宮をだに、動きなきさまにしおきたてまつりて、つよりに、と思すになんありける。　［文末］〈B〉**イロハ▼**（159六〜八）

《確認態》帝、せめて若宮の母宮だけでも、揺るがぬ地位につけて、若宮の強力な後ろ盾とする意思確認—**桐壺院・藤壺宮・若宮**—［弘徽殿、藤壺宮の立后に動揺］

［注］草子地（確認的説明態）を併有するもの（一56）。

43 されど、「春宮の御世、いと近うなりぬれば、疑ひなき御位なり。思ほしのどめよ」とぞ聞こえさせたまひける。　［独立］〈B〉**イロハ▼▽**（159九〜160二）

《確認態》帝、春宮の即位、母の皇太后位間近として、動揺する弘徽殿を慰謝—**桐壺院・弘徽殿・春宮**（朱雀院）—

［42に同じ］

44 「げに、春宮の御母にて、二十余年になりたまへる女御をおきたてまつりては、引き越したてまつりがたきこと

なりかし」と、例の、安からず世人（よひと）も聞こえけり。　［独立］〈B〉イハ▽（160二〜五）

《確認態》春宮の母として二十余年の弘徽殿女御をさしおいた、藤壺宮の立后敢行は困難の不穏な世論—春宮（朱雀院）・**弘徽殿・桐壺院・藤壺宮**—［42に同じ］

○表現形態は、確認態（42例）と認識態（2例）に分類され、確認態が全体の約九割半を占めている。

○確認態は、34例が単独、5例（1 5 8 40 42）が草子地・確認的説明態を併有、4例（11 31 32 39）が無敬語表現の融合化で、草子地を併有は、文末「なりけり」（5）、「なん…なりける」（8）、「になんありける」（42）、「ぞ…なりける」（40）、「なりければ」（1）の形になっている。

○認識態は、1例（38）が単独、1例（37）が草子地・話者認識態を併有、草子地を併有は、文末「なりけり」の形になっている。

［位置一覧］（ABは、話者立場記号。**No.**ゴチは、草子地を併有、6箇所、[No.]囲みは、無敬語表現の融合化4箇所）

位置	数	一覧
独立	15	2B（確認）・**5**B（確認）・6B（確認）・7B（確認）・**8**B（確認）・12B（確認）・13B（確認）・20B（確認）・22B（確認）・**37**A（認識）・[39]B（確認）・**40**（確認）・41（確認）・43（確認）・44（確認）
文頭	5	**1**B（確認）・9B（確認）・27B（確認）・28B（確認）・35B（確認）
文中	7	16B（確認）・24B（確認）・25B（確認）・29B（確認）・[31]B（確認）・33B（確認）・34B（確認）
文末	15	3B（確認）・4B（確認）・[11]B（確認）・14B（確認）・15B（確認）・17B（確認）・18B（確認）・19B（確認）・21B（確認）・26B（確認）・30B（確認）・[32]B（確認）・36B（確認）・38A（認識）・**42**B（確認）
挿入	2	10B（確認）・23B（確認）

三　無敬語表現の用法

1　木高き紅葉の陰に、四十人の垣代、言ひ知らず吹きたてたる物の音どもにあひたる松風、まことの深山おろしと聞こえて吹きまよひ、色々に散りかふ木の葉の中より、青海波のかかやき出でたるさま、いと恐ろしきまで見ゆ。　［独立］〈A〉イロハ（第二巻101三～八）

「さま・見ゆ」―「垣代」の楽に合う松風、色々に散り乱れる紅葉の中より現れる光源氏の君の「青海波」の舞の恐ろしい程の美の究極の輝きクローズアップ―光源氏―［朱雀院行幸］

［注］草子地（話者述懐態）に融合化するもの（一7）。

2　さるは、いみじき姿に、菊の、色々うつろひ、えならぬをかざして、今日は、またなき手を尽くしたる入綾のほど、そぞろ寒くこの世のことともおぼえず。　［文末］〈A〉イロハ（102三～七）

「姿・おぼえ」―光源氏の君の至上美の容姿に、様々に色変り、言葉で表しえない程に美しい菊を挿頭にして、秘技を尽くした「入綾」の、寒気を感じる程に見事な、現世のこととは思われぬ容子をクローズアップ―光源氏―

［1に同じ］

3
[注] 草子地(話者述懐態)に融合化するもの(三8)。
おだしく軽々(かるがる)しからぬ御心のほども、おのづからと頼まるるかたはことなりけり。 [文末]〈B〉イハ(105五〜六)
「頼ま」―北の方左大臣姫君に対する源氏の格別な信頼感強調―光源氏・葵の上―[北の方左大臣姫君、源氏の女性迎え取りに不快]

4
[注]「けり」止め(確認態)に融合化するもの(二11)。
こよなううとみたまへるも、つらうおぼゆるぞわりなきや。 [文末]〈A〉イロ(109九〜十)
「おぼゆる」―この上なく遠ざける藤壺宮に対する源氏の辛い懐いを強調―光源氏・藤壺宮―[藤壺宮・源氏の懐い齟齬]

5
[注] 草子地(話者述懐態)に融合化するもの(一13)。
思へるけしきかたみにただならず。 [文末]〈A〉イロハ▼(123五)
「思へ」―源氏の並々ならぬ苦悩強調―光源氏・王命婦―[源氏・王命婦、和歌贈答]

6
[注] 草子地(話者認識態)に融合化するもの(一24)。
中将の君、面(おもて)の色変はる心地(ここち)して、恐ろしうも、かたじけなくも、うれしくも、あはれにも、かたがたうつろふ心地して、涙落ちぬべし。 [独立]〈A〉イロ(127七〜十)
「落ち」―若宮を鍾愛する帝の、源氏酷似の言葉に、源氏の、顔色の変わる懐い、恐れ、勿体なさ、嬉しさ、感無量と、あれこれ揺れ動く懐いによる落涙クローズアップ―光源氏―[帝、藤壺宮・光源氏の前で、若宮の源氏酷似の言葉][源氏、複雑な懐い]

　［注］草子地（推量態）に融合化するもの（一30）。

7　胸ぅちさわぎて、いみじくぅれしきにも涙落ちぬ。　［文末］〈A〉**イロハ**（130四〜五）

「落ち」—藤壺宮の返歌に、源氏の喜びの感涙強調—**光源氏**—［源氏の真情吐露の文に、藤壺宮、返歌］

8　つくづくと臥したるにも、やるかたなき心地すれば、　［文頭］〈A〉**イロ**（130五〜六）

「心地すれ」—源氏のやり場のない懐い強調—**光源氏**—［源氏・若紫の馴れ睦び］

9　搔き合わせ、まだ若けれど、拍子（はうし）違（たが）はず上手（じやうず）めきたり。　［文末］〈A〉**イハ**（133三〜四）

「上手めき」—若紫の箏、源氏の笛との合奏に、未熟ながら、拍子を合わせて巧者クローズアップ—**若紫**・（光源氏）—［源氏・若紫の合奏］

10　頭中将聞きつけて、いたらぬ隈（くま）なき心にて、まだ思ひよらざりけるよ、と思ふに、　［文中］〈A〉**イロハ▼▽★**（144四〜五）

「思ふ」—頭中将の、源氏・源典侍の仲の想定外強調—**頭中将**・（光源氏・源典侍）—［好き人頭中将、好色源典侍に馴れ初め］

11　尽きせぬ好み心（ごころ）も見まほしうなりにければ、　［文中］〈B〉**イロハ▽★**（144六〜七）

「なり」—頭中将の、老女の積極的好色性に対する好奇心昂揚強調—**頭中将**・源典侍—［10に同じ］

　［注］「けり」止め（確認態）に融合化するもの（二31）。

12　語らひつきにけり。　［文末］〈B〉**イロハ▽★**（144七）

「語らひつき」—好き人頭中将・好色源典侍の馴れ初めに、前者の積極的求愛強調—**頭中将**・源典侍—［10に同じ］

　［注］「けり」止め（確認態）に融合化するもの（二32）。

13 「おし開ひて来ませ」とうち添へたるも、例に違ひたる心地ぞする。 [文末]〈A〉イロ（146六〜七）
「心地ぞする」—老典侍の挑発的誘惑姿勢に源氏の意外感強調—光源氏・源典侍—［光源氏の君、老獪源典侍の術中に陥ちる］

14 我ひとりしも聞き負ふまじけれど、うとましや、何ごとをかくまでは、とおぼゆ。 [文末]〈A〉イロ（146九〜147一）
「おぼゆ」—多情な噂の老典侍の孤独感の悲愁の訴えに、源氏の、我ひとり責めを負う理由なしとして、嫌悪感、執拗さに反発する懐い強調—光源氏・源典侍—［13に同じ］

15 うち過ぎなまほしけれど、あまりはしたなくや、と思ひかへして、人に従へば、 [文中]〈A〉イロ（147三〜五）
「うち過ぎ・思ひかへし・従へ」—源氏の、心進まぬ懐いながら、冷淡過ぎの反省から、成り行き任せに、源典侍の意思に随従を強調—光源氏・源典侍—［13に同じ］

16 頭中将は、この君の、いたうまめだち過ぐして、常にもどきたまふがねたきを、つれなくて、うちうち忍びたまふかたがた多かめるを、いかで見あらはさむ、とのみ思ひわたるに、 [文頭]〈A〉イロ★（147七〜十）
「思ひわたる」—頭中将の、源氏の君の、真面目人間顔過剰で、常にわが素行非難の腹立たしさ、何食わぬ顔で、密かに忍ぶ所のここかしこ数多の推量、一途にその正体把握の願望継続強調—頭中将・光源氏—［頭中将、源氏・源典侍の密会現場急襲］

17 これを見つけたる心地、いとうれし。 [文末]〈A〉イロ★（148一）
「見つけ・心地」—頭中将の、源氏の君の密会現場目撃の喜び強調—頭中将・光源氏・源典侍—［16に同じ］

18　かかるをりに、すこしおどしきこえて、御心まどはして、懲りぬやと言はむ、と思ひて、たゆめきこゆ。
［独立］〈A〉**イロ★**（148一～四）
「**たゆめ**」―頭中将、源氏の君の密会現場目撃の機会に、少々脅迫、動転させて、懲り懲りの確認意思により、油断させる演出強調―**頭中将・光源氏**―［16に同じ］

19　やをら入り来るに、
［文中］〈A〉**イロ▼**（148六）
「**入り来る**」―頭中将の、源氏・源典侍共寝の場に入所の動作クローズアップ―**頭中将・光源氏・源典侍**―［16に同じ］

20　中将、をかしきを念じて、引き立てたまへる屛風（びやうぶ）のもとに寄りて、ごほごほと畳み寄せて、おどろおどろしう騒がすに、
［文頭］〈A〉**イロ**（149五～八）
「**騒がす**」―頭中将の、光源氏の君脅迫の大芝居クローズアップ―**頭中将・光源氏**―［16に同じ］

21　ほとほと笑ひぬべし。
［文末］〈A〉**イロ▼**（151一）
「**笑ひ**」―頭中将の大芝居のフィナーレ間近強調―**頭中将**―［16に同じ］
［注］草子地（推量態）に融合化するもの（一45）。

22　かうあらぬさまにもてひがめて、恐ろしげなるけしきを見すれど、
［文頭］〈A〉**イロ▼★**（151六～八）
「**見すれ**」―頭中将の、光源氏の君脅迫の大芝居のラストシーンクローズアップ―**頭中将**・（光源氏・源典侍）―［光源氏・頭中将、着脱の戯れ］

23　我と知りてことさらにするなりけりと、をこになりぬ。
［文末］〈A〉**イロ★**（151八～九）
「**なり**」―源氏の、頭中将の故意に脅迫する魂胆察知による立腹強調―**光源氏・頭中将**―［22に同じ］

24 ねたきものから、え堪へで、笑ひぬ。 [文末]〈A〉イロハ（152二）
「笑ひ」―頭中将の、大芝居発覚の無念ながら、我慢できずに失笑クローズアップ―頭中将―［22に同じ］

25 つとらへて、さらにゆるしきこえず。 [文末]〈A〉イロハ（152四〜五）
「ゆるし」―頭中将の、源氏の着衣阻止クローズアップ―頭中将・光源氏―［22に同じ］

26 脱がじと、すまふを、 [文中]〈A〉イロハ（152七）
「すまふ」―源氏の脱衣強制に頭中将の抵抗クローズアップ―頭中将・光源氏―［22に同じ］

27 中将、「つつむめる　名やもり出でん　引きかはし　かくほころぶる　中の衣に　上にとり着ばしるからむ」と言ふ。 [独立]〈A〉イロ（152八〜153一）
「言ふ」―源氏・中将の仲の綻びにより、源氏の隠し事の容易に表沙汰になる中将の言葉を強調―頭中将・光源氏・源典侍―［22に同じ］

28 いとうるはしくすくよかなるを見るも、かたみにほほゑまる。 [文末]〈A〉イロ（156三〜四）
「見る・ほほゑま」―源氏・頭中将両者が、何事もなかったかの様子を目にして、互いの微笑クローズアップ―光源氏・頭中将―［源氏の端袖、頭中将の帯、鞘当て時に紛失］

29 「などてかさしもあらむ。立ちながら帰りけん人こそいとほしけれ。まことは、憂しや世の中よ」と、言い合はせて、「とこの山なる」と、かたみに口がたむ。 [独立]〈A〉イロ▼★（156六〜九）
「口がたむ」―源氏・頭中将の、互いに、源典侍一件の他言無用の約束強調―光源氏・頭中将・源典侍―［28に同じ］

30 さて、その後は、ともすれば、ことのついでに、言ひむかふるくさはひなるを、

「言ひむかふる」—鞘当ての一件後、頭中将、機ある度に、源氏の君に絡む種とする傾向強調—頭中将・光源氏・源典侍—［好き人光源氏の君の後悔の念］
［文頭］〈B〉イロハ▼（156九～157一）

31　中将は、妹（いもうと）の君にも聞こえ出（い）でず、ただ、さるべきをりのおどしぐさにせん、とぞ思ひける。
［独立］〈B〉イロ（157三～五）

［注］草子地（話者注釈態）に融合化するもの（一48）。

「聞こえ出で・思ひ」—鞘当ての一件を、源氏の北の方の我が妹にも内密にする頭中将が、適当な機会に源氏の君脅しの好材料にする魂胆強調—頭中将・葵の上・光源氏・源典侍—［頭中将の、源氏の君対抗・挑戦意識］

32　尽きもせぬ　心の闇に　くるるかな　雲居（くもゐ）に人を　見るにつけても
とのみひとりごたれつつ、
［文頭］〈A〉イロ▼（161四～六）

［注］「けり」止め（確認態）に融合化するもの（二39）。

「ひとりごた」—宮中の奥深く離れて行く、わが全的存在の、宿命（さだめ）の方を目に、独り、果てなき無明の闇に取り残されて途方にくれる、源氏の君の空虚感・孤独感強調—光源氏・藤壺宮—［源氏、藤壺宮立后の儀の参内に供奉（ぐぶ）］

○全32例中、光源氏13、頭中将16、光源氏・頭中将共通2、若紫1で、頭中将が五割を占めている。
○単独22、草子地に融合化7（1 2 4 5 6 21 30）、「けり」止めに融合化4（3 11 12 31）で、光源氏は、単独8、草子地に融合化4（1 2 5 6）、「けり」止めに融合化1（3）、頭中将は、単独11、草子地に融合化2（21 30）、「けり」止めに融合化3（11 12 31）、光源氏・頭中将共通は、単独2（28 29）、草子地に融合化（30）、若紫は、単独1（9）となっている。

［位置一覧］（ＡＢは、話者立場記号。**No.**ゴチは、草子地に融合化５、[No.]囲みは、「けり」止めに融合化４箇所）

位置	数	用例
独立	6	**1**Ａ（光源氏）・**6**Ａ（光源氏）・18Ａ（頭中将）・27Ａ（頭中将）・29Ａ（光源氏・頭中将）・[31]Ｂ（頭中将）
文頭	6	8Ａ（光源氏）・16Ａ（頭中将）・20Ａ（頭中将）・22Ａ（頭中将）・**30**Ｂ（頭中将）・32Ａ（光源氏）
文中	5	10Ａ（頭中将）・[11]Ｂ（頭中将）・15Ａ（光源氏）・19Ａ（頭中将）・26Ａ（頭中将）
文末	15	**2**Ａ（光源氏）・[3]Ｂ（光源氏）・**4**Ａ（光源氏）・**5**Ａ（光源氏）・7Ａ（光源氏）・9Ａ（若紫）・[12]Ｂ（頭中将）・13Ａ（光源氏）・14Ａ（光源氏）・17Ａ（頭中将）・**21**Ａ（頭中将）・23Ａ（光源氏）・24Ａ（頭中将）・25Ａ（頭中将）・28Ａ（光源氏・頭中将）

四　物語創出の手法

「話」の構成上・物語展開上の、草子地・「けり」止め・無敬語表現の位置・機能・作意

『紅葉賀』の構造は、物語展開・叙述効果の作意理解から、33の「話(わ)」から形成されているものと見做され、表の流れの内容は以下に整理される。

a　『源氏・藤壺宮の物語〈第二部〉』（13話）―「序」―第1〜5話、「破」―第8 14話、「急」―第15〜19話、「余韻」―第20話―約二三三行

b　『源氏・左大臣姫君の物語〈第二部〉』（4話）―「破」―第6 12 13 22話―約七五行

c　『源氏・紫のゆかりの物語〈第一部〉』（2話）―「余韻」―第7 9話―約三二行

d　『源氏・紫のゆかりの物語〈第二部〉』（3話）―「序」―第10 11話、「破」―第21話―約九三行

e　『源氏・源典侍(げんのないしのすけ)の物語』（8話）―「序」―第23話、「破」―第24話、「急」―第25〜27話、「余韻」―第28〜30話―約二〇六行

f 『源氏・藤壺宮の物語〈第三部〉』(3話)――「序」―第31～33話―約三四行

裏の流れとしては、『源氏・左大臣姫君の物語〈第二部〉』「破」(第6話)に『源氏・藤壺宮の物語〈第二部〉』(「破」)『源氏・紫のゆかりの物語〈第一部〉』(「余韻」)、『源氏・紫のゆかりの物語〈第一部〉』「余韻」(第9話)に『源氏・左大臣姫君の物語〈第二部〉』(「破」)、『源氏・紫のゆかりの物語〈第二部〉』「破」(第21話)に『源氏・藤壺宮の物語〈第二部〉』(「余韻」)、『源氏・左大臣姫君の物語〈第二部〉』「破」(第22話)に『源氏・紫のゆかりの物語〈第二部〉』(「破」)、『源氏・源典侍の物語』「余韻」(第30話)に『源氏・左大臣姫君の物語〈第二部〉』(「破」)が認められる。

『紅葉賀』の叙述内容の割合は、本流『光源氏の物語』の最初の基幹流『源氏・藤壺宮の物語』が約四割、それを継承する『源氏・紫のゆかりの物語』が約二割、副流『源氏・左大臣姫君の物語』が約一割で、異趣独立的性質の『源氏・源典侍の物語』が約三割を占めている。

本命は、藤壺宮の、皇子誕生〈第二部〉、立后、光源氏の宰相任官〈第三部〉への流れを語る『源氏・藤壺宮の物語』で、立后は若宮の将来への帝の深い配慮依拠の明示から、若宮の帝位への流れを予想させており、『若紫』(第28話)の「源氏の夢合わせ」を想起させて、光源氏が若宮の「生」にいかに関わっていくかに興味を誘っている。

藤壺宮立后は、弘徽殿の強い不満を思わせ、来たるべき弘徽殿腹の春宮即位、即藤壺宮腹の皇子の立太子は、皇太后弘徽殿の中宮藤壺宮憎悪の昂進を確信させ、親藤壺宮の光源氏に対する弘徽殿の悪感情は自明の理としている。

『源氏・紫のゆかりの物語』は、若紫の、雛遊び〈第一部〉から女の感情の発露〈第二部〉に移って、新展開の本格的開幕表示をうかがわせ、『源氏・左大臣姫君の物語』は、これまでの停滞の語りから本格的始動を印象づけており、若紫の成長と北の方左大臣姫君との関係、源氏の若紫処遇の行方に聴く者（読む者）の好奇心を昂めている。
問題は、『源氏・源典侍の物語』で、『源氏・藤壺宮の物語』に次ぐ分量の異趣独立の物語を、長編物語展開の用意設定を思わせる『紅葉賀』に、「序」から「余韻」に至る語りを一気呵成に連続させて、宰相任官直前の、若きヒーロー光源氏の君として最後の、奔放、直情径行的好色(すき)事を、老ヒロイン・大脇役三巴の形で、諧謔・揶揄・風刺の筆致により聴く者（読む者）の笑いを誘いながらクローズアップする作意に注目される。
各物語展開の芯の語りは以下のようになる。

a　『源氏・藤壺宮の物語〈第二部〉』（13話）

「序」（第1～5話）
「朱雀院行幸の試楽・晴れの舞台」を設定して、「光源氏の君の「青海波」の舞姿の至上美の輝き」のクローズアップにより、「弘徽殿の、呪詛的発言、帝の源氏愛に反発」「藤壺宮の、夢うつつの境地の彷徨い」を引き出して、『源氏・藤壺宮の物語』展開の行く手に弘徽殿の絡み合いを確信させる。
また、「光源氏・頭中将を対(つい)にした物語展開の用意」を思わせると同時に、「上達部の昇進は、光源氏の君の恩恵」「光源氏の君の稀有な人物像の前世の因縁に興味誘発」として、その人望の遍く及ぶ物語展開を予想させる。

「破」（第8 14話）
二度に渉る、源氏の三条宮訪問にも、藤壺宮との対面も叶わぬものとして、源氏の抑えかねる情動に「光源氏・藤壺宮の懐い齟齬」、源氏の子懐妊による「藤壺宮の深刻な苦悩」をクローズアップする。

「急」（第15～19話）

まず「藤壺宮に光源氏の君酷似の皇子誕生」を芯に、藤壺宮の、「弘徽殿の憎悪心意識」「「心の鬼」に苦悩」「密事露見の仮想に戦慄、身の運命(さだめ)の憂鬱感」「密事露見回避の苦悩・孤独感」をクローズアップする。

次いで、源氏・仲立ち王命婦の「各様の苦悩」に、源氏の「藤壺宮との仲の隔ての苦衷」を加えて、王命婦の「源氏・藤壺宮の仲の、生涯心休まる時なき心の闇の彷徨の見解」により、無明の闇に彷徨う源氏・藤壺宮を聴く者(読む者)の裡に刻む。

一方、帝は、「重大な密事の認識なし」「比類なき者同士は似通うものと理解」、さらに、「新宮を「瑕なき玉」と鍾愛」の理由として、『桐壺』の、源氏立太子の「見果てぬ夢の宿願の存在」を印象づける。

最後に、「若宮の源氏酷似の帝の言葉に、源氏・藤壺宮の衝撃」の深さの余韻で聴く者(読む者)をつつむ。

「余韻」(第20話)

「源氏の真情吐露の文に、藤壺宮、奇しき運命の女の哀しみの返歌」として、この物語展開の究極を待たせる。

f 『源氏・藤壺宮の物語〈第三部〉』(3話)

『源氏・藤壺宮の物語〈第二部〉』『源氏・紫のゆかりの物語〈第一部〉〈第二部〉』『源氏・左大臣姫君の物語〈第二部〉』『源氏・源典侍の物語』を語り終えた後に見えて、次のステージへの桟(かけはし)を思わせて、聴く者(読む者)の好奇心を誘う。

「序」(第31〜33話)

まず、「藤壺宮、立后」「帝、退位の意向」により、「藤壺宮立后は、若宮の将来への帝の深い配慮」、さらに、「弘徽殿、藤壺宮の立后に動揺」「帝、動揺する弘徽殿慰謝」として、新展開の重要な布石をうかがわせ、「源氏、宰相任官」は、若きヒーロー光源氏君の青春生活の幕、即物語の流れ・彩りの変化を確信させる。

次いで、「宰相源氏の君、藤壺宮立后の儀の参内の夜に供奉」を設定して、「藤壺宮、先帝后腹の皇女、光り輝く美貌、比類なき帝寵」故にしかるべき人も奉仕とする一方、「源氏の君の、空虚感・孤独感の、途方にくれる懐い」をクローズアップする。

さらに、「藤壺宮、若宮の光源氏の君酷似の成長に心痛」にも、「重大な密事に気づく人なし」を再確認し、最後に、「源氏の君の比類なき美貌の魅力に驚嘆」から、「世の人、二人の酷似を天の為せるわざと理解」を導き、当面は密事露見の展開の方向を否定して、新しい流れに興味を誘う。

b　『源氏・左大臣姫君の物語〈第二部〉』（４話）

「破」（第６ 12 13 22話）

本流『光源氏の物語』の基幹流『源氏・藤壺宮の物語』『源氏・紫のゆかりの物語』を背後の流れとする副流の物語として、藤壺宮の里下がりによる「源氏の宮対面の機画策専一生活による、北の方に夜離れ」、さらに、「北の方、源氏の自邸に女性迎え取り不快」から入る。

初めて、源氏の、「北の方の良き性質理解、格別な信頼感」を語って、「期待する北の方像」「疎遠は、わが軌道外れの好き事に起因の所懐」とするも、北の方の、「端正で、愛の温もりなき表情」には、「世間並みの妻の気を哀願」を挙げる。

北の方の、「人前では、夫君（おとこ）の演出に合わせる演技」を評価し、さらに、「夫君より四歳年長、女盛りの完全無欠の美」に、源氏の、「女君の怨嗟の因、わが衝動に任せた結果の認識」と展開して、これまでにない情動的熱愛を思わせながら、この物語展開の本格的な始動を印象づける。

また、北の方の「出自・傅育による高いプライド」に対する源氏の「反発」として、この物語展開の問題点を指摘するも、「舅左大臣の、婿君傅き、生き甲斐・至福感」として、その行方にも注目させる。

続いて、「二条院新入りの人故に源氏の女性訪問中止例多数の噂を左大臣家に言上」「噂を耳にした帝、源氏の左大臣姫君冷遇に苦言」として、若紫の存在を帝の知るところとするも、帝、「結婚生活不満の最愛の皇子不憫」「源氏の微行の女性関係の恨みの因不審」として、新たな問題を提起する。

c 『源氏・紫のゆかりの物語〈第一部〉』（2話）

「余韻」（第７９話）

本流『光源氏の物語』の基幹流『源氏・藤壺宮の物語〈第二部〉』「序」、副流『源氏・左大臣姫君の物語〈第二部〉』「破」をうけて、「優れた気立て・容貌の、純真無垢な若紫、「後の親」光源氏の君に自然な親しみ」として、『若紫』最後の「話」（第51話）と類似する語りで幕を開ける。

次いで、「好き人光源氏の君の、まめ人性による諸事万端に渉る綿密な配慮」「源氏の腹心の侍者乳母子（めのとご）惟光の、主（しゅう）の意を体した細々とした働き示唆」は、『若紫』第46話～第49話、「兵部卿宮、若紫の生活事情の認識不可」は、『若紫』第50話、「若紫、尼君哀慕」は、『若紫』第51話の語りと重ねて、これまでの経緯を想起させる。

さらに、「若紫の後追いに、愛しさ昂揚」「外泊時にふさぎこむ若紫不憫」として、光源氏の君の若紫愛の生活をクローズアップする。

少納言乳母（『若紫』第7話）を再登場させて、その述懐として、「若紫成人時に、左大臣姫君の北の方、多くの女性との関わり合いに面倒な事発生の懸念」を挙げて、多々問題の予想されるこの展開の行方に聴く者（読む者）の好奇心を昂める。

d『源氏・紫のゆかりの物語〈第二部〉』（3話）

「序」（第10 11話）

「若紫、除服、着衣の魅力」として、華やかで目新しく美しい少女のクローズアップにより、物語の新しい流れを思わせる。

「雛飾りに専念」し、「雛の中の源氏の君と遊ぶ」若紫の新春の二条院生活を写し出し、少納言乳母の、若紫に対する「基本的な精神生活・行動・生活習慣の心得注意」により、「源氏の君との夫婦（めおと）意識の芽生え、性の目覚め」「加齢により精神的成長」を印象づける。

「破」（第21話）

『源氏・左大臣姫君の物語〈第二部〉』「破」に、源氏・北の方の夫婦関係の曙光を見せ（第12話）、また、『源氏・藤壺宮の物語〈第二部〉』「急」（第15〜19話）「余韻」（第20話）の、波乱の展開を待たせる後に、副流・基幹流二つの流れをうける形で見える。

「源氏の深刻な苦悩の、若紫による紛れ示唆」から入り、「若きヒーロー・幼いヒロインの魅力の対照的描出」「若紫、女の感情の発露」「源氏・若紫、和歌詞句の応答」「源氏、若紫に箏の琴教授」「若紫、楽曲の習得に格別な聡明さ発揮」「源氏、若紫の利発で魅力的な気立てに満足感」「源氏・若紫、絵の親しみ」「源氏、若紫に成人の暁には決して外泊せぬ意思表示」「源氏を一途に思慕する若紫の純粋さ可憐さ」「源氏、若紫愛しさに女性訪問中止」と列挙し、この物語の新展開の本格的開幕表示を思わせて、最初のクライマックス・ハイライトシーンを待たせる。

e 『源氏・源典侍の物語』（8話）

本流『光源氏の物語』の基幹流『源氏・藤壺宮の物語〈第二部〉』『源氏・紫のゆかりの物語〈第二部〉』、副流『源氏・左大臣姫君の物語〈第二部〉』を語り終えた後に、以上の流れとは無縁の、奇想天外な、異趣の世界に誘い入れて、これも同じ若きヒーロー光源氏の君の物語か、同じ作者の語りかと聴く者（読む者）を唖然とさせて苦笑を誘う。

「序」（第23話）

「帝の周辺に教養ある宮仕え人の多い時分」の状況設定から入り、「好色心露な老典侍」の存在をクローズアップする。

即「好奇心旺盛な若き好き人光源氏の君、老典侍に興味をもち戯れ事」「典侍、冷淡な源氏に辛い懐い」として、聴く者（読む者）の胸裡の、世にも稀な美貌の、魅力的で香しい「光源氏の君」とのあまりにも格差あるの情事に戸惑わせる。

「破」（第24話）

「好き人光源氏の君、好色老源典侍挑発」から入り、「源典侍、蝙蝠（かはぼり）扇の特異な嗜好」の語りに驚かせ、「源典侍の面なき誘いに、源氏の応答」の詞句、帝前の「源典侍、源氏に愛の泣訴」は、老女の過度の厚顔無恥様に評する言葉を見失わせる。

また、「帝、源氏の好色（すき）心初認識」「女房たち、若い皇子と老典侍の意外な関係を取り沙汰」と展開させて、光源氏の君ライバル意識による頭中将の、「源典侍と交情」と運び、「好色老典侍のお好み限定」に至っては、聴く者（読む者）を赤面させる。

「急」（第25～27話）

「源氏、典侍との交情の耐えられぬ憂鬱感により長の無沙汰」としながら、「歌詞に問題あるも、琵琶の上手源典侍の調べ・歌唱の魅力」に引き寄せられる源氏を、「典侍、積極的に挑発」し、即「老獪源典侍の術中に陥ちる」として、光源氏の君の遊（すさ）び事の究極の展開に、聴く者（読む者）の好奇心を昂める。

一方、頭中将は、「源氏の女性関係把握願望」「源氏・源典侍の密会現場発見」「源氏脅迫の用意周到な画策」「密会現場急襲」と展開させ、「頭中将の自作自演の大芝居に、軽薄多情な好色女官源典侍の老醜無惨」をズームアップする。

「余韻」（第28～30話）

「源氏、頭中将の画策による情事発覚に並み並みならぬ悔しい懐い」から入り、「着脱の戯れ事に、源氏の端袖、中将の帯紛失」に、聴く者（読む者）を唖然とさせて後、「源氏・頭中将、源典侍一件の他言無用の約束」として、鞘当ての痛み分けを確認しながら、頭中将を光源氏の君の「生」に関わり合う立場として、ヒーローの人生の各様の物語展開への絡み合いを予想させる。

後、頭中将は、「源典侍との情事を種に、源氏に挑み心発揮」、源氏は、「好色老典侍故の煩労自覚」、「執念深い源典侍に困惑」として、「好き人光源氏の君の後悔の念」を印象づける。

頭中将、「源氏との鞘当てを妹君にも内密」にするも、「源氏に圧倒されまいの意識で、些細な事でも挑戦」として、後日の機ある度の各様のシーンを想像させる。

頭中将を、「妹君と同腹の皇女腹」「父方・母方の背景、自身の人望により、源氏と遜色なき意識」として、「源氏に対する頭中将の、挑戦意識・行動不審」を強調して、ヒーローに対する頭中将の、宿命的意識・行動による物語展開の展望をのぞかせる。

以上、世にも稀な異趣独立の『源氏・源典侍の物語』の本命は、頭中将を本流『光源氏の物語』のヒーローの「生」に絡み合う大脇役としての位置づけする作意と認識させる。

a **『源氏・藤壺宮の物語〈第二部〉』**（13話）

「**序**」（第1～5話）

○第1話「朱雀院行幸の試楽」—「件」（第二巻95一～六—約6行）

新帖を、「朱雀院（すざくゐん）の行幸（ぎやうがう）は、神無月（かんなづき）の十日（とをか）あまりなり」と、**草子地**《話者注釈態》（一1）の改まった口調で語り出して、「朱雀院行幸」を契機とする物語の新しい流れを思わせる。

「行幸」の件は、『若紫』の、源氏・藤壺宮の逢う機、宮の懐妊後に、時は「十月」、舞人人選に備えて、親王たち、大臣を初め、上達部、殿上人の、各自の特技の習練（第34話）、『末摘花』の、「源氏・常陸宮姫君の契り」後に、「源氏、朱雀院行幸準備に忙殺」（第15話）として見えており、後者は、この後に、『源氏・常陸宮姫君の物語〈第二部〉』展開のクライマックス「源氏、宮姫君の容姿・容貌ショック」（第23話）を描出していることから、『源氏・藤壺宮の物語〈第二部〉』の本命の展開開幕を予測させて、その展望に基づく契機設定を示唆する。

草子地《確認的説明態》・**「けり」止め**《確認態》**併有**（一2二1）の語りを継いで、並々ならぬ程に興趣をそそられる催事の背後の重大事を思わせて、「行幸」の仕掛けに聴く者（読む者）の興味誘う。

地の「話」止めで、妃たちの「行幸」見物願望、帝の藤壺の目に入れぬ残念の懐いから、御前で「試楽」挙行として、並々ならぬ藤壺寵愛の程を思わせる。

「話」の主題は、「帝前で朱雀院行幸の試楽挙行」(1)「帝の並々ならぬ藤壺宮寵愛」(2)、作意は、「帝の並々ならぬ藤壺宮寵愛クローズアップ」と見做される。

草子地(一1)、**草子地・「けり」止め併有**(一2二1)が、主題2の誘導表出となっている。

○第2話「花の中将光源氏の君の「青海波」の、至上美の舞姿の輝き」―**「場」**(95六〜97六―約26行)

「話」頭に、**「けり」止め**《確認態》(二2)の語りで、花の中将光源氏の君の「青海波」の舞姿の輝きをクローズアップし、**草子地**《話者注釈態》(一3)を**連鎖**して、容姿・心遣いの卓越する頭中将も、光源氏の君と立ち並ぶ時は、光彩消光として、光源氏の君を引き立てる頭中将の役柄を思わせる。

さらに、**草子地**《話者注釈態》(一4)を**連鎖**して、夕陽の明るい光の中で、楽の音響、興趣の高まりに、光源氏の君の舞の足拍子・表情の、この世で決して見られぬ容子を語り、至上美の舞姿をクローズアップして、その子を懐妊して苦悩する藤壺宮の胸裡への投影を示唆する。

地で、光源氏の君の吟詠を極楽浄土に棲むという迦陵頻伽(かりょうびんが)の鳴き声に譬え、興趣を湛えて感動的な舞姿は、帝を初め、上達部・親王たちの感涙を誘うとして、帝前の藤壺宮の感無量の懐いを思わせる。

地を継いで、吟詠が終わり、舞納めを待ち受ける楽の華やかな調べの中で、夕日影に光源氏の君の常よりも光り輝く顔をズームアップする。

地で、弘徽殿を畏怖の響きの「春宮の女御」との登場のさせ方は、帝寵愛の藤壺宮と対立する存在として、来るべき春宮即位の暁の強大な権力を背景にした立場を予想させると同時に、至上美の舞姿に対する弘徽殿の、「神など、空にめでつべきかたちかな。うたて、ゆゆし」の呪詛的**発言**は、源氏憎悪の一触即発の状態と同時に、神に魅入られる物語構想立脚を思わせる。

弘徽殿の言葉を**「けり」止め**《確認態》（二3）でうけて、来歴・その性格を知らぬ若女房の不快感は、呪詛の言霊意識による深刻な結果を、源氏の君の神に魅入られる展開を予測させると同時に、若女房の懐いの指摘は、弘徽殿の源氏憎悪の、積年の常々の発言に耳慣れている古女房との区別をうかがわせる。

「けり」止め《確認態》（二4）を**連鎖**して、「話」止めに、藤壺宮の、源氏との逢う機、その子の懐妊に夢中の懐いとして、至上美の舞姿に強く惹かれては、帝の女御の身として皇子に見え、その子を懐妊した宿命の、夢うつつの境地の彷徨いを思わせながら、宮の宿命的な哀しい「生」の行方に、波乱万丈の『源氏・藤壺宮の物語』展開に聴く者（読む者）の好奇の心を昂揚させる。

「話」の主題は、「行幸試楽で、光源氏の君の「青海波」の舞姿の至上美の輝き」（1）「弘徽殿の光源氏の君呪詛的発言」（2）「藤壺宮の夢うつつの境地の彷徨い」（3）、作意は、「光源氏の君の舞姿の至上美の輝きクローズアップ」「弘徽殿の、光源氏・藤壺宮への絡み合いの仕方に興味誘発」『源氏・藤壺宮の物語』展開の究極への流れに興味誘発」と見做される。

「けり」止め（二2）、**草子地**（一4）が、主題1の直接表出、**「けり」止め**（二3）が、主題2の直接表出、**「けり」止め**（二4）が、主題3の直接表出、**草子地**（一3）が、主題1の誘導表出となっている。

○第3話「藤壺宮、御宿直」——「**場**」（97六〜98七—約11行）

「話」頭に、**草子地**《確認的説明態》・**「けり」止め**《確認態》**併有**（一5二5）の語りで、試楽の夜、藤壺宮の御宿直を強く確認する形で、帝寵の実感と日々高まる胎動に苦悩する宮の日常を思わせながら、奇しき宿命（さだめ）の女性の「生」の哀しさの『源氏・藤壺宮の物語』の世界に誘い入れる。

帝の**言葉**を、光源氏の「青海波」の舞姿の至上美の輝き称揚、宮の印象の問、宮の、返事に窮しながら、格別との**応答**として、苦しく複雑な胸裡を思わせる。

同じ**言葉**に、光源氏の相方の頭中将の舞にも褒詞として、脇役頭中将をクローズアップして、光源氏・頭中将を対（つい）にした物語展開予示を、良家の子弟の舞の鷹揚・優美の魅力の言及により、物語展開の伏線をのぞかせ、最後に、宮の目に入れる願望による試楽の挙行として、並々ならぬ藤壺宮寵愛を印象づける。

「話」の主題は、「帝の並々ならぬ藤壺宮寵愛」（1）「帝、光源氏の「青海波」の舞姿の至上美の輝き称揚」（2）「帝、頭中将の舞評価」（3）、作意は、「帝の並々ならぬ藤壺宮寵愛」「光源氏・頭中将を対（つい）にした物語展開予示」と見做される。

草子地・「けり」止め併有（一5二5）が、主題1の直接表出となっている。

○第4話「源氏・藤壺宮の和歌贈答」—「**場**」（98八〜99十—約12行）

「序」の眼目の「話」として、光源氏・藤壺宮の**和歌贈答**の機を設ける。

光源氏の、あが仏、わが永遠の方のお目にかけたい、御覧いただきたい一心の、入魂の舞披露の**歌詞**に対して、藤壺宮は、自然に沸きあがるわが感激の**詞**（ことば）で源氏の懐いを優しく包む。

地で、「御后ことばのかねても」と、微笑こぼれて、宮の文を「持経」のように引き広げて見入る光源氏の君を、聴く者（読む者）の、目に、心に深く刻み、その裡に余韻を響かせながら、近い将来の藤壺宮立后の機を示唆する。

贈答歌の間に、**草子地**《推量態》（一6）を挿入して、至上美の光源氏の君を目にして、藤壺宮の抑えきれぬ必然的な情念の発露を思わせる。

「話」の主題は、「光源氏・藤壺宮の懐い」、作意は、『源氏・藤壺宮の物語』の、罪業の意識を超えた愛の魂讃」と見做される。

草子地（一6）が、主題の直接表出となっている。

○第5話「朱雀院行幸」―「**場**」（99十〜103九―約40行）

「話」頭に、**地**で、行幸には、親王たち初め世に残る人なく供奉、春宮も参列、一隻一対の竜頭鷁首の楽の船が池を漕ぎ巡り、唐土・高麗と、数々の舞楽の管絃・鼓の音があたりに響きわたるとして、ライブの語りで見も知らぬ盛儀の程を想わせながら、聴く者（読む者）をその「場」に遊ばせる。

地を継いで、「試楽」で、光源氏の君の「青海波」の、夕日影の至上美の舞姿の、常よりも光り輝く容子を、神など魅入る恐れの不吉とお思いになり、所々に御誦経をさせる帝の光源氏の君愛の深さを、過剰のことと反発する弘徽殿の、前述の呪詛的発言を再確認するかの語りは、来るべきことの伏線を確信させる。

これは、『若紫』第5話「源氏、前播磨守娘の話題に興味」の、親に先立てれて宿願の実現不可の時には娘に入水指示の前播磨守の**遺言**に対する、「海竜王の后になるべきいつきむすめなり」の言葉を想起させて、空の神と海竜王の接点による物語展開に興味を昂める。

話題を元に戻して、**地**で、「垣代」には、殿上人、地下人も、格別優秀と評価されている名手だけを選抜として、帝の、芸道造詣の深さを認識させる。

地で、左衛門督・右衛門督の宰相二人の、左の唐楽、右の高麗楽の進行役の人選を語って、帝の配慮の常ならぬを思わせる。

「けり」止め《確認態》（二6）で、舞人たちが、並々ならぬ師を迎えて、引きこもりの習得を確認する形で、帝一世一代の朱雀院行幸の大催事を印象づけながら、物語展開上に占める「行幸」の意味の重さを認識させる。

草子地《話者述懐態》に**無敬語表現**の**融合化**（一7三1）の語りで、「垣代」の楽に合う、山下ろしと聞こえる松風、色々に散り乱れる紅葉の中より現れる光源氏の君の「青海波」の舞の恐ろしい程の美の究極の輝きをクローズアップする。**地**で、光源氏の君の顔の輝く美しさに圧倒される故として、挿頭を紅葉から菊に、小道具を変えて、美の究極の魅力を表し、日の暮れかかる時に、わずかに時雨れる空の様子までもそれを見知り顔として、弘徽殿の、「神など、空にめでつべきかたちかな」に照応させる。

草子地《話者述懐態》に**無敬語表現**の**融合化**（一8三2）の語りで、退場時の、光源氏の君の至上美の容姿に、様々に色変り、言葉で表しえない程に美しい菊を挿頭にして、秘技を尽くした「入綾」の、寒気を感じる程に見事な、現世のこととは思われぬ美の究極の輝きをクローズアップする。

「けり」止め《確認態》（二7）を継いで、物事の良さの解らぬ下人も感動、情趣を解する人は感涙として、光源氏の君の至上美の、言語に絶する程を印象づける。

草子地《確認的説明態》・**「けり」止め**《確認態》**併有**（一9二8）の強い口調の語りで、承香殿御腹の第四皇子の「秋風楽」を、光源氏の君の「青海波」に次ぐ見物として、新登場人物に聴く者（読む者）の好奇心を誘う。

「けり」止め《確認態》（二9）で、光源氏の君の「青海波」、第四皇子の「秋風楽」の、格別の興趣を確認して、朱雀院行幸の幕、『源氏・藤壺宮の物語』展開の「序」の終了により、本命の展開の開幕を示唆する。

草子地《推量態》（一10）で、「青海波」「秋風楽」以外の催事に興ざめ感を推量して、光源氏の君の「青海波」の舞姿の輝きの卓越感を印象づけながら、その余韻に聴く者（読む者）を陶酔させる。

地で、源氏の中将は、正三位、頭中将は、正四位下に加階として、頭中将を光源氏の脇役として対（つい）の形で長編物語を展開させていく作意を思わせる。

草子地《話者注釈態》（一11）で、上達部の、しかるべき者の昇進はすべて、光源氏の君の恩恵として、その宮廷社会の人望を思わせて、物語展開の展望立脚を認識させる。

「話」止めを、**草子地**《話者認識態》（一12）で、光源氏の君の、至上美の輝き、人望に、前世ゆかしき懐いとして、若きヒーローの世に類いなき人生模様に興味を誘う。

「話」の主題は、「朱雀院行幸の大舞台」（1）「帝の源氏愛」（2）「弘徽殿、帝の源氏愛に反発」（3）「光源氏の君の「青海波」の舞姿の至上美の輝き」（4）「行幸の見物（みもの）」（5）「上達部の昇進、光源氏の君の恩恵」（6）「光源氏の君の稀有な人物像の、前世の因縁に興味誘発」（7）、作意は、「至上美・人徳の魅力の、稀有な人物像光源氏の君の、世に類いなき人生模様に興味誘発」と見做される。

草子地に**無敬語表現**の**融合化**（一7三1・一8三2）、**「けり」止め**（二7）が、主題4の直接表出、**草子地・「けり」止め併有**（一9二8）、**草子地**（一10）が、主題5の直接表出、**草子地**（一11）が、主題6の直接表出、**草子地**（一12）が、主題7の直接表出、**「けり」止め**（二6）が、主題1の誘導表出、**「けり」止め**（二9）が、主題5の誘導表出となっている。

語りの留意点として次が指摘される。

1　新帖の巻頭を、**草子地**話者注釈態の語りで、特別な契機到来を明示して、新しい物語の流れを誘導（第1話）。
2　**草子地**確認的説明態・**「けり」**止め確認態**併有**の語りで、並々ならぬ程に興趣をそそられる催事の背後に重大事を示唆して興味誘発（第1話）。
3　**地**で、帝の並々ならぬ藤壺宮寵愛示唆（第1話）。
4　「試楽」に、**「けり」**止め確認態・**草子地**話者注釈態の語りで、花の中将光源氏の「青海波」の舞姿のクローズアップ（第2話）。
5　**草子地**話者注釈態の語りで、光源氏の至上美を引き立てる頭中将の役柄示唆（第2話）。
6　**草子地**話者注釈態の語りで、光源氏の至上美の舞姿のクローズアップは、藤壺宮の胸裡への投影示唆（第2話）。
7　**地**で、光源氏の吟詠に、帝を初め、上達部・親王たちの感涙誘発（第2話）。
8　**地**で、楽の華やかな調べの中で、夕日影に、光源氏の常よりも光り輝く顔のズームアップ（第2話）。
9　光源氏の至上美の舞姿に対する弘徽殿の呪詛的発言の、憎悪の一触即発の状態と同時に、神に魅入られる物語構想立脚示唆（第2話）。
10　**「けり」**止め確認態の語りで、「話」止めに、光源氏の至上美の舞姿に強く惹かれた藤壺宮の、女御の身として皇子に見え、その子を懐妊した宿命（さだめ）の、夢うつつの境地の彷徨い示唆（第2話）。
11　**草子地**確認的説明態・**「けり」**止め確認態**併有**の語り、帝の**言葉**で、並々ならぬ藤壺宮寵愛の印象づけ（第3話）。
12　帝の**言葉**で、光源氏の「青海波」の舞姿の至上美の輝き称揚、相手の頭中将の評価により、光源氏・頭中将を対（つい）にした物語展開予示（第3話）。
13　光源氏・藤壺宮の和歌贈答の機を設けて、愛の魂の交流示唆（第4話）。

14 帝一世一代の朱雀院行幸の大催事の、物語展開上に占める意味の重さの認識化（第5話）。
15 光源氏の至上美の輝きの不吉を案ずる帝の所々の御誦経に対する弘徽殿の反発に、来るべきことの伏線示唆（第5話）。
16 「行幸」に、**草子地話者述懐態**に**無敬語表現**の**融合化**の語りを**反復**して、光源氏の「青海波」の舞姿の、美の究極の輝きクローズアップ（第5話）。
17 **地**で、頭中将を光源氏の脇役として対（つい）の形で物語を展開させていく作意示唆（第5話）。
18 **草子地話者注釈態**の語りで、上達部の昇進に光源氏の恩恵明示（第5話）。
19 **草子地話者認識態**の語りで、光源氏の稀有な人物像の前世の因縁に興味誘発（第5話）。

手法の留意点として次が指摘される。

1 **地**で、ヒーローの吟詠を最高の比喩を用いてクローズアップ（第2話）。
2 「行幸」に、**地**、**草子地話者述懐態**に**無敬語表現**の**融合化**の**反復**の、ライブの語りで、見も知らぬ盛儀の程、光源氏の「青海波」の舞姿の至上美の輝きを想わせながら、臨場感・物語の世界との一体感演出（第5話）。
3 「序」の「話」止めを、**草子地**《話者認識態》で、光源氏の、至上美の輝き、人望に、前世ゆかしき懐いとして、稀有な人生模様に興味誘発（第5話）。

「**破**」（第8〜14話）
副流『**源氏・左大臣姫君の物語**〈第二部〉』「**破**」の第6話「北の方左大臣姫君、源氏の女性二条院迎え取りに不快」

本流『光源氏の物語』の基幹流『源氏・紫のゆかりの物語〈第一部〉』「余韻」の第7話「若紫の二条院生活」後に見える。

○第8話「源氏、三条宮参上」「源氏、宮方の応接の仕方に不快・不満」「源氏・兵部卿宮の対面」「源氏・藤壺宮の懐い齟齬」――「場」（108一～110八―約28行）

「朱雀院行幸」（第5話）頃の、藤壺宮の宮中退出に、源氏の、宮直接対面の機画策専一生活で、北の方左大臣姫君の、夜離れによる苦情の語り（第6話）後に、地で、源氏、藤壺宮の里邸三条宮に「御ありさまもゆかし」のあまりの参上として、「試楽」後の、宮との和歌贈答（第4話）の懐いのままの、情動を抑えかねての行動に対して、命婦・中納言の君・中務などの女房の応接とする。

地を継いで、源氏の、宮女房の応接による不快・不満の動揺を鎮めて、ありふれた事を女房を介して宮の耳に入れる語りに、そのやる方なき胸中を思わせるも、兵部卿宮を登場させて、源氏との対面の機を設け、重苦しいムードを逸らす。

兵部卿宮は、『若紫』第21話で、源氏は、実に上品で優雅な魅力と感じながら、艶のある輝くような美しさを否定するが、ここでは、実に風情ある容子で、色好みらしく優美な振舞に、わが女として会う時の興趣を源氏に夢想させながら、藤壺宮の兄宮として、若紫の父宮として、親しく感じ、情味深く話として、初対面の源氏の懐いの語りの今後の展開への投影を思わせる。

源氏に対する兵部卿宮は、婿とは考えもつかず、その様子が常より特に親しみ深くうち解けているので、実にすばらしい方の懐いで、好色心（すき）には、わが女として会う願望として、好色人光源氏・宮共通のロマンの意識に聴く者（読む者）の笑み誘うが、両者の関係が、今後いかなる形で『源氏・紫のゆかりの物語』展開で浮上するかに興味を誘う。

源氏の、御簾の内に入る兵部卿宮に羨望の念い、以前は、帝寵による厚遇で、藤壺宮の身近で直接些細なことの言上想起の**地**を、**草子地**《話者述懐態》に**無敬語表現**の**融合化**（一13三4）でうけて、この上なく遠ざける藤壺宮に源氏の辛く感じるは仕方なきことと語り、宮の身も心も言語に絶するつらさ、源氏のひたすらに永遠の女性(ひと)を求める懐いを思わせながら、話者も同じ女の身として、日々苦悩を深める宮を想っては哀憐の情を寄せる。

宮と直接言葉を交す術なき源氏の不快・不満のやる方なき胸中で、型通りの挨拶の**言葉**を残してそっけない態度で退席として、源氏の懐いが、藤壺宮の苦衷・苦悩に遠く及ばぬことを思わせる。

地で、後、命婦も、源氏・藤壺宮の直接言葉を交す機の画策の術なく、宮の様子も、源氏の子懐妊以前の幾度かの逢う機よりも、一層辛い事と深刻にうけとめてうち解けぬ様子も、仲介者の立場でも、きまりが悪く気の毒な懐い故に、空しい時の流れとして、藤壺宮の「生」の行方に好奇の心を昂める。

「はかなの契りや」の述懐の、源氏・藤壺宮共に尽きることなき苦悩として、宙に浮いた状態の物語展開の着地点の兆しなく、聴く者（読む者）をよからぬ予感に駆り立てる**地**で「話」を止める。

「話」の主題は、「源氏、藤壺宮参上」（1）「源氏、宮の応接の仕方に不快・不満」（2）「源氏・兵部卿宮、対面時の懐い」（3）「源氏・藤壺宮の懐い齟齬」（4）、作意は、『源氏・藤壺宮の物語』の紆余曲折の展開に興味誘発」と見做される。

草子地に**無敬語表現**の**融合化**（一13三4）が、主題2の直接表出となっている。

○第14話「源氏、三条宮参賀」「藤壺宮の苦悩」―「**場**」（119一～八―約7行）

基幹流**『源氏・紫のゆかりの物語〈第一部〉』**「**余韻**」の第9話「少納言乳母の述懐」、第10話「若紫、晦日(つごもり)に除服、着衣の魅力クローズアップ」、第11話「若紫、雛遊びに専念」に転じて後、副流**『源氏・左大臣姫君の物語〈第二部〉』**「破」の第12話「源氏・左大臣姫君、修復不可能な仲」、第13話「左大臣、光源氏の君傅き」の、「行幸」から二月の「間」を入れる。

新たな流れとして、地で、年明けて、内、春宮、一院から、藤壺宮の三条宮参賀として、藤壺宮の身に運命の時の刻々と迫るを思わせる。

源氏の晴れ姿の一段と光り輝く容姿に、「ゆゆしきまでなりまさりたまふ御ありさまかな」の、女房たちの賛嘆の**詞中**の、ヒーローに対して、この帖三度目の「ゆゆし」の使用は、その仕掛け、物語の裏の流れを推理させる。

「けり」止め《確認態》（二18）でうけて、神が魅入られる程に美しい光源氏の君の晴れ姿を目にする藤壺宮の苦悩をクローズアップして、ヒーロー・ヒロインの明暗を対照しながら、迫り来る機に向けて緊迫感を昂揚させる。

「話」の主題は、「源氏の晴れ姿の一段と光り輝く容姿」（1）「藤壺宮の深刻な苦悩」（2）、作意は、『源氏・藤壺宮の物語』第二部のクライマックス演出の用意」と見做される。

「けり」止め（二18）が、主題2の直接表出となっている。

語りの留意点として次が指摘される。

1　地で、源氏・兵部卿宮の初対面の機を設けて、源氏は兵部卿宮を「女にて見んは、をかしかりぬべく」、兵部卿宮は源氏を「女にて見ばや」と、好色人源氏・宮共通のロマンの意識を語って、今後の展開への投影示唆（第8話）。

2　**草子地話者述懐態**に**無敬語表現**の**融合化**の語りで、話者も同じ女の身として、日々苦悩を深める藤壺宮に哀憐の情誘起（第8話）。

3 地・言葉で、源氏の、藤壺宮の苦衷・苦悩理解の不十分示唆（第8話）。
4 地で、源氏・藤壺宮共に、「はかなの契りや」の述懐による尽きることなき苦悩示唆（第8話）。
5 ヒーローに対して、この帖三度目の「ゆゆし」の使用に、その仕掛け、物語の裏の流れに注目化（第14話）。

手法の留意点として次が指摘される。

1 地の「話」止めで、聴く者（読む者）をよからぬ予感に駆り立てる余韻醸成（第8話）。
2 「間」の挿入により、話題の転換、新たな流れ演出（第14話）。
3 ヒーロー・ヒロインの明暗を対照しながら、緊迫感昂揚（第14話）。

「急」（第15～19話）

○第15話「藤壺宮に、光源氏の君酷似の皇子誕生」「藤壺宮、身の運命（さだめ）の嘆き」——「件」（119六～122九—約32行）

地で、宮の出産を話題にして、大方の予想の師走も、三条宮の人の必ずとの期待の、帝の数々の心づもりの一月も過ぎて、世の人の「御物怪」の騒音の波に圧される藤壺宮の悩み、このことによる身の破滅の嘆きから、身も心も病めるヒロインの上に聴く者（読む者）の神経を集中させる。

地を継いで、宮の出産遅延に、「夢合わせ」（『若紫』第28話）を思い合わせた源氏の、ことの確証により、事情を伏せて、寺々に御修法（ずほう）を依頼して、宮の身の無事・安産祈願に懸命な日々の中で、人の世の不定の習い故に、命のはかなさ、わが全的存在の女性（ひと）を永遠に失う危惧の悲痛感をうかがわせる。

二月十日過ぎ、皇子誕生として、帝も三条宮の人も、心配の跡形もないように慶賀の懐いで宮を包み、他ならぬ源氏の胸中を推理させる。

流れを**「けり」止め**《確認態》（一19）でうけて、藤壺宮、弘徽殿の呪詛的発言に対する反発により徐々に快復として、宮の、弘徽殿の憎悪心の意識、初出の気丈な性格の、物語展開への投影を思わせながら、宮・新皇子の将来に、『源氏・藤壺宮の物語』展開に、弘徽殿の深い関わり合いを確信させる。

地で、この上なく急く帝の新皇子対面願望は、『桐壺』第3話「寵妃に皇子誕生」の、「いつしかと、急ぎ参らせて御覧ずるに、めづらかなる稚児（ちご）の御かたちなり」の、急く若い帝と重ねながら、新皇子の運命（さだめ）を予想させる。

人まに参上して、帝の願いを口実に、新皇子との対面を切に求める源氏の**言葉**に、藤壺宮の、「むつかしげなるほどなれば」の**返事**は、輝く新しい命の脈動・温もりに触れて、厳粛な事実を自然に受け入れる、心身の苦しみから少々解かれた落ち着き、優しく、なつかしき人柄を思わせる。

宮の**言葉**を**草子地**《話者述懐態》（一21）でうけて、藤壺宮の、源氏の新皇子対面要望拒絶は当然のこととして、情に流されぬ宮の判断を評価しながら、宮の理知の力の強さを印象づける。

草子地《話者認識態》（一22）を継いで、源氏に瓜二つの新皇子の容貌の、紛れもなき現実の結果を強調して、『源氏・藤壺宮の物語』展開に新たな問題を提起する。

地の「話」止めに、藤壺宮、「心の鬼」に実に辛い懐い、源氏の君酷似の新皇子を目にする時の人の不審感の確信、当人も理解しがたい程の過失に人の非難必定、些細な事でも疵を探し求める世の中に、いかなる噂が漏れ出すかを考え続けて、重大な密事露見の仮想に戦慄く身の運命（さだめ）の憂鬱感をクローズアップする。

「話」の主題は、「藤壺宮、出産遅延騒ぎにより心身の苦しみ」（1）「源氏、全的存在の女性（ひと）を永遠に喪う危惧の念による悲痛感」（2）「藤壺宮に皇子誕生」（3）「藤壺宮、弘徽殿の憎悪心意識」（4）「藤壺宮、理知の心の強さ」（5）

「新皇子、光源氏の君酷似」(6)「藤壺宮、「心の鬼」に苦悩」(7)、「藤壺宮、密事露見の仮想に戦慄、身の運命の憂鬱感」(8)、作意は、『源氏・藤壺宮の物語』展開に新たな問題を提起しながら興味誘発」と見做される。

「けり」止め(二19)が、主題4の直接表出、**草子地**(一21)が、主題5の直接表出、**草子地**(一22)が、主題6の直接表出となっている。

○第16話「源氏・王命婦、和歌贈答」――「**場**」(122九～124六―約18行)

源氏、仲立ち王命婦に、藤壺宮・新皇子との対面画策の哀願を尽くす地の語りを、**草子地**《話者認識態》(一23)で、全く効果なしとうけて、遣り場のない、逸る若きヒーローの切ない胸中を思わせながら、光源氏の君酷似の皇子誕生により、本流『光源氏の物語』の基幹流『源氏・藤壺宮の物語』の本格的展開の幕開けを確信させて、今後の成り行きに皆目想像不可の物語の究極に、昔物語馴れした聴く者(読む者)の好奇心を限りなく昂める。

地の、若宮拝顔を無性に願う源氏の心に、わが命の初めての分身に対するひたむきな懐いの父性本能を思わせる。拝顔を急く源氏の心不審、近い将来に必然の機到来の命婦の**言葉**を、**草子地**《話者認識態》に**無敬語表現**の**融合化**(一24三5)でうけて、源氏の複雑で並々ならぬ苦悩を強調しながら、仲立ち命婦も同様とする新たな問題提起により、源氏・命婦各様の苦悩の泥沼状態の先行きに注目させる。

草子地《話者注釈態》(一25)を**連鎖**して、藤壺宮に新宮誕生の件は、羞恥のことの、話者の注釈を添えて、重大な密事を背景にする『源氏・藤壺宮の物語』の、想像を絶する展開に聴く者(読む者)の好奇心を誘う。

羞恥のことの注釈をうけて、源氏は、懐いを十分に口にすること不可能の**地**から、胸の懐いを、人伝ではなく、いつ直接宮に申し上げることができるかの**言葉**を**草子地**《話者述懐態》(一26)でうけて、源氏の涕泣の様子気の毒として、その苦衷に対する話者と命婦の同情を一体化しながら、光源氏の君哀れを昂める。

源氏の、命婦に対する**贈歌**を、藤壺宮との仲の隔ての、耐えがたい苦衷に喘ぐ惨い現実の訴えとし、宮の苦悩を目にする命婦の、源氏の苦衷の訴えをにべもなく突き放すこと不可能の**地**を挟んで、**答歌**を、**「けり」止め**《確認態》（二20）で、源氏・宮の仲は、生涯心休まる時なき心の闇の彷徨として、ヒーロー・ヒロインの「生」の仲立ちの心情吐露を思わせる。

これは、本流『光源氏の物語』の頭中将、『源氏・かりそめの女の物語』の小君、『源氏・夕顔の宿の女の物語』の惟光、『源氏・紫のゆかりの物語』の惟光・少納言乳母と同様に、王命婦を『源氏・藤壺宮の物語』の流れに関わる脇役として位置づけするもので、今後の紆余曲折の展開の展望によるしかるべき役割予定をうかがわせる。

「話」の主題は、「源氏、新皇子に対面画策不首尾」（1）「源氏・仲立ち王命婦、各様の苦悩」（2）「源氏、藤壺宮に直接心情吐露の機会願望」（3）「源氏、藤壺宮との仲の隔ての苦衷」（4）「王命婦、源氏の悲泣に同情」（5）「王命婦、源氏・藤壺宮の仲の、生涯心休まる時なき心の闇の彷徨の見解」（6）、作意は、「ヒーロー・ヒロインの「生」の仲立ちクローズアップ」と見做される。

草子地（一23）が、主題1の直接表出、**草子地**に**無敬語表現**の**融合化**（一24三5）が、主題2の直接表出、**草子地**（二26）が、主題5の直接表出、**「けり」止め**《確認態》（二20）が、主題6の直接表出、**草子地**（一25）が、主題3の誘導表出となっている。

○第17話「藤壺宮、複雑な心情で仲立ち王命婦処遇」――「件」（124七～125四―約7行）

地で、源氏、苦衷を直接藤壺宮に訴える術なく帰邸として、そのやり場のない胸中を思わせる一方で、宮は、源氏の来邸に困惑感、王命婦に対しては、以前の親愛の情による処遇に変化として、光源氏の君酷似の皇子誕生により、弘徽殿の憎悪の心を意識し、人の口の端に極度に用心する、日常の苦悩の深刻さを印象づける。

人目に立たぬように穏やかな宮の命婦処遇変化の**地**に続けて、**草子地**《推量態》（一27）で、宮の、命婦不快の時を推量して、宮の苦悩の深刻さを示唆し、やる方なき胸中の前途に聴く者（読む者）の懐いを誘いながら、仲立ち命婦に対する宮の複雑な心情、宮の「生」に占める命婦の重要な位置を思わせる。

草子地《推量態》（一28）を**連鎖**して、宮の疎外感の感じられる処遇の変化に、命婦の「いとわびしく思ひのほかなる心地すべし」は、最初の逢う機を始め、再度も、その後も、宮の懐いの発露、その意（こころ）を酌み取った命婦の、源氏への仲立ちを思わせて、一女房の手で、『光る君・輝く日の宮の物語』から『源氏・藤壺宮の物語』への流れを作り出した物語構造を思わせる。

源氏・藤壺宮の逢う機は、『若紫』第24話に、「宮も、あさましかりしを思（おぼ）し出づるだに、世とともの御物思ひなるを」と語って、初回の密事を否定する。

『品定め』の幕で、源氏が「足らず、また、さし過ぎたることなくものしたまひけるかなと、ありがたき」女性（ひと）の認識、叶わぬ恋の「いとど胸ふたがる」懐いは、相見えた後の宮の実像による語りと解され、最初の逢う機は、『桐壺』から『帚木』の空隙の「間」の設定を推測させる。

『夕顔』第9話「秋にもなりぬ。人やりならず、心づくしに思（おも）ほし乱るる事どもありて、大殿（おほいどの）には絶え間おきつつ、恨めしうのみ思ひきこえたまへり。六条わたりも」の、「事ども」は、下に「六条わたりも」とあることから、六条の御方との仲は除外され、藤壺宮の宮中退出時に、逢う機を求めて執拗に画策の源氏の生活示唆とすると、『若紫』のは再度後のもので、宮の意を酌んだ結果の疎外感に対する、命婦の実につらく心外とする語りを自然に理解させる。

「話」の主題は、「藤壺宮、人の口の端に極度に用心」(1)「藤壺宮、王命婦処遇に変化」(2)「王命婦、宮の処遇の変化に、実につらく心外な心情」(3)、作意は、「藤壺宮、密事露見回避の苦悩・孤独感」と見做される。**草子地**(一28)が、主題3の直接表出、**草子地**(一27)が、主題3の誘導表出となっている。

○第18話「若宮、参内」「帝、光源氏の君酷似の若宮鍾愛」「藤壺宮、苦悩」――「件」(125四〜126十――約17行)

地で、四月に、若宮参内として、二月十日過ぎの誕生から二か月経過の、五十日(いか)の祝い後を思わせる。**地**を継いで、生後二か月の割には大きく成長、徐々に寝返りとして、若宮の日常をイメージ化して聴く者(読む者)の好奇の目を集める。

驚嘆を覚える程に紛れもない光源氏の君に瓜二つの若宮の御容貌の**地**に、帝は、重大な密事の認識なしの**草子地**《話者注釈態》(一29)を入れて後、**「けり」止め**《確認態》(二21)で、比類なき者同士は似通うものとの帝の理解とし、このままで終るや否や、若宮の将来やいかに、本流『光源氏の物語』の基幹流『源氏・藤壺宮の物語』展開における帝の位置づけに興味を誘う。

続く**地**で、帝、源氏酷似の若宮を「いみじう思(おも)ほしかしづくことかぎりなし」は、『桐壺』第3話の「この君をば、わたくしものに思ほしかしづきたまふことかぎりなし」を、さらに、源氏四歳時、『桐壺』第21話「右大臣の女御腹の第一皇子、立太子」に、宮廷社会との力関係の諸事情からの、「帝、若宮立太子の願望抑制」の展開を想起させて、宮腹の若宮鍾愛は、即立太子、即帝位への展開を予測させる。

さらに、**地**で、帝と藤壺宮の懐いを取り上げて、前者は、源氏の君の立太子断念経緯による後悔、臣下として勿体ない様子の成人ぶりを目にするにつけて憐憫の念と語り、寵妃腹の皇子立太子の宿願成就に向かって、掌中の「瑕なき玉」の新宮鍾愛をクローズアップし、一方、藤壺宮は胸の晴れる暇なき苦悩の日々として、新宮をめぐる「明暗」の展開の究極に聴く者（読む者）の好奇の心を昂める。

「話」の主題は、「帝、重大な密事の認識なし」（1）「帝、比類なき者同士は似通うものと理解」（2）「帝、新宮鍾愛」（3）「帝、源氏立太子断念の事情想起」（4）「帝、源氏の臣下として勿体ない様子の成人に憐憫の情」（5）「帝、宮腹の新宮を「瑕（きず）なき玉」と鍾愛」（6）「藤壺宮の苦悩」（7）、作意は、「源氏の君に見果てぬ夢の帝の宿願クローズアップ」と見做される。

草子地（一29）が、主題1の直接表出、**「けり」止め**（二21）が、主題2の直接表出となっている。

○第19話「帝、光源氏・藤壺宮の前で、若宮の源氏酷似の言葉」「源氏、複雑な懐い」「源氏、とても大切な我が身の心情」「藤壺宮、苦悩」――「**場**」（126十～128六―約16行）

地で、藤壺宮御前の管弦の遊びを設定し、帝・藤壺宮・光源氏・若宮を一堂に揃えて、幼少時から明け暮れの源氏寵愛の日々に若宮の酷似を重ねた、一つ一つが源氏の心を震わせ、その裡に深く刻まれる帝の**言葉**に**地**を添えて、重大な密事の全く認識なき帝のこの上なき若宮鍾愛を強く印象づける。

草子地《推量態》に**無敬語表現**の**融合化**（一30三6）で、若宮を鍾愛する帝の、源氏酷似の言葉に、源氏の、顔色の変わる心地、恐れ、勿体なさ、嬉しさ、感無量と、揺れ動く心情による落涙をクローズアップして、源氏の、激しい動揺の程、こもごも入り交じる複雑な懐いを聴く者（読む者）の裡に写し出す。

地で、若宮の片言する笑みを、神に魅入られるほどに実に可愛いと表しておいて、**草子地**《話者述懐態》（一31）を継いで、若宮酷似により、源氏のとても大切な我が身と感じる心情は行き過ぎと語り、重大事を犯しながらの源氏の意識過剰に反発する聴く者（読む者）の懐いへの配慮を思わせる。

「けり」止め《確認態》（二22）を**連鎖**して、ひどく羞恥の懐いにより流汗淋漓の藤壺宮の、並々ならぬ罪の意識、若宮の前途不安に戦く懐いを強調して、若宮の将来を要（かなめ）にした、藤壺宮・光源氏の波乱の前途を予想させて、『源氏・藤壺宮の物語』展開の究極に聴く者（読む者）の好奇心を昂める。

「話」止めを**地**で、源氏、若宮拝顔待望の意外な結果に、心乱れて宮の御前退出として、衝撃の大きさを実感させながら、『源氏・藤壺宮の物語』第二部ハイライトシーンの幕を下ろす。

「話」の主題は、「源氏、若宮の酷似の帝の言葉に複雑な懐い」（1）「藤壺宮、羞恥・苦悩」（2）、作意は、「帝の言葉に源氏・藤壺宮の衝撃」と見做される。

草子地に**無敬語表現**の**融合化**（一30三6）が、主題1の直接表出、**「けり」止め**（二22）が、主題2の直接表出、**草子地**（一31）が、登場人物の心情批評となっている。

語りの留意点として次が指摘される。

1 **地**で、藤壺宮、出産の大幅遅延で、心身の苦しみ、光源氏の君酷似の皇子誕生（第15話）。
2 **「けり」止め**確認態の語りで、藤壺宮の、弘徽殿の憎悪心意識、気丈な性格の、物語展開への投影示唆（第15話）。
3 **地**で、藤壺宮、重大な密事露見の仮想に戦慄、身の運命の憂鬱感（第15話）。
4 ヒーロー・ヒロインの情事の仲立ち王命婦を舞台回しの役に使役（第16話）。
5 **草子地**話者述懐態に**無敬語表現**の**融合化**の語りで、源氏・仲立ち王命婦の、各様の苦悩の泥沼状態示唆（第16話）。
6 源氏・仲立ち王命婦の和歌贈答により、王命婦の『源氏・藤壺宮の物語』展開の大脇役示唆（第16話）。

7 「けり」止め確認態の語りで、『源氏・藤壺宮の物語』展開の展望による布石設定示唆（第16話）。
8 地で、藤壺宮の、苦悩・孤独感（第17話）。
9 草子地推量態の語りで、藤壺宮、王命婦に不快感（第17話）。
10 草子地推量態の語りで、藤壺宮女房の手で、『光る君・輝く日の宮の物語』から『源氏・藤壺宮の物語』への流れを作り出した物語構造示唆（第17話）。
11 地で、若宮、光源氏の君に瓜二つの容貌（第18話）。
12 草子地話者注釈態の語りで、帝、重大な密事の認識なし（第18話）。
13 地で、源氏の立太子断念の事情明示（第18話）。
14 地で、帝、宮腹の新宮を「瑕なき玉」と鍾愛（第18話）。
15 地で、若宮の片言する笑み、神に魅入られるほどの可愛さ（第19話）。
16 草子地推量態に無敬語表現の融合化、「けり」止め確認態の語りで、源氏・藤壺宮の衝撃明示（第19話）。

手法の留意点として次が指摘される。

1 「けり」止め確認態の語りで、ヒロインに初出の性格設定（第15話）。
2 「けり」止め確認態の語りで、ヒロインの敵役の呪詛的発言確認（第15話）。
3 草子地話者述懐態の語りで、話者・登場人物の懐いを一体化して、聴く者（読む者）の情感を誘発しながら、臨場感・物語の世界との一体感招来（第16話）。
4 「けり」止め確認態の語りで、ヒーロー・ヒロインの生涯に渉る苦悩の展望示唆（第16話）。

5　**草子地**話者注釈態の語りで、重大事に注釈を加える形により、長編物語究極の眼目の展開に興味誘発（第18話）。
6　**「けり」止め**確認態の語りで、ヒーロー・ヒロインの物語展開における前ヒーローの位置づけに興味誘発（第18話）。
7　**草子地**推量態の語りで、常に聴く者（読む者）の首肯する物語展開のあり方を意識する作意示唆（第19話）。
8　**「けり」止め**確認態の語りで、前代未聞の、大問題含みの物語展開の緊迫感昂揚（第19話）。

「**余韻**」（第20話）

○第20話「源氏の真情吐露の文に、藤壺宮、返歌」―「**場**」（128六～130五―約19行）

地で、心乱れて宮の御前から退出した源氏の、二条院東の対の自室で臥して、塞がる懐いを晴らす術なきに、しばしの後、左大臣邸への考えとする。

これは、朱雀院行幸後に、藤壺宮の宮中退出により、源氏の、宮対面の機の画策、宮の出産遅延では、わが全的存在の女性（ひと）を永遠に失う危惧の悲痛感で、その身の無事・安産祈願に懸命な日々、皇子出産後は、若宮の拝顔待望による三条宮通いと、北の方左大臣姫君に夜離れ生活の長期に渉るを思わせ、今念願の若宮対面により心の決着、代償の衝撃から覚めて、理知の心に立ち返った結果、苦悩の裡にも訪問の判断かと推測させる。

源氏の、御前の前栽（せんざい）の、何となく一面に青々としている中に、美しく咲き始めている常夏（とこなつ）の花を折らせる**地**に、**草子地**《推量態》（二32）を継いで、源氏の苦悩理解の唯一の人王命婦への種々訴える**文**の中に、宮の目に入る一縷の願いをこめて、美しい若宮拝顔ながら、複雑な懐いは癒されずに前以上の哀しみ、若宮に開花の機の期待をこめる**歌**、宮と源氏のかいなき仲の訴えの**詞**（ことば）として、ひたすらに宮の愛を求め、若宮の前途を念う源氏の真情吐露をうかがわせる。

草子地《推量態》（一33）を継いで、藤壺宮に源氏の文披露の好機を推量して、機転がきく王命婦、藤壺宮の、苦悩・命婦疎外感のひまを思わせる。

地で、命婦の、宮の御覧に入れて、ほんの少しだけの懇願の**言葉**に、宮自身の心にも、わが奇しき運命(さだめ)の感無量に思われる時で、**返歌**を、源氏との奇しき運命の哀しみ、たまらなく可愛い若宮ながら、君ゆかりと思うとやはり複雑な懐いの訴えとして、母心よりは女心の哀感、子まで儲けた浅からぬ宿世の「あはれ」に切なく動く女心の余韻で聴く者（読む者）を包んでその情感を昂める。

墨の色淡く書きさしのような宮の**返歌**を、**地**で、命婦は喜びながら源氏にとして、『源氏・藤壺宮の物語』展開における王命婦の重要な位置を印象づける。

常のこと故に、返り言の期待感なく、源氏の落胆・物思いの**地**に、**無敬語表現**（三7）で、宮の返歌に、源氏の胸の鼓動、喜びの感涙をクローズアップして、皇子誕生後初めての、源氏の感無量の懐いに聴く者（読む者）を没入させる。

「話」の主題は、「源氏、藤壺宮に真情吐露の文」（1）「藤壺宮、奇しき運命の女の哀しみの返歌」（2）「源氏、感涙」（3）、作意は、「源氏・藤壺宮の宿命的愛の哀しみクローズアップ」と見做される。

無敬語表現（三7）が、主題3直接表出、**草子地**（一32）が、主題1の誘導表出、**草子地**（一33）が、主題2の誘導表出となっている。

語りの留意点として次が指摘される。

1　**歌詞**により、ヒロインに対する若きヒーローの真情吐露。
2　宮の**返歌**に、奇しき運命の女の哀しみ吐露。
3　**地**で、『源氏・藤壺宮の物語』展開における王命婦の重要な位置の印象づけ。
4　**無敬語表現**で、若きヒーローの感動・感涙クローズアップ。

手法の留意点として次が指摘される。
1　**草子地推量態**の語りで、聴く者（読む者）の懐いを誘いながら、物語の世界との一体感招来。
2　**草子地推量態**の語りで、物語展開に自然感演出。
3　**無敬語表現**の語りで、聴く者（読む者）の情感を誘発しながら、物語の世界との一体感招来、余韻で包容。

b　**『源氏・左大臣姫君の物語〈第二部〉』**（4話）

「**破**」（第6 12 13 22話）

○第6話「北の方左大臣姫君、源氏の女性二条院迎え取りに不快」──「**件**」（第二巻103九～105六一──約17行）

本流『光源氏の物語』の基幹流**『源氏・藤壺宮の物語〈第二部〉』**「**序**」第1話「朱雀院行幸の試楽」、第2話「花の中将光源氏の君の青海波の、至上美の舞姿の輝き」、第3話「藤壺宮、御宿直（とのい）」、第4話「源氏・藤壺宮の和歌贈答」、第5話「朱雀院行幸」の幕、「光源氏の君の青海波の舞姿の至上美の輝き」後に見える。

「**話**」頭に、**地**で、藤壺宮の宮中退出に、源氏の宮対面の機画策専一生活による、北の方に対する常軌を逸した夜離れに左大臣家の苦情を語る。

これは、『源氏・左大臣姫君の物語』『源氏・藤壺宮の物語』の表裏の関係の展開を思わせ、常習を表す源氏の行動の「例の」は、『光る君・輝く日の宮の物語』から『源氏・藤壺宮の物語』への移行が、宮の里邸在住の機であったことを確信させる。

地を続けて、『若紫』第45話の、若紫迎え取りの件を、話者の体験回想の確かな事実として確認する助辞（「てし」）を使った語りに、**「けり」止め**《確認態》（二10）を継いで、源氏の自邸に女性迎え取りを北の方聞知として、『源氏・左大臣姫君の物語』『源氏・紫のゆかりの物語』展開への問題提起により、新しい流れの誘導を示唆する。

源氏の夜離れの不満に、女性迎え取りによる一層の不快感を加えて、源氏・左大臣姫君の、もはや修復不可能の疎遠な仲を確信させて、本流『光源氏の物語』の基幹流『源氏・藤壺宮の物語』を継承する『源氏・紫のゆかりの物語』と、副流『源氏・左大臣姫君の物語』の表裏の位置関係、長編物語の基本構造を確認する仕掛けの行方に興味を誘う。

源氏の**心話**として、北の方が、妹背の語らいの未だしき少女愛育の内情の認識なきながら、女性迎え取りの噂による不快感は当然の思いを振り出しに、

・妻愛しさが心に染みるように、常の女性のごとの恨み言には、心の隔てなく親しく語って慰める意思
・我が軌道外れの所業は、他の女性との関わり合いを心外とばかりに見做す北の方の高姿勢の不快さに起因
・妻の外面美には不足感なし
・最初に見えた女性故に、並み並みならぬ愛情、大切な人との懐いを知らぬ間は仕方なきも、終には考え直す時を確信と、期待する北の方像、北の方に軌道外れの好き事の起因、最後に関係修復の機の核心を語る。

これを、**「けり」止め**《確認態》に**無敬語表現**の**融合化**（二11三3）でうけて、北の方に対する源氏の格別な信頼感を強調して、その良き性質理解、立場を尊重する真情の、言わば「光」の語りで、若紫迎え取りによる不快感の解決

を期するが、男女関係で心の根本的温度差の認識不足、北の方の性（さが）・心情の根本的無理解による、自己満足的、悠長な解決法を思わせて問題を提起する。

以上、源氏・左大臣姫君の間柄の、これまでとはひと味違う語りに、特別の作意を想わせて、この物語の流れの要点想起を促す。

・『桐壺』第31話に、源氏元服の夜の添い臥し時に、女君、婿君よりも年長に、不似合い、羞恥の懐い
・『帚木』第15話に、気品に満ちた、端正・端麗美の、うちとけにくく、気詰まりを感じる程にもの静かで落ち着いたムードの女君に、源氏の物足りなき懐いを語って、愛の温もりなき疎遠な夫婦仲のイメージ化
・『夕顔』第9話に、女君、源氏の夜離れの怨嗟
・『若紫』第20話に、「絵に描きたるものの姫君のやうにしすゑられて、うちみじろきたまふこともかたく」端正・端麗美、「問はぬはつらきものにやあらむ」と、背の君を「後目（しりめ）に見おこせたまへるまみ、いと恥づかしげに気高ううつくしげな」容貌
・『若紫』第43話に、「例の、女君、とみにも対面したまはず」、共寝の床を捨てて若紫迎え取りに向かう源氏に、「女君、例の、しぶしぶに心もとけずものしたまふ」

とあり、以上の展開にはない、源氏の、期待する北の方像、好き事の原因、対北の方所懐は、若紫の迎え取りを契機として、この物語の本格的な始動を印象づける。

「話」の主題は、「源氏の宮対面の機画策専一生活による、北の方に夜離れ」（1）「北の方、源氏の自邸に女性迎え取り不快」（2）「源氏の期待する北の方像」（3）「源氏、北の方の良き性質理解、格別な信頼感」（4）、作意は、『源氏・左大臣姫君の物語』展開の本格的始動示唆」と見做される。

「けり」止めに無敬語表現の融合化（二11三3）が、主題4の直接表出、「けり」止め（二10）が、主題2の誘導表出となっている。

○第12話「源氏・左大臣姫君、修復不可能な仲」——「場」（115三～117六—約22行）

本流『光源氏の物語』の基幹流『源氏・紫のゆかりの物語〈第一部〉』「余韻」第7話「若紫の二条院生活」、『源氏・藤壺宮の物語〈第二部〉』「破」第8話「源氏、三条宮参上」「源氏、宮方の応接の仕方に不快・不満」「源氏・兵部卿宮の対面」「源氏・藤壺宮の懐い齟齬」、『源氏・紫のゆかりの物語〈第一部〉』「余韻」第9話「少納言乳母の述懐」、第10話「若紫、晦日（つごもり）に除服、着衣の魅力クローズアップ」、第11話「若紫、雛遊びに専念」後に見える。

地で、参賀の源氏の、宮中より左大臣邸に退出、目に映る女君を、端正で、着衣の一糸乱れぬ容子と、「例の」により、『帚木』『若紫』と同質の語りを再確認しながら、第6話の、妻愛しさが心に染みる表情もなさを加えて、背の君の胸を暗くする辛い懐いを語る。

源氏の言葉を継いで、婚後十年近く経過するも、相も変わらず心解けぬ態度の女君に、せめて今年からだけでもと、世間並みの妻の気を期待する懇願的訴えに、やり場のない胸中を想わせる。

地の、女君の、自邸にまで女性の迎え取り、大切に世話の聞知で、大事な女性（ひと）とする背の君の意図の解釈による隔意の語りを、草子地《推量態》（二16）でうける。

女君の、夫君（おとこぎみ）に以前よりも一層親しみがもてず気の許せぬ懐いを推量して、源氏・女君の、そりの合わぬ疎遠な関係、接点のない個々の懐いの世界を思わせながら、姫君を良き性質との源氏の理解による行き違いの解決法（二11・三3）の、実りなき展望を確信させる。

左大臣姫君は、右大臣姫君弘徽殿女御と対照的に設定して、後者が最初のヒロイン桐壺更衣を死に至らしめたのと同様に、重要な役割の機を待たせているを思わせて、『源氏・左大臣姫君の物語』の行方に興味をそそる。**草子地**《話者述懐態》（一17）を**連鎖**して、女君の、夫君の自邸に女性の迎え取って大切に世話聞知を、不本意ながら見知らぬように振る舞い、夫君のうちとける様子には気強い態度をとれず、受け答えするは、他の人と比べて、実に格別な女性の感じを印象づける。

女君の、我が立場の悲哀感を抑えて、人前では、夫君の演出に合わせる演技は、源氏の期待する愛しき妻像近似をうかがわせるが、帝と同胞（はらから）の宮腹で、傅育されたプライド高き左大臣の姫君の、親の思惑による政略結婚の果ての哀しい運命（さだめ）を印象づけながら、ヒロインに哀感を湛える変化の筆致は、物語構想に立脚した本格的展開の始動を確信させる。

地で、女君の、夫君より四歳年長、対する者が過度に気後れする程に魅せられる、女盛りの完全無欠の美を称えており、何故、ここで左大臣姫君の魅力をクローズアップするのかに聴く者（読む者）の好奇心を昂める。

続く源氏の**心話**で、女君に満足せぬところなき、心魅せられる完全美の意識を強調して、怨嗟の因は、すべて我が心の衝動に任せた結果の確信として、改めて女君に対する愛情の昂まりの時を思わせる。

この満を持したかの、北の方左大臣の姫君を目の前にした源氏の懐いに、**地**を継いで、帝の信望格別の大臣を父に、帝と同胞（はらから）の宮腹の、唯一の姫として傅育されたプライドの高さは実にこの上なく、夫君の少しでも粗略な待遇を気に入らぬものと見做す経緯を語り、親の思惑による政略結婚の果ての哀しい運命を印象づけながら、ヒロインに哀感を湛える変化の筆致を見せる。

「話」止めを、**草子地**《推量態》（一18）で、帝最愛の皇子のプライドの反発の因を推量して、源氏・姫君の、妥協なき互いの心のせめぎ合いを思わせながら、二人の前途に、何故一筋の光明も見せず修復不可能な関係を描出しているのか、この物語展開の究極は何かに聴く者（読む者）の好奇心昂める。

以上は、『源氏・左大臣姫君の物語』前に、『源氏・藤壺宮の物語〈第二部〉』「序・破」『源氏・紫のゆかりの物語〈第一部〉』「余韻」の物語展開の内容と配列から、三つの物語展開に密接な表裏の関係をもつことを思わせて、『桐壺』後、停滞し続けた『源氏・左大臣姫君の物語』の、物語構想に立脚した本格的始動、第二部の「急」の展開間近を確信させる。

「話」の主題は、「女君、端正で、愛の温もりなき表情」（1）「源氏、世間並みの妻の気を哀願」（2）「女君、源氏の女性迎え取りにより隔意」（3）「女君、人前では、夫君の演出に合わせる演技」（4）「女君、夫君より四歳年長、女盛りの完全無欠の美」（5）「源氏、女君怨嗟の因、わが衝動に任せた結果の認識」（6）「女君、出自・傅育による高いプライド」（7）「源氏、女君の高いプライドに反発」（8）、作意は、『源氏・左大臣姫君の物語』展開の問題点と見做される。

草子地（一16）が、主題3の直接表出、**草子地**（一17）が、主題4の直接表出、**草子地**（一18）が、主題8の直接表出となっている。

○第13話「左大臣、光源氏の君傅き」――「**場**」（117六～119一――約15行）

地で、女君の父大臣の上に筆を移して、「かく頼もしげなき御心をつらしと思ひきこえたまひ」と、第6話の、源氏の藤壺宮対面の機画策専一生活による、北の方に対する常軌を逸した夜離れに、左大臣家の懐いを確認する形で入る。

参賀に見えた婿君には、「恨みも忘れて、かしづきいとなみきこえたまふ」と語り、左大臣の婿君厚遇ぶりをクローズアップして、その登場以来の語りの確認を促す。

『桐壺』第34話に、源氏の、五泊六日の帝近侍、二泊三日の左大臣邸退出の、源氏・姫君の馴染み薄い間柄を思わせながら、左大臣の、二人の侍女として並々ならぬ者たちを選りすぐり、婿君の気に入る楽しみごとを催して、懸命に献身的な婿君世話の強調、『若紫』第19話に、源氏を自邸に随伴に、婿君を車の上席に、自身は後部の席に、続く第20話には、源氏の居室を「玉の台（うてな）」と磨き立てて万端整えと語って、左大臣の、婿君に対して、掌中の玉のごとき気遣い、懸命な奉仕ぶりを印象づける展開を想起させる。

地で、翌朝、婿君の出立用意時に、左大臣の、有名な帯持参に、**草子地**《話者述懐態》（一19）を継いで、「御沓を取らぬばかり」の、大臣の婿君傅きの具体的初表出の話者の格別の懐いは、特別の契機を思わせて、この作意の行方に聴く者（読む者）の好奇心を誘う。

さらに、源氏の、特別の機に使用の帯辞退の**言葉**に、他の優るも存在、珍しい物故ぜひの左大臣の**返事**、強いて着用させる**地**と展開して、左大臣の婿君大事の格別の懐いを聴く者（読む者）の裡に刻む。

「話」止めに、**草子地**《話者認識態》（一20）で、左大臣の光源氏の君傅きによる生き甲斐・至福感をクローズアップして、左大臣の格別の懐いに対する話者認識の初表出は、『源氏・左大臣姫君の物語』展開の動きを思わせて、この作意の行方に興味を駆り立てる。

「話」の主題は、「左大臣の婿君傅き」（1）「左大臣の生き甲斐・至福感」（2）、作意は、『源氏・左大臣姫君の物語』展開の本格的始動示唆」と見做される。

草子地（一19）が、主題1の直接表出、**草子地**（一20）が、主題2の直接表出となっている。

○第22話「帝、源氏の左大臣姫君冷遇に苦言」──「**場**」（136一〜138二─約21行）

基幹流**『源氏・藤壺宮の物語〈第二部〉』**「**破**」第14話「源氏、三条宮参賀」「藤壺宮の苦悩」、「**急**」第15話「藤壺宮に、光源氏の君酷似の皇子誕生」「藤壺宮、身の運命（さだめ）の嘆き」、第16話「源氏・王命婦、和歌贈答」、第17話「藤壺宮、複雑な心情で仲立ち王命婦処遇」、第18話「若宮、参内」「帝、光源氏の君酷似の若宮鍾愛」「藤壺宮、苦悩」、第19話「帝、光源氏・藤壺宮の前で、若宮の源氏酷似の言葉」「源氏、複雑な懐い」「源氏、とても大切な我が身の心情」「藤壺宮、苦悩」、第20話「源氏の真情吐露の文に、藤壺宮、返歌」を経て、基幹流**『源氏・紫のゆかりの物語〈第二部〉』**「**序**」第21話「源氏・若紫の馴れ睦び」「源氏、若紫に箏の琴教授」「源氏・若紫の合奏」「源氏、女性訪問中止」をうける形で入る。

「話」頭に、**地**の、源氏、二条院新入りの人に引き止められて、女性訪問中止例多数を、**「けり」止め**《確認態》（二24）でうけて、噂を漏り聞く人左大臣家に言上として、物語の新たな状況を確認しながら、物語展開に問題を提起する。

左大臣家の女房たちの、姫君はじめ大臣・大宮の耳に入る**噂話**で、新入りの人の源氏の女性訪問阻止に対する不快感から入り、「これまでしかるべき人の存在は、耳に入らず」「源氏を傍ら離さぬ馴れ馴れしくする人の、高貴な身分、奥ゆかしい女性を否定」「源氏、宮中辺で馴れ初めた人を大切な人のように待遇」「思慮分別なく幼く頼りなげの風聞は、源氏の非難を恐れて隠す意思」と、その人の氏素性不明として、情報源から若紫を外し、目下のところ、左大臣姫君・若紫の関わり合いの展開を否定する。

二条院新入りの女性の噂を耳にした帝の**言葉**を、左大臣の悲嘆に同情、源氏の一人前ならぬ時分から、献身的に世話する左大臣の心の程を理解できぬ年齢否定、二条院に女性を迎える源氏の思りやりなき行為不審とするも、源氏の返答なきに、帝、源氏の不満の心を酌量して同情する地で、わが愛しき皇子不憫の溢れる懐いを聴く者（読む者）の裡に響かせる。

帝の言葉として、源氏の、好色めく乱れ様、上の女房、あちこちのしかるべき人々との並一通りならぬ好色事（すき）の見聞き否定、いかなる人知れぬ微行による女性関係の恨みの因不審の、含みを感じさせる言い様に、源氏・藤壺宮の密事を知る聴く者（読む者）の好奇の心を騒がせる。

「話」の主題は、「二条院新入りの人故に源氏の女性訪問中止例多数の噂を左大臣家に言上」（1）「噂を耳にした帝、源氏の左大臣姫君冷遇に苦言」（2）「帝、結婚生活不満の最愛の皇子不憫」（3）「帝、源氏の微行の女性関係の恨みの因不審」（4）、作意は、『源氏・左大臣姫君の物語』展開の本格的始動示唆」と見做される。

「けり」止め（二24）が、主題1の直接表出となっている。

以上、第6話で、『源氏・左大臣姫君の物語』のヒーロー・ヒロインの関係、第12話で、哀しいヒロインクローズアップ、ヒロイン・ヒーローのプライド解析、第13話で、この物語開幕の仕掛人左大臣の、光源氏の君傅きによる生き甲斐・至福感クローズアップ、第22話で、この物語開幕の受け手帝の、左大臣に同情、源氏への苦言により二人の仲に介入と、この物語の、ヒーロー・ヒロイン、演出者をクローズアップして、流れの確認、問題点指摘は、「急」の展開前夜の語りを確信させる。

語りの留意点として次が指摘される。

1 地で、『源氏・左大臣姫君の物語』『源氏・藤壺宮の物語』の表裏の関係の展開示唆（第6話）。
2 地で、『光る君・輝く日の宮の物語』から『源氏・藤壺宮の物語』への移行に、宮の里邸在の機示唆（第6話）。
3 「けり」止め確認態の語りで、『源氏・左大臣姫君の物語』『源氏・紫のゆかりの物語』展開に問題提起により、新しい流れの誘導示唆（第6話）。
4 地で、源氏・左大臣姫君の、もはや修復不可能の疎遠な仲の確信化（第6話）。
5 本流『光源氏の物語』の基幹流『源氏・藤壺宮の物語』を継承する『源氏・紫のゆかりの物語』と、副流『源氏・左大臣姫君の物語』の表裏の位置関係、長編物語の基本構造を確認する仕掛けの行方に興味誘発（第6話）。
6 源氏の心話で、期待する北の方像、我が好き事の起因、北の方に対する所懐陳述（第6話）。
7 「けり」止め確認態に無敬語表現の融合化の語りで、北の方に対する源氏の格別な信頼感を強調して、その良き性質の理解、その立場を尊重する真情明示（第6話）。
8 「例の」により、『帚木』『若紫』の語りと同じ、女君の、端正で、着衣の一糸乱れぬ常態の再確認（第12話）。
9 地に草子地を継ぐ語りで、女君の、女性の二条院迎え取り聞知により、夫君に隔意、気の許せぬ懐い明示（第12話）。
10 草子地話者述懐態の語りで、女君の、人前では、感情を抑制して、夫君の演出に合わせる演技、他の人と比べて、実に格別な女性の印象化（第12話）。
11 地で、女君、夫君より四歳年長、女盛りの完全無欠の美クローズアップ（第12話）。
12 心話で、源氏、女君の完全美に満足感、その怨嗟の因は、すべて我が心の衝動に任せた結果を陳述（第12話）。
13 地・草子地の語りで、源氏・女君の懐いを対照して、その根本的相違点の鮮明化（第12話）。

14　**草子地**話者認識態の語りで、左大臣の、婿君光源氏の君傅きによる、生き甲斐・至福感クローズアップ（第13話）。
15　**「けり」止め**確認態の語りで、二条院新入りの人故に、源氏の女性訪問中止例多数の噂を左大臣家に言上（第22話）。
16　帝、源氏の左大臣姫君冷遇に**苦言**（第22話）。
17　**地**で、帝、源氏の不満の心を酌量して同情（第22話）。

手法の留意点として次が指摘される。

1　**「けり」止め**確認態の語りで、新たな問題提起により物語展開の行方に興味誘発（第6話）。
2　**「けり」止め**確認態に**無敬語表現**の**融合化**の語りで、新たな問題提起により物語展開の行方に興味誘発（第6話）。
3　**草子地**話者述懐態の語りで、話者と登場人物の懐いを一体化して、語りの対象の哀感昂揚（第12話）。
4　特定の用語（「例の」）により、『帚木』『若紫』と同様に、ヒロインの常態のイメージ化（第12話）。
5　「話」止めに、**地**で女君の懐いを、**草子地**で源氏のを対照して、その根本的相違点の鮮明化（第12話）。
6　**草子地**話者述懐態の語りで、聴く者（読む者）の懐いを誘いながら、臨場感・物語の世界との一体感招来（第13話）。
7　**草子地**話者述懐態の語りで、話者の懐いの強調により、登場人物の心情を聴く者（読む者）の裡に印象化（第13話）。
8　**草子地**話者認識態の語りで、聴く者（読む者）の情感を誘いながら、臨場感・物語の世界との一体感招来（第13話）。

9 「けり」止め確認態の語りで、物語の流れに問題提起（第22話）。

c 『源氏・紫のゆかりの物語〈第一部〉』（2話）

「余韻」（第79話）

○第7話「若紫の二条院生活」──「件」（第二巻105七〜108一─約24行）

本流『光源氏の物語』の基幹流**『源氏・藤壺宮の物語〈第二部〉』**「序」（第1〜5話）の、朱雀院行幸の、試楽・大舞台における、光源氏の君の「青海波」の、至上美の舞姿の輝き、源氏・藤壺宮の和歌贈答中心から、副流**『源氏・左大臣姫君の物語〈第二部〉』**「破」（第6話）に転じて、この物語展開の本格的始動の兆しを見せる、言わば「光」の語りの「話」止めの「源氏、左大臣姫君の良き性質理解、格別な信頼感」との連関を思わせるように、源氏・若紫の世界の幕を開ける。

地の語りで、聴く者（読む者）の眼前に、実に優れた気立て・容貌、無心で、源氏に親しみ、側から離さぬ藤壺宮ゆかりの少女を現して、『若紫』第51話の「今は、ただ、この後の親をいみじう睦びまとはしきこえたまふ」、『末摘花』第31話の、実に可愛らしい、成人に近づいていく「紫の君」を想起させて、純真無垢な少女の、「後の親」光源氏の君への自然な親しみをクローズアップする。

地を継いで、源氏、二条院の人にも、少女の素姓を明らかにせぬ意思で、離れた西の対に部屋の設備を比類なく整えて、明け暮れ入室、若紫に、あらゆる心得の教示、手本を書いて手習の指導と、よそで育ったわが娘を迎えているような懐いとして、二人の生活をイメージ化しながら、来るべき時の用意を思わせる。

さらに、源氏は、政所・家司を始め、諸事を分担させて、祖母尼君に愛育された若紫に、上流貴族社会の生活に不安がないように奉仕させるとして、好き人光源氏の君の、「まめ人」性による綿密な配慮を印象づける。

　若紫の登場時から迎え取りに至るまで尽力した、源氏の腹心の侍者乳母子（めのとご）惟光を再登場させて、少納言乳母も認識外の、深謀遠慮の主（しゅう）の意を体した細々とした働きを推測させて、聴く者（読む者）の好奇心を昂める。

「けり」止め《確認態》（二12）を入れて、兵部卿宮、若紫の生活事情の認識不可として、父宮・若紫関係の暫時進展なき状況を確認の上、両者の関わり合う機に興味を誘う。

地で、若紫、ありし日々を回想する時々は、やはり尼君哀慕多しとして、『若紫』の、「北山の春」以来の、若紫・尼君の一こま一こまを、源氏・若紫の最初の贈答歌の尼君似の筆跡を想起させながら、亡き母を慕うがごとき少女の裡に常に蘇る尼君の声を、慈愛に満ちた表情を思わせる。

地を続けて、源氏の在室時は、尼君恋しさの紛れるも、夜は時折若紫の許に泊まるも、ここかしこの女性訪問に暇なく、外出時には、その後追いに、真実可愛いく思うとして、こみ上げてくる愛しさに、紫のゆかりを抱擁する衝動に駆られる光源氏の君を想わせて、聴く者（読む者）の裡を熱く染める。

　さらに、**地**で、源氏の、二三日の宮中伺候、左大臣邸泊の、留守の間は、実にひどくふさぎこむ少女不憫で、母なき子をもった気持で出歩きも落ち着かぬ思いとして、夜の外出を自粛する新生光源氏の君の若紫愛生活を強く印象づける。当然のこと、六条わたりの「絶え間」も思わせて、「いと、ものをあまりなるまで思（おぼ）しめたる御心ざま」の御方を知る聴く者（読む者）には、二人の仲の成り行きに好奇心を誘う。

「けり」止め《確認態》（二13）で、北山僧都、若紫の生活事情聞知により、不思議な懐いながらも、安堵感を語り、『源氏・紫のゆかりの物語』の誕生に関わった重要な人物の懐いを確認すると同時に、再浮上の機に興味を誘う。

「話」止めの**地**で、源氏の、祖母尼君の法事に丁重な弔問を語り、心からの謝意をこめて、若紫の心情にも応える十分な酌量を思わせながら、北山僧都と共に『源氏・紫のゆかりの物語』の誕生に関わった重要な人物の同時確認を印象づける。

「話」の主題は、「優れた気立て・容貌の、純真無垢な若紫、「後の親」光源氏の君に自然な親しみ」（1）「好き人光源氏の君の、「まめ人」性による諸事万端に渉る綿密な配慮」（2）「源氏の腹心の侍者乳母子惟光の、主の意を体した細々とした働き示唆」（3）「兵部卿宮、若紫の生活事情の認識不可」（4）「若紫、尼君哀慕」（5）「源氏、若紫の後追いに、愛しさ昂揚」（6）「源氏、外泊時にふさぎこむ若紫不憫」（7）「北山僧都、若紫の生活に安堵」（8）「源氏、若紫祖母尼君の法事に丁重に弔問」（9）、作意は、『源氏・紫のゆかりの物語』展開模様」と見做される。

「けり」止め（二12）が、主題4の直接表出、**「けり」止め**（二13）が、主題8の直接表出となっている。

源氏の、紫のゆかりの笑みに引き込まれる生活とは別の流れ、**『源氏・藤壺宮の物語〈第二部〉』「破」**第8話「源氏、藤壺宮参上」「源氏、宮の応接の仕方に不快・不満」「源氏・兵部卿宮、対面時の懐い」「源氏・藤壺宮の懐い齟齬」を入れて、不本意な時をクローズアップして、二つの物語の表裏の関係を思わせた後、再び若紫の世界に戻す。

○第9話「少納言乳母の述懐」――「件」（110八〜111七―約8行）

少納言乳母の**心話**の、思いがけず興趣深い上流貴族社会を体験する感動、これも、故尼君の、孫娘の身の上を案じて、自身の御勤めの時にも祈願した仏の御利益との懐いを、**「けり」止め**《確認態》（二14）でうけて、高い身分の北の方の存在、多くの女性との源氏の関わり合いにより、姫君の成人時に、面倒な事発生の懸念を語り、『源氏・紫のゆかりの物語』と『源氏・左大臣姫君の物語』の表裏の位置関係による問題提起を思わせながら、少納言の懸念の現実化による、源氏・若紫の世界に絡み合う、『源氏・左大臣姫君の物語』をはじめとする新展開の派生に興味を誘う。

「話」止めを**草子地**《話者述懐態》（一14）で、源氏の格別の若紫寵愛時は、実に安心として、源氏・若紫の世界の当面の平穏無事な展開を思わせながら、不測の事態の発生、起伏消長の可能性のニュアンスが聴く者（読む者）の好奇心を昂める。

「話」の主題は、「若紫の生活、故尼君の祈願による仏の御利益」（1）「若紫成人時に、左大臣姫君の北の方、多くの女性との関わり合いに面倒な事発生の懸念」（2）「源氏の格別の若紫寵愛時は安心」（3）、作意は、『源氏・紫のゆかりの物語』の展開の行方に聴く者（読む者）の好奇心昂揚」と見做される。

「けり」止め（一14）が、主題2の直接表出、**草子地**（一14）が、主題3の直接表出となっている。

語りの留意点として次が指摘される。

1　源氏、若紫に、あらゆる心得の教示、手本を書いて手習の指導と、来るべき時の用意示唆（第7話）。

2　**地**で、若紫の登場から迎え取りに至るまで尽力した、源氏の腹心の侍者乳母子惟光を再登場させて、主の意を体した細々とした働きを推測させて、聴く者（読む者）の好奇心誘発（第7話）。

3　若紫の将来を案じる少納言乳母の懐いクローズアップ（第9話）。

手法の留意点として次が指摘される。

1　脇役を一貫してヒーローの意思を着実に実行する役柄に駆使（第7話）。

2　**「けり」止め**確認態の語りで、人物関係の来たるべき機を予想させながら、物語展開の行方に興味誘発（第7話）。

3　「話」止めに、**「けり」止め**確認態と**地**の語りを並立させる形で、基幹流の物語誕生に関わった複数の重要な人物の同時確認示唆（第7話）。

4 「けり」止め確認態の語りで、条件設定により、必然的な流れの誘導に興味誘発（第9話）。

5 草子地話者述懐態の語りで、条件設定により、不測の事態出来に興味誘発（第9話）。

d 『源氏・紫のゆかりの物語〈第二部〉』（3話）

「序」（第10 11話）

○第10話「若紫、晦日(つごもり)に除服、着衣の魅力クローズアップ」―「場」（111七〜112二―約6行）

地で、服喪は、母方は三月、晦日に除服として、『若紫』（第7話）の、白い下着に着萎えた山吹襲をひらめかしながら走って来て源氏の視界に飛び込んだ、あの、十歳ぐらいの、藤壺宮酷似の少女を、今、紅・紫・山吹の、無地の小袿(こうちぎ)の、着衣のコントラストの色彩美の魅力ある、「いみじういまめかしくをかしげな」、光源氏の君に愛育される紫のゆかりの女性(ひと)として、聴く者（読む者）の眼前に現出させる。

「話」の主題は、「若紫、除服、着衣の魅力」、作意は、「華やかで目新しく美しい若紫の魅力クローズアップ」と見做される。

○第11話「若紫、雛遊びに専念」―「場」（112二〜115三―約31行）

地で、朝拝に参る正装の男君が、西の対の女君の許に顔を出すとして、若きヒーロー・幼いヒロインの、夫婦(めおと)様の、年の初めの顔合わせに聴く者（読む者）の微笑みを誘う。

女君の成長を確かめるかの、優しく言葉をかける男君の、笑み湛える表情の、実にすばらしく、あふれる魅力との

地の語りにより、除服の女君の華やかで目新しく美しい着衣の魅力を思わせながら、対照する二人の世界に引き入れる。

待ちかねたように早々と雛飾りにそわそわしている女君、三尺一対の厨子に雛飾りの品々を用意して並べ、さらに、作り集めた男君の贈り物の、沢山の小さな御殿を、辺り一面に広げて遊ぶ情景の**地**に、『若紫』（第7話）で、雀の子を逃がした悪戯っ子「いぬき」が追儺（ついな）を口実に壊したのを直す、若紫にとり重大事の思いの**言葉**を聞かせながら、聴く者（読む者）をその場に招き入れる。

宥める**言葉**を残して立つ光源氏の君の重々しい様子、人々と共に端に出て眺める若紫の、早速雛（ひひな）の中の源氏の君に衣装を調えて参内させる**地**の語りは、その一挙一動を聴く者（読む者）に満面の笑みで注視させて若紫の世界の人とする。

少納言乳母を登場させて、若紫に対する**言葉**を、少し精神的成長願望、十歳過ぎた人の雛遊びは禁物、夫（おとこ）君をもつ人はそれ相応に落ち着きある対応の勧め、女性美の基本の調髪時に問題として、大人の女性の、基本的な精神生活・行動・生活習慣の心得の注意を、乳母の立場として心底からの懐いを思わせる。

若紫の遊び専念の日常生活反省期待の真意の発言解説の**地**に、**「けり」止め**《確認態》（二15）を入れて、若紫の、女房たちのとは異なる、若く美しいわが夫君の意識を確認する語りで、少女の裡を占める、わが夫（つま）光源氏の君の優越感意識を強調して、夫婦（めおと）意識の芽生え、性の目覚めをうかがわせる。

草子地《婉曲態》（二15）を継いで、若紫の、加齢による懐いを確信的に推量する形で、その心身の成長に触れた最初の語りにより、来るべき機の用意を思わせて、源氏・若紫の本格的な物語展開に興味を誘う。

西の対の若紫の幼い様子の、折に触れて顕著との**地**の語りを、**「けり」止め**《確認態》（二16）でうけて、二条院の人々、源氏の迎えた女性の生活不審として、西の対の、独立生活圏的状況の、外部の人知らぬ世界で、世にも稀な『源氏・紫のゆかりの物語』展開の始動中を思わせる。

「話」止めは、**「けり」止め**《確認態》（二17）の**連鎖**で、二条院の人々、幼い「添ひ臥し」の存在の想像不可能として、源氏・若紫の、非現実的で特異な人間関係の生活の、外部の人の全く把握不可能な状況を確認しながら、少納言乳母の差配による、二人の世界保持と、正確な情報の、左大臣邸をはじめ外部に一切漏洩なき状況を確信させる。

「話」の主題は、「除服の若紫の美しい着衣の魅力」（1）「若紫、雛飾りに専念」（2）「若紫、雛の中の源氏の君と遊戯」（3）「少納言乳母、若紫の基本的な精神生活・行動・生活習慣の心得注意」（4）「若紫に、夫婦意識の芽生え、性の目覚め示唆」（5）「若紫、加齢により精神的成長」（6）「二条院の人々、源氏の迎えた女性の生活不審」（7）「二条院の人々、幼い「添ひ臥し」の想像不可能」（8）、作意は、「若紫の新春の二条院生活」と見做される。

「けり」止め（二15）が、主題5の直接表出、**草子地**（一15）が、主題6の直接表出、**「けり」止め**（二16）が、主題7の直接表出、**「けり」止め**（二17）が、主題8の直接表出となっている。

語りの留意点として次が指摘される。

1 若紫の、華やかで目新しく美しい魅力クローズアップ（第10話）。

2 若紫の雛遊び夢中の世界に聴く者（読む者）を没入化（第11話）。

3 少納言乳母を幼いヒロインの脇役として、その「生」の、主のそれへの投影化（第11話）。

4 **「けり」止め**確認態の語りで、幼いヒロインの「生」のステップ設定により興味誘発（第11話）。

5 **「けり」止め**確認態の語りで、非現実的で特異な人間関係、新奇な物語展開に興味誘発（第11話）。

手法の留意点として次が指摘される。

1　着衣のコントラストの色彩美クローズアップ（第10話）。

2　視覚的世界を設定して聴く者（読む者）を没入化（第11話）。

「**破**」（第21話）

（130五～136一—約56行）

『源氏・紫のゆかりの物語〈第二部〉』「序」後、副流**『源氏・左大臣姫君の物語〈第二部〉』**の「**破**」の展開に転じて、「源氏・左大臣姫君、修復不可能な仲」（第12話）、「左大臣、光源氏の君傅き」（第13話）、さらに、本流『光源氏の物語』の基幹流**『源氏・藤壺宮の物語〈第二部〉』**の「**破**」の展開、「源氏、三条宮参賀」「藤壺宮の苦悩」（第14話）、「**急**」の展開、「藤壺宮に、光源氏の君酷似の皇子誕生」「藤壺宮、身の運命（さだめ）の嘆き」（第15話）、「源氏・王命婦、和歌贈答」（第16話）、「藤壺宮、複雑な心情で仲立ち王命婦処遇」（第17話）、「若宮、参内」「帝、光源氏の君酷似の若宮鍾愛」「藤壺宮、苦悩」（第18話）、「帝、光源氏・藤壺宮の前で、若宮の源氏酷似の言葉」「源氏、複雑な懐い」「源氏、とても大切な我が身の心情」「藤壺宮、苦悩」（第19話）、「**余韻**」の展開、「源氏の真情吐露の文に、藤壺宮、返歌」（第20話）の、「話」止めの、**無敬語表現**（三7）で、宮の返歌に、源氏の胸の鼓動、喜びの感涙のクローズアップ後に見える。

無敬語表現（三8）で入り、若きヒーローのやり場のない懐いを強調して、深刻な苦悩の裡に聴く者（読む者）を

○第21話「源氏・若紫の馴れ睦び」「源氏、若紫に箏の琴教授」「源氏・若紫の合奏」「源氏、女性訪問中止」——「**場**」

誘い入れながら、『源氏・藤壺宮の物語』の今後の展開に好奇心を昂める。

地で、源氏、やり場のない切ない胸つまる懐いの慰めには、例の西の対渡りとして、紫のゆかりの君により、心癒される幾たびかの機を思わせる。

地を継いで、ほつれたままにふくらんでいる鬢の毛、くつろいだ袿(うちき)姿、笛を心惹かれるように気ままに吹きながら若紫の居所をのぞく源氏、宮の返歌の「撫子(なでしこ)」の露に濡れた感じで添い臥す若紫の、源氏の心の裡に染みる、愛しくかわいらしい様子と、若きヒーロー・幼いヒロインの魅力を対照的に鮮明に描き出して、聴く者（読む者）を注視させる。

「愛敬(あいぎやう)こぼるるやう」と、紫のゆかりの君の、子供でも大人でもない、純粋美のオーラの魅力の**地**に、**「けり」止め**《確認態》（二23）を継いで、帰院しながら即来室なき源氏に若紫の不満を語り、源氏の君独占欲の、妹背のごとき懐いに、『源氏・藤壺宮の物語』を継承する『源氏・紫のゆかりの物語』展開の行方に聴く者（読む者）の好奇心を誘う。

草子地《推量態》（一34）の**連鎖**で、甘えて拗ねて見せる少女の初々しいしぐさを推量して、『若紫』第51話「純真無垢な若紫、源氏に自然な親しみ」、『末摘花』第31話「源氏・紫の君の馴れ陸び」を想起させながら、源氏の深刻な苦悩の「陰」から「陽」の懐いに転じる契機となる若紫の存在を思わせる。

源氏の「こちや」の**言葉**にも反応せぬ若紫の、「入りぬる磯の」と、逢う機少なく恋しさ募る想いを訴える**唱句**の口すさび後に、口覆いの恥じらいの容子は、源氏にも話者にも大層風情があって愛らしく感じると**地**で語って、紫のゆかりの加齢成長の実感に、源氏のこの上なき愛しき想いの昂まりをうかがわせる。

源氏は、若紫の成長を認めながらも、頻繁な逢う機は倦怠感に通じ破局の因となり不都合の詞(ことば)を**返し**として、歌詞応答の情趣ムードを琴演奏の呼び水とする。

箏（そう）の琴の中の細緒は高い調子の時には切れやすいとの源氏の**言葉**で、低い調子に下げて調律、試し弾きだけで琴を若紫に勧める源氏、恨み言しきれぬ若紫の、かわいらしい演奏、手を伸ばして絃を揺らす手つきの可愛いさに、愛しい思いの昂まりにより、笛を吹き鳴らしながら琴教授と、**地**の語りを続けて、源氏・紫のゆかりの微笑ましい愛の世界に引き入れる。

地で、難しい数々の小曲をたった一度の教えで習得として、若紫の格別に聡明のほどを印象づけながら、物語展開の展望による用意を思わせる。

地を続けて、およそ、若紫の利発で魅力的な気立てに、「思ひしことかなふ」源氏の満足感は、『若紫』第8話「かの人の御代はりに、明け暮れの慰めにも見ばや、と思ふ心深（ふか）うつきぬ」の、懐い成就への門出を思わせて、源氏の紫のゆかり愛の物語が『源氏・藤壺宮の物語』を継承する長編物語展開の本格的な幕開け明示により、若紫の春・夏・秋・冬の日々の想像に駆り立てる。

無敬語表現（三9）を継いで、若紫の箏、源氏の笛との合奏に、未熟ながら、拍子を合わせる巧みさを強調して、『若紫』第17・49話の「手習・絵」の才能に続いて、音楽の才の優秀性は、物語展開の展望による用意を確信させる。即ち、二条院迎え取り二三日後の十ばかりの若紫との和歌贈答（『若紫』第49話）から、一歳加齢の機に、歌詞応答の遊びから琴の合奏と、光源氏の君の紫のゆかりの君愛の生活にステップを踏んで、確かな布石を打っていく意（こころ）を思わせる。

琴の合奏から絵に転じて、大殿油（おおとなぶら）を点して数々の絵などを見入る二人の好尚の微笑ましい光景の**地**、侍者たちの主人外出を促す**言葉**、絵も見さして心沈みうつぶす若紫に、こみあげてくる愛しさにこぼれかかる見事な髪をかき撫でる源氏の地、不在時は恋しくやの言葉、うなづく若紫の地、少女の小さな胸に満ちる哀しさは、聴く者（読む者）の裡を熱く染める。

源氏の言葉、一日でも顔を見ぬは実につらい懐い、幼い時は気楽に思い、「くねぐねしく恨むる人の心破らじと思ひて、むつかしければ、しばしかくは歩くぞ」の、源氏の、その因には素知らぬ風の、自己弁護的論理は聴く者（読む者）の反発・苦笑を誘う。

言葉を続けて、若紫成人の暁には決して外泊せぬ意思、「人の恨み負はじなど思ふも、世に長うありて、思ふさまに見たてまつらんと思ふ」由は、空蝉・軒端荻・六条の御方・夕顔・末摘花等に逢う機の、好き人光源氏の君の求愛行動を知る聴く者（読む者）の、その真実性・実効性への疑念喚起を思わせる。

親しみを込めた話を真実の言葉としてそのまま受け止める純真無垢の若紫は、羞恥の懐いで返答なく、源氏の膝に寄りかかりて寝入る様子の、実に可憐で切なく思われる地、今夜は外出中止宣言、若紫の居所に御膳の用意の地、外出中止の源氏の言葉に機嫌を直して起きる若紫、源氏と共に食事をするも、ほんの形だけ箸をつける地、源氏に就床を促す言葉、最愛の人が傍から消える不安の地と、地・言葉の簡潔な語りを連ねて、母亡く、慈愛の世話の祖母亡き、「後の親」とも夫君ともつかぬ源氏の君を一途に慕い求める少女の純粋さ可憐さに、聴く者（読む者）の情感を昂めてその裡を切なくする。

「話」止めを、このような少女を見捨てては、たとえ忌むべき死出の旅路であっても赴きにくく思われると、紫のゆかり愛しの源氏の真情表出で、満を持したかのハイライトシーンの幕を下ろす。

「話」の主題は、「源氏の深刻な苦悩の、若紫による紛れ示唆」（1）「若きヒーロー・幼いヒロインの魅力の対照的描出」（2）「若紫、女の感情の発露」（3）「源氏・若紫、和歌詞句の応答」（4）「源氏、若紫に箏の琴教授」（5）

「若紫、楽曲の習得に格別な聡明さ発揮」（6）「源氏、若紫の利発で魅力的な気立てに満足感」（7）「源氏・若紫、絵の親しみ」（8）「源氏、若紫に成人の暁には決して外泊せぬ意思表示」（9）「源氏を一途に思慕する若紫の純粋さ可憐さ」（10）「源氏、若紫愛しさに女性訪問中止」（11）、作意は、『源氏・紫のゆかりの物語』新展開の本格的開幕表示」と見なされる。

「けり」止め（二23）、**草子地**（一34）が、主題3の直接表出、**無敬語表現**（三9）が、主題6の直接表出、**無敬語表現**（三8）が、語りの余韻醸成となっている。

語りの留意点として次が指摘される。

1　源氏の深刻な苦悩を紛らわす若紫の存在示唆。
2　若きヒーロー・幼いヒロインの魅力を対照的に鮮明に描出。
3　若紫の、子供でも大人でもない、純粋美のオーラの魅力描出。
4　**「けり」止め**確認態・**草子地**推量態の語りで、若紫に、性に目覚める頃の源氏の君独占欲の芽生え示唆。
5　若紫の口覆いの恥じらいの容子、源氏にも話者にも大層風情があって愛らしい感じ。
6　源氏・若紫の歌詞応答の情趣のムードによりを琴演奏の機招来。
7　若紫の、かわいらしい演奏、手を伸ばして絃を揺らす手つきの可愛いさに、源氏の愛しい思いの昂まり。
8　源氏、笛を吹き鳴らしながら若紫に筝の琴教授。
9　**無敬語表現**の語りで、若紫の、源氏の笛との合奏に、未熟ながら、拍子を合わせる巧みさ強調。
10　大殿油を点して数々の絵などを見入る源氏・若紫の微笑ましい光景。

11　源氏、若紫に成人の暁には決して外泊せぬ意思表示。
12　若紫の、源氏の膝に寄りかかりて寝入る様子、実に可憐。
13　「後の親」とも夫君(おとこ)ともつかぬ源氏の君を一途に慕い求める少女の可憐さ純粋さに、聴く者（読む者）の情感昂揚。

手法の留意点として次が指摘される。

1　**無敬語表現**の語りで、若きヒーローの深刻な苦悩の強調により、聴く者（読む者）の情感を誘発しながら、物語の世界との一体感招来。
2　**「けり」止め**確認態の語りで、幼いヒロインの心情表出に聴く者（読む者）の好奇心誘発。
3　**草子地**推量態の語りで、聴く者（読む者）の情感を誘発しながら、臨場感・物語の世界との一体感招来。
4　**無敬語表現**の語りで、幼いヒロインの才能の強調により、聴く者（読む者）の情感を誘発しながら、臨場感・物語の世界との一体感招来。

e　『源氏・源典侍の物語』（8話）

「序」（第23話）

○第23話「好き人若き光源氏の君・好色老典侍の異趣な世界」―「件」（138二～140四―約22行）

『紅葉賀』本命の**『源氏・藤壺宮の物語』第二部**（「序」―第1～5話、「破」―第8～14話、「急」―第15～19話、「余韻」―第20話）を一気に語って、ヒーロー・ヒロインの「生」（命の「光と影」）の流れに聴く者（読む者）の好奇の心を昂めて**第三部**の波乱の展開を待たせる。

その「話」間に、継承する**『源氏・紫のゆかりの物語』**の**第一部**（「余韻」―第79話）、**第二部**（「序」―第1011話、「**破**」―第21話）を纏めて、若紫の、光源氏の君との幼い夫婦ぶりの生活に、その春夏秋冬の歩みの曙光を思わせながら、光源氏の君の妻の座をめぐる「**急**」の展開に興味を誘う。

さらに、副流**『源氏・左大臣姫君の物語〈第二部〉』**を、これまでの思わせぶりな停滞の「**破**」の展開に新たな始動を見せて、本命の「**急**」の幕開けを予想させる。

この『光源氏の物語』の核心入りの心ときめかせる機に、基幹流でも副流でもない、聴く者（読む者）の予想だにせぬ、独立的要素の、異趣な、可笑的・余興的展開の**『源氏・源典侍の物語』**を、「**序**」～「**余韻**」までを揃えて現出させ、何故にの思いの聴く者（読む者）を作者の心の襞の裡に誘い入れる。

地で、帝は、御高齢ながら、女性の魅力に心惹かれる方面は看過不可能で、采女（うねべ）・女蔵人（にょくろうど）などの下級女官でも、容貌優れ、情趣を解する者を、格別大切に処遇なさる御意思故にとの、これまでの帝とは全く趣の異なる語りを、**草子地**《話者注釈態》（一35）でうけて、教養ある宮仕え人の多い時分として、源氏の生活圏のムードを思わせながら、新しいロマンの世界の展開を予想させて興味を誘う。

地で、好き人光源氏の君が、ちょっとしたことでも、言葉をかける時には、女官・上の女房辺の取り合わぬことはめったになきを語り、彼女たちの**心話**に、女性に新鮮味喪失、人の噂通り、好色事（すき）には無関心を推量とし、**地**で、試みに、さる辺りが積極的に戯れの求愛を仕掛ける折には、相手の面目を損なわぬように応答するも、真実乱れることなく、心底心寂しく思う人の存在とする。

即ち、宮中で源氏の浮き名の立たぬ理由として、『源氏・藤壺宮の物語』展開の予断不可の、緊張感ある状況下における源氏の細心の注意を想わせながら、好色人（すき）ニューヒロインの登場の呼び水とする。

地で、「年いたう老いたる内侍（ないし）のすけ」を登場させて、高年齢の女官の設定に特別な作意を思わせ、続く、高貴な家柄の人、嗜み・教養があり、上品で、信望高くはありながら、ひどく浮ついた性格で、好色な面には思慮深くない人物の説明により、その仕掛けに聴く者（読む者）の好奇心を誘う。

「けり」止め《確認態》（二25）を継いで、老典侍（ないしのすけ）の、年齢不相応な好色性に源氏の不審感として、その好奇心の昂まりを思わせながら、好き人光源氏の君でさえまだ知らぬ世界の、異色の物語展開の行方に興味を誘う。

源氏の求愛の戯れ言（ざれごと）試みの**地**を**「けり」止め**《確認態》（二26）でうけ、老典侍の大真面目な反応、積極的応対姿勢を思わせて、若き光源氏対好色老女官の奇異な世界に聴く者（読む者）の好奇心を昂める。

「けり」止め《確認態》（二27）を**連鎖**して、源氏、好色心露な老女に驚き呆れながらも、興味を誘われての遊（すさ）び事として、好奇心旺盛な若き源氏の好色な老女官に対する仕掛け、源氏の未体験の世界を想像させながら、聴く者（読む者）をえも言われぬ世界に遊ばせる。

草子地《話者注釈態》（一36）を**連鎖**して、浮き名が立つにしても、源典侍は、若い源氏と不似合いな高齢として、若き皇子と老女官のあまりにもひどい年齢差のスキャンダル挿話の意味するところに興味を誘う。

「話」止めの**地**に、爾後の源氏の冷淡な振舞は女にとり実に辛い懐いを語り、典侍のプライドをかけた未聞の展開を予想させて行方を待たせる。

「話」の主題は、「帝の周辺に教養ある宮仕え人の多い時分」（1）「好色心露な老典侍」（2）「好奇心旺盛な若き好き人光源氏の君、老典侍に興味をもち戯れ事」（3）「典侍、冷淡な源氏に辛い懐い」（4）、作意は、「スキャンダル挿話に聴く者（読む者）の好奇心昂揚化」と見做される。

草子地（一35）が、主題1の直接表出、**「けり」止め**（二25 27）が、主題3の直接表出、**「けり」止め**（二26）が、主題3の誘導表出、**草子地**（一36）が、主題4の誘導表出となっている。

語りの留意点として次が指摘される。

1　前ヒーロー帝を脇役に回して、新しい物語展開の舞台設定役に使役。
2　帝に新たな性状設定により、物語展開に聴く者（読む者）の好奇心誘発。
3　帝の存在感により、物語展開に重厚感招来。
4　高齢の女官源典侍を登場させて、その性状設定により、異色の物語展開を予想させながら興味誘発。
5　**「けり」止め**確認態の語りで、好き人光源氏の君を好奇心旺盛な性状に設定して、異色の物語展開に興味誘発。

手法の留意点として次が指摘される。

1　**草子地**話者注釈態の語りで、聴く者（読む者）の興味を誘いながら、臨場感・物語の世界との一体感招来。
2　**「けり」止め**確認態の語りで、聴く者（読む者）のまだ知らぬ世界の、異色の物語展開に興味誘発。

「**破**」（第24話）

○第24話「老典侍、若き光源氏の君に積極的求愛」「好き人頭中将、好色源典侍に馴れ初め」――「**場**」（140四～145一――約46行）

「けり」止め《確認態》の**連鎖**（二28 29）で入り、源典侍の、髪梳き役として伺候するを語り、帝近侍の女官の日常生活から、さるべき展開を誘導する契機設定を思わせる。

地で、帝、お召し替えのために退室、源典侍以外人なき状況として、常よりも美しく、容姿・髪の形は優美、衣装・容子は、実に華美な感じで、好色めいて見える老女像をクローズアップする。

以下、心話・地・言葉を混ぜた語りで、ハイライトシーンをテンポよく展開させる。

まず、年長の女にも惹かれる若き好き人光源氏の君の本能を擽るような、派手な若作りの老女に、不快感を催しながらも、遊び事後の、冷淡な振舞に対する女の懐いゆかしの衝動に駆られた源氏の、女の裳裾を引く行為に聴く者（読む者）の視線を集中させる。

次に、言葉では言い表せぬように描いてある蝙蝠扇をかざして顔を隠して振り返った目もと、流し目でじっと源氏の君を見つめるものの、瞼はひどく黒ずみおちくぼみ、髪はたいそうほつれ乱れると活写して、好色女の老醜の顔をズームアップする。

さらに、老女には似合わぬ蝙蝠扇に好奇心をそそられた源氏の、自分の扇と交換、赤い紙の、顔に映る程に濃い色の所に、木高い森の絵を描き、地色隠しとして、色好み源典侍の特異な嗜好を思わせる。

扇に、源典侍の風情ある筆跡で書かれた歌詞「森の下草　老いぬれば」に、源氏の、これ聞けかしの、絶妙の付け「森こそ夏のと見ゆる」の興趣、源典侍の、「君し来ば　手なれの駒に　刈りかはん　盛り過ぎたる　下葉なりとも」の面なき誘いに、「笹分けば　人や咎めむ　いつとなく　駒なつくめる　森木隠れ　わづらはしさに」の、源氏の応答の愉しさと展開する。

源典侍の、立つ源氏を引き止めて、源氏の君愛に初体験の想いの訴え、君の冷淡な行為を身の恥として、愛の執拗な泣訴、近々にの慰謝の辞を残して、女を引き離して出て行く源氏に手を伸ばして、老女の離別の悲哀感の恨み言の訴えに、聴く者（読む者）を唖然とさせる。

以上、意中の素材による、異趣の物語展開の、前代未聞の好笑の極みに、聴く者（読む者）をわが世界の擒とした『源氏物語』作者の満面得意の筆致を想わせる。

「けり」止め《確認態》（二30）で、帝、源氏・源典侍の応答・応酬の一部始終を襖から覗き見として、二人の仲の初認識を確認する形で、ハイライトシーンの効果を高める。

心話・地・言葉を混ぜた語りで、帝、二人の不似合いな仲にひどく興味深い懐い、女官・上の女房辺の、源氏の好色心なしとの帝の心痛無用として、源氏の好色心の帝の初認識の物語展開への投影の仕方に興味を誘う。

典侍、羞恥心ながら抗弁なしの**地**に、**草子地**《推量態》（一37）を挿入して、愛する人のためなら濡れ衣も厭わぬ女性の存在を推量する形で、好色老典侍の若き源氏愛の程を思わせながら、二人の仲の究極の展開に興味を昂める。

草子地《婉曲態》（一38）を継いで、若い皇子と老典侍の意外な関係の、女房たちの取り沙汰を推量して、帝寵愛の若い皇子と老典侍の関係のニュース性、意外な関係から聴く者（読む者）の想定外の展開の誘導を思わせる。

無敬語表現（三10）を**連鎖**して、頭中将の、源氏・源典侍の仲の想定外を強調して、数多の女性関係の経験外・想定外の好奇心による、源典侍に対する積極行動の必然性を印象づける。

「けり」止め《確認態》（二31）に**無敬語表現**（三11）の**融合化**を**連鎖**して、頭中将の、老女の積極的好色性に対する好奇心の昂揚を確認強調する形で、頭中将の飽くなき好色性を思わせながら、好き人源氏・頭中将と好色老源典侍三巴の、異趣な男女関係の極演出を用意する。

「けり」止め《確認態》（二32）に**無敬語表現**（三12）の**融合化**を**連鎖**して、好き人頭中将・好色源典侍の馴れ初めに、前者の積極的求愛を確認強調する形で、頭中将の源氏ライバル意識による一部始終を印象づける。

『帚木』第3話「頭中将、源氏と親交」「頭中将、源氏の好色事に強い関心」、『末摘花』第6話「頭中将、源氏尾行　源氏の好色事にライバル意識」第8話「頭中将、想念の世界で、常陸宮姫君熱愛のロマン、源氏に妬心」第9話「頭中将の、宮姫君に対するロマンの夢想、心情、焦燥感、源氏に妬心」第15話「頭中将、源氏の隠し事に対する疑念」の、二人の流れを想起させて、三つ巴の展開のクライマックスを待たせる。

地で、頭中将の積極的求愛を、他の人より格別優れている故に応じる源典侍を、冷淡な源氏の君の「形代」を求める意識の人として、モデルの影を想わせるプライド高き女官の、男性遍歴の果ての、理想の人とのはかない出逢いの運命（さだめ）の設定に、人の「生」の哀しさの余韻を忘れぬ『源氏物語』作者の叙述姿勢をうかがわせる。

草子地《伝聞態》（一39）を継いで、好色老典侍、お相手にお好み限定として、世評伝聞の形で、老典侍のスキャンダルの宮廷社会の認識を思わせながら、余韻醸成による更なる展開、ハイライトシーンに聴く者（読む者）の好奇心を昂める。

草子地《話者述懐態》（一40）を**連鎖**して、好色老典侍の、相手の選り好みの嗜好に嫌悪感の話者述懐として、特定の人物の嗜好・性情を印象づけながら、その痛烈な批判により、更なる展開に聴く者（読む者）の好奇心を誘う。

「話」止めを**地**で、典侍、頭中将との仲を専ら内密にする故に、源氏の君は知り得ずとして、三巴の関係露見時の仕掛けを確信させて、聴く者（読む者）の想像を駆り立てる。

「話」の主題は、「好き人光源氏の君、好色老源典侍挑発」（1）「源典侍、蝙蝠扇の特異な嗜好」（2）「源典侍の面なき誘いに、源氏の応答」（3）「源典侍、源氏に愛の泣訴」（4）「帝、源氏の好色心初認識」（5）「若い皇子と老典侍の意外な関係の、女房たちの取り沙汰」（6）「頭中将、源典侍と交情」（7）「好色老典侍のお好み限定」（8）、作意は、「好き人源氏・頭中将と好色老典侍の三巴の関係の物語展開に聴く者（読む者）の好奇心昂揚」と見做される。

草子地（一38）が、主題6の直接表出、**「けり」止め**（二32）に**無敬語表現**（三12）の**融合化**が、主題7の直接表出、**草子地**（一39）が、主題8の直接表出、**「けり」止め**（二28 29）が、主題1の誘導表出、**「けり」止め**（二30）が、主題5の誘導表出、**無敬語表現**（三10）が、主題7の誘導表出、**「けり」止め**（二31）に**無敬語表現**（三11）の**融合化**が、主題7の誘導表出、**草子地**（一37 40）が、語りの余韻表出となっている。

語りの留意点として次が指摘される。

1　源典侍の特異嗜好の蝙蝠扇により、好色女の老醜の顔ズームアップ。

2　源典侍の特異嗜好の蝙蝠扇により、源氏の当意即妙の付け、源氏・源典侍の和歌贈答を重ねて、老女官の好色性クローズアップ。

3　源典侍の、源氏の君に初体験の想い吐露、執拗な泣訴、源氏に縋り離別の悲哀感の恨み言の訴え。

4　帝、源氏の好色心の初認識。

5　**無敬語表現**、**「けり」止め**確認態に**無敬語表現**の**融合化**の**連鎖**の語りで、頭中将の飽くなき好色性を示唆して、好き人源氏・頭中将と好色老典侍三巴の、異趣な男女関係の極演出用意。

6　頭中将を冷淡な源氏の君の「形代」的存在に設定。

7　**草子地**伝聞態の語りで、好色老典侍の、相手の選り好み嗜好により、源氏・頭中将の人物格差示唆。

8　プライド高き好色女官源典侍の設定に、以前からの熟した着想の筆致により、モデルの存在示唆。

9　源氏、頭中将・典侍の仲の認知不可の設定により、三巴の関係露見時の仕掛け示唆。

手法の留意点として次が指摘される。

1　「けり」止め確認態の語りで、さるべき展開を誘導する状況設定。
2　「けり」止め確認態の語りで、ハイライトシーンの効果の高揚演出。
3　草子地推量態の語りで、異趣の物語展開の究極に興味誘発。
4　草子地婉曲態の語りで、想定外な展開誘導。
5　無敬語表現の語りで、物語展開に重要な位置を占めるものと見做される人物の思惟の強調により、聴く者（読む者）の情感を誘発しながら、物語の世界との一体感招来。
6　「けり」止め確認態に無敬語表現を融合化する語りで、異趣な男女関係演出の用意。
7　「けり」止め確認態に無敬語表現を融合化する語りで、異趣な男女関係を諧謔的に確認強調。
8　草子地伝聞態の語りで、諧謔の筆致により、特定の人物の嗜好・性情を痛烈に揶揄。
9　草子地話者述懐態の語りで、諧謔の筆致により、特定の人物の嗜好・性情を痛烈に批判。
10　草子地話者述懐態の連鎖で、余韻醸成により展開に聴く者（読む者）の好奇心を昂揚。

「急」（第25〜27話）

○第25話「源氏、琵琶の上手源典侍の調べ・歌唱の魅力に情動」「光源氏の君、老獪源典侍の術中に陥ちる」――「場」（145一〜147七―約26行）

「話」頭に、地で、源典侍の、源氏の君を見かけては、先ず冷淡の恨みを語って、女の執念、爾後、求めに応じぬ男君の成り行きを思わせる。

源氏の、女の高齢に同情して慰める意思の**地**を、**「けり」止め**《確認態》（二33）でうけて、典侍との交情の耐えられぬ憂鬱感により長の無沙汰として、常に精気漲る若き光源氏の君でも、老女には勝てぬを思わせて、聴く者（読む者）の苦笑を誘いながら、自ら契機を作った老典侍との仲の究極に好奇心を昂める。

地で、夕立の名残涼しき宵闇に隠れるように、老女官の奉仕する温明殿（うんめいでん）辺のたたずみ歩きとして、実に興趣深い典侍の琵琶の弾奏を聴きながら、頭中将との仲をつゆ知らぬ好き人源氏の、冷淡なおのれを責めるかの複雑な懐い、老典侍哀れの胸裡を推測させる。

典侍の琵琶の演奏を、帝前などでも、男方の管弦の御遊に仲間入りなどとして、特に典侍の右に出る人なき程の名手故にの**地**を、**草子地**《話者述懐態》（一41）でうけて、長の無沙汰の源氏の君の薄情を恨む懐いの折とて、典侍の奏でる琵琶の音色に湛える哀感として、上手の調べにこめる懐いを感取する、優れた音楽の才、情趣を解する光源氏の君の、理知の懐いを忘れた情動感を思わせながら、特異な物語展開のハイライトシーンの用意を匂わせる。

草子地《話者述懐態》（一42）を**連鎖**して、典侍の、優れた琵琶の弾奏、興趣を誘う声で、光源氏の君への想いの叶わぬ時は、いっそ卑賤な者の想い人に、の歌詞は源氏の少々気に入らぬ懐いとして、直ぐ他の男に靡こうとする典侍の軽薄な性情に対する源氏の懸念を思わせながら、特異な物語展開のクライマックスの用意を確信させる。

心話・地で、典侍の哀愁を湛える歌声に故事を重ねて耳を傾け、哀感満ちる源氏の胸裡に聴く者（読む者）を引き入れる。

地を継いで、弾奏が途絶えて、典侍のたいそうひどく思ひ乱れていると感じられる様子に、情動のあまりに、催馬楽（さいばら）「東屋（あづまや）」を声をひそめて謡いながら近づき、殿戸（とのど）を開けるように求める源氏の君の語りを**無敬語表現**（三13）でうけて、典侍の挑発的誘惑姿勢に源氏の意外感を強調して、「例に違（たが）」う女性に好色心（すき）をそそられ、交情の「かなはぬもの憂さ」も忘れて、老典侍の誘惑に陥ちていく好き人光源氏の君の性(さが)を思わせながら、その道の達人、手練手管の異な魅力の老女と若き好き人たちの関わり合いの究極に興味をそそる。

典侍の**和歌**の、孤独感の悲愁の訴えを、**無敬語表現**（三14）でうけて、多情な噂の女に、我ひとり責めを負う理由なしの嫌悪感による**返歌**を、煩わしい人妻には慣れ親しまぬ意思として、その執拗さに反発するも、**無敬語表現**（三15）で、心進まぬながら、冷淡過ぎの反省から、成り行き任せに、典侍の意思に随従を強調して、我知らず老猾な源典侍の術中に墜ちていく若きヒーローを思わせて、男女のロマンの範疇外の特異な関係の、ハイライトシーン描出の必然性のステップを設定する。

「話」止めを**地**で、少々心ときめく戯(ざ)れ言(ごと)の言い合いも、源氏には、新鮮味を感じるとして、典侍主導のペースよる情動感の昂揚を思わせながら幕を下ろす。

「話」の主題は、「源氏、典侍との交情の耐えられぬ憂鬱感により長の無沙汰」（1）「歌詞に問題あるも、琵琶の上手源典侍の調べ・歌唱の魅力」（2）「典侍、積極的に源氏を挑発」（3）「源氏、老猾源典侍の術中に陥ちる」（4）、作意は、「光源氏の君の遊(すさ)び事の究極の展開に、聴く者（読む者）の好奇心誘発」と見做される。

「けり」止め（二33）が、主題1の直接表出、**草子地**（一41 42）が、主題2の直接表出、**無敬語表現**（三13 14）が、主題3の直接表出、**無敬語表現**（三15）が、主題4の直接表出となっている。

○第26話「頭中将、源氏・源典侍の密会現場急襲」――「**場**」（147七～151六―約39行）

「話」頭に、**無敬語表現**（三16）で、頭中将の、真面目人間顔過剰の源氏の君の、常にわが素行非難の腹立たしさ、何食わぬ顔で、密かに忍ぶ所の数多を推量、一途にその正体把握の願望継続強調として、再度、『末摘花』の、常陸宮姫君をめぐる、中将の、光源氏の君対抗意識を想起させて、源氏・中将・常陸宮姫君の展開と対照する形で、源氏・中将・源典侍の世界の設定を思わせる。

無敬語表現（三17）を**連鎖**して、頭中将の、源氏の密会現場目撃の喜びを強調して、中将の、優位の源氏の君対抗意識による、その正体把握の本願成就、『源氏・源典侍の物語』展開のクライマックス・ハイライトシーンの幕開けを確信させる。

さらに、**無敬語表現**（三18）を**連鎖**して、中将、源氏の君の密会現場目撃の機会に、少々脅迫、動転させて、懲りの確認意思により、油断させる演出を強調して、脅迫の用意周到な画策をうかがわせる。

地で、風冷ややかに吹き、しだいに更けゆく時と、聴く者（読む者）をその場に引き入れてその瞬間を待たせる。

草子地《話者注釈態》（一43）で、源氏・典侍、眠りに落ちる様子として、中将に好機到来を思わせて、聴く者（読む者）に固唾を飲ませ、緊迫感を昂める。

無敬語表現（三19）の**連鎖**で、中将の、源氏・典侍共寝の場への入所の動作をクローズアップして、若皇子・老典侍の密会の場に迫る、中将の一挙一動をイメージ化して、世にも稀なハイライトシーンに聴く者（読む者）の全神経を集中させる。

草子地《話者注釈態》（一44）を継いで、若い光源氏の君の、内侍所（ないしどころ）での、老女官との仮寝の緊張感として、情動に任せる行動の中にも、理知の心の作用、神経質な性（さが）を思わせる。

地を継いで、入室する人音を聞きつける源氏の、中将の認識なく、典侍に未練の修理大夫（すりのかみ）の見当をつけて、当代の皇子の不適切な振舞を年配の人に見つけられる羞恥心から、予て男の来室承知の上の背信行為の恨み言を残して、直衣（のうし）だけを取り屛風の後ろに入ると語り、光源氏の君の、周章狼狽の表情、一挙一動を注視させる。

続いて、**無敬語表現**（三20）で、中将の、光源氏の君脅迫の大芝居をクローズアップして、身の危険の恐怖に慄く光源氏の君を印象づけながら、源氏・中将・源典侍、三者三様の表情をイメージ化して、聴く者（読む者）の苦笑を誘いながら、臨場感・物語の世界との一体感を招来する。

高齢ながら、いかにも情趣を解しなまめかしい感じの典侍との解説の地に、**「けり」止め**《確認態》（二34）で、以前も鞘当てによる動揺経験の前歴を入れて、軽薄多情な老女官の、数多の男性遍歴を思わせ、若きヒーローと老ヒロインに、魂胆ある中将の介入する展開の結末に興味を昂める。

地で、鞘当て馴れの典侍の、ひどく動揺しながら、源氏の君をいかにするつもりかの、切ない思いで恐怖に震えながらじっと控えているとして、先刻のなまめく面影の毫もなき、下着だけの、痛々しくも情けない小さな老女無惨の様子を戯れ筆でクローズアップする。

地を続けて、誰と知られずに退室の意思あるも、あられもない見苦しい後ろ姿を想って躊躇する、退くも進むもならぬ、当代寵愛の皇子、好き人光源氏の君無惨の様子を、典侍と対照する形でクローズアップする。

さらに、わが行為の発覚を恐れて全く無言、立腹している様子に振る舞い、抜刀する中将に、老女の懇願の呼び掛け・揉み手の**地**に、**草子地**《推量態》（二45）に**無敬語表現**（三21）の**融合化**を入れて、中将の自作自演の大芝居のフィナーレ間近を推量する形で、真に迫る脅迫の中将、恐怖に慄く光源氏の君、老女の真剣な命乞いの、三者三様の戯画化に聴く者（読む者）の苦笑を誘う。

「話」止めを**草子地**《話者述懐態》（二46）**連鎖**で、恐怖に動転する典侍の、化けの皮の剝がれて、並一通りならぬ若君達の中で、五十七八の老醜不似合いとして、当代最愛の皇子光源氏の君・為政者左大臣息頭中将に同時に見えた、身の程知らぬ好色老女官の無惨な結果を印象づけながら、美貌の若君達に挟まれた老女官哀れをクローズアップする。

「話」の主題は、「頭中将、源氏の女性関係把握願望」（1）「頭中将、源氏・源典侍の密会現場発見」（2）「頭中将、源氏脅迫の用意周到な画策」（3）「頭中将、密会現場急襲」（4）「頭中将、源氏脅迫」（5）「頭中将、自作自演の大芝居に失笑寸前」（6）「美貌の若君達の中で、好色女官の老醜無惨」（7）、作意は、「頭中将の自作自演の大芝居に、軽薄多情な源典侍の老醜無惨」と見做される。

無敬語表現（三16）が、主題1の直接表出、**無敬語表現**（三17）が、主題2の直接表出、**無敬語表現**（三18）が、主題3の直接表出、**無敬語表現**（三19）が、主題4の直接表出、**無敬語表現**（三20）が、主題5の直接表出、**草子地**（一45）に**無敬語表現**（三21）の**融合化**が、主題6の直接表出、**草子地**（一46）が、主題7の直接表出、**草子地**（一43）が、主題4の誘導表出、**草子地**（一44）が、登場人物の心情解説、**「けり」止め**（二34）が、登場人物体験確認となっている。

○第27話「光源氏・頭中将の、着脱の戯れ」――「**場**」（151六〜153五―約19行）

「話」頭に、**無敬語表現**（三22）で、頭中将の、光源氏の君脅迫の大芝居から、それと気づく源氏の地に、**無敬語表現**（三23）を継いで、中将の演技過剰の裏目を思わせながら、老惨源典侍のクローズアップから中将の表情のズームアップに転換する。

中将の故意に脅迫する魂胆察知による源氏の立腹を強調して、中将の関わり合いによる源氏の密事発覚の懸念（『末摘花』第24話「頭中将…常にうかがひ来れば、いま見つけられなん」）の現実化により、中将の大芝居のからくりに、源氏・常陸宮姫君の関係以来の中将の関わり合い、『源氏・常陸宮姫君の物語』と『源氏・源典侍の物語』の表裏の関係の展開表示を印象づける。

中将の仕業と知り、滑稽さに、抜刀の腕を摑んでひどく抓る源氏の**地**を、**無敬語表現**（三24）でうけて、大芝居発覚の無念ながら、我慢できずの失笑する中将をクローズアップして、『帚木』『夕顔』『末摘花』の、源氏・中将の親密な関係の語りを想起させながら、両者に、長編物語のヒーロー・脇役の関係の展望を垣間見せる作意を思わせる。

源氏の、典侍との戯れ事に抜刀までして脅す中将の芝居を正気の沙汰かの非難、直衣着衣の意思の**言葉**を、**無敬語表現**（三25）でうけて、中将の、源氏の着衣阻止をクローズアップして、二人の戯れ事、その世界に、聴く者（読む者）の興味を高める。

「さらば、もろともにこそ」の**言葉**で、中将の帯を解く源氏の**地**に、**無敬語表現**（三26）を続けて、中将の抵抗をクローズアップし、さらに、若君達の引っ張り合いにより、直衣の袖の綻びから切れる**地**に、**無敬語表現**（三27）を続けて、二人の仲の綻びにより、源氏の隠し事の容易に表沙汰になる中将の**言葉**（贈歌）を強調する諧謔の筆致で、源氏・中将の戯れ事の極みに聴く者（読む者）の苦笑を誘う。

源氏の**返し**を、中将の浅慮による自爆行為の揶揄として、着脱の戯れを、『源氏・源典侍の物語』のクライマックスの二人の掛け合いを聴く者（読む者）の裡に響かせる。

「話」止めを、**地**で、両者の痛み分けのあられもない姿をイメージ化し、聴く者（読む者）をその余韻に浸しながら幕とする。

「急」の展開の最初の「話」止めは、源氏・源典侍を、次は、源典侍を中心に据えて、その左右に源氏・頭中将を配し、最後は、源氏・頭中将をズームアップして幕としており、『源氏・源典侍の物語』の語りの演出の跡を見せる。

本流『光源氏の物語』の基幹流は勿論のこと、副流にも入らぬ、独立の長丁場の滑稽譚を、何故、長編物語展開の流れに極めて重要な位置を占める『紅葉賀』で使ったのか。

聴く者（読む者）は、緊迫感を連続させている『源氏・藤壺宮の物語』の行方に急く心を逸らして、その展開を待たせて叙述効果を高める作意を確信する。

「話」の主題は、「頭中将の大芝居露見」（1）「源氏、頭中将の大芝居に立腹」（2）「源氏・頭中将の着脱の戯れ事」（3）「頭中将・源氏、不満・非難の応答」（4）、作意は、「源氏・頭中将の親交・ライバル意識」と見做される。

無敬語表現（三22～24）が、主題1の直接表出、**無敬語表現**（三25 26）が、主題3の直接表出、**無敬語表現**（三27）が、主題4の直接表出となっている。

語りの留意点として次が指摘される。

1　**草子地話者述懐態**の語りで、源氏の情動感昂揚に、女の琵琶の上手の調べ、歌唱の魅力用意（第25話）。
2　源氏の、優れた音楽の才・情趣を解する心により、物語の必然的展開誘導（第25話）。
3　好き人光源氏の君と好色老女源典侍の、男女のロマンの範疇外の特異な関係に、他に見られぬ若きヒーロー像の現出化（第25話）。
4　**無敬語表現**の語りで、催馬楽（さいばら）を、さらに、贈答歌を男女の情動感を昂揚させる契機誘導に使用（第25話）。
5　**無敬語表現**の語りで、男女のロマンの範疇外の特異な関係のハイライトシーンを描出、その必然性設定を重層化（第25話）。
6　**無敬語表現**の語りで、頭中将、源氏の真面目人間顔過剰による非難に立腹、密かに忍ぶ所の数多を推量（第26話）。
7　**無敬語表現**の語りで、頭中将、源氏の女性関係の把握願望（第26話）。
8　**無敬語表現**の語りで、頭中将、源氏・源典侍の密会現場発見、源氏脅迫による、密事反省の弁誘導画策（第26話）。

7　『紅葉賀』　262

9　**草子地話者注釈態**の語りで、源氏の、情動に任せる行動の中にも、理知の心の作用、神経質な性(さが)示唆（第26話）。
10　痛々しくも情けない老典侍無惨の様子を戯れ筆でクローズアップ（第26話）。
11　好色老典侍と対照する形で、好き人光源氏の君無惨の様子をクローズアップ（第26話）。
12　**草子地話者述懐態**の語りで、源氏・頭中将・老典侍三者三様の、懐い・表情・所作の戯画化を想わせながら、聴く者（読む者）の苦笑誘発（第26話）。
13　『源氏・常陸宮姫君の物語』と『源氏・源典侍の物語』の表裏の関係示唆（第27話）。
14　**無敬語表現**の語りで、源氏・頭中将に、長編物語のヒーロー・脇役の関係の展望示唆（第27話）。
15　**無敬語表現**の語りで、頭中将・源氏の親交・ライバル意識示唆（第27話）。

手法の留意点として次が指摘される。

1　**「けり」止め**確認態の語りで、諧謔的筆致の時の経過の確認により聴く者（読む者）の好奇心昂揚（第25話）。
2　**草子地**話者述懐態の語りで、話者と登場人物の懐いを一体化して、物語展開のハイライトシーンの用意示唆（第25話）。
3　**草子地**話者述懐態の語りで、話者と登場人物の懐いを一体化して、聴く者（読む者）の情感を誘発しながら、臨場感・物語の世界との一体感招来（第25話）。
4　**草子地**話者述懐態の語りで、話者と登場人物の懐いを一体化して、物語の必然的展開の用意示唆（第25話）。
5　**無敬語表現**の語りで、聴く者（読む者）の情感を昂揚させながら、臨場感・物語の世界との一体感招来（第25話）。
6　若きヒーローに**無敬語表現三連続**の語りで、老ヒロインと若きヒーローの特異な世界クローズアップしながら、余韻効果期待（第25話）。

7　**無敬語表現**の語りで、二つの物語展開を対照して、後者のをクローズアップ（第26話）。

8　**無敬語表現**の語りで、現物語展開のクライマックス・ハイライトシーンの幕開けクローズアップ（第26話）。

9　物語展開に重要な位置を占めるものと見做される人物に対する**無敬語表現三連鎖**の語りで、そのクローズアップにより、特別の役割を印象づけ（第26話）。

10　**草子地**話者注釈態の語りで、聴く者（読む者）の興味を誘いながら、臨場感・物語の世界との一体感招来（第26話）。

11　**無敬語表現**の、諧謔の筆致で、臨場感・物語の世界との一体感招来（第26話）。

12　**草子地**話者注釈態の語りで、若きヒーローの、情動心による行動の中にも、本能・理知の心のせめぎ合い示唆（第26話）。

13　「**けり**」**止め**確認態の語りで、若きヒーロー・老ヒロインの展開の結末に興味誘発（第26話）。

14　**草子地**推量態に**無敬語表現**の**融合化**の語りで、聴く者（読む者）の笑いを誘いながら、臨場感・物語の世界との一体感招来（第26話）。

15　**草子地**話者述懐態の、諧謔・揶揄・風刺の筆致で、聴く者（読む者）の懐いを昂めながら、ハイライトシーンの臨場感・物語の世界との一体感招来（第26話）。

16　**無敬語表現**の語りで、ヒーローの立腹の強調により、聴く者（読む者）の笑いを誘いながら、臨場感・物語の世界との一体感招来（第27話）。

17　**無敬語表現**の語りで、物語展開に重要な位置を占めるものと見做される人物の動作の強調により、聴く者（読む者）の笑いを誘いながら、臨場感・物語の世界との一体感招来（第27話）。

18 **無敬語表現**の語りで、物語展開に重要な位置を占めるものと見做される人物の諧謔の言葉の強調により、聴く者（読む者）の笑いを誘いながら、臨場感・物語の世界との一体感招来（第27話）。

「**余韻**」（第28〜30話）

○第28話「源氏の端袖（はたそで）、頭中将の帯、鞘当て時に紛失」—「**場**」（153五〜156九—約34行）

「話」頭に、**地**で、事もあろうに、頭中将の画策による、老女官との情事発覚の、源氏の悔しい懐いの並み並みならぬを語って、以前にまさる頭中将意識の、日常生活への影響、今後の展開への投影を思わせる。

即ち、『帚木』の第2話『雨夜の品定め』で、若きヒーロー光源氏の君の脇役を思わせた頭中将は、『末摘花』を経た『紅葉賀』では、ヒーローと対（つい）の形で登場する大脇役の展望を確信させて、源氏・頭中将相互の対抗意識による関わり合いが、今後いかなる物語展開で浮上するかに興味を誘う。

「**けり**」**止め**《確認態》（二35）を継いで、頭中将、抜刀して源氏の君脅迫、両者の着脱の戯れに、典侍の、呆然、すべてご破算の意識を確認しながら、『源氏・源典侍の物語』の幕、若きヒーロー・老ヒロインの最後の和歌贈答を導く。

典侍の、二人の立ち去った後に落ち残る御指貫（さしぬき）・帯を翌朝源氏に届ける**地**、見捨てられた女の言うかいなき恨み、悲嘆の極の訴えの**贈歌**に、源氏の、女の厚顔無恥を憎悪する**地**に、「**けり**」**止め**《確認態》（二36）を継いで、源氏、老女の苦衷に哀憐の懐い、さらに、頭中将の脅迫には動じぬながら、典侍の同時交情に深怨の**答歌**として、関わりをもった女（ひと）は、愛の程、老若の如何を問わず、憎しみを越えて哀れむ、光源氏の君の情味豊かな性質を思わせながら、諧謔・揶揄・風刺過剰の『源氏・源典侍の物語』の幕で、役割終了の人物に対する「餞（はなむけ）」的趣向を思わせる。
草子地《話者認識態》・**「けり」止め**《認識態》**併有**（一47二37）を続けて、典侍の届けた帯は、源氏が対抗意識から引き解いた頭中将のものとして、源氏の入手の喜びの表情を、さらに、頭中将の帯は我が直衣よりは濃い色と見る源氏の不快の**地**に、**「けり」止め**《認識態》（二38）を継いで、源氏の端袖（はたそで）紛失のショックの表情を思わせて、鞘当ての痛み分けとする。

源氏の、好色老典侍との関わりにより、重ね重ね見苦しいことの述懐、好色（すき）事に熱中する人は、愚かしいことの多々あるを推量する**心話**、燃え盛る若き情動心を一層鎮める**地**により、この語りの背後に、『空蟬』第10話「密事発覚の危機一髪」の、源氏の危険な微行断念の推量の語りを想起させて、今後のこれらの実効性の有無に興味を誘う。

次いで、**地**に、**戯（ざ）れ言**、戯れ**贈答歌**を混ぜた、鞘当ての「場」閉幕の筆のすさびに笑み誘いながら、源氏・中将の世界に聴く者（読む者）を遊ばせる。

地で、源氏・中将の殿上（てんじょう）の間に参上として、落ち着きはらってすまし顔の源氏の君、おかしさをこらえる頭の君に聴く者（読む者）の笑み誘う。

奏上・宣下（せんげ）の多い日の**地**に**無敬語表現**（三28）を継いで、帝前では何事もなかったかの様子の互いの微笑をクローズアップして、以心伝心の親しい間柄の源氏・中将に、今後真のせめぎ合いのありやなしやに興味を誘う。

続く、中将の、源氏に隠し事の後悔を問う**言葉**、実に忌ま忌ましそうな尻目の**地**の語りに、もくろみの不完全燃焼の心情、源氏に対する強いライバル意識、物事に拘泥する性格の、今後の展開への投影を予想させる。

無敬語表現（三29）で、源氏・中将の、互いに、源典侍一件の他言無用の約束を強調して、源氏・中将の鞘当て一件のピリオドを思わせながら、頭の君を光源氏の君の「生」に関わり合う大脇役と確信させて、ヒーローの人生の各様の物語展開への絡み合いの仕方に興味を誘う。

「話」の主題は、「源氏、頭中将の画策による情事発覚に並み並みならぬ悔しい懐い」（1）「源氏の情味豊かな性質」（2）「着脱の戯れ事に、源氏の端袖、中将の帯紛失」（3）「源氏・頭中将、源典侍一件の他言無用の約束」（4）、作意は、「頭中将を光源氏の君の「生」に関わり合う大脇役として、ヒーローの人生の各様の物語展開への絡み合い示唆」と見做される。

「けり」止め（二36）が、主題2の直接表出、**草子地**・**「けり」止め併有**（一47二37）、**「けり」止め**（二38）が、主題3の直接表出、**無敬語表現**（三29）が、主題4の直接表出、**無敬語表現**（三28）が、主題4の誘導表出、**「けり」止め**（二35）が、登場人物の心情解説となっている。

○第29話「好き人光源氏の君の後悔の念」――「件」（156九～157三―約4行）

「話」頭に、**草子地**《話者注釈態》に**無敬語表現**の**融合化**（一48三30）で、鞘当て一件後、頭中将の、機ある度に、源氏の君に絡む種とする傾向を強調して、挑み心発揮の多々あるを思わせながら、各様の物語展開上で、大脇役のヒーローへの絡み合いの仕方に興味を誘う。

草子地《推量態》（一49）を継いで、源氏、機ある度に中将の絡むは、煩わしい女故と一層の自覚を推量して、好色心・好奇心の結果の源典侍との情事に深い後悔の念を思わせると同時に、好き人光源氏の君の、宮中内外の数多の女性関係で、多種多様の複雑な懐いを印象づける。

「話」止めを、相変わらず艶っぽく恨み言する執念深い性の老典侍に、困りはてて逃げまわる光源氏の君をイメージ化して、聴く者（読む者）の苦笑を誘いながら幕を下ろす。

「話」の主題は、「頭中将、源典侍との情事を種に、源氏に挑み心発揮」（1）「源氏、好色老典侍故の煩労自覚」（2）「執念深い源典侍に、源氏困惑」（3）、作意は、「好き人光源氏の君の後悔の念」と見做される。

草子地に無敬語表現の融合化（一48三30）が、主題1の直接表出、**草子地**（一49）が、主題2の直接表出となっている。

○第30話「頭中将の、源氏の君対抗・挑戦意識」「頭中将の出自・自負心・人物像」——「件」（157三〜158九—約16行）

「話」頭に、**「けり」止め**《確認態》に**無敬語表現の融合化**（二39三31）で、鞘当ての一件を、源氏の北の方の我が妹君にも内密にする頭中将の、適当な機会に源氏の君脅しの好材料にする魂胆を確認強調して、源氏に対して、肉親以上の親密な意識の中将の絡み合いをうかがわせ、今後、本流『光源氏の物語』の流れの中で、若きヒーローと親密な仲の大脇役が、いかなる曲折の展開を見せるかに興味を誘う。

続く**地**で、高貴な母方の皇子たちでさえ、この上なき帝寵の光源氏の君を特に避ける意識の中で、中将は、源氏の君に圧倒されまいの意識で、些細な事でも挑戦として、『帚木』第2話「左大臣息中将、源氏と親交」の語りを想起させ、さらに、『帚木』『夕顔』の「撫子」の件も思わせながら、本流『光源氏の物語』の流れの中で、大脇役がヒーローの「生」にいかなる絡み合いを見せるかに聴く者（読む者）の好奇心を昂める。

草子地《確認的説明態》・**「けり」止め**《確認態》**併有**（一50二40）を継いで、左大臣子息達の中で、中将一人源氏の北の方の妹君と同腹の皇女腹（『桐壺』二28）の血脈関係を確認して、本流『光源氏の物語』の流れの中の位置・展開に興味を誘うと同時に、中将とその妹君をクローズアップして、源氏の北の方の表舞台への登場間近の予兆感知を期待させる。

草子地《推量態》（一51）を続けて、中将の、父方・母方の背景、自身の人望により、源氏と遜色なき意識を推量して、大脇役中将の自負意識の、本流『光源氏の物語』の流れの中でいかに推移するかに注目させる。

さらに、**「けり」止め**《確認態》（二41）の**連鎖**で、中将の、人柄、諸条件整い、すべて理想的で、不足なき人物を確認して、中将の、源氏に比べて全く遜色なき人物を強調するも、暗に両者のオーラの有無を思わせて、ヒーローと遜色なき人物の大脇役が、光源氏の君にいかなる絡み合いの曲折の展開を見せるかに興味を誘う。

また、**草子地**《話者述懐態》（一52）の**連鎖**で、中将の、源氏に対する対抗・挑戦意識による行動の不審感を強調して、本流『光源氏の物語』の流れの中で、ヒーローに対する大脇役の宿命的物語展開を予想させる。

「話」止めに、**草子地**《筆録者省筆表明態》（一53）の**連鎖**で、中将の、源氏に対する対抗・挑戦意識・行動の語りを、筆録煩瑣故に省筆として、鞘当てに類する物語展開の存在を思わせながら、省筆された物語展開に聴く者（読む者）の好奇心を誘う。

「話」の主題は、「頭中将、源氏との鞘当てを妹君にも内密」（1）「頭中将、源氏に圧倒されまいの意識で、些細な事でも挑戦」（2）「頭中将、妹君と同腹の皇女腹」（3）「頭中将、父方・母方の背景、自身の人望により、源氏と遜色なき意識」（4）「頭中将、人柄、諸条件整い、すべて理想的で、不足なき人物」（5）「源氏に対する頭中将の、挑戦意識・行動不審」（6）「省筆された物語展開に聴く者（読む者）の好奇心誘発」（7）、作意は、「ヒーローに対する大脇役の頭中将の宿命的意識・行動による物語展開示唆」と見做される。

「けり」止めに**無敬語表現**の**融合化**（二39三31）が、主題1の直接表出、**草子地**・**「けり」止め併有**（一50二40）が、主題3の直接表出、**草子地**（一51）が、主題4の直接表出、**「けり」止め**（二41）が、主題5の直接表出、**草子地**（一52）が、主題6の直接表出、**草子地**（一53）が、主題7の直接表出となっている。

語りの留意点として次が指摘される。

1　源氏・頭中将の対抗意識による関わり合いが、今後いかなる物語展開において再浮上するかに興味誘発（第28話）。
2　源氏・頭中将の鞘当て、一老女官により、頭中将を光源氏の君の「生」に関わり合う大脇役として、ヒーローの人生の各様の物語展開への絡み合い示唆（第28話）。
3　**「けり」止め**確認態の語りで、関わりをもった女（ひと）は、愛の程、老若の如何を問わず哀れむ、光源氏の君の情味豊かな性質示唆（第28話）。
4　**「けり」止め**確認態の語りで、役割終了の人物に対する「餞（はなむけ）」的趣向示唆（第28話）。
5　源氏、好色事（すき）に熱中する人は、愚かしいことの多々ある推量により、若き情動心の一層の鎮静化（第28話）。
6　頭中将の、源氏に対する強いライバル意識、物事に拘泥する性格の、今後の展開への投影示唆（第28話）。
7　地に、戯れ言、戯れ贈答歌を混ぜた、鞘当ての「場」閉幕の筆のすさびに聴く者（読む者）の苦笑誘発（第28話）。
8　頭中将の、もくろみの不完全燃焼の心情、源氏に対する強いライバル意識、物事に拘泥する性格の、今後の展開への投影の予想化（第28話）。
9　**草子地**話者注釈態に**無敬語表現**の**融合化**の語りで、鞘当て後、多々、頭中将、源氏に挑み心発揮（第29話）。
10　**草子地**推量態の語りで、好き人光源氏の君の、宮中内外の数多の女性関係で、多種多様の複雑な懐い示唆（第29話）。
11　執念深い源典侍に、源氏困惑（第29話）。
12　**「けり」止め**確認態に**無敬語表現**の**融合化**の語りで、頭中将、鞘当ての一件を、適当な機会に源氏の君脅しの好材料にする魂胆確認（第30話）。

13 頭中将、源氏に圧倒されまいの意識で、些細な事でも挑戦（第30話）。

14 **草子地確認的説明態**・**「けり」止め確認態併有**の語りで、頭中将、左大臣子息達の中で一人、源氏の北の方の皇女腹の妹君と同腹（第30話）。

15 **草子地推量態**の語りで、頭中将、父方・母方の背景、自身の人望により、源氏と遜色なき意識（第30話）。

16 **「けり」止め確認態**の語りで、頭中将、人柄、諸条件整い、すべて理想的で、不足なき人物（第30話）。

17 **草子地話者述懐態**の語りで、本流『光源氏の物語』の流れの中で、ヒーローに対する大脇役の宿命的意識・行動による物語展開示唆（第30話）。

18 **草子地筆録者省筆表明態**の語りで、鞘当てに類する物語展開の存在示唆、省筆された物語展開に聴く者（読む者）の好奇心誘発（第30話）。

手法の留意点として次が指摘される。

1 **「けり」止め確認態**の語りで、物語展開幕の、ヒーロー・老ヒロインの最後の贈答歌を誘導（第28話）。

2 **「けり」止め確認態**の語りで、役割終了の人物に対する「餞（はなむけ）」的趣向示唆（第28話）。

3 **草子地話者認識態**・**「けり」止め認識態併有**の語りで、話者と登場人物の認識の一体化（第28話）。

4 **「けり」止め認識態**の語りで、話者と登場人物の認識の一体化（第28話）。

5 **無敬語表現**の語りで、ヒーロー・物語展開に重要な位置を占めるものと見做される人物の動作・言葉の強調により、聴く者（読む者）の笑いを誘いながら、臨場感・物語の世界との一体感招来（第28話）。

6　**無敬語表現**の語りで、特定の人物をヒーローの「生」に関わり合う大脇役を確信させて、ヒーローの人生の各様の物語展開への関わり合いの仕方に興味誘発（第28話）。

7　**草子地**話者注釈態の語りで、大脇役の人物の性（さが）・行為による物語展開の文様演出示唆（第29話）。

8　**草子地**推量態の語りで、ヒーローの、宮中内外の数多の女性関係で、多種多様の複雑な懐い示唆（第29話）。

9　**「けり」止め**確認態に**無敬語表現**の**融合化**の語りで、若きヒーローと親密な仲の大脇役の、本流『光源氏の物語』の流れの中で、いかなる曲折の展開を見せるかに興味誘発（第30話）。

10　**草子地**確認的説明態・**「けり」止め**確認態**併有**の語りで、大脇役と哀しきヒロインクローズアップ（第30話）。

11　**草子地**推量態の語りで、物語展開に重要な位置を占めるものと見做される大脇役の、ヒーローに対抗する自負意識の、本流『光源氏の物語』の流れ中の位置・展開に興味誘発（第30話）。

12　**草子地**話者述懐態の語りで、大脇役の宿命的意識・行動による物語展開示唆（第30話）。

13　**草子地**筆録者省筆表明態の語りで、鞘当てに類する物語展開の存在示唆、省筆された物語展開に聴く者（読む者）の好奇心誘発（第30話）。

f　**『源氏・藤壺宮の物語〈第三部〉』**（3話）

「序」（第31～33話）

○第31話「弘徽殿、藤壺宮の立后（りっこう）に動揺」――「件」（第二巻158九～160五―約16行）

『源氏・藤壺宮の物語〈第二部〉』の最後の「話」（第20話）、これを継承する**『源氏・紫のゆかりの物語〈第二部〉』**の最後の「話」（第21話）、副流**『源氏・左大臣姫君の物語〈第一部〉』**最後の「話」（第22話）、さらに、異趣独立の

『源氏・源典侍の物語』（第23～30話）の長い「**間**(ま)」を入れて後、本命の『源氏・藤壺宮の物語』第三部の幕を上げて、緻密の物語構想による演出の跡を見せる。

草子地《婉曲態》（一54）で入り、七月に、藤壺宮の立后推量として、月の明示による立后は、本流『光源氏の物語』は勿論、その最初の基幹流『源氏・藤壺宮の物語』展開にとり、重要な契機設定を印象づけて、ヒーロー光源氏の君・ヒロイン藤壺宮の関係に新たな流れを意味して、両者の「生」の大奔流の予兆を思わせながら、成り行きに興味を誘う。

地を継いで、源氏の君、宰相任官として、大納言・中納言に次ぐ要職就任で、物語の流れを大きく変える大設定で、老女官との戯(ざ)れ事はもはや過去の物語であり、今後かかる異趣な物語の浮上などあり得ず、『源氏・かりそめの女(ひと)の物語』も、『源氏・夕顔の宿の女(ひと)の物語』も、若きヒーローの光源氏の君の青春時代の物語で、これに類するものは再び聴く者（読む者）の前に現れぬを確信させる。

と同時に、立后した藤壺宮に、宰相源氏の君のものの紛れは望むべくもなく、宮は遥か遠い世界の女性(ひと)となり、『源氏・藤壺宮の物語』の第三部は、全く予想不可の展開として興味を誘う。

地を続けて、帝、退位の御意向を固め、藤壺宮腹の若宮の立坊の御意思とするも、宮方に若宮後見の適任者なしとして、物語の新しい流れの用意を思わせる。

以下は、すべて**連鎖**の語りとなっており、**「けり」止め**を多用して、物語の流れを大きく変える問題提起の設定に注目させる。

草子地《話者注釈態》（一55）で、若宮の御母方、すべて親王たち、賜姓源氏の皇族は政務とは関わりなき立場として、しかるべき後見なき宮腹の皇子の将来不安を思わせながら、源氏・藤壺宮の二人の世界に、若宮を加えた本命の展開の開幕を匂わせて、より複雑化していく『源氏・藤壺宮の物語』の表裏の流れに聴く者（読む者）の好奇心を昂める。

草子地《確認的説明態》・**「けり」止め**《確認態》**併有**（一56二42）は、帝、せめて若宮の母宮だけでも、揺るがぬ地位につけて、若宮の強力な後ろ盾とする意思を確認する形で、帝の、譲位後の政局を鑑みた、若宮の将来への深い配慮をうかがわせて、若宮を加えた新しい『源氏・藤壺宮の物語』の流れに、帝の意思による展望を入れて、その成り行きに興味を誘う。

草子地《話者述懐態》（一57）で、藤壺宮の立后に、以前に増す弘徽殿の動揺は当然として、右大臣家一の姫、帝の最初の妃として入内するも、桐壺更衣の出現により帝寵を奪われ、桐壺腹の新宮誕生では、わが腹の第一皇子の将来を危ぶみ、帝の桐壺哀慕を憎悪し、さらに、若さ漲る藤壺宮の登場、帝の寵愛、その皇子鍾愛と、重ね重ねの屈辱感に加えて、その存在無視にも通じる、とどめを刺すかの藤壺宮の立后に対する動揺に、弘徽殿の「生」への深い同情を印象づける。

即ち、藤壺宮立后は、右大臣家姫・春宮の母を背景にした弘徽殿女御の、藤壺宮憎悪の心露な、後宮における目に余る行動を確信させて、物語の流れを左右し、『源氏・藤壺宮の物語』は勿論、本流『光源氏の物語』展開にも重大な影響をもたらす契機設定を思わせる。

「けり」止め《確認態》（一43）は、帝、春宮の即位、母の皇太后位間近により、動揺する弘徽殿慰謝として、弘徽殿の皇太后位を前面に押し出した、帝の忍耐要望の弘徽殿説得の結果に興味を誘う。

帝の譲位、右大臣の太政大臣就任、弘徽殿の皇太后位実現の暁に、強大な権力意識による意のままの行動、積年の藤壺宮憎悪の結果を予測させる。

「話」止めは、**「けり」止め**《確認態》（一44）で、春宮の母として二十余年の弘徽殿女御をさしおいた、藤壺宮の立后敢行に、不穏な世論、その不当性を印象づけながら、物語展開への重大な問題提起の必投影を示唆してこの結果に興味を昂める。

「話」の主題は、「藤壺宮、立后」（1）「源氏、宰相任官」（2）「帝、退位の意向」（3）「藤壺宮立后、若宮の将来への帝の深い配慮」（4）「弘徽殿、藤壺宮の立后に動揺」（5）「帝、動揺する弘徽殿慰謝」（6）「春宮の母女御をさしおいた、藤壺宮の立后敢行困難の世論」（7）、作意は、「藤壺宮立后により、物語展開に重大な問題提起」と見做される。

草子地（一54）が、主題1の直接表出、**草子地・「けり」止め併有**（一56二42）が、主題4の直接表出、**草子地**（一57）が、主題5の直接表出、**「けり」止め**（一43）が、主題6の直接表出、**「けり」止め**（一44）が、主題7の直接表出、**草子地**（一55）が、主題4の誘導表出となっている。

○第32話「源氏、藤壺宮立后の儀の参内に供奉（ぐぶ）」——「**場**」（160五〜161六—約11行）

地で入り、藤壺宮立后の儀の参内の夜に、宰相源氏の君供奉として、ヒーロー・ヒロインの新たな門出を思わせる。**地**を継いで、藤壺宮は、「后」の中でも、先帝后腹（きさいばら）の皇女、光り輝く美貌、比類なき帝寵故に、しかるべき人も心底格別の懐いでお世話として、盛大で厳粛な様子をイメージ化して、聴く者（読む者）をその場の人とする。

胸つまる源氏の君は、御輿の内の宮のお胸の裡が想われて、もはや手の届かぬ懐いの語りの**地**を**草子地**《話者認識態》（二58）でうけて、源氏の落ち着かぬ程として、今、帝の后として、雲居（くもい）遥かに離れ行くわが全的存在の、哀しい宿命（さだめ）の方の供をする、万感こもごも至り、譬えようもない感無量の胸裡に聴く者（読む者）を引き入れる。

次いで、**無敬語表現**（三32）で、雲居のお方を目にするにつけても、独り無明の闇に取り残されて途方にくれる源氏の**述懐歌**を強調して、慰めようもない胸裡を思わせる。

「話」止めを**草子地**《話者述懐態》（一59）で、源氏の空虚感・孤独感哀憐の懐いで聴く者（読む者）をつつむ。

「話」の主題は、「宰相源氏の君、藤壺宮立后の儀の参内の夜に供奉」（1）「藤壺宮、先帝后腹の皇女、光り輝く美貌、比類なき帝寵」（2）「源氏の君、御輿の内の藤壺宮の胸裡想像」（3）「源氏の君、動揺」（4）「源氏の君、空虚感・孤独感の、途方にくれる懐い」（5）、作意は、「雲居の藤壺宮を懐い、源氏の君の空虚感・孤独感クローズアップ」と見做される。

草子地（一58）が、主題4の直接表出、**無敬語表現**（三32）、**草子地**（一59）が、主題5の直接表出となっている。

○第33話「若宮、光源氏の君酷似」――「件」（161六～162三―約7行）

「話」頭の**地**で、成長に従い、光源氏の君に酷似する若宮に、藤壺宮の心痛の程を思わせ、それを**草子地**《婉曲態》（一60）でうけて、重大な密事に気づく人なきを確信的に推量して、機ある毎に、藤壺宮の裡への重圧感を思わせながら、重大な密事保持の展開の先行きに興味を誘う。

草子地《話者述懐態》（一61）を継いで、源氏の君に劣らぬ方のこの世に出現は不可能、二人の酷似は摩訶不思議な超越的出来事として、改めて光源氏の君の稀有な美貌の魅力を賛嘆する。

巻の止めの**地**で、光源氏の君・若宮の酷似を空で通い合う「月日の光」に譬えて、天の為せるわざとの世の人の理解を表にするが、この平穏無事の幕の背後に、大密事が、いつ、どこで、いかなる状況の下で物語の流れに浮上して、いかなる結果をもたらすかに聴く者（読む者）の好奇心を昂める。

「話」の主題は、「藤壺宮、若宮の光源氏の君酷似の成長に心痛」（1）「重大な密事に気づく人なし」（2）「光源氏の君の比類なき美貌の魅力に驚嘆」（3）「世の人、二人の酷似を天の為せるわざと理解」（4）、作意は、「若宮の光源氏の君酷似の大密事の物語展開の行方如何」と見做される。

草子地（一60）が、主題2の直接表出、**草子地**（一61）が、主題3の直接表出となっている。

語りの留意点として次が指摘される。

1 **草子地**婉曲態の語りで、ヒロイン立后を物語の流れを大きく変える重要な契機設定（第31話）。
2 ヒーローの新官職で、物語の流れを大きく変える重要な契機設定（第31話）。
3 **草子地**確認的説明態・**「けり」止め**確認態**併有**の語りで、帝、藤壺宮の立后、退位の御意向、藤壺宮腹の若宮立坊の御意思により、物語の新しい流れを用意（第31話）。
4 **草子地**話者述懐態、**「けり」止め**確認態の語りで、藤壺宮の立后、若宮立坊の帝意による展望、弘徽殿の動揺、不穏な世論により、『源氏・藤壺宮の物語』の成り行きに興味昂揚（第31話）。
5 藤壺宮立后により、ヒーロー・ヒロインの新たな門出示唆（第32話）。
6 **草子地**話者認識態の語りで、源氏の君、御輿の宮にもはや手の届かぬ懐い（第32話）。
7 **無敬語表現**、**草子地**話者述懐態の語りで、源氏の君、独り無明の闇に取り残されて途方にくれる空虚感・孤独感（第32話）。
8 藤壺宮、若宮の光源氏の君酷似の成長に心痛（第33話）。
9 **草子地**婉曲態の語りで、重大な密事に気づく人なし（第33話）。

10　草子地話者述懐態の語りで、光源氏の君の比類なき美貌の魅力に驚嘆（第33話）。
11　世の人、光源氏の君・若宮の酷似を天の為せるわざと理解（第33話）。

手法の留意点として次が指摘される。
1　草子地婉曲態の語りに、語り手の体験回想を表す助辞（「し」）を添えて、物語展開上の重要度の印象づけ（第31話）。
2　草子地話者注釈態の語りで、賜姓源氏の皇族の政務とは関わりなきを確認（第31話）。
3　草子地話者述懐態の語りで、物語展開への重大な問題提起示唆（第31話）。
4　「けり」止め確認態の語りで、物語展開への重大な問題提起により聴く者（読む者）の興味昂揚（第31話）。
5　草子地話者認識態の語りで、万感こもごも感無量のヒーローの裡に聴く者（読む者）を没入（第32話）。
6　無敬語表現の語りで、ヒーローのやり場のない懐いの裡に聴く者（読む者）を没入（第32話）。
7　草子地話者述懐態の語りで、話者とヒーローの懐いを一体化する形で、聴く者（読む者）の裡に余韻醸成（第32話）。
8　草子地婉曲態の語りで、ヒーロー・ヒロインの重大な密事保持の展開に興味誘発（第33話）。
9　草子地話者述懐態の語りで、摩訶不思議な出来事の驚嘆（第33話）。

話ナンバーを一段目に、各話の、A話題（件場の別・行数〈約〉）、B物語展開（括弧入りは、背後の流れを思わせるもの）、C主題、D作意を二段目に、登場人物（通称か、この帖の呼び名。括弧入りは背景的存在）を三段目に表示し、草子地・

「けり」止め・無敬語表現による語りの機能（a）・作意（b）を四段目に示した（括弧の漢数字一二三と算数字の組み合わせは、一〜三の叙述記号。Ⅰは主題の直接表出、Ⅱは主題の誘導表出、Ⅲは語りの余韻表出、Ⅳは次話への橋懸り表出、Ⅴは物語展開の展望による設定表出、Ⅵは語りの解説表出、Ⅶは登場人物の心情批評、Ⅷは登場人物の心情解説、Ⅸは登場人物の性情批判、Ⅹは登場人物の体験確認。◎は連鎖表出）。

1	A朱雀院行幸の試楽（件・6） B『源氏・藤壺宮の物語〈第二部〉』（「序」） C帝前で朱雀院行幸の試楽挙行1 　帝の並々ならぬ藤壺宮寵愛2 D帝の並々ならぬ藤壺宮寵愛クローズアップ	桐壺院 一院 女御・更衣 藤壺宮	[草子地]（一1）Ⅱ◎ a『源氏物語』の語り手が聴く者（読む者）に重大事を語る、改まった口調で筆を起こして、「朱雀院行幸」を契機とする物語の新しい流れを示唆 a「行幸」は、『若紫』の、源氏・藤壺宮の逢う機、宮の懐妊後に、時は「十月」、舞人人選に備えて、親王たち、大臣を初め、上達部、殿上人の、各自の特技の習練（第34話）、『末摘花』の、「源氏・常陸宮姫君の契り」（第14話）後に、「源氏、朱雀院行幸準備に忙殺、宮姫君訪問なし」（第17話）として見えており、後者は、この後に、『源氏・常陸宮姫君の物語〈第二部〉』展開のクライマックス「源氏、姫君の容姿・容貌ショック」（第23話）を描出していることから、『源氏・藤壺宮の物語』の本命の展開開幕の予測 b『源氏・藤壺宮の物語』展開の展望に基づく契機設定を示唆 [草子地・「けり」止め併有]（一2二1）Ⅱ◎

			a「朱雀院行幸」の仕掛けに聴く者（読む者）の興味誘発 b興趣をそそられる催事の背後の重大事示唆
2	A花の中将光源氏の君の「青海波」の、至上美の舞姿の輝き（場・26） B『源氏・藤壺宮の物語〈第二部〉』（「序」） C行幸試楽で、光源氏の君の「青海波」の舞姿の至上美の輝き1 弘徽殿の、光源氏の君呪詛的発言2 藤壺宮の夢うつつの境地の彷徨い3 D光源氏の君の舞姿の至上美の輝きクローズアップ1 弘徽殿の、光源氏・藤壺宮への絡み合いの仕方に興味誘発2 『源氏・藤壺宮の物語』展開の究極への流れに興味誘発3	光源氏 頭中将 藤壺宮 弘徽殿女御 桐壺院 親王たち 上達部 若女房	［「けり」止め］（二2）Ⅰ◎ a稀有な美貌の光源氏の君の舞姿を聴く者（読む者）の脳裏に鮮明に印象づけ b光源氏の君の子を懐妊する、物思う藤壺宮の裡への投影示唆 『源氏・藤壺宮の物語』の必然的な展開の用意示唆 ［草子地］（一3）Ⅱ◎ a光源氏の君の無比の舞姿ズームアップ a『帚木』の、頭中将登場時の、源氏の人生の表裏に深く関わり合う位置設定示唆（二2）を想起 a『若紫』の、頭中将の横笛、弁の君の唱歌の「場」（第15話）の、「人よりはことなる君たち」の、卓絶する光源氏の君の稀有な美貌・魅力を引き立てる存在想起 a『末摘花』（第689話）の、頭中将の源氏への絡み合い想起 b光源氏の君の子を懐妊して苦悩する藤壺宮の胸裡への至上美の投影示唆 b光源氏の君の至上美の舞姿を引き立てる頭中将の役柄示唆

[草子地]（一4）Ⅰ◎
a光源氏の君の至上美の舞姿ズームアップ
b光源氏の君の子を懐妊して苦悩する藤壺宮の胸裡への至上美の投影示唆

[「けり」止め]（二3）Ⅰ◎
a源氏に対する弘徽殿女御の悪感情の言葉に、呪詛の言霊（ことだま）意識示唆
b至上美の光源氏の君の、神に魅入られる物語構想示唆

[「けり」止め]（二4）Ⅰ◎
a源氏の至上美の舞姿に強く惹かれては、帝の女御の身として皇子に見え、その子を懐妊した宿命の、夢うつつの境に彷徨う懐い示唆
b藤壺宮の哀しい「生」の行方に、波乱万丈の『源氏・藤壺宮の物語』展開に聴く者（読む者）の懐いを昂揚

3

A藤壺宮、御宿直（とのい）（場・11）
B『源氏・藤壺宮の物語〈第二部〉』（「序」）
C帝の並々ならぬ藤壺宮寵愛1
帝、光源氏の「青海波」の舞姿の至上美の輝き称揚2
帝、頭中将の舞評価3
D帝の並々ならぬ藤壺宮寵愛1

藤壺宮
桐壺院
光源氏

[草子地・「けり」止め併有]（一5一5）Ⅰ◎
b帝寵の実感と日々高まる胎動に苦悩する宮の日常示唆
b奇しき宿命（さだめ）、女の「生」の哀しさの『源氏・藤壺宮の物語』の世界に誘導

	光源氏・頭中将を対にした物語展開予示2		
4	A源氏・藤壺宮の和歌贈答（件・12） B『源氏・藤壺宮の物語〈第二部〉』（「序」） C光源氏・藤壺宮の懐い D『源氏・藤壺宮の物語』に、罪業の意識を超えた愛の魂讃	光源氏 藤壺宮	［草子地］（一6）Ⅰ a至上美の光源氏の君を目にして、藤壺宮の抑えきれぬ情念の発露示唆 a胎内の息吹に光源氏の君を感じて、わが身内を熱く染めながら、理知・本能の間に揺れる懐い示唆 b『源氏・藤壺宮の物語』の、理知・本能の揺れ動く二つの「生」の哀しみの宿命的愛の世界に聴く者（読む者）の情感誘発
5	A朱雀院行幸（場・40） B『源氏・藤壺宮の物語〈第二部〉』（「序」） C朱雀院行幸の大舞台1 帝の源氏愛2 弘徽殿、帝の源氏愛に反発3 光源氏の君の、「青海波」の舞姿の至上美の輝き4 行幸の見物（みもの）5 上達部の昇進、光源氏の君の恩恵6 光源氏の君の稀有な人物像の、前世の因縁に興味誘発7 D至上美・人徳の魅力の、稀有な人物像光源氏の君の、世に類いなき人生模様に興味誘発	桐壺院 光源氏 弘徽殿女御 承香殿（しょうきょうでん）の第四皇子 春宮 親王たち 左大将 頭中将 宰相 左衛門督 右衛門督 上達部 殿上人 地下（じげ）	［「けり」止め］（二6）Ⅱ◎ a朱雀院行幸の、重要な大催事の印象づけ b物語展開上に占める行幸の重さ示唆 ［草子地に無敬語表現融合化］（一7三1）Ⅰ a登場時の、光源氏の君の「青海波」の舞の至上美を聴く者（読む者）の裡にイメージ化 b「試楽」とは趣の異なる演出で、「賀」の大舞台に聴く者（読む者）を誘導 ［草子地に無敬語表現融合化］（一8三2）Ⅰ◎ a退場時の、光源氏の君の「青海波」の舞の至上美を聴く者（読む者）の裡にイメージ化 b「試楽」とは趣の異なる演出で、「賀」の大舞台に聴く者（読む者）を誘導 ［「けり」止め］（二7）Ⅰ◎

舞の師たち
ものの心知る人
下人（しもびと）

a光源氏の君の至上美の、言語に絶する程を印象づけ
b試楽に続く行幸時の、光源氏の君の「青海波」の、至上美の舞姿の輝きの反復により、弘徽殿の不吉の言葉「神など、空にめでつべきかたちかな」の現実化示唆

[草子地・「けり」止め併有]（一9－8）Ⅰ◎
a新登場人物に聴く者（読む者）の好奇心誘発
b若きヒーロークローズアップのみの、語りの不自然感、淡泊な物語展開回避。語りのバランス意識示唆

[「けり」止め]（二9）Ⅱ◎
a朱雀院行幸の幕、『源氏・藤壺宮の物語』展開の「序」の終了示唆
b『源氏・藤壺宮の物語』の本命の展開の開幕示唆

[草子地]（一10）Ⅰ◎
a花の中将光源氏の君の「青海波」の舞姿の輝きの卓越感を印象づけ
b「青海波」の舞姿の余韻に聴く者（読む者）を陶酔化

[草子地]（一11）Ⅰ◎
a光源氏の君の宮廷社会の人望示唆
b物語展開の展望立脚示唆

[草子地]（一12）Ⅰ◎
a光源氏の君の稀有な人物像クローズアップ

			b物語展開の展望立脚示唆
6	A北の方左大臣姫君、源氏の女性二条院迎え取りに不快（件・17） B『源氏・左大臣姫君の物語〈第二部〉』（「破」） （『源氏・藤壺宮の物語〈第二部〉』（「破」）） （『源氏・紫のゆかりの物語〈第一部〉』（「余韻」）） C源氏の宮対面の機画策専一生活による、北の方に夜離れ1 北の方、源氏の自邸に女性迎え取り不快2 源氏の期待する北の方像3 源氏、北の方の良き性質理解、格別な信頼感4 D『源氏・左大臣姫君の物語』展開の本格的始動示唆	葵の上 葵の上女房 藤壺宮 光源氏	[「けり」止め]（二10）Ⅱ a『源氏・左大臣姫君の物語』『源氏・紫のゆかりの物語』展開に問題提起により、新しい流れの誘導示唆 b藤壺宮に対面の機画策専一生活故の源氏の夜離れの不満に、若紫迎え取りによる不快感を加えて、源氏・左大臣姫君の、修復不可能の疎遠な仲示唆 b本流『光源氏の物語』の基幹流『源氏・藤壺宮の物語』を継承する『源氏・紫のゆかりの物語』と、副流『源氏・左大臣姫君の物語』の表裏の位置関係、大長編物語の基本構造の確認示唆 [「けり」止めに無敬語表現融合化]（二11三3）Ⅰ a源氏、姫君の良き性質理解、北の方としての立場尊重の真情で、若紫迎え取りによる不快感の解決期待 b源氏の、北の方の心情の根本的無理解による、自己満足的悠長な解決法に問題提起
7	A若紫の二条院生活（件・24） B『源氏・紫のゆかりの物語〈第一部〉』（「余韻」） C優れた気立て・容貌の、純真無垢な若紫、「後の親」光源氏の君に自然な親しみ1 好き人光源氏の君の、「まめ人」性による諸事万端に渉る綿密な配慮2	若紫 光源氏 惟光 兵部卿宮 北山僧都	[「けり」止め]（二12）Ⅰ a兵部卿宮・若紫関係の暫時進展なき状況確認 b兵部卿宮・若紫関係の再浮上の機に興味誘発 [「けり」止め]（二13）Ⅰ a『源氏・紫のゆかりの物語』の幕開けに関わった重要な人物の、一応の役割終了確認

	源氏の腹心の侍者乳母子(めのとご)惟光の、主(しゅう)の意を体した細々とした働き示唆3 兵部卿宮、若紫の生活事情の認識不可4 若紫、尼君哀慕5 源氏、若紫の後追いに、愛しさ昂揚6 源氏、外泊時にふさぎこむ若紫不憫7 北山僧都、若紫の生活に安堵8 源氏、若紫祖母尼君の法事に丁重に弔問9 D『源氏・紫のゆかりの物語』展開模様		b僧都の再浮上の機に興味誘発
8	A源氏、三条宮参上 源氏、宮方の応接の仕方に不快・不満 源氏・兵部卿宮の対面(場・28) 源氏・藤壺宮の懐い齟齬 B『源氏・藤壺宮の物語〈第二部〉』(「破」) C源氏、藤壺宮参上1 源氏、宮の応接の仕方に不快・不満2 源氏・兵部卿宮、対面時の懐い3 源氏・藤壺宮の懐い齟齬4 D『源氏・藤壺宮の物語』の紆余曲折の展開に興味誘発	藤壺宮 光源氏 王命婦 中納言君 中務 兵部卿宮 桐壺院	[草子地に無敬語表現融合化](一13三4)I a宮の身も心も言語に絶するつらさ、源氏のひたすらに宮を求める懐い示唆 b話者も同じ女の身として、日々苦悩を深める宮を想いながら、哀憐の情昂揚
9	A少納言乳母の述懐(件・8) B『源氏・紫のゆかりの物語〈第一部〉』(「余韻」) (『源氏・左大臣姫君の物語〈第二部〉』(「破」)) C若紫の生活、故尼君の祈願による仏の御利益1	少納言乳母 北山尼君 若紫 葵の上	[「けり」止め](二14)I◎ a『源氏・紫のゆかりの物語』と『源氏・左大臣姫君の物語』の表裏の位置関係による問題提起示唆 b少納言乳母の懸念の現実化による、『源氏・紫のゆ

	若紫成人時に、左大臣姫君の北の方、多くの女性との関わり合いに面倒な事発生の懸念2 源氏の格別の若紫寵愛時は安心3 D『源氏・紫のゆかりの物語』の展開の行方に聴く者（読む者）の好奇心昂揚	多くの女性たち 光源氏	かりの物語』に絡み合う、『源氏・左大臣姫君の物語』をはじめとする新展開の派生に興味誘発 [草子地]（一14）I◎ a『源氏・紫のゆかりの物語』の、当面の平穏無事な展開示唆 b平穏無事の条件下の安堵感に、不測の事態の発生、起伏消長の展開示唆により聴く者（読む者）の好奇心誘発
10	A若紫、晦日（つごもり）に除服、着衣の魅力クローズアップ（場・6） B『源氏・紫のゆかりの物語〈第二部〉』（「序」） C若紫、除服、着衣の魅力 D華やかで目新しく美しい若紫の魅力クローズアップ	若紫 光源氏	
11	A若紫、雛遊びに専念（場・31） B『源氏・紫のゆかりの物語〈第二部〉』（「序」） C除服の若紫の美しい着衣の魅力1 若紫、雛飾りに専念2 若紫、雛の中の源氏の君と遊戯3 少納言乳母、若紫に基本的な精神生活・行動・生活習慣の心得注意4 若紫の、源氏の君との夫婦（めおと）意識の芽生え、性の目覚め示唆5	若紫 光源氏 いぬき 女房たち 少納言乳母	[「けり」止め]（二15）I◎ a幼い若紫の裡を占める、わが夫（おとこ）光源氏の君の優越感意識強調 b若紫の、光源氏の君との夫婦意識の芽生え、性の目覚め示唆 [草子地]（一15）I◎ a若紫の心身の成長に触れた最初の語りにより、来るべき機の用意示唆 b源氏・若紫の、本格的な物語展開に興味誘発

	若紫、加齢により精神的成長6 二条院の人々、源氏の迎えた女性の生活不審7 二条院の人々、幼い「添ひ臥し」の想像不可能8 D若紫の新春の二条院生活		［「けり」止め］（二16）Ⅰ◎ a二条院西の対の、独立生活圏的状況示唆 b外部の人知らぬ世界で、世にも稀な『源氏・紫のゆかりの物語』展開の始動示唆 ［「けり」止め］（二17）Ⅰ◎ a源氏・若紫の、非現実的で特異な人間関係の生活の、外部の人の全く把握不可能な状況確認 b少納言乳母の差配による、源氏・若紫二人の特異な人間関係の世界保持示唆
12	A源氏・左大臣姫君、修復不可能な仲（場・31） B『源氏・左大臣姫君の物語〈第二部〉』（「破」） C女君、端正で、愛の温もりなき表情1 源氏、世間並みの妻の気を哀願2 女君、源氏の女性迎え取りにより隔意3 女君、人前では、夫君の演出に合わせる演技4 女君、夫君より四歳年長、女盛りの完全無欠の美5 源氏、女君怨嗟の因、わが衝動に任せた結果の認識6 女君、出自・傅育による高いプライド7 D『源氏・左大臣姫君の物語』展開の問題点	光源氏 葵の上	［草子地］（一16）Ⅰ◎ a源氏・姫君の、そりの合わぬ疎遠な関係、接点のない個々の懐いの世界示唆 b姫君良き性質と源氏の理解による齟齬の解決法（二11・三3）の、実りなき展望示唆 b左大臣姫君は、右大臣姫君弘徽殿女御と対照的設定として、後者が最初のヒロイン桐壺更衣を死に至らせたのと同様に、重要な役割の機を待たせているものと思わせて、『源氏・左大臣姫君の物語』の行方に興味誘発 ［草子地］（一17）Ⅰ◎ a女君の、我が立場の悲痛感を抑えて、人前では、夫君の演出に合わせる演技示唆 a女君、源氏の期待する愛しき妻像に近似示唆

			b帝と同胞の宮腹で、傅育されたプライド高き左大臣姫君の、政略結婚の果ての哀しい運命クローズアップ bヒロインに哀感を湛える初出の変化の筆致に物語構想による作意示唆 ［草子地］（一18）Ⅰ a源氏・姫君の、妥協なき互いの心のせめぎ合い示唆 b源氏・姫君の前途に、何故一筋の光明も見せず修復不可能な関係を描出しているのか、『源氏・左大臣姫君の物語』展開のクライマックスは何か、に聴く者（読む者）の好奇心昂揚
13	A左大臣、光源氏の君傅き（場・15） B『源氏・左大臣姫君の物語〈第二部〉』（「破」） C左大臣の婿君傅き1 　左大臣の生き甲斐・至福感2 D『源氏・左大臣姫君の物語』展開の本格的始動示唆	光源氏 左大臣	［草子地］（一19）Ⅰ a左大臣の源氏傅きの具体的初表出により、『源氏・左大臣姫君の物語』展開の動き示唆 b話者の格別の述懐を入れて、特別の契機の示唆により、聴く者（読む者）に何故の懐い誘発 ［草子地］（一20）Ⅰ a左大臣の源氏傅きによる格別の懐いの初表出により、『源氏・左大臣姫君の物語』展開の動き示唆 b話者の格別の認識を入れて、特別の契機の示唆により、聴く者（読む者）に何故かの懐い誘発
14	A源氏、三条宮参上 藤壺宮、苦悩（場・7）	光源氏 藤壺宮	［「けり」止め］（二18）Ⅰ a迫り来る機に向けて緊迫感昂揚

	B『源氏・藤壺宮の物語〈第二部〉』(「破」) C源氏の晴れ姿の一段と光り輝く容姿1 藤壺宮の深刻な苦悩2 D『源氏・藤壺宮の物語』第二部のクライマックス演出の用意	桐壺院 春宮 一院 藤壺宮女房たち	b『源氏・藤壺宮の物語』第二部のクライマックス演出用意
15	A藤壺宮に、光源氏の君酷似の皇子誕生 藤壺宮、身の運命(さだめ)の嘆き(件・32) B『源氏・藤壺宮の物語〈第二部〉』(「急」) C藤壺宮、出産遅延騒ぎにより心身の苦しみ1 源氏、全的存在の女性(ひと)を永遠に喪う危惧の念による悲痛感2 藤壺宮に皇子誕生3 藤壺宮、弘徽殿の憎悪心意識4 藤壺宮、理知の力の強さ5 新皇子、光源氏の君酷似6 藤壺宮、「心の鬼」に苦悩7 藤壺宮、密事露見の仮想に戦慄、身の運命の憂鬱感8 D『源氏・藤壺宮の物語』展開に新たな問題を提起しながら興味誘発	藤壺宮 光源氏 宮人 桐壺院 世の人 男皇子(冷泉院) 弘徽殿女御	[「けり」止め](二19)Ⅰ a宮の、弘徽殿の憎悪心の意識、気丈な性格の、物語展開への投影示唆 a『桐壺』(第26話)の、宮入内時の、母后の弘徽殿恐怖の懐い想起 b宮・新皇子の将来に、『源氏・藤壺宮の物語』展開に、弘徽殿の深い関わり合いの確信化示唆 [草子地](一21)Ⅰ◎ a情に流されぬ宮の理知的判断評価 b宮の理知の力の強さを印象づけ [草子地](一22)Ⅰ◎ a源氏に瓜二つの新皇子の容貌の実感強調 b『源氏・藤壺宮の物語』展開に新たな問題を提起しながら興味誘発
16	A源氏・王命婦、和歌贈答(場・18) B『源氏・藤壺宮の物語〈第二部〉』(「急」) C源氏、新皇子に対面画策不首尾1	光源氏 王命婦 若宮(冷泉院)	[草子地](一23)Ⅰ a遣り場のない若きヒーロー光源氏の君の切ない胸中示唆

	源氏・仲立ち王命婦、各様の苦悩2 源氏、藤壺宮に直接心情吐露の機会願望3 源氏、藤壺宮との仲の隔ての苦衷4 王命婦、源氏の悲泣に同情5 王命婦、源氏・藤壺宮の仲の、生涯心休まる時なき心の闇の彷徨の見解6 Dヒーロー・ヒロインの「生」の仲立ちクローズアップ	藤壺宮	b『源氏・藤壺宮の物語』展開の成り行きに興味誘発 [草子地に無敬語表現融合化]（一24三5）Ⅰ◎ a並々ならぬ苦悩の、源氏のみならず、逢う機の仲立ち王命婦に及ぶを思わせて物語展開に問題提起示唆 b源氏・藤壺宮の苦悩に仲立ち王命婦を加えて、『源氏・藤壺宮の物語』展開の成り行きに興味誘発 [草子地]（一25）Ⅱ◎ a重大な密事による、聴く者（読む者）の見も知らぬ展開示唆 b『源氏・藤壺宮の物語』の、想像を絶する新奇な世界に聴く者（読む者）の好奇心昂揚 [草子地]（一26）Ⅰ a源氏の苦衷に対する、話者と王命婦の同情を一体化 b聴く者（読む者）の、光源氏の君哀れ昂揚 [「けり」止め]（二20）Ⅰ a仲立ち王命婦の心情吐露示唆 b仲立ち王命婦をクローズアップして今後の展開のしかるべき役割示唆
17	A藤壺宮、複雑な心情で、仲立ち王命婦を処遇（件・7） B『源氏・藤壺宮の物語〈第二部〉』（「急」） C藤壺宮、人の口の端に極度に用心1 藤壺宮、王命婦処遇に変化2	藤壺宮 王命婦 光源氏	[草子地]（一27）Ⅱ◎ a宮の苦悩の深刻さを示唆し、やる方なき胸中の前途に聴く者（読む者）の懐い誘発 b仲立ち王命婦に対する宮の複雑な心情、宮の「生」に占める王命婦の重要な位置示唆

番号	内容	人物	注
	王命婦、宮の処遇の変化に、実につらく心外な心情3 D藤壺宮、密事露見回避の苦悩・孤独感		[草子地]（一28）Ⅰ◎ a宮の本能の発露、その意を酌み取った王命婦の、光源氏の君への仲立ち示唆 b一女房の手で、『光る君・輝く日の宮の物語』から『源氏・藤壺宮の物語』への流れを作り出す物語構造明示
18	A若宮、参内 帝、光源氏の君酷似の若宮鍾愛 藤壺宮、苦悩（件・17） B『源氏・藤壺宮の物語〈第二部〉』（「急」） C帝、重大な密事の認識なし1 帝、比類なき者同士は似通うものと理解2 帝、新宮鍾愛3 帝、源氏立太子断念の事情想起4 帝、源氏の臣下として勿体ない様子の成人に憐憫の情5 帝、宮腹の新宮を「瑕（きず）なき玉」と鍾愛6 藤壺宮の苦悩7 D源氏の君に見果てぬ夢の帝の宿願クローズアップ	若宮（冷泉院） 桐壺院 光源氏 藤壺宮	[草子地]（一29）Ⅰ◎ a『桐壺』第24話「高麗人の相人による若宮の観相」の「若宮の、帝王位・摂関職以外の、第三の人生コース予告」、『若紫』第28話「源氏の夢合わせ」の、「およびなう思しもかけぬ筋のことを合わせけり」想起 b前代未聞の重大な密事がいかに保持されて、帝・藤壺宮・若宮を媒体として、光源氏の君の、帝王位・摂関職以外の、第三の人生コースをいかに展開させていくかに興味誘発 [「けり」止め]（一21）Ⅰ◎ a重大な密事に、帝の認識なきままで終るか否かに興味誘発 b『源氏・藤壺宮の物語』展開における帝の位置づけに興味誘発
19	A帝、光源氏・藤壺宮の前で、若宮の源氏酷似の言葉	桐壺院 光源氏	[草子地に無敬語表現融合化]（一30三6）Ⅰ a源氏の、激しい動揺の程、こもごも入り交じる懐い

	20
源氏、複雑な懐い 源氏、とても大切な我が身の心情 藤壺宮、苦悩（場・16） B『源氏・藤壺宮の物語〈第二部〉』（「急」） C源氏、若宮の酷似の帝の言葉に複雑な懐い1 藤壺宮、羞恥・苦悩2 D帝の言葉に源氏・藤壺宮の衝撃	A源氏の真情吐露の文に、藤壺宮、返歌（場・19） B『源氏・藤壺宮の物語〈第二部〉』（「余韻」） C源氏、藤壺宮に真情吐露の文1 藤壺宮、奇しき運命の女の哀しみの返歌2 源氏、感涙3 D源氏・藤壺宮の宿命的愛の哀しみクローズアップ
若宮（冷泉院） 藤壺宮	光源氏 王命婦 藤壺宮
を聴く者（読む者）の裡に投影 b源氏の複雑な懐い、『源氏・藤壺宮の物語』の展開の行方に、聴く者（読む者）の好奇心誘発 [草子地]（一31）Ⅶ◎ a重大事を犯しながらの源氏の意識過剰に反発する聴く者（読む者）の懐いへの配慮示唆 b常に聴く者（読む者）の首肯する物語展開のあり方を意識する作者の懐い示唆 [「けり」止め]（二22）Ⅰ◎ a藤壺宮の、並々ならぬ罪の意識、若宮の前途不安に戦く懐い強調 b若宮の将来を要にして、藤壺宮・光源氏の前途の波乱を予想させて、『源氏・藤壺宮の物語』展開の究極に聴く者（読む者）の好奇心昂揚	[草子地]（一32）Ⅱ a聴く者（読む者）を源氏のやる方なき懐いの裡に誘導 b源氏の心に余る苦悩を、王命婦を介して藤壺宮に訴える一縷の願い示唆 [草子地]（一33）Ⅱ a機転がきく王命婦像示唆 b藤壺宮の、苦悩のひま、王命婦疎外感のひま示唆 [無敬語表現]（三7）Ⅰ◎

a源氏の、胸の鼓動、感涙クローズアップ
b源氏の、皇子誕生後初めての、わが「生」の感無量の懐いに聴く者（読む者）を没入化

21

A源氏・若紫の馴れ睦び
源氏、若紫に箏の琴教授
源氏・若紫の合奏
源氏、女性訪問中止〈場・56〉
B『源氏・紫のゆかりの物語〈第二部〉』（「破」）
（『源氏・藤壺宮の物語〈第二部〉』（「余韻」））
C源氏の深刻な苦悩の、若紫による紛れ示唆1
若きヒーロー・幼いヒロインの魅力の対照的描出2
若紫、女の感情の発露3
源氏・若紫、和歌詞句の応答4
源氏、若紫に箏の琴教授5
若紫、楽曲の習得に格別な聡明さ発揮6
源氏、若紫の利発で魅力的な気立てに満足感7
源氏・若紫、絵の親しみ8
源氏、若紫に成人の暁には決して外泊せぬ意思表示9
源氏を一途に思慕する若紫の純粋さ可憐さ10
源氏、若紫愛しさに女性訪問中止11
D『源氏・紫のゆかりの物語』の本格的展開表示

光源氏
若紫

[無敬語表現]（三8）Ⅲ◎
a若きヒーローの深刻な苦悩の裡に聴く者（読む者）を誘導
b本流『光源氏の物語』の基幹流『源氏・藤壺宮の物語』展開の行方に聴く者（読む者）の好奇心昂揚

[「けり」止め]（二23）Ⅰ◎
a紫のゆかりの美少女の、源氏の君独占欲の、妹背のごとき生活に聴く者（読む者）の好奇心誘発
b本流『光源氏の物語』の基幹流『源氏・藤壺宮の物語』を継承する『源氏・紫のゆかりの物語』展開の行方に聴く者（読む者）の好奇心誘発

[草子地]（一34）Ⅰ◎
a『若紫』第51話「純真無垢な若紫、源氏に自然な親しみ」、『末摘花』第31話「源氏・紫の君の馴れ睦び」想起
b源氏の深刻な苦悩の「陰」から「陽」の懐いに転じる契機となる若紫の存在示唆

[無敬語表現]（三9）Ⅰ
a若紫の音楽の才の優秀性クローズアップ
a『若紫』（第49話）の「手習・絵」の才能のクロー

			ズアップ想起 b『若紫』の「手習・絵」の才能に続いて、物語展開の展望による用意示唆
22	A帝、源氏の左大臣姫君冷遇に苦言（場・21） B『源氏・左大臣姫君の物語〈第二部〉』（「破」） （『源氏・紫のゆかりの物語〈第二部〉』（「破」） C二条院新入りの人故に源氏の女性訪問中止例多数の噂を左大臣家に言上1 噂を耳にした帝、源氏の左大臣姫君冷遇に苦言2 帝、結婚生活不満の最愛の皇子不憫3 帝、源氏の微行の女性関係の恨みの因不審4 D『源氏・左大臣姫君の物語』展開の本格的始動示唆	光源氏 若紫 ある人 左大臣姫君女房 桐壺院 （左大臣）	[「けり」止め]（二―24）Ⅰ a物語の状況を確認しながら流れに問題提起 b『源氏・左大臣姫君の物語』の『源氏・紫のゆかりの物語』の流れへの絡み合い示唆
23	A好き人若き光源氏の君・好色老典侍の異趣な世界（件・22） B『源氏・源典侍の物語』（「序」） C帝の周辺に教養ある宮仕え人の多い時分1 好色心露な老典侍2 好奇心旺盛な若き好き人光源氏の君、老典侍に興味をもち戯れ事3 典侍、冷淡な源氏に辛い懐い4 Dスキャンダル挿話に聴く者（読む者）の好奇心昂揚	桐壺院 女官 光源氏 源典侍	[草子地]（一―35）Ⅰ a光源氏の君の生活圏のムード示唆 b光源氏の君と教養ある女官のロマンの展開に興味誘発 [「けり」止め]（二―25）Ⅰ a老典侍の好色性に対する源氏の好奇心の昂まり示唆 b光源氏の君のまだ知らぬ世界の、異色の物語展開に興味誘発 [「けり」止め]（二―26）Ⅱ◎ a老典侍の大真面目な反応、積極的応対姿勢示唆

b 好き人若き源氏対好色老女官の奇異な世界に興味誘発

[「けり」止め]（一27）Ⅰ◎
a 好奇心旺盛な好き人源氏、好色な老女官に仕掛け
b 好き人源氏の未体験の遊（すさ）び事の世界に興味誘発

[草子地]（一36）Ⅱ◎
a 若き皇子と老女官のあまりにもひどい年齢差のスキャンダルに興味誘発
b 源氏・源典侍のスキャンダル挿話の意味するところに興味誘発

24

A 老典侍、若き光源氏の君に積極的求愛
好き人頭中将、好色典侍に馴れ初め（場・46）
B 『源氏・源典侍の物語』（「破」）
C 好き人光源氏の君、好色老典侍挑発1
典侍、蝙蝠扇（かわほりおうぎ）の特異な嗜好2
典侍の面なき誘いに、源氏の応答3
典侍、源氏に愛の泣訴4
帝、源氏の好色心初認識5
若い皇子と老典侍の意外な関係の、女房たちの取り沙汰6
頭中将、典侍と交情7
好色老典侍のお好み限定8
D 好き人源氏・頭中将と好色老典侍の三巴の関係の

桐壺院
源典侍
光源氏
頭中将

[「けり」止め]（一28）Ⅱ◎
a 源典侍の、帝近侍の女官としての日常生活示唆
b ハイライトシーンを誘導する状況設定

[「けり」止め]（一29）Ⅱ◎
a 典侍の、帝近侍の女官としての日常生活示唆
b ハイライトシーンを誘導する状況設定

[「けり」止め]（一30）Ⅱ
a 源氏・典侍の仲の帝の認識確認
b ハイライトシーンの効果の高揚

[草子地]（一37）Ⅲ
a 好色老典侍の若き源氏愛の程示唆
b 源氏・典侍の仲の究極の展開に興味誘発

物語展開に聴く者（読む者）の好奇心昂揚

[草子地]（一38）Ⅰ◎
a帝寵愛の若い皇子と老典侍の関係のニュース性示唆
b意外な関係から聴く者（読む者）の想定外の展開誘導

[無敬語表現]（三10）Ⅱ◎
a頭中将の、数多の女性関係の経験外・想定外による好奇心示唆
b頭中将の、典侍に対する積極行動の必然性示唆

[「けり」止めに無敬語表現融合化]（二31三11）Ⅱ◎
a頭中将の飽くなき好色性示唆
b好き人源氏・頭中将と好色老典侍三巴の、異趣な男女関係演出用意

[「けり」止めに無敬語表現融合化]（二32三12）Ⅰ◎
a頭中将・典侍の契りに、頭中将主導示唆
b頭中将の源氏ライバル意識による一部始終示唆

[草子地]（一39）Ⅰ◎
a世評伝聞の形で、老典侍のスキャンダルの宮廷社会の認識示唆
b余韻醸成により更なる展開、ハイライトシーンに好奇心昂揚

[草子地]（一40）Ⅸ◎
a特定の人物の嗜好・性情の印象づけ

			b特定の人物の性情の痛烈な批判により、更なる展開に聴く者（読む者）の好奇心昂揚
25	A源氏、琵琶の上手源典侍の調べ・歌唱の魅力に情動 光源氏の君、老獪典侍の術中に陥ちる（場・26） B『源氏・源典侍の物語』（「急」） C源氏、典侍との交情の耐えられぬ憂鬱感により長の無沙汰1 歌詞に問題あるも、琵琶の上手典侍の調べ・歌唱の魅力2 典侍、積極的に源氏を挑発3 源氏、老獪典侍の術中に陥ちる4 D光源氏の君の遊（すさ）び事の究極の展開に、聴く者（読む者）の好奇心誘発	源典侍 光源氏 （頭中将）	[「けり」止め]（二33）Ⅰ a常に精気漲る若き源氏の君でも、老女には心進まぬ懐いの想像化 b源氏の君自ら契機を作った老典侍の仲の究極に、聴く者（読む者）の好奇心昂揚 [草子地]（一41）Ⅰ◎ a琵琶の上手源典侍の調べにこめる懐いを感取する、優れた音楽の才の、「あはれ」を解する光源氏の君示唆 b源氏の、理知の懐いを忘れた情動示唆 b特異な物語展開のハイライトシーンの用意示唆 [草子地]（一42）Ⅰ◎ a直ぐ他の男に靡こうとする源典侍の軽薄な性情に対する源氏・話者の懸念示唆 b特異な物語展開のクライマックスの用意示唆 [無敬語表現]（三13）Ⅰ a「例に違」う女性に好色心をそそられ、交情の「かなはぬもの憂さ」も忘れて、老典侍の誘惑に陥ちていく好き人光源氏の君の性（さが）示唆 bその道の達人、手練手管の異な魅力の老典侍に、若き好き人光源氏の君がいかに関わり合っていくかに

26	A頭中将、源氏・源典侍の密会現場急襲（場・39） B『源氏・源典侍の物語』（「急」） C頭中将、源氏の女性関係把握願望1 頭中将、源氏・源典侍の密会現場発見2 頭中将、源氏脅迫の用意周到な画策3 頭中将、密会現場急襲4 頭中将、源氏脅迫5 頭中将、自作自演の大芝居に失笑寸前6 美貌の若君達の中で、好色女官の老醜無惨7 D頭中将の自作自演の大芝居に、軽薄多情な源典侍の老醜無惨	頭中将 光源氏 源典侍	興味誘発 ［無敬語表現］（三14）Ⅰ a未経験の好奇心による源氏の微妙な心の動き示唆 b特異な世界の展開の究極に聴く者（読む者）の好奇心昂揚 ［無敬語表現］（三15）Ⅰ a我知らず老獪な典侍の術中に陥ちていく若きヒーロー像示唆 b男女のロマンの範疇外の特異な関係の、ハイライトシーン描出へのステップ設定 ［無敬語表現］（三16）Ⅰ◎ a『末摘花』の、第6話「頭中将、源氏尾行」「頭中将、源氏の好色事にライバル意識」、第8話「頭中将、想念の世界で、常陸宮姫君熱愛のロマン、源氏に妬心」、第9話「頭中将の、宮姫君に対するロマンの夢想、心情、焦燥感、源氏に妬心」の、常陸宮姫君をめぐる、頭中将の、光源氏の君対抗意識想起 b『末摘花』の、源氏・頭中将・常陸宮姫君の展開と対照する形で、源氏・頭中将・源典侍の世界の設定示唆 ［無敬語表現］（三17）Ⅰ◎ a頭中将の、優位の源氏の君対抗意識による、その正体把握の本願成就示唆

b『源氏・源典侍の物語』展開のクライマックス・ハイライトシーンの幕開け示唆

［無敬語表現］（三18）Ⅰ◎
a頭中将、優位の光源氏の君対抗意識により、脅迫の用意周到な画策示唆
b『源氏・源典侍の物語』展開のクライマックス・ハイライトシーンの幕開け示唆

［草子地］（一43）Ⅱ◎
a頭中将に好機到来示唆
b聴く者（読む者）に固唾を飲ませ、緊迫感昂揚

［無敬語表現］（三19）Ⅰ◎
a若皇子・老典侍の密会の場に迫る、頭中将の一挙一動をイメージ化
b世にも稀なハイライトシーンに聴く者（読む者）の全神経を没入化

［草子地］（一44）Ⅷ
a若い光源氏の君の、熱い血潮たぎる情動に任せる仮寝示唆
b若い情動心による行動の中にも、理知の心の作用、神経質な性（さが）示唆

［無敬語表現］（三20）Ⅰ
a身の危険の恐怖に慄く光源氏の君の印象づけ
b光源氏の君・頭中将・源典侍、三者三様の表情をイ

27	
A光源氏・頭中将、着脱の戯れ（場・19） B『源氏・源典侍の物語』（「急」） C頭中将の大芝居露見1 　源氏、頭中将の大芝居に立腹2 　源氏・頭中将の着脱の戯れ事3	
光源氏 頭中将 源典侍	
メージ化して、聴く者（読む者）の苦笑を誘いながら、臨場感・物語の世界との一体感招来	
[「けり」止め]（二34）X a軽薄多情な老女官の、数多の男性遍歴示唆 bプライド高き若きヒーローと男性遍歴数多の老ヒロインに、魂胆ある頭中将の介入の展開の結末に興味誘発	
[草子地に無敬語表現融合化]（一45三21）I◎ a頭中将の自作自演の大芝居のフィナーレ間近を示唆 b真に迫る脅迫の頭中将、恐怖に慄く光源氏の君、老女の真剣な命乞いの、三者三様の「場」に聴く者（読む者）を入れて、ハイライトシーン演出	
[草子地]（一46）I◎ a当代最愛の皇子光源氏の君・為政者左大臣息頭中将に同時に見えた、身の程知らずの好色老女官の無惨な結果の印象づけ b美貌の若君達に挟まれて、老女官哀れクローズアップ	
[無敬語表現]（三22）I◎ a頭中将の演技過剰の裏目示唆 b老惨源典侍のクローズアップから頭中将の表情のズームアップに転換	
[無敬語表現]（三23）I◎	

頭中将・源氏、不満・非難の応答4
D源氏・頭中将の親交・ライバル意識

a頭中将の関わり合いによる源氏の密事発覚の懸念(『末摘花』第24話「頭中将…常にうかがひ来れば、いま見つけられなん」)の現実化示唆
b頭中将の大芝居のからくりに、源氏・常陸宮姫君の関係以来の頭中将の関わり合い示唆
b『源氏・常陸宮姫君の物語』と『源氏・源典侍の物語』の表裏の関係の展開示唆

[無敬語表現](三24)I
a『帚木』『夕顔』『末摘花』の、源氏・頭中将の親密な関係の語り想起
b『源氏・源典侍の物語』のハイライトシーンから、急遽源氏・頭中将の世界のクローズアップにより、物語展開の転換示唆
b源氏・頭中将の関わり合いの急浮上により、ヒーロー・脇役の関係を物語展開に節目に登場させる作意示唆

[無敬語表現](三25)I
a源氏・頭中将の戯れ事に聴く者(読む者)の興趣昂揚
b源氏・頭中将の世界のクローズアップに興味誘発

[無敬語表現](三26)I
a源氏・頭中将の戯れ事に聴く者(読む者)の興趣昂揚
b源氏・頭中将に無敬語表現の語りの連続により、二

人の世界をクローズアップして、『帚木』以来のその関係の流れに一応のピリオド示唆

［無敬語表現］（三27）Ⅰ
a源氏の隠し事に対する頭中将の不満強調
b源氏・頭中将の戯れ事の世界に聴く者（読む者）の興趣昂揚

28

A源氏の端袖（はたそで）、頭中将の帯、鞘当て時に紛失（場・34）
B『源氏・源典侍の物語』（「余韻」）
C源氏、頭中将の画策による情事発覚に並み並みならぬ悔しい懐い1
源氏の情味豊かな性質2
着脱の戯（ざ）れ事に、源氏の端袖、中将の帯紛失3
源氏・頭中将、源典侍一件の他言無用の約束4
D頭中将を光源氏の君の「生」に関わり合う大脇役として、ヒーローの人生の各様の物語展開への絡み合い示唆

光源氏
源典侍
頭中将

［「けり」止め］（二35）Ⅷ
a源典侍の、すべてご破算の意識示唆
b『源氏・源典侍の物語』幕の、若きヒーロー・老ヒロインの和歌贈答誘導

［「けり」止め］（二36）Ⅰ◎
a関わりをもった女は、愛・老若の如何を問わず、憎しみを越えて哀れむ、光源氏の君の情味豊かな性質示唆
b諧謔・揶揄・風刺過剰の『源氏・源典侍の物語』幕に、役割終了の人物に対する「餞」演出と同趣向の筆致示唆

［草子地・「けり」止め併有］（二47二37）Ⅰ◎
a源氏の喜びの表情、源氏・頭中将の対抗意識による鞘当ての痛み分け示唆
b源氏・頭中将の対抗意識による関わり合いが、今後いかなる物語展開において再浮上するかに興味誘発

［「けり」止め］（二38）Ⅰ

			a源氏のショックの表情、源氏・頭中将の対抗意識による鞘当ての痛み分け示唆 b源氏・頭中将の対抗意識による関わり合いが、今後いかなる物語展開において再浮上するかに興味誘発 ［無敬語表現］（三28）Ⅱ a源氏・頭中将の以心伝心の間柄示唆 b両者の関係の、物語展開において再浮上するかの筆致に興味誘発 ［無敬語表現］（三29）Ⅰ◎ a源氏・頭中将の鞘当て一件のピリオド示唆 b頭中将を光源氏の君の「生」に関わり合う大脇役と思わせて、ヒーローの人生の各様の物語展開への絡み合いの仕方に興味誘発
29	A好き人光源氏の君の後悔の念（件・4） B『源氏・源典侍の物語』（「余韻」） C頭中将、源典侍との情事を種に、源氏に挑み心発揮1 源氏、好色老典侍故の煩労自覚2 執念深い源典侍に、源氏困惑3 D好き人光源氏の君の後悔の念	光源氏 頭中将 源典侍	［草子地に無敬語表現融合化］（一48三30）Ⅰ◎ a頭中将の、源氏の君挑み心発揮の傾向示唆 b各様の物語展開上で、大脇役のヒーローへの絡み合いの仕方に興味誘発 ［草子地］（一49）Ⅰ◎ a好色心・好奇心の結果の源典侍との情事に、光源氏の君の深い後悔の念示唆 b好き人光源氏の君の、宮中内外の数多の女性関係で、多種多様の複雑な懐い示唆
30	A頭中将の、源氏の君対抗・挑戦意識	頭中将	［「けり」止めに無敬語表現融合化］（二39三31）Ⅰ

頭中将の出自・自負心・人物像（件・16）
B『源氏・源典侍の物語』（「余韻」）
（『源氏・左大臣姫君の物語〈第二部〉』（「破」））
C頭中将、源氏との鞘当てを妹君にも内密1
頭中将、源氏に圧倒されまいの意識で、些細な事でも挑戦2
頭中将、妹君と同腹の皇女（みこ）腹3
頭中将、父方・母方の背景、自身の人望により、源氏と遜色なき意識4
頭中将、人柄、諸条件整い、すべて理想的で、不足なき人物5
源氏に対する頭中将の、挑戦意識・行動不審6
省筆された物語展開に聴く者（読む者）の好奇心誘発7
Dヒーローに対する大脇役頭中将の宿命的意識・行動による物語展開示唆

光源氏
（源典侍）
（葵の上）
親王たち
桐壺院
（左大臣）
（大宮）

a源氏の君に対して、肉親以上の親密な意識の頭中将の絡み合い示唆
b本流『光源氏の物語』の流れの中で、若きヒーローと親密な仲の大脇役が、いかなる絡み合いの曲折の展開を見せるかに興味誘発

[草子地・「けり」止め併有]（一50二40）I◎
a源氏の北の方の、帝と同腹の皇女（みこばら）腹の姫君（『桐壺』二28）により、頭中将の血脈を確認して、本流『光源氏の物語』の流れ中の位置・展開に興味誘発
a『若紫』第15話、源氏の瘧病加療の北山の迎えの左大臣子息達の中で、頭中将、左中弁のクローズアップ想起
b血脈の確認により、頭中将とその妹君をクローズアップして、源氏の北の方の表舞台への登場間近の予兆感知期待

[草子地]（一51）I◎
a頭中将の、出自・背景・人望に、源氏の君と比較して何ら遜色なき自負意識示唆
b大脇役頭中将の自負意識の、本流『光源氏の物語』の流れの中の位置・展開に興味誘発

[「けり」止め]（二41）I◎
a頭中将の、源氏の君に比べて全く遜色なき人物を強調するも、暗に両者のオーラの有無示唆

			bヒーローと遜色なき人物の大脇役が、本流『光源氏の物語』の流れの中で、いかなる絡み合いの曲折の展開を見せるかに興味誘発 [草子地]（一52）Ⅰ◎ a頭中将の、源氏の君に対抗・挑戦意識・行動に宿命的懐い示唆 b本流『光源氏の物語』の中で、ヒーローに対する大脇役の宿命的意識・行動による物語展開示唆 [草子地]（一53）Ⅰ◎ a源典侍一件以外の鞘当てに類する物語展開の数多ある示唆 b世にも稀な好色な老女官と若き好き人の貴公子の鞘当ての展開の余韻を醸成しながら、省筆された別趣のロマンに聴く者（読む者）の好奇心誘発
31	A弘徽殿、藤壺宮の立后に動揺（件・16） B『源氏・藤壺宮の物語〈第三部〉』（「序」） C藤壺宮、立后1 源氏、宰相任官2 帝、退位の意向3 藤壺宮立后、若宮の将来への帝の深い配慮4 弘徽殿、藤壺宮の立后に動揺5 帝、動揺する弘徽殿慰謝6 春宮の母女御をさしおいた、藤壺宮の立后敢行困	藤壺宮 光源氏 桐壺院 若宮（冷泉院） 弘徽殿女御 春宮（朱雀院）	[草子地]（一54）Ⅰ a月の明示による藤壺宮の立后は、本流『光源氏の物語』は勿論、その最初の基幹流『源氏・藤壺宮の物語』展開にとり、重要な契機設定示唆 b『源氏・藤壺宮の物語』の第三部の開幕、即ち、ヒーロー光源氏の君・ヒロイン藤壺宮の関係に新たな流れを意味して、両者の「生」の大奔流の予兆を思わせて、成り行きに興味誘発 [草子地]（一55）Ⅱ◎

難の世論7

D藤壺宮立后により、物語展開に重大な問題提起

aしかるべき後見なき宮腹の皇子の将来不安示唆

b源氏・藤壺宮の二人の世界に、若宮を加えた展開の開幕を思わせて、より複雑化していく『源氏・藤壺宮の物語』の表裏の流れに興味誘発

[草子地・「けり」止め併有]（一56二42）Ⅰ◎

a帝の、譲位後の政局を鑑みた、若宮の将来への深い配慮示唆

b若宮を加えた新しい『源氏・藤壺宮の物語』の流れに、帝の意思による展望を入れて、その成り行きに興味誘発

[草子地]（一57）Ⅰ◎

a右大臣家一の姫、帝の最初の妃として入内するも、桐壺更衣の出現により帝寵を奪われ、桐壺腹の新宮誕生では、わが腹の第一皇子の将来を危ぶみ、帝の桐壺哀慕を憎悪し、さらに、若さ漲る藤壺宮の登場、帝の寵愛、その皇子鍾愛と、重ね重ねの屈辱感に加えて、その存在無視にも通じる、とどめを刺すかの藤壺宮の立后に対する動揺に、弘徽殿の「生」への深い同情の印象づけ

b右大臣家一の姫・春宮の母を背景にした弘徽殿女御の、藤壺宮憎悪の心露な、後宮における目に余る行動示唆

b藤壺宮立后は、物語の流れを左右し、『源氏・藤壺宮の物語』は勿論、本流『光源氏の物語』展開にも

重大な影響をもたらす契機設定示唆

［「けり」止め］（二43）Ⅰ◎
a弘徽殿の皇太后位を全面に押し出した、帝の忍耐要望の弘徽殿説得の意味するところ、その結果に興味誘発
b弘徽殿の皇太后位の時までの忍耐条件に、その暁を予想させて、積年の藤壺宮憎悪の結果に興味誘発
b帝の譲位、右大臣の太政大臣就任、弘徽殿の皇太后位実現の暁に、強大な権力意識で意のままの行動の予測化

［「けり」止め］（二44）Ⅰ◎
a禍根を残す藤壺宮の立后敢行の不当性の印象づけ
b重大な問題提起の物語展開への必投影を示唆して結果に興味誘発

32

A源氏、藤壺宮立后の儀の参内に供奉（ぐぶ）」（件・11）
B『源氏・藤壺宮の物語〈第三部〉』（「序」）
C宰相源氏の君、藤壺宮立后の儀の参内の夜に供奉
1
藤壺宮、先帝后腹の皇女、光り輝く美貌、比類なき帝寵2
源氏の君、御輿の内の藤壺宮お胸裡想像3
源氏の君、動揺4
源氏の君の、空虚感・孤独感の、途方にくれる懐

藤壺宮
光源氏
桐壺院
若宮（冷泉院）
弘徽殿女御
春宮（朱雀院）

［草子地］（一58）Ⅰ◎
a帝の后として、源氏の手の届かぬ、雲居（くもい）遥かに離れて行く、わが全的存在の、奇しき宿命（さだめ）の方の供をする源氏の複雑な胸裡示唆
b万感こもごも至り、感無量の源氏の君を想わせて、聴く者（読む者）をその裡に没入化

［無敬語表現］（三32）Ⅰ◎
a源氏の君の、わが全的存在の、奇しき宿命の方に独り取り残されて、途方にくれる懐いを訴えることも

	い5 D雲居の藤壺宮を懐い、源氏の君の空虚感・孤独感クローズアップ		叶わぬ、空虚感・孤独感示唆 b万感こもごも至り感無量の懐いで絶句する、源氏の君の慰めようもない胸裡に聴く者（読む者）誘導 [草子地]（一59）Ⅰ◎ a源氏の君の、独り無明の闇に取り残されて、途方にくれる懐いに聴く者（読む者）誘導 b若きヒーローの空虚感・孤独感に聴く者（読む者）の哀憐の情誘発
33	A若宮、光源氏の君酷似（件・7） B『源氏・藤壺宮の物語〈第三部〉』（「序」） C藤壺宮、若宮の光源氏の君酷似の成長に心痛1 重大な密事に気づく人なし2 光源氏の君の比類なき美貌の魅力に驚嘆3 世の人、二人の酷似を天の為せるわざと理解4 D若宮の光源氏の君酷似の、大密事の物語展開の行方如何	若宮（冷泉院） 光源氏 藤壺宮 世の人	[草子地]（一60）Ⅰ◎ a機ある毎に、密事の光源氏・藤壺宮の裡への重圧感示唆 b重大な密事保持の展開の有無に興味誘発 [草子地]（一61）Ⅰ◎ a若宮の、光源氏の君酷似は摩訶不思議な出来事示唆 b光源氏の君・若宮の稀有の美貌・魅力賛嘆

表出態別に整理すると、以下のようになる。

a　『源氏・藤壺宮の物語〈第二部〉』

[主題の直接表出]　29（草子地11、「けり」止め10、無敬語表現1、草子地・「けり」止め併有2、草子地に無敬語表現の融

合化5）

草子地

行幸試楽で、光源氏の君の「青海波」の舞姿の至上美の輝き「序」（一4）〔話者注釈態〕

光源氏・藤壺宮の懐い「序」（一6）〔推量態〕

行幸大舞台の見物（みもの）「序」（一10）〔推量態〕

上達部の昇進、光源氏の君の恩恵「序」（一11）〔話者注釈態〕

光源氏の君の稀有な人物像の前世の因縁に興味誘発「序」（一12）〔話者認識態〕

藤壺宮、理知の心の強さ「急」（一21）〔話者述懐態〕

新皇子、光源氏の君酷似「急」（一22）〔話者認識態〕

源氏、新皇子に対面画策不首尾「急」（一23）〔話者認識態〕

王命婦、源氏の悲泣に同情「急」（一26）〔話者述懐態〕

王命婦、宮の処遇の変化に、実につらく心外な心情「急」（一28）〔推量態〕

帝、重大な密事の認識なし「急」（一29）〔話者注釈態〕

行幸試楽で、光源氏の君の「青海波」の舞姿の至上美の輝き「序」（二2）〔確認態〕

弘徽殿の光源氏の君呪詛的発言「序」（二3）〔確認態〕

藤壺宮の夢うつつの境地の彷徨い「序」（二4）〔確認態〕

行幸大舞台で、光源氏の君の「青海波」の舞姿の至上美の輝き「序」（二7）〔確認態〕

「けり」止め	行幸大舞台の見物（みもの）「序」（二9）［確認態］
	藤壺宮の深刻な苦悩「破」（二18）［確認態］
	藤壺宮、弘徽殿の憎悪心意識「急」（二19）［確認態］
	王命婦、源氏・藤壺宮の仲の、生涯心休まる時なき心の闇の彷徨の見解「急」（二20）［確認態］
	帝、比類なき者同士は似通うものと理解「急」（二21）［確認態］
	藤壺宮、羞恥・苦悩「急」（二22）［確認態］
無敬語表現	源氏、感涙「余韻」（三7）［強調態］
草子地・「けり」止め併有	帝の並々ならぬ藤壺宮寵愛「序」（一5二5）［確認的説明態・確認態］
	行幸大舞台の見物「序」（一9二8）［確認的説明態・確認態］
草子地に無敬語表現の融合化	行幸大舞台で、光源氏の君の「青海波」の舞姿の至上美の輝き「序」（一7三1・一8三2）［話者述懐態・強調態］
	源氏、宮の応接の仕方に不快・不満「破」（一13三4）［話者述懐態・強調態］
	源氏・仲立ち王命婦、各様の苦悩「急」（一24三5）［話者認識態・強調態］
	源氏・若宮の酷似の帝の言葉に複雑な懐い「急」（一30三6）［推量態・強調態］

［主題の誘導表出］8（草子地6、「けり」止め1、草子地・「けり」止め併有1）

	帝前で朱雀院行幸の試楽挙行「序」（一1）［話者注釈態］
	行幸試楽で、光源氏の君の「青海波」の舞姿の至上美の輝き「序」（一3）［話者注釈態］

草子地	源氏、藤壺宮に直接心情吐露の機会願望「急」（一25）［話者注釈態］
	王命婦、宮の処遇の変化に、実につらく心外な心情「急」（一27）［推量態］
	源氏、藤壺宮に真情吐露の文「余韻」（一32）［推量態］
	藤壺宮、奇しき運命の女の哀しみの返歌「余韻」（一33）［推量態］
「けり」止め	朱雀院行幸の大舞台「序」（二6）［確認態］
草子地・「けり」止め併有	帝前で朱雀院行幸の試楽挙行「序」（一2二1）［確認的説明態・確認態］

［登場人物の心情批評］

草子地	若宮酷似により、とても大切な我が身と思う源氏の心情は行き過ぎ「急」（一31）［話者述懐態］

f 『源氏・藤壺宮の物語〈第三部〉』

［主題の直接表出］5（草子地2、「けり」止め2、草子地・「けり」止め併有1）

草子地	藤壺宮、立后「序」（一54）［婉曲態］
	弘徽殿、藤壺宮の立后に動揺「序」（一57）［話者述懐態］
「けり」止め	帝、動揺する弘徽殿慰謝「序」（二43）［確認態］
	春宮の母女御をさしおいた、藤壺宮の立后敢行困難の世論「序」（二44）［確認態］
草子地・「けり」止め併有	藤壺宮立后、若宮の将来への帝の深い配慮「序」（一56二42）［確認的説明態・確認態］

［主題の誘導表出］

草子地	藤壺宮立后、若宮の将来への帝の深い配慮「序」（一55）［話者注釈態］

b 『源氏・左大臣姫君の物語〈第二部〉』

［主題の直接表出］7（草子地5、「けり」止め1、「けり」止めに無敬語表現の融合化1）

草子地	女君、源氏の女性迎え取りにより隔意「破」（一16）［推量態］
	女君、人前では、夫君（おとこぎみ）の演出に合わせる演技「破」（一17）［話者述懐態］
	源氏、女君の高いプライドに反発「破」（一18）［推量態］
	左大臣の婿君傅き「破」（一19）［話者述懐態］
	左大臣の生き甲斐・至福感「破」（一20）［話者認識態］
「けり」止め	二条院新入りの人故に源氏の女性訪問中止例多数の噂を左大臣家に言上「破」（一24）［確認態］
「けり」止めに無敬語表現の融合化	源氏、北の方の良き性質理解、格別な信頼感「破」（二11三3）［確認態・強調態］

［主題の誘導表出］

「けり」止め	北の方、源氏の自邸に女性迎え取り不快「破」（二10）［確認態］

c 『源氏・紫のゆかりの物語〈第一部〉』

［主題の直接表出］4（草子地1、「けり」止め3）

草子地	源氏の格別の若紫寵愛時は安心「余韻」（一14）［話者述懐態］

「けり」止め	兵部卿宮、若紫の生活事情の認識不可「余韻」（二12）［確認態］
	北山僧都、若紫の生活に安堵「余韻」（二13）［確認態］
	若紫成人時に、左大臣姫君の北の方、多くの女性との関わり合いに面倒な事発生の懸念「余韻」（二14）［確認態］

d 『源氏・紫のゆかりの物語〈第二部〉』

［主題の直接表出］7（草子地2、「けり」止め4、無敬語表現1）

草子地	若紫、加齢により精神的成長「序」（一15）［婉曲態］
	若紫、女の感情の発露「破」（一34）［推量態］
「けり」止め	若紫の、源氏の君と夫婦（めおと）意識の芽生え、性の目覚め示唆「序」（二15）［確認態］
	二条院の人々、源氏の迎えた女性の生活不審「序」（二16）［確認態］
	二条院の人々、幼い「添ひ臥し」の想像不可能「序」（二17）［確認態］
	若紫、女の感情の発露「破」（二23）［確認態］
無敬語表現	若紫、楽曲の習得に格別な聡明さ発揮「破」（三9）［強調態］

［語りの余韻表出］

無敬語表現	源氏のやり場のない懐い強調「破」（三8）［強調態］

e 『源氏・源典侍の物語』

［主題の直接表出］37（草子地10、「けり」止め6、無敬語表現15、草子地・「けり」止め併有2、草子地に無敬語表現の融

合化2、「けり」止めに無敬語表現の融合化2）

草子地	帝の周辺に教養ある宮仕え人の多い時分「序」（一35）［話者注釈態］
	女房たち、若い皇子と老典侍の意外な関係の取り沙汰「破」（一38）［婉曲態］
	好色老典侍（ないしのすけ）のお好み限定「破」（一39）［伝聞態］
	歌詞に問題あるも、琵琶の上手源（げんの）典侍の調べ・歌唱の魅力「急」（一41 42）［話者述懐］
	美貌の若君達の中で、好色女官の老醜無惨「急」（一46）［話者述懐態］
	源氏、好色老典侍故の煩労自覚「余韻」（一49）［推量態］
	頭中将、父方・母方の背景、自身の人望により、源氏と遜色なき意識「余韻」（一51）［推量態］
	源氏に対する頭中将の、挑戦意識・行動不審「余韻」（一52）［話者述懐態］
	省筆された物語展開に聴く者（読む者）の好奇心誘発「余韻」（一53）［筆録者省筆表明態］
「けり」止め	好奇心旺盛な若き好き人光源氏の君、老典侍に興味をもち戯れ事「序」（二25 27）［確認態］
	源氏、典侍との交情の耐えられぬ憂鬱感により長の無沙汰「急」（二33）［確認態］
	源氏の情味豊かな性質「余韻」（二36）［確認態］
	着脱の戯（ざ）れ事に、源氏の端袖（はたそで）、中将の帯紛失「余韻」（二38）［確認態］
	頭中将、人柄、諸条件整い、すべて理想的で、不足なき人物「余韻」（二41）［確認態］

無敬語表現	典侍、積極的に源氏を挑発「急」（三13 14）［強調態］
	源氏、老獪源典侍の術中に陥ちる「急」（三15）［強調態］
	頭中将、源氏の女性関係把握願望「急」（三16）［強調態］
	頭中将、源氏・源典侍の密会現場発見「急」（三17）［強調態］
	頭中将、源氏脅迫の用意周到な画策「急」（三18）［強調態］
	頭中将、密会現場急襲「急」（三19）［強調態］
	頭中将、源氏脅迫「急」（三20）［強調態］
	頭中将の大芝居露見「急」（三22～24）［強調態］
	源氏・頭中将の着脱の戯れ事「急」（三25 26）［強調態］
	頭中将・源氏、不満・非難の応答「急」（三27）［強調態］
	源氏・頭中将、源典侍一件の他言無用の約束「余韻」（三29）［強調態］
草子地・「けり」止め併有	着脱の戯れ事に、源氏の端袖、中将の帯紛失「余韻」（一47二37）［確認的説明態・確認態］
	頭中将、妹君と同腹の皇女（みこ）腹「余韻」（一50二40）［確認的説明態・確認態］
草子地に無敬語表現の融合化	頭中将、自作自演の大芝居に失笑寸前「急」（一45三21）［推量態・強調態］
	頭中将、源典侍との情事を種に、源氏に挑み心発揮「余韻」（一48三30）［話者注釈態・強調態］
「けり」止めに無敬語表現の融合化	頭中将、源典侍と交情「破」（一32三12）［確認態・強調態］
	頭中将、源氏との鞘当てを妹君にも内密「余韻」（一39三30）［確認態・強調態］

［主題の誘導表出］9（草子地2、「けり」止め4、無敬語表現2、「けり」止めに無敬語表現の融合化1）

草子地	典侍、冷淡な源氏に辛い懐い「序」（一36）［話者注釈態］
	頭中将、密会現場急襲「急」（一43）［話者注釈態］
「けり」止め	好奇心旺盛な若き好き人光源氏、老典侍に興味をもち戯れ事「序」（二26）［確態態］
	好き人光源氏の君、好色老源典侍挑発「破」（二28 29）［確認態］
	帝、源氏の好色（すき）心初認識「破」（二30）［確認態］
無敬語表現	頭中将、源典侍と交情「破」（三10）［強調態］
	源氏・頭中将、源典侍一件の他言無用の約束「余韻」（三28）
「けり」止めに無敬語表現の融合化	頭中将、源典侍と交情「破」（二31三11）［確認態・強調態］

［語りの余韻表出］

草子地	愛する人のためなら濡れ衣も厭わぬ女性の存在推量「破」（一37）［推量態］

［登場人物の性情批判］

草子地	好色老典侍の、相手の選り好みの嗜好に嫌悪感「破」（一40）［話者述懐態］

［登場人物の心情解説］2

草子地	源氏、内侍（ないし）所で、老女官との仮寝の緊張感「急」（一44）［話者注釈態］
「けり」止め	抜刀の頭中将の源氏脅迫、着脱の戯れに、源典侍、呆然「余韻」（二35）［確認態］

［登場人物の体験確認］

「けり」止め　好色老典侍の、以前も稍当てによる動揺経験「余韻」（二34）［確認態］

33話中、草子地・「けり」止め・無敬語表現のいずれも見えないのは、1話（第10話）で、32話は、以下のように整理される。なお、それらは、主題の直接表出、主題の誘導表出に分けられるので、ここでは直接表出の数をマル数字で示した。

物語展開	話数	件	場	単独			併有・融合	融合化		
				草子	けり	無敬	草子×けり	草子×無敬	けり×無敬	
源氏・藤壺宮の物語〈第二部〉	13	4	9	17⑪	11⑩	1①	3③	5⑤		37㉚
源氏・左大臣姫君の物語〈第二部〉	4	1	3	5⑤	2①				1①	8⑦
源氏・紫のゆかりの物語〈第一部〉	2	2		1①	3③					4④
源氏・紫のゆかりの物語〈第二部〉	3	2	1	2②	4④	1①				7⑦
源氏・源典侍の物語※	8	5	4	12⑩	10⑥	17⑮	2②	2②	3②	46㊲
源氏・藤壺宮の物語〈第三部〉	3	2	1	3②	2②		1①			6⑤
	33	16	18	40㉛	32㉖	19⑰	6⑥	7⑦	4③	108(90)

※『源氏・源典侍の物語』は、「件」「場」重複1話。

主題の直接・誘導表出以外の、各物語の展開上の機能は以下のようになる。

物語展開	用法／表出態	草子地	「けり」止め	無敬語表現	
源氏・藤壺宮の物語〈第二部〉	登場人物の心情批評	1			1
源氏・紫のゆかりの物語〈第二部〉	語りの余韻表出			1	1
源氏・源典侍の物語	語りの余韻表出	1			1
	登場人物の心情解説	1	1		2
	登場人物の性情批判	1			1
	登場人物の体験確認		1		1
		4	2	1	7

8

『花宴』

一　草子地の用法

1　次に、頭中将、人の目うつしも、ただならずおぼゆべかめれど、　［文頭］〈A〉**イロハ★**（第二巻170三〜五）

《婉曲態》光源氏の君の舞姿と対照する人目に、頭中将の穏やかならぬ心情推量—**頭中将・**光源氏—［光源氏の「春鶯囀」、頭中将の「柳花苑」の輝き］

［注］無敬語表現（おぼゆ）の融合化するもの（三1）。

2　かかることもや、と心づかひやしけん、　［挿入］〈B〉**イロハ**（173三〜四）

《推量態》帝の指名に対する頭中将の用意周到な対応推量—**頭中将**—［1に同じ］

［注］無敬語表現（心づかひ）の融合化するもの（三4）。

3　帝も、いかでかおろかに思（おぼ）されむ。　［文末］〈A〉**イロハ**（174四〜五）

《反語態》源氏の君に粗略ならぬ帝の懐い強調—**桐壺院・光源氏**—［1に同じ］

4　御心のうちなりけむこと、いかで漏りにけん。　［文末］〈B〉**イハ**（175一〜三）

《推量態（過去推量）**》**藤壺宮の心奥に秘めた光源氏の君愛、複雑な胸裡の発露に話者疑念—**藤壺宮・**（光源氏）—

［藤壺宮の、光源氏の君愛の発露、弘徽殿の過度の源氏の君憎悪不審、複雑な胸裡］

5　人はみな寝たるべし。　［独立］〈A〉**イロ**（177三）

《推量態（確信的推量）**》**弘徽殿女房たちの就寝状況推量—弘徽殿女御女房たち—［源氏、朧月夜の君と逢う機］

6　いと若うをかしげなる声の、なべての人とは聞こえぬ、「朧月夜（おぼろづきよ）に似るものぞなき」とうち誦（ず）して、こなたざまには来るものか。　［独立］〈A〉**イロハ**（177四〜七）

《話者認識態》並の身分のとは聞こえぬ、若く美しい声の女（ひと）の、「朧月夜に似るものぞなき」と吟唱しながら源氏の方に近づく驚嘆—**朧月夜の君**・光源氏—［5に同じ］

7　酔（ゑ）ひ心地（ごこち）例ならざりけむ、　［文頭］〈B〉**イロ**（179四）

《推量態（過去推量）**》**例ならず酔い痴れる源氏の君の心情推量—**光源氏**—［5に同じ］

8　女は、若うたをやぎて、強き心もえ知らぬなるべし。　［文末］〈A〉**イロハ**（179五〜七）

《推量態（確信的推量）**》**偶然の出逢いの源氏の君の求めに応える女の、若く温柔な人柄で、毅然とする心の知り得ぬを推量—**朧月夜の君**—［5に同じ］

［注］底本は、「初（うぶ）な深窓の姫君の印象を強調する」語りだが、明融本は、「強き心も知らぬなるべし」と、「え」はなく、単に「毅然とする心を知らぬ」意となる。

［注］無敬語表現（知ら）の融合化するもの（三4）。

9　心のとまるなるべし。　［文末］〈A〉**イロハ**（183六）

《推量態（確信的推量）**》**偶然の出逢いの右大臣五・六の君見当に対する源氏の愛執推量—**光源氏・朧月夜の君**—

［源氏、偶然の出逢いの右大臣姫君に愛執の念］

［注］無敬語表現（とまる）の融合化するもの（三15）。

10 あかぬところなう、わが御心のままに教（をし）へなさんと思（おぼ）すにかなひぬべし。［独立］〈A〉**イロハ▼★**（188二～四）

《推量態（確信的推量）**》** 不満なところなく、愛らしげに、魅力的に、格別才気煥発な女性に成長する若紫に、光源氏の君の本願成就推量―**若紫・光源氏**―［若紫、源氏の「思ふやう」に成長］

11 男の御教（をし）へなれば、すこし人馴れたることやまじらんと思ふこそうしろめたけれ。［独立］〈A〉**イロハ▼**（188五～七）

《話者述懐態》 源氏の、男の手の愛育により、若紫に人馴れしている面の染みて、生来の美質、類いなき魅力の損う懸念―**光源氏・若紫**―［10に同じ］

12 いとおもしろし。［文末］〈A〉**イ**（191九）

《話者述懐態》 左中弁・頭中将の合奏の興趣深さ―**左中弁・頭中将**―［夫（おとこ）君に冷対応の姫君と対照的な舅左大臣の婿君大事愛］

13 ほかの散りなん、とや教（をし）へられたりけん、［挿入］〈B〉**イロ▼**（193二～三）

《推量態（過去推量）**》** 興趣深く咲く遅咲き桜花の心根を推量―［光源氏・朧月夜の君の再会］

14 おくれて咲く桜二木（ふたき）ぞ、いとおもしろき。［文末］〈A〉**イロハ▼**（193三～四）

《話者述懐態》 二木（ふたき）の遅咲き桜の、実に興趣深さ―［13に同じ］

15 あざれたるおほきみ姿の、なまめきたるにて、いつかれ入りたまへる御さま、げにいとことなり。［文末］〈A〉**イロハ▼**（195八～196一）

《話者認識態》 くつろいだ直衣（のうし）姿の、優美な装いで、丁重に遇されながら宴席に入る光源氏の君の様子の格別さの

実感―**光源氏**―［13に同じ］

16 花のにほひもけおされて、なかなかことざましになむ。［独立］〈A〉**イロハ▼**（196一～三）

《話者述懐態》 桜花の美しさも、源氏の君の光り輝く美貌に圧倒されて、かえって興ざまし感―**光源氏**―［13に同じ］

17 やむごとなき御方々、物見たまふとて、この戸口は占めたまへるなるべし。［文末］〈A〉**イロ▼**（199一～三）

《推量態（確信的推量）**》** 女宮たち、東の戸口で藤見物―女宮たち―［13に同じ］

18 さしもあるまじきことなれど、［文頭］〈B〉**イロ▼**（199三～四）

《話者注釈態》 客人源氏の君の、女宮たちに急接近の行動非礼―**光源氏**・女宮たち―［13に同じ］

19 **「**あやしくもさまかへける高麗人かな**」** といらふるは、心知らぬにやあらん。［独立］〈A〉**イロ**（199九～200一）

《推量態（現在推量）**》** 光源氏・朧月夜の君の事情知らぬ臨機応変・才気煥発な女房の応答―**女房**―［13に同じ］

20 えしのばぬなるべし。［文末］〈A〉**イロハ**（200六～七）

《推量態（確信的推量）**》** 身も心も燃えたぎる朧月夜の君の苦衷―**朧月夜の君**―［13に同じ］

［注］無敬語表現（しのば）の融合化するもの（三19）。

○表現形態は、推量態11、婉曲態1、反語態1、話者述懐態4、話者注釈態1、話者認識態2で、推量態が約五割強となっている。

○単独で機能しているものは、全20例中15例で、無敬語表現の融合化は、4例（婉曲態〈1〉、推量態〈2 8 20〉）、無敬語表現に融合化は、1例（推量態〈9〉）となっている。

○表出位置は、文末が最も多くて9、以下、独立6、文頭3、挿入2となっている。もの語り巧者の女房の、「話」に区切りながらの、抑揚をつけた鷹揚な語りの反復によって、『源氏物語』の世界に、リアルな効果をもたらしているが、文末・独立の語りの多用は、所謂「草子地」の形の語りが、作者の意（こころ）を聴く者の裡に直接的に響かせる効果を期する意図的演出態であることを思わせている。

[位置一覧]（ＡＢは、話者立場記号。[No.]囲みは、無敬語表現の融合化4箇所、**No.**ゴチは、無敬語表現に融合化1箇所）

位置	数	用例
独立	6	5Ａ（推量）・6Ａ（話者認識）・10Ａ（推量）・11Ａ（話者述懐）・16Ａ（話者述懐）・19Ａ（推量）
文頭	3	[1]Ａ（婉曲）・7Ｂ（推量）・18Ｂ（話者注釈）
文末	9	3Ａ（反語）・4Ａ（推量）・[8]Ａ（推量）・**9**Ａ（推量）・12Ａ（話者述懐）・14Ａ（話者述懐）・15Ａ（話者認識）・17Ａ（推量）・[20]Ａ（推量）
挿入	2	[2]Ｂ（推量）・13Ｂ（推量）

二 「けり」止めの用法

1 年老いたる博士(はかせ)どもの、なりあやしくやつれて、例馴れたるも、あはれに、さまざま御覧ずるなん、をかしかりける。 [独立]〈A〉イロ（第三巻171六～九）

《認識態》粗末な身なりの老博士たちの場慣れの様子も、感無量に、さまざまの懐いの叡覧に、興趣深さ—**桐壺院・老博士たち**— [光源氏の「春鶯囀」、頭中将の「柳花苑」の輝き]

2 中宮、御目のとまるにつけて、東宮(とうぐう)の女御の、あながちに憎みたまふらんもあやしう、わがかう思ふも心憂(こころう)しとぞ、みづから思(おぼ)しかへされける。 [文末]〈B〉イロハ（174五～九）

《確認態》光源氏の君注視の藤壺宮の、弘徽殿の過度の源氏の君憎悪に不審感、自然に心惹かれるわが身の宿命(さだめ)の情けなき懐いの反省心—**藤壺宮・光源氏・弘徽殿女御**— [藤壺宮の、光源氏の君愛の発露、弘徽殿の過度の源氏の君憎悪不審、複雑な胸裡]

3 夜(よ)いたう更けてなむ、ことはてにける。 [独立]〈B〉イロ（175四）

《確認態》深更に、南殿の桜の宴終了— [源氏、朧月夜の君と逢う機]

4　源氏の君、酔ひ心地に、見過ぐしがたくおぼえたまひければ、　［文中］〈B〉**イロ**（175八～九）

《確認態》源氏、酔い心地、若さの好奇心による衝動的行動―**光源氏**―［3に同じ］

5　語らふべき戸口は鎖してければ、　［文中］〈B〉**イロ★**（176三～四）

《確認態》媒王命婦に、宮に逢う手立て依頼の機なし―**光源氏**・王命婦―［3に同じ］

6　女御は、上の御局にやがてまうのぼりたまひにければ、　［文頭］〈B〉**イロ**（176七～八）

《確認態》弘徽殿女御、上の御局に参上―**弘徽殿女御**―［3に同じ］

7　この君なりけりと聞き定めて、いささか慰めけり。　［文末］〈B〉**イロハ**（178十～179二）

《確認態》暴漢の声を宰相中将源氏の君と理解する女君の少々の安堵感確認―**朧月夜の君・光源氏**―［3に同じ］

［注］無敬語表現（慰め）の融合化するもの（三7）。

8　藤壺は、暁に参上りたまひにけり。　［独立］〈B〉**イロ**（184三～四）

《確認態》藤壺宮、上の御局に参上―**藤壺宮**―［源氏、朧月夜の君対応に思案］

9　かの有明、出でやしぬらんと、心もそらにて、思ひいたらぬ隈なき良清、惟光をつけてうかがはせたまひければ、　［文頭］〈B〉**イロ**（184四～七）

《確認態》源氏、腹心の侍者、用意周到の良清・惟光に、弘徽殿女御同行者の詮索指示―**光源氏**・朧月夜の君・良清・惟光―［8に同じ］

○表現形態は、確認態（8例）と認識態（1例）に分類され、確認態が全体の約九割を占めている。

○**確認態**は、7例が単独、1例（7）が無敬語表現の融合化となっている。

［位置一覧］（ＡＢは、話者立場記号。No.囲みは、無敬語表現の融合化１箇所）

位置	数	番号
独立	3	1Ａ（認識）・3Ｂ（確認）・8Ｂ（確認）
文頭	2	6Ｂ（確認）・9Ｂ（確認）
文中	2	4Ｂ（確認）・5Ｂ（確認）
文末	2	2Ｂ（確認）・[7]Ｂ（確認）

三　無敬語表現の用法

1
次に、頭中将、人の目うつしも、ただならずおぼゆべかめれど、　［文頭］〈A〉イロハ★（第二巻170三～五）
「おぼゆ」―光源氏の君の舞姿と対照する人目に、頭中将の穏やかならぬ心情強調―頭中将・光源氏―［光源氏の「春鶯囀」、頭中将の「柳花苑」の輝き］
［注］草子地（婉曲態）に融合化するもの（一1）。

2
いとめやすくもてしづめて、声づかひなどものものしくすぐれたり。　［文末］〈A〉イ▼★（170五～七）
「すぐれ」―頭中将、ライバル意識を見苦しからず抑制して、声調など重々しく、光源氏の君より優越点強調―頭中将―［1に同じ］

3
似るべきものなく見ゆ。　［文末］〈A〉イロ（172八～九）
「見ゆ」―光源氏の君の、「春鶯囀」の袖翻す一差し舞の輝きクローズアップ―光源氏―［1に同じ］

4
かかることもや、と心づかひやしけん、　［挿入］〈B〉イロハ（173三～四）
「心づかひし」帝の指名に対する頭中将の用意周到な性格強調―頭中将―［1に同じ］

［注］草子地（推量態）に融合化するもの（一1）。

5
かやうに、思ひかけぬほどに、もしさりぬべきひまもやあると、藤壺わたりをわりなう忍びてうかがひありけど、
［文中］〈A〉イロハ▽（175十～176三）

「うかがひありけ」―藤壺対面の機を窺う源氏の君クローズアップ―光源氏・藤壺宮―［源氏、朧月夜の君と逢う機］

6
やをら抱き下ろして、戸を押し立てつ。
［文末］〈A〉イロ（178三～四）

「押し立て」―源氏の強引な行為クローズアップ―光源氏・朧月夜の君―［5に同じ］

7
この君なりけりと聞き定めて、いささか慰めけり。
［文末］〈B〉イロハ（178十～179二）

「慰め」―暴漢の声を宰相中将源氏の君と解した女君の少々の安堵感強調―朧月夜の君・光源氏―［5に同じ］

［注］「けり」止め（確認態）に融合化するもの（二7）。

8
わびしと思へるものから、情なくこはごはしうは見えじと思へり。
［独立］〈A〉イロハ（179二～四）

「思へ」―女君、困惑しながらも、情味なく気の強い女には見られぬ懐い強調―朧月夜の君・光源氏―［5に同じ］

9
ゆるさむことは口惜しきに、
［文中］〈A〉イロ（179五）

「ゆるさ」―源氏の君、掌中の魅惑的な女性を手放す残念な懐い強調―光源氏・朧月夜の君―［5に同じ］

10
女は、若うたをやぎて、強き心もえ知らぬなるべし。
［独立］〈A〉イロハ（179五～七）

「知ら」―偶然の出逢いの源氏の君の求めに応える女の、若く温柔な人柄で、毅然とする心の知り得ぬを強調―朧月夜の君―［5に同じ］

［注］草子地（推量態）に融合化するもの（一8）。

11　女は、まして、さまざまに思ひ乱れたるけしきなり。　［独立］〈A〉イロハ（179九〜十）

「思ひ乱れ・けしき」―女の、さまざまの懐いによる煩悶強調―朧月夜の君―［5に同じ］

12　「うき身世に　やがて消えなば　尋ねても　草の原をば　問はじとや思ふ」と言ふさま、艶になまめきたり。

［文末］〈A〉イロハ（180四〜六）

「なまめき」―名乗りの求めに、積極的に光源氏の君の情愛のまことを糺す女の、幽艶・優美な様態クローズアップ―朧月夜の君・光源氏―［5に同じ］

13　「いづれぞと　露のやどりを　わかんまに　小笹が原に　風もこそ吹け　わづらはしく思すことならずは、何かつつまん。もし、すかいたまふか」とも言ひあへず、　［文中］〈A〉イロハ（180九〜181三）

「言ひあへ」―源氏の、女の素姓を尋ねあぐむに、噂が立ち二人の仲が蹂躙される危惧の念を訴えきれぬに、別れの時の逼迫感強調―光源氏・朧月夜の君―［5に同じ］

14　寝入られず。　［文末］〈A〉イロハ（182二）

「寝入ら」―源氏の、思わぬ契りの心身の昂まり強調―光源氏―［源氏、偶然の出逢いの右大臣姫君に愛執の念］

15　をかしかりつる人のさまかな、女御の御おとうとたちにこそはあらめ、まだ世に馴れぬは、五六の君ならんかし、帥の宮の北の方、頭中将のすさめぬ四の君などこそ、よしと聞きしか、なかなか、それならましかば、いますこしをかしからまし、六は、東宮に奉らむとこころざしたまへるを、いとほしうもあるべいかな、わづらはしう、尋ねんほどもまぎらはし、さて絶えなんとは思はぬけしきなりつるを、いかなれば、言通はすべきさまを教へずなりぬらんなど、よろづに思ふも、心のとまるなるべし。　［独立］〈A〉イロハ（182二〜183六）

「思ふ・心・とまる」―偶然の出逢いの右大臣五・六の君見当に対する源氏の愛執強調―光源氏・朧月夜の君・弘

徽殿女御・五の君・帥宮北の方・頭中将北の方―［14に同じ］

16 かの証（しるし）の扇は、桜がさねにて、濃きかたに霞める月を描きて、水にうつしたる心ばへ、目馴れたれど、ゆゑなつかしうもてならしたり。 ［独立］〈A〉イロハ（186七～187一）

［注］草子地（推量態）の融合化するもの（一9）。

「描き・もてならし」―光源氏の君の心惹かれる女君の嗜み・人柄強調―朧月夜の君―［思わぬ契りの証（しるし）の扇に、源氏の愛執の念の昂まり］

17 男の御教（をし）へなれば、すこし人馴れたることやまじらんと思ふこそうしろめたけれ。 ［独立］〈A〉イロハ▼（188五～七）

「思ふ」―源氏、男の手の愛育により、若紫に人馴れしている面の染みて、生来の美質、類いなき魅力の損う懸念強調―光源氏・若紫―［若紫、源氏の「思ふやう」に成長］

［注］草子地（話者述懐態）に融合化するもの（一11）。

18 今は、いとようならはされて、わりなくは慕ひまつはさず。 ［文末］〈A〉イロハ（188十～189一）

「慕ひまつはさ」―若紫、「後の親」に対する親愛の情・独占欲から、わが夫君（おとこ）として光源氏の君の生活を理解する、大人の懐いへの推移強調―若紫・光源氏―［17に同じ］

19 えしのばぬなるべし。 ［文末］〈A〉イロハ（200六～七）

「しのば」―身も心も燃えたぎる朧月夜の君の苦衷強調―朧月夜の君―［19に同じ］

［注］草子地（推量態）に融合化するもの（一20）。

○全19例中、光源氏8、朧月夜の君7、頭中将3、若紫1。
○単独12、草子地に融合化5（1 4 10 17 19）、草子地の融合化1（15）、「けり」止めに融合化1（7）。
○光源氏は、単独6、草子地の融合化1（15）、草子地に融合化1（17）、朧月夜の君は、単独4、「けり」止めに融合化1（7）、草子地に融合化2（10 20）、頭中将は、単独1、草子地に融合化2（1 4）、若紫は、単独1となっている。

[位置一覧]（ABは、話者立場記号。No.ゴチは、草子地に融合化5、No.アミ掛けは、草子地の融合化1、No.囲みは、「けり」止めに融合化1箇所）

位置	数	用例
独立	6	8A（朧月夜の君）・**10**A（朧月夜の君）・11A（朧月夜の君）・15A（光源氏）・16A（朧月夜の君）・**17**A（光源氏）
文頭	1	**1**A（頭中将）
文中	3	5A（光源氏）・9A（光源氏）・13A（光源氏）
文末	8	2A（頭中将）・3A（光源氏）・6A（光源氏）・[7]B（朧月夜の君）・12A（朧月夜の君）・14A（光源氏）・18A（若紫）・**19**A（朧月夜の君）
挿入	1	**4**A（頭中将）

四 物語創出の手法

「話」の構成上・物語展開上の、草子地・「けり」止め・無敬語表現の位置・機能・作意

『花宴』の構造は、物語展開・叙述効果の作意理解から、12の「話(わ)」から形成されているものと見做され、表の流れの内容は以下に整理される。

a 『源氏・藤壺宮の物語〈第三部〉』（3話）―「序」―第1～3話―約六二行
b 『源氏・朧月夜(おぼろづきよ)の君の物語〈第一部〉』（5話）―「急」―第4～6話、「余韻」―第8 11 12話―約二一一行
c 『源氏・紫のゆかりの物語〈第二部〉』（2話）―「破」―第7 9話―約一七行
d 『源氏・左大臣姫君の物語〈第二部〉』（1話）―「破」―第10話―約二八行

裏の流れとしては、『源氏・朧月夜の君の物語〈第一部〉』「急」（第4話）に『源氏・藤壺宮の物語〈第三部〉』「序」、『源氏・紫のゆかりの物語〈第二部〉』「破」（第9話）に『源氏・左大臣姫君の物語〈第二部〉』「破」が認められる。

『花宴』の叙述内容の割合は、新規派生の副流『源氏・朧月夜の君の物語』が約六割半、本流『光源氏の物語』の最初の基幹流『源氏・藤壺宮の物語』が約二割、それを継承する『源氏・紫のゆかりの物語』と、副流『源氏・左大臣姫君の物語』合わせて約一割半となっている。

本命は、『源氏・朧月夜の君の物語』で、右大臣第一の姫君として、他妃より先に入内、帝の愛を専らに、第一皇子の母女御として後宮に君臨するも、桐壺更衣の出現により帝寵を奪われ、桐壺の若宮誕生には、第一皇子の立坊を脅かされる疑念をもち、桐壺亡き後も、帝寵の藤壺宮に親しむ源氏不快の、積年に渉る並々ならぬ源氏憎悪の弘徽殿女御の妹君で、東宮妃として入内内定、太政大臣を目前にした右大臣の権勢持続の思惑を蹂躙し、物語展開を複雑化する大問題を発生させて、本流『光源氏の物語』の流れを大きく変える契機設定となる左大臣家の婿君源氏と朧月夜の君の偶然の逢う機の今後に、聴く者（読む者）を好奇の坩堝に投じている。

『源氏・朧月夜の君の物語』（№ゴチは、物語展開上重要な語りと見做されるもの。以下の物語も同じ）

男女の出逢い、展開の「序」「破」の語りがなく、出逢い即逢う機の「急」から入っている。語りの要点は、

第一部――「急」――『花宴』第４〜６８話

1　「朧月夜に似るものぞなき」と吟唱する若く美しい声の女性の、源氏に接近（第４話）
2　源氏、女を細殿に抱き下ろして閉扉（第４話）
3　女君、男を宰相中将と理解して安堵感（第４話）
4　女君、困惑しながらも、源氏の君から情味なく気の強い女には見られたくない意思（第４話）
5　源氏、掌中の魅惑的な女性を手放す残念な懐い（第４話）

6 源氏、未だ知らぬ、「上の品」の、天真爛漫な魅惑的女性に惹かれて、一方ならぬ執着心（第4話）

7 偶然の出逢いの源氏の求めに応える女君、若く温柔な人柄で、毅然とする心を知り得ず（第4話）

8 源氏、偶然の出逢いの女君「らうた」き懐い（第4話）

9 女君、さまざまの懐いにより煩悶の容子（第4話）

10 源氏、女君のかりそめの出逢いで終わる意思なき推量から、名乗りの求め（第4話）

11 積極的に源氏の情愛のまことを糺す女君、幽艶・優美な姿態（第4話）

12 源氏、女君としるしの扇を交換（第4話）

13 源氏、思わぬ契りによる心身の昂揚感（第5話）

14 女君、源氏のまだ知らぬ魅力（第5話）

15 源氏、女君を弘徽殿の妹右大臣五六の君と推測（第5話）

16 源氏、六の君を東宮妃とする右大臣の思惑理解（第5話）

17 源氏、思わぬ契りの六の君に憐憫の情（第5話）

18 源氏、女君の関係持続の意思理解（第5話）

19 源氏、女君に文通の手立て伝達失念を後悔（第5話）

20 偶然の出逢いの右大臣姫君に対する源氏の愛執（第5話）

21 源氏、偶然の出逢いの右大臣姫君の確認方法に思案投げ首（第6話）

22 源氏、思わぬ契りのしるしの扇に愛執の念の昂まり（第8話）

23 源氏、朧月夜の君を見失って知る愛執の念の昂まりは全く未体験の懐い（第8話）

「余韻」―『花宴』第11 12話

1　朧月夜の君の苦悩、源氏、苦悩（第11話）

2　『源氏・朧月夜の君の物語』の長編性示唆に興味誘発（第11話）

3　源氏・朧月夜の君、几帳越しの和歌贈答に情念の昂まり（第12話）

とある。

これまでの物語展開とは全く別趣の、ハイライトシーンから入り、源氏・朧月夜の君再会の情念の昂まりで筆を止めて、数々の波乱要素の問題提起により、聴く者（読む者）のまだ知らぬ世界に誘いながら、異色の長編物語を思わせ、光源氏の君の「生」に濃い影を投じる展開を予想させている。

この物語は、花宴の余韻に浸り、酔い心地に任せた源氏の君の、情動心を誘われて、藤壺宮対面の機のうかがい歩きから弘徽殿に渡っての展開故に、基幹流『源氏・藤壺宮の物語』の副流の物語とする作意と理解される。

本流『光源氏の物語』の流れを大きく変える契機直面に際して、各物語展開の語りの要点を確認してみる。

『源氏・藤壺宮の物語』（基幹流1）

第一部―「序」―『桐壺』第33 35話―『光君・輝く日の宮の物語』（『若宮の物語』《桐壺》第3話、第6 10話、第20〜23話、第24 25話〉と、『藤壺宮の物語』《桐壺》第26話、第27話〉の合流したもの）が該当。

1　十二歳で、元服即結婚後間もない源氏の、亡き母酷似の藤壺宮を「たぐひな」き女性（ひと）として一筋に恋慕、苦悩（第33話）

2　御遊びの折々に、源氏の笛、宮の琴の合奏に、宮の心を感受し、かすかな声を慰めに内裏（うち）住みのみ好む懐い（第

33話）

3 源氏、宮を「思ふやうならん人」として、改築の二条院に迎える願望、叶わぬ悲嘆（第35話）

「破」——『帚木』第1 14 16話、『夕顔』第9 19話、『若紫』第7 8 10話

1 光源氏の数多の好色（すき）事の中に、世の非難を受ける重大な密事示唆（『帚木』第1話）

2 『品定め』の結語的語りとして、藤壺宮を過不足なき希有な女性と見る源氏の胸詰まる程の情念（第14話）

3 源氏、方違え時に女房達の噂話を耳にして、常に心から離れぬ密事の、人の口の葉に上るを聞く危惧心（第16話）

4 源氏十七歳秋、人やりならず幾度か煩悶する事態発生、藤壺宮との逢う機示唆（『夕顔』第9話）

5 源氏、夕顔の宿の女の死に直面して、身のほど知らずのあるまじき想いの報いに、過去・未来の、前例となることと推量、密事が世に広まり、帝の御耳に入る事をはじめとして、下賤な者の話の種になり、笑い者の評判をとる心の鬼に怯え（『夕顔』第19話）

6 源氏、藤壺宮酷似の美少女との出逢いに、落涙する程の感動（『若紫』第7話）

7 源氏、宮酷似の美少女を宮の代わりに、適わぬ想いの「明け暮れの慰めに」見る願望（第8話）

8 源氏、北山の僧都の法話に、犯した罪業の程に慄き、人の道に外れたことに心を奪われて生あるかぎりの懊悩、後の世における応報の極みの意識（第10話）

「急」——『若紫』第24〜29話

1 藤壺宮、源氏とまたの逢う機に、心憂き身の宿命（さだめ）の悲痛・苦悩（第24話）

2 源氏、参内なき身の帝の気遣いに心の鬼に怯え（第25話）

3 宮、源氏の子懐妊の自覚（第26 27話）

4　源氏の身に重大な夢合わせ（第28話）
5　宮、苦悩（第29話）

「余韻」―『若紫』第33 45～49話

1　源氏、藤壺宮恋慕の情昂進、宮の「形代」として若紫を求める情（こころ）の連動（第33話）
2　源氏、宮酷似の少女を自邸に迎え、「思ふやうならん人」像を求めて愛育（第45～49話）

第二部―「序」―『紅葉賀』第２４話

1　藤壺宮、光源氏の君の「青海波」の舞姿の至上美の輝きに夢うつつの境地の彷徨い（第2話）
2　源氏・宮、和歌贈答（第4話）

「破」―『紅葉賀』第８ 14話

1　源氏・藤壺宮の懐いの齟齬（第8話）
2　宮、年賀の晴れ姿の光り輝く源氏の君を目にして苦悩（第14話）

「急」―『紅葉賀』第15～19話

1　藤壺宮、出産遅延騒ぎにより心身の苦しみ（第15話）
2　源氏、全的存在の女性（ひと）を永遠に喪う危惧の念による悲痛感（第15話）
3　宮に、源氏の君酷似の皇子誕生（第15話）
4　宮、心の鬼に苦悩（第15話）
5　宮、密事露見の仮想に戦慄、身の運命（さだめ）の憂鬱感（第15話）
6　源氏・媒（なかだち）王命婦、各様の苦悩（第16話）

7　宮、弘徽殿の過度の源氏の君憎悪に不審感（『花宴』第3話）
8　宮、源氏の君に心惹かれるわが身の宿命の情けなき懐いの反省（第3話）
9　宮の心奥に秘めた源氏の君愛の魂の叫び（第3話）

以上は、【源氏、亡き母酷似の藤壺宮を「たぐひな」き女性（ひと）、わが「思ふやうならん人」として一筋に恋慕、苦悩】【『桐壺』から『帚木』に移る語りの空隙に、光源氏の身に重大な密事示唆】【『品定め』の結語として、藤壺宮を過不足なき希有な女性と見る源氏の胸詰まる程の情念】【源氏、密事の人の口の葉に上る恐怖心】【源氏、夕顔の宿の女の死に直面して、心の鬼に怯え】【源氏、北山の僧都の法話に、犯した罪業の程に慄き、人の道に外れたことに心を奪われて生あるかぎりの懊悩、後の世における応報の極みの意識】【藤壺宮、源氏とまたの逢う機、源氏の子懐妊】【宮に、源氏の君酷似の皇子誕生】【藤壺宮、立后、源氏、宰相任官】を表の流れの芯、【源氏、藤壺宮酷似の美少女を自邸に迎え、「思ふやうならん人」像を求めて愛育】を裏の流れとして、『源氏・藤壺宮の物語』『源氏・紫のゆかりの物語』に表裏一体の位置関係を思わせている。

『源氏・紫のゆかりの物語』（基幹流2）

第一部――「序」――『若紫』第7 8 10 11 14話

1　源氏、藤壺宮酷似の美少女との出逢いに、落涙する程の感動（第7話）
2　源氏、宮酷似の美少女を宮の代わりに「明け暮れの慰めに」見る願望（第8話）
3　源氏、少女の素性を宮の兄兵部卿宮の姫君と知り、「あはれに見まほし」の懐い（第10話）

4 源氏、北山の僧都に、祖母尼君に少女後見願望の取次依頼（第10話）

5 源氏、祖母尼君に少女の後見申出（第11話）

6 尼君、返事留保（第14話）

「破」——『若紫』第21〜23 31 33話

1 源氏、藤壺宮ゆかりの少女を迎え取り、宮への想いの「明け暮れの慰めに見」る願望（第21話）

2 源氏、尼君・僧都に少女後見切望の文（第22話）

3 源氏、惟光を使者に立てて、再度尼君に少女後見切望の文（第23話）

4 尼君、源氏に孫娘の将来依頼の遺言（第31話）

5 源氏、藤壺宮に情念昂揚、紫のゆかりへの想い連動（第33話）

「急」——『若紫』第36 43〜45話

1 源氏、若紫に添い寝（第36話）

2 源氏、北の方左大臣姫君と共寝の床で若紫の迎え取り決断（第43話）

3 源氏、藤壺宮兄兵部卿宮から姫君略奪（第44話）

4 若紫、二条院西の対入り（第45話）

「余韻」——『若紫』第46〜50話、『末摘花』第31話、『紅葉賀』第79話

1 源氏、西の対で若紫と就寝（『若紫』第46話）

2 若紫、不安な懐い（第46話）

3 若紫の住環境（第47話）

4　源氏の若紫愛育姿勢（第48話）
5　若紫の純心性（第48話）
6　源氏、若紫愛育生活（第48話）
7　源氏、若紫に手習・絵への親しみ（第49話）
8　源氏・若紫、和歌の贈答（第49話）
9　純真無垢な紫のゆかりの少女、「後の親」光源氏の君への自然な親しみ（第50話）
10　美少女紫の君、一段とねびまさる容貌（『末摘花』第31話）
11　紫の君の絵の才能（第31話）
12　源氏、紫の君と紅（べに）鼻の戯（ざ）れ言（第31話）
13　優れた気立て・容貌の、純真無垢な若紫、「後の親」源氏の君に自然な親しみ（『紅葉賀』第7話）
14　好き人光源氏の君、若紫に、「まめ人」性による諸事万端に渉る綿密な配慮（第7話）
15　源氏の腹心の侍者乳母子（めのとご）惟光の、若紫に主（しゅう）の意を体した細々とした働き示唆（第7話）
16　兵部卿宮、若紫の生活事情の認識不可（第7話）
17　若紫、尼君哀慕（第7話）
18　源氏、若紫の後追いに、愛しさ昂揚（第7話）
19　源氏、外泊時にふさぎこむ若紫不憫（第7話）
20　北山僧都、若紫の生活に安堵（第7話）
21　源氏、若紫祖母尼君の法事に丁重に弔問（第7話）

8　源氏・若紫、絵の親しみ（第21話）
9　源氏、若紫に成人の暁には決して外泊せぬ意思表示（第21話）
10　源氏を一途に思慕する若紫の純粋さ可憐さ（第21話）
11　源氏、若紫愛しさに女性訪問中止（第21話）
12　源氏、若紫に愛憐の情の昂まり（『花宴』第7話）
13　源氏・若紫の生活に来たるべき機の予感（第9話）
14　若紫、源氏の「思ふやう」に成長（第9話）
15　源氏、男の手の愛育により、若紫生来の美質、類いなき魅力の損う懸念（第9話）
16　『源氏・紫のゆかりの物語〈第二部〉』のクライマックス間近の予想（第9話）
17　源氏、若紫に「思ふやうならん人」像そのままの女性としての成長を夢想（第9話）
18　源氏、若紫に宮中の話、琴教授（第9話）
19　若紫、源氏の生活理解に成長（第9話）

以上、『源氏・紫のゆかりの物語』は、いよいよ最初のクライマックス、二人の来たるべき機間近を思わせているが、一つは、源氏・若紫の**夫婦**（めおと）**への歩み**として、**第一部「序」【源氏、藤壺宮酷似の美少女を宮の代わりに「明け暮れの慰めに」見る願望】【源氏、少女の素性を宮兄兵部卿宮の姫君と知り、「あはれに見まほし」の懐い】【源氏、祖母尼君に少女の後見申出】「破」【尼君、源氏に孫娘の将来依頼の遺言】【源氏、藤壺宮に情念昂揚、紫のゆかりへの想い連動】「急」【源氏、若紫に添い寝】【源氏、北の方左大臣姫君と共寝の床で若紫の迎え取り決断】【源氏、藤壺宮**

兄兵部卿宮から姫君略奪】【若紫、二条院西の対入り】「**余韻**」【源氏、若紫愛育生活】【純真無垢な紫のゆかりの少女、「後の親」光源氏の君への自然な親しみ】【少納言乳母、若紫成人時に、左大臣姫君の北の方、多くの女性との関わり合いに面倒な事発生の懸念】【好き人光源氏の君、若紫に、「まめ人」性による諸事万端に渉る綿密な配慮】**第二部**「**序**」【除服の若紫、美しい着衣の魅力】【若紫の、源氏の君との夫婦意識の芽生え、性の目覚め示唆】「**破**」【源氏の深刻な苦悩の、若紫による紛れ】【若紫、女の感情の発露】【源氏、若紫の利発で魅力的な気立てに満足感】【源氏を一途に思慕する若紫の純粋さ可憐さ】【源氏、若紫愛しさに女性訪問中止】【源氏、若紫に愛憐の情の昂まり】【源氏、若紫に「思ふやうならん人」像そのままの女性としての成長を夢想】、一つは、源氏・若紫二人の**長編物語展開の用意**として、**第一部**「**余韻**」の、若紫の二条院迎え取り直後の【源氏、若紫に手習・絵への親しみ】【源氏・若紫、和歌の贈答】【紫の君の絵の才能】に始めて、**第二部**「**破**」の、【源氏・若紫、和歌詞句の応答】【源氏、若紫に箏の琴教授】【若紫、楽曲の習得に格別な聡明さ発揮】【源氏・若紫、絵の親しみ】【源氏、若紫に琴教授】と、「手習・絵・和歌・箏の琴」を印象づけている。

『源氏・左大臣姫君の物語』（副流1）

第一部―「**序・破**」―『若宮の物語』（『桐壺』「序」〈第3話〉「破」〈第6 10話〉「急」〈第20〜23話〉「余韻」〈第24 25話〉）が該当。

「**急**」―『桐壺』第30 31話

1 帝・左大臣、源氏・姫君の縁組合意（第30話）―**政略**―帝＝左大臣

2 左大臣、年少の婿君に「ゆゆしううつくし」の懐い（第31話）―**感懐**―左大臣→源氏

3　北の方の姫君、源氏より年長、年少の婿君に「似げなく恥づかし」の懐い（第31話）―**感懐**―北の方→源氏

「**余韻**」―『桐壺』第33 34話

1　源氏、北の方を「いとをかしげにかしづかれたる人」と見るも、意に適わぬ懐い（第33話）―**感懐**―源氏→北の方

2　左大臣、献身的な婿君世話（第34話）―**行為**―左大臣→源氏

第二部―「**序**」―第一部が該当。

「**破**」―『帚木』第15話、『夕顔』第9話、『若紫』第20 43話、『紅葉賀』第6 12 13 22話

1　北の方の容子、人目に立ち、気品があり、端正そのもの（『帚木』第15話）―**容子**―北の方

2　源氏、北の方を、「まめ人」として信頼可能な懐い（第15話）―**感懐**―源氏↓北の方

3　源氏、北の方の、端正過ぎて、うち解けにくく、気後れを感じる程に優れ、とりすます容子に物足りない懐い（第15話）―**感懐**―源氏↓北の方

4　北の方、源氏の絶え間に恨めしい懐い（『夕顔』第9話）―**感懐**―北の方↓源氏

5　北の方、「例の」這い隠れて、すぐには源氏の前に現れず（『若紫』第20話）―**行動**―北の方↓源氏

6　北の方、父左大臣の懸命な説得で、不承不承源氏の許に渡る（第20話）―**行動**―北の方↓源氏

7　北の方、みじろぎもせぬ、端正、無表情、夫（おとこ）の情（こころ）の機微を解さぬ、愛の温もりの全く感じられぬ、物語絵に見られる類型的な姫君像（第20話）―**容子**―北の方

8　源氏、北の方の、「いふかひあ」るように心に響き、源氏の情感をかき立てる会話不可の懐い（第20話）―**感懐**―源氏↓北の方

9 源氏、北の方の決してうち解けることなく、夫を疎ましく気詰まりな者として、歳月に従い増幅の実感される齟齬・隔意による苦衷、不本意な懐い（第20話）―**感懐**―源氏↓北の方

10 源氏、北の方に時折は世間並みの情愛ある様子の願望、堪え難い病苦に見舞の言葉なきは常のことながらも不満の懐いの訴え（第20話）―**言葉**―源氏↓北の方

11 北の方、源氏の不満の訴えに、「問はぬはつらき　ものにやあらむ」と、夜離れ不満の応答（第20話）―**言葉**―北の方↓源氏

12 北の方、流し目で源氏を見る目もと、とても気後れを感じる程に気品に満ちた美しい容貌（第20話）―**容貌**―北の方

13 北の方、矜持高き性格、不本意な結婚による、常々心奥に潜む懐いの精一杯の抵抗（第20話）―**性格・行動**―北の方↓源氏

14 源氏、歳月に従い高じる、プライドを傷つけられる冷遇、北の方の意識改善を期待して様々に努力、逆に疎んじる懐いの昂進推量（第20話）―**言葉**―源氏↓北の方

15 源氏、末永き契りの今後への期待感あるのみとの、被害者意識の訴え（第20話）―**言葉**―源氏↓北の方

16 北の方、すぐには夜の御座に入らず、寝所入りを促す源氏の言葉も無視（第20話）―**態度**―北の方↓源氏

17 愛の温もりなき夫婦仲、源氏の心満たされぬ心情、修復困難な憂慮すべき状態（第20話）―**状態**―源氏・北の方

18 近侍する女房の目前でプライドを傷つけられて、やり場のない煮え返る源氏の胸中（第20話）―**感懐**―源氏↓北の方

19 源氏、為政者で後ろ盾でもある左大臣の、姫君北の方との夫婦仲を苦悩、若紫所望の必然性確認（第20話）―**感

懐―源氏

20　北の方、源氏の訪れに、「例の」すぐには対面せず（第43話）―**行動**―北の方→源氏

21　源氏、不快、東琴（あずまごと）を奏で、風俗歌（ふぞくうた）に託して、不満の訴え（第43話）―**行動**―源氏→北の方

21　源氏、北の方と共寝の床で、若紫の二条院迎え取り決断（第43話）―**意思**―源氏→若紫

22　源氏、藤壺宮対面の機画策専一生活による、北の方に対する常軌を逸した夜離れに左大臣家の苦情（『紅葉賀』第6話）―**苦情**―左大臣家→源氏

23　北の方、源氏の自邸に女性迎え取り聞知に実に不快感（第6話）―**感懐**―北の方→源氏

24　源氏、妹背の語らいの未だしき少女愛育の内情を北の方の認識なき理解（第6話）―**認識**―源氏→北の方

25　源氏、妻愛しさが心に染みるように、常の女性のごとの恨み言には、心の隔てなく親しく語って慰める意思（第6話）―**意思**―源氏→北の方

26　源氏、我が軌道外れの所業は、他の女性との関わり合いを心外とばかりに見做す北の方の高姿勢の不快さに起因の懐い（第6話）―**感懐**―源氏→北の方

27　源氏、北の方の外面美には不足感なし（第6話）―**感懐**―源氏→北の方

28　源氏、最初に見えた女性故に、並み並みならぬ愛情、大切な人との懐いを知らぬ間は仕方なきも、終には考え直す時を確信（第6話）―**感懐**―源氏→北の方

29　源氏、北の方の穏やかで軽率なき心への信頼感は格別（第6話）―**情意**―源氏→北の方

30　北の方、「例の」端正で、着衣の一糸乱れぬ容子、源氏の妻愛しさが心に染みる表情なし（第12話）―**容子**―北の方

31 源氏、婚後十年近く経過するも、相も変わらず心解けぬ態度の北の方に、せめて今年からだけでもと、世間並みの妻の気を期待する懇願的訴え（第12話）―言葉―源氏↓北の方

32 北の方、自邸に女性の迎え取り、大切に世話の聞知で、大事な女性（ひと）とする背の君の意図の解釈による隔意（第12話）―感懐―北の方↓源氏

33 北の方、夫君（おとこぎみ）に以前よりも一層親しみがもてず気の許せぬ懐い（第12話）―感懐―北の方↓源氏

34 北の方、不本意ながら見知らぬように振る舞い、我が悲哀感を抑えて、人前では、気強い態度をとれず、夫君に受け答えするは、他の人と比べて、実に格別な女性の感じ（第12話）―印象―源氏↓北の方

35 北の方、夫君より四歳年長、対する者が過度に気後れする程に魅せられる、女盛りの完全無欠の美（第12話）―容貌―北の方

36 源氏、北の方に満足せぬところなき、心魅せられる完全美の意識（第12話）―感懐―源氏↓北の方

37 源氏、北の方怨嗟の因は、すべて我が心の衝動に任せた結果の確信（第12話）―感懐―源氏↓北の方

38 北の方、帝の信望格別の大臣を父に、帝と同胞（はらから）の宮腹の、唯一の姫として傅育されたプライドの高さは実にこの上なく、夫君の少しでも粗略な待遇を気に入らぬ懐い（第12話）―感懐―北の方↓源氏

39 源氏、帝最愛の皇子のプライドによる反発、互いに妥協なき心のせめぎ合い（第12話）―感懐―源氏・北の方

40 左大臣、婿君厚遇、婿君傅きによる生き甲斐・至福感（第13話）―感懐―左大臣↓源氏

41 北の方、源氏の訪れに、「例の」すぐには対面せず（『花宴』第10話）―行動―北の方↓源氏

42 源氏、箏（そう）の琴を手すさびに掻き鳴らし、「催馬楽」の歌詞をかりて、北の方に愛の手枕の求め（第10話）―感懐―源氏↓北の方

【光源氏単独】

感懐	・為政者で後ろ盾でもある左大臣の姫君との夫婦仲を苦悩、若紫所望の必然性確認（『若紫』第20話）

【北の方単独】

性質	・「いふかひあ」るように心に響き、源氏の情感をかき立てる会話不可（『若紫』第20話）
容子	・人目に立ち、気品があり、端正そのもの（『帚木』第15話） ・みじろぎもせぬ、端正、無表情、夫（おとこ）の情（こころ）の機微を解さぬ、愛の温もりの全く感じられぬ、物語絵に見られる類型的な姫君像（『若紫』第20話） ・「例の」端正で、着衣の一糸乱れぬ容子、源氏の妻愛しさが心に染みる表情なし（『紅葉賀』第12話）
容貌	・流し目で源氏を見る目もと、とても気後れを感じる程に気品に満ちた美しい容貌（『若紫』第20話） ・夫君より四歳年長、対する者が過度に気後れする程に魅せられる、女盛りの完全無欠の美（『紅葉賀』第12話）

【帝・左大臣共通】

政略	・源氏・姫君の縁組合意（『桐壺』第30話）

【源氏・北の方共通】

感懐	・源氏、帝最愛の皇子のプライドによる反発、互いに妥協なき心のせめぎ合い（『紅葉賀』第12話）
状態	・愛の温もりなき夫婦仲、源氏の心満たされぬ心情、修復困難な憂慮すべき状態（『若紫』第20話）

【光源氏から北の方に対するもの】（☆は、人物評価）

感懐	・「いとをかしげにかしづかれたる人」と見るも、意に適わぬ懐い（『桐壺』第33話） ・「まめ人」として信頼可能な懐い（『帚木』第15話）☆ ・端正過ぎて、うち解けにくく、気後れを感じる程に優れ、とりすます容子に物足りない懐い（第15話） ・北の方の、「いふかひあ」るように心に響き、源氏の情感をかき立てる会話不可の懐い（『若紫』第20話）

	・北の方の決してうち解けることなく、夫を疎ましく気詰まりな者として、歳月に従い増幅の実感される齟齬・隔意による苦衷、不本意な懐い（第20話） ・近侍する女房の目前でプライドを傷つけられて、やり場のない煮え返る源氏の胸中（第20話） ・北の方の外面美には不足感なし（『紅葉賀』第6話）☆ ・北の方の穏やかで軽率なき心への信頼感は格別（第6話）☆ ・我が軌道外れの所業は、他の女性との関わり合いを心外とばかりに見做す北の方の高姿勢の不快さに起因の懐い（第6話） ・最初に見えた女性故に、並み並みならぬ愛情、大切な人との懐いを知らぬ間は仕方なきも、終には考え直す時を確信（第6話） ・北の方に満足せぬところなき、心魅せられる完全美の意識（第12話）☆ ・北の方怨嗟の因は、すべて我が心の衝動に任せた結果の確信（第12話） ・箏の琴を手すさびに掻き鳴らし、「催馬楽」の歌詞をかりて、北の方に愛の手枕の求め（『花宴』第10話）
認識	・妹背の語らいの未だしき少女愛育の内情を北の方の認識なき理解（『紅葉賀』第6話）
意思	・妻愛しさが心に染みるように、常の女性のごとの恨み言には、心の隔てなく親しく語って慰める意思（『紅葉賀』第6話）
印象	・北の方の、不本意ながら見知らぬように振る舞い、我が悲哀感を抑えて、人前では、気強い態度をとれず、夫君に受け答えするは、他の人と比べて、実に格別な女性の感じ（『紅葉賀』第12話）☆
言葉	・時折は世間並みの妻の情愛ある様子の願望、堪え難い病苦に見舞の言葉なきは常のことながらも不満の懐いの訴え（『若紫』第20話） ・歳月に従い高じる、プライドを傷つけられる冷遇、北の方の意識改善を期待して様々に努力、逆に疎んじる懐いの昂進推量（第20話） ・末永き契りの今後への期待感あるのみとの、被害者意識の訴え（第20話） ・婚後十年近く経過するも、相も変わらず心解けぬ態度の北の方に、せめて今年からだけでもと、世間並みの妻の気を期

	待する懇願的訴え（『紅葉賀』第12話）
行動	・源氏の訪れに、「例の」すぐには対面せぬ北の方不快、東琴（あずまごと）を奏で、風俗歌（ふぞくうた）に託して、不満の訴え（『若紫』第43話）

【北の方から光源氏に対するもの】

感懐	・源氏より年長、年少の婿君に「似げなく恥づかし」の懐い（『桐壺』第31話） ・源氏の絶え間に恨めしい懐い（『夕顔』第9話） ・源氏の自邸に女性迎え取り聞知に実に不快感（『紅葉賀』第6話） ・源氏の自邸に女性の迎え取り、大切に世話の聞知で、大事な女性（ひと）とする背の君の意図の解釈による隔意（第12話） ・夫君に以前よりも一層親しみがもてず気の許せぬ懐い（第12話） ・帝の信望格別の大臣を父に、帝と同胞（はらから）の宮腹の、唯一の姫として傅育されたプライドの高さは実にこの上なく、夫君の少しでも粗略な待遇を気に入らぬ懐い（第12話）
性格	・矜持高き性格（『若紫』第20話）
言葉	・源氏の不満の訴えに、「問はぬはつらき　ものにやあらむ」と、夜離れ不満の応答（『若紫』第20話）
行動	・「例の」這い隠れて、すぐには源氏の前に現れず（『若紫』第20話） ・父左大臣の懸命な説得で、不承不承源氏の許に渡る（第20話） ・不本意な結婚による、常々心奥に潜む懐いの精一杯の抵抗（第20話） ・源氏の訪れに、「例の」すぐには対面せず（第43話） ・源氏の訪れに、「例の」すぐには対面せず（『花宴』第10話）
態度	・すぐには夜の御座に入らず、寝所入りを促す源氏の言葉も無視（『若紫』第20話）

【光源氏から若紫に対するもの】

意思	・北の方と共寝の床で、若紫の二条院迎え取り決断（『若紫』第43話）

【左大臣から光源氏に対するもの】

感懐	・左大臣、年少の婿君に「ゆゆしううつくし」の懐い（『桐壺』第31話） ・婿君厚遇・傅きによる生き甲斐・至福感（『紅葉賀』第13話）
行為	・献身的な婿君世話（『桐壺』第34話）

【左大臣家から光源氏に対するもの】

苦情	・源氏、藤壺宮対面の機画策専一生活による、北の方に対する常軌を逸した夜離れに左大臣家の苦情（『紅葉賀』第6話）

以上、「急」の展開即ちハイライトシーンを待たせる『紅葉賀』の筆致が、『花宴』では消えて、『紅葉賀』以前に逆流しており、『花宴』が『紅葉賀』執筆途上か擱筆後の発想を思わせている。

また、『源氏・左大臣姫君の物語』は、『源氏・藤壺宮の物語』『源氏・紫のゆかりの物語』と表裏一体の展開を見せている。

なお、源氏の北の方の人物評価の語りはあるが、北の方の源氏評価はない。

a 『源氏・藤壺宮の物語〈第三部〉』（3話）

「破」（第1～3話）

○第1話「二月二十日あまり、帝、南殿の桜の宴挙行」――「件」（第二巻169一～七―約7行）

新帖を、地で、「きさらぎのはつかあまり、南殿の桜の宴せさせたまふ」と語り出して、前帖『紅葉賀』の、「朱雀院の行幸は、神無月の十日あまりなり」と対にする、予定の催事を意味し、退位のタイムカウントに入った帝にとり、一世一代の見物光源氏の君の「青海波」の『紅葉賀』の行幸は、先帝への御挨拶であったことを思わせ、南殿の桜の宴は、別れの宴をうかがわせる。

地を継いで、「后・東宮の御局左右にして参う上りたまふ。弘徽殿女御、中宮のかくておはするを、をりふしごとに安からず思せど、物見には、え過ぐしたまはで参りたまふ」と、機あるごとに、藤壺中宮の存在に対する弘徽殿の穏やかならぬ心情を聴く者（読む者）の裡に刻む。

「話」主題は、「弘徽殿の藤壺宮反感」、作意は、「帝譲位、東宮即位、弘徽殿待望の春間近示唆」と見做される。

○第2話「光源氏の「春鶯囀」、頭中将の「柳花苑」の輝き」―「**場**」（169七～174五―約47行）

地で、「日いとよく晴れて、空のけしき、鳥の声も心地よげなるに、親王たち、上達部よりはじめて、その道のは、みな探韻賜りて文作りたまふ」と、聴く者（読む者）を帝一世一代の花宴の場に誘い入れる。

地を継いで、「宰相中将、「春といふ文字賜れり」とのたまふ声さへ、例の、人にことなり」と、先ずヒーロー光源氏の君の魅惑的発声によるオーラをクローズアップする。

次に、**草子地**《婉曲態》に**無敬諸表現**の**融合化**（一1三1）で、光源氏の君と対照する人目穏やかならぬ頭中将の心情、並々ならぬ光源氏の君ライバル意識を強調して、『末摘花』の「源氏・頭中将・常陸宮姫君」、『紅葉賀』の「源氏・頭中将・源典侍」三巴の物語展開の踏襲を思わせる。

無敬語表現（三2）を**連鎖**して、頭中将の、ライバル意識を見苦しからず抑制して、声調など重々しく、光源氏の君に優越する点を強調して、今後の物語展開への投影を示唆する。

以下、**地**を連ねて、他の人々はみな、気後れしがちの者が多く、帝・春宮の学才が非常に優れ、作詩の面で卓越する人の多い折から、地下の人は、気がひけて、広々と晴れ晴れとした庭で人前に立つ時のきまりがわるくて、作詩など容易なことながら、いかにもつらそうな様子を語り、近々退位する帝の卓越性を惜しむ「餞」とし、同時に、御位に就く春宮の優秀性の称賛は、物語の新たな流れの、来たるべき時の用意の筆遣いをのぞかせる。

「けり」止め《認識態》(二1)で、粗末な身なりの老博士たちの場慣れの様子も、感無量に、さまざまの懐いの叡覧を、話者の興趣深い認識として、帝の温情味ある人柄を聴く者(読む者)裡に刻んで「餞」の辞を重ねる。

地で、作詩から舞楽に展開させて、数々の舞楽は、もちろんのこと晴れの舞台の帝の御用意として、宴のクライマックスへの流れを飾る演出を思わせる。

地を続けて、入り日になる時、「春鶯囀」を誘い水にして、春宮の『紅葉賀』の折想起により、源氏の君に挿頭を下賜してひたすら所望、催促に辞退しかねて袖翻す一差し舞の、匹敵するものなき光源氏の君の舞の輝きを**無敬語表現**(三3)でクローズアップして、『紅葉賀』の「青海波」を契機とする展開を想起させながら、『花宴』の「春鶯囀」による成り行きに興味を誘う。

地で、婿君夜離れの薄情を忘れる程の左大臣の感涙を入れて、聴く者(読む者)に舞の輝きの抜群さを想わせる。

頭中将の舞を促す帝の言葉に応える「柳花苑」の舞を、源氏の君のより入念にと**地**評に、**草子地**《推量態》に**無敬語表現**の**融合化**(一2三4)を入れて、常に源氏の君と対になる頭中将の対応意識を推量して、ヒーローの大敵役頭中将の、用意周到、臨機応変な性格の長編物語展開への投影を思わせながら、実に興趣深い舞による帝の御衣下賜に人々の希有の懐いを強調する。

『帚木』に初めて、『夕顔』『末摘花』『紅葉賀』と、光源氏の君・頭中将の、私的生活のライバル意識の表出から一転して、帝・春宮御前の晴れの席における、両者同時のクローズアップは、近々に迫る帝から春宮への御代の移り、左右大臣の力関係の変化、左右大臣家の婿君光源氏の君・頭中将の上、その他諸々への影響を思わせる。**地**で、上達部達の乱舞の様は、夜に入り、優劣の区別も見えずとして、宴（うたげ）の盛況ぶりを想わせながら、聴く者（読む者）の視線を人々の詩作の披講に移す。

源氏の君の詩作を、講師（こうじ）も吟唱しきれず、句ごとに大きな声で誦しながら称讃、その道の博士たちの心にも深く感嘆として花宴の幕を下ろす。

「話」止めを、帝の、種々催事の折には、先ず源氏の君を一座の「光」とする故の地に、**草子地**《反語態》（一3）を継いで、源氏の君を粗略にできぬ帝の懐いを強調して、これまでの最愛の皇子を大切にする意識から、朝廷にとり得難い人物故に、絶対に重用せねばならぬ存在との強い認識により、退位を目前にした帝のある一大決意を思わせ、語られぬ裏の流れに拠る『光源氏の物語』の本流の急変を予想させて聴く者（読む者）の好奇の心を昂める。

「話」の主題は、「源氏の君の探韻発声の、常の人とは異なる魅力」（1）「源氏の君と対照する人目を意識する頭中将の穏やかならぬ心情」（2）「頭中将の声調の重々しさ」（3）「帝・春宮の学才非常に優秀」（4）「帝、温情味ある人柄」（5）「数々の舞楽、帝の御用意」（6）「春宮、源氏の君に挿頭（かざし）を下賜して舞を所望」（7）「匹敵するものなき源氏の君の舞の輝き」（8）「帝、頭中将に舞所望、興趣深い舞に御衣下賜」（9）「源氏の君の詩作称讃」（10）「帝、源氏の君重用の強い認識」（11）、作意は、「名君への「餞（はなむけ）」の宴（うたげ）クローズアップ」「優越する臣下源氏の君・頭中将クローズアップ」と見做される。

草子地に**無敬語表現**の**融合化**（一1三1）が、主題2の直接表出、**無敬語表現**（三2）が、主題3の直接表出、**「けり」止め**（二1）が、主題5の直接表出、**無敬語表現**（三3）が、主題8の直接表出、**草子地**（一3）が、主題11の直接表出、**草子地**に**無敬語表現**の**融合化**（一2三4）が、主題9の誘導表出となっている。

○第3話「藤壺宮の、心奥に秘めた光源氏の君愛の魂の叫び、弘徽殿の過度の源氏の君憎悪不審、複雑な胸裡」―「件」(174五～175三―約8行)

「けり」止め《確認態》(二―2)で、満座の視線を浴びながら、光り輝く源氏の君の探韻の魅惑的発声、匹敵するもののなき舞の輝き、詩作称讃に、注視する藤壺宮の、弘徽殿女御の過度の源氏の君憎悪に不審感、自然に心惹かれるわが身の宿命(さだめ)の情けなき懐いの反省の確認により、宮の複雑な懐いの、東宮が即位し母弘徽殿の来たるべき時に、『源氏・藤壺宮の物語』への投影の仕方に聴く者(読む者)の好奇の心を昂める。

藤壺宮の**独詠**、「おほかたに　花の姿を　見ましかば　つゆも心の　おかれましやは」は、希有な美貌の帝最愛の皇子の、亡き母の面影に通う父女御藤壺宮への一途な慕情、結婚を契機に、宮にわが「思ふやうならん」女性(ひと)を夢見る若き一途な想いの『光る君・輝く日の宮の物語』の流れ、成人光源氏の君の激しい愛の夢現(ゆめうつつ)の流れ『源氏・藤壺宮の物語』を想起させながら、「花の姿」を心行くまで見る願望の宮の魂の叫びに、その心奥に秘めた光源氏の君愛の、果てなき「生」の哀しみを思わせて聴く者(読む者)の裡を熱く染める。

「話」止めの**草子地**《推量態》(一―4)の、藤壺宮の心奥に秘めた光源氏の君愛、複雑な胸裡の発露への話者疑念は、光源氏の君愛の宮の魂の叫びの、『源氏・藤壺宮の物語』展開への投影の仕方に興味を誘いながら、近々に迫る帝の退位に伴う光源氏・藤壺宮の境遇の大変化によるこの物語の新展開入りを確信させる。

「話」の主題は、「藤壺宮、弘徽殿の過度の光源氏の君憎悪に不審感」(1)「藤壺宮、光源氏の君に心惹かれるわが身の宿命の情けなき懐いの反省」(2)「藤壺宮の心奥に秘めた光源氏の君愛の魂の叫び」(3)、作意は、「波乱の問題を内蔵する『源氏・藤壺宮の物語』の成り行きに興味誘発」と見做される。

「けり」止め（二―2）が、主題1 2の直接表出、**草子地**（一―4）が、主題3の直接表出となっている。

語りの留意点として次が指摘される。

1　『紅葉賀』『花宴』を対(つい)にする設定で、前者は、退位予定の帝の先帝への挨拶、後者は、帝の決別(わかれ)の宴(うたげ)を意味（第1話）。

2　帝を中心に、左右に藤壺宮・東宮を配して、やがて帝の位置に東宮、左右に弘徽殿・右大臣を置き換える物語構図示唆（第1話）。

3　待ちに待った帝譲位、東宮即位、右大臣の太政大臣就任、形勢大逆転の、弘徽殿の待望の春間近示唆（第1話）。

4　機あるごとに、藤壺中宮の存在に対する弘徽殿の穏やかならぬ心情確認（第1話）。

5　光源氏の君の魅惑的発声によるオーラクローズアップ（第2話）。

6　**草子地**婉曲態に**無敬語表現**の**融合化**の語りで、頭中将の、並々ならぬ光源氏の君ライバル意識強調（第2話）。

7　**無敬語表現**の語りで、頭中将の、光源氏の君優越点強調（第2話）。

8　帝・春宮の学才の優秀確認（第2話）。

9　**「けり」止め**認識態の語りで、帝の温情味ある人柄確認（第2話）。

10　**無敬語表現**の語りで、匹敵するものなき源氏の君の舞の輝き（第2話）。

11　源氏の君の詩作称讃（第2話）。

12　**草子地**反語態の語りで、源氏の君重用の帝の強い認識示唆（第2話）。

13　**「けり」止め**確認態の語りで、藤壺宮の、弘徽殿の過度の源氏の君憎悪に対する不審感（第3話）。

14 「けり」止め確認態の語りで、藤壺宮の、光源氏の君に心惹かれるわが身の宿命の情けなき懐い反省（第3話）。

15 藤壺宮の独詠で、『光る君・輝く日の宮の物語』から『源氏・藤壺宮の物語』への夢現（ゆめうつつ）の流れを想起させながら、藤壺宮の心奥に秘めた光源氏の君愛の魂の叫び、「生」の哀しみ表出（第3話）。

16 草子地推量態の語りで、藤壺宮の魂の叫びの漏洩に疑念（第3話）。

手法の留意点として次が指摘される。

1 催事の月日明示により、先行の催事との並立関係を示唆して、物語展開の類似性の背後に長編物語構想との連関に注意喚起（第1話）。

2 巻頭の「件」に、対立関係にある人物を揃えることにより、重大な問題提起の帖を思わせて、物語展開に興味誘発（第1話）。

3 聴く者（読む者）を惹きつける巧みな状況設定により、即帝一世一代の宴（うたげ）の場に誘導（第2話）。

4 草子地婉曲態に無敬語表現の融合化する語りで、長編物語展開の展望による伏線示唆（第2話）。

5 無敬語表現の語りで、ヒーローの大脇役の優越点強調（第2話）。

6 「けり」止め認識態の話者述懐の語りで、退場する前ヒーローの優越点強調による「餞（はなむけ）」演出（第2話）。

7 無敬語表現の語りで、匹敵するものなきヒーローの優越点クローズアップ（第2話）。

8 草子地推量態に無敬語表現の融合化する語りで、大敵役の、用意周到、臨機応変な性格の長編物語展開への投影示唆（第2話）。

9 機を捉えて、匹敵するものなきヒーローの優越点クローズアップ（第2話）。

10　**草子地**反語態の語りで、長編物語展開の流れ変更の用意示唆（第2話）。
11　**「けり」止め**確認態の語りで、長編物語展開の重要な布石示唆（第3話）。
12　**草子地**推量態の語りで、物語の新展開入り示唆により、聴く者（読む者）の好奇心誘発（第3話）。

b　『源氏・朧月夜の君の物語〈第一部〉』（5話）

「**急**」（第4～6 8話）

○第4話「源氏、朧月夜の君と逢う機」――「**場**」（第二巻175四～181七―約63行）

「けり」止め確認態（二3）で、深更に、南殿の桜の宴終了として、藤壺宮の心奥に秘めた光源氏の君愛の魂の叫びの余韻で聴く者（読む者）を包みながら、新たなロマンの幕開けに誘導する。

上達部たちは退出、藤壺中宮・東宮は還御、周辺は静かになり、如月二十日過ぎの深更の月明下の、情趣をそそれる時分の**地**に、**「けり」止め**確認態（二4）を継いで、花宴の余韻に浸り、酔い心地に任せた源氏の君の、情動心を誘われながらの、常態ならぬそぞろ歩きをイメージ化して、突発的事態発生の必然性を思わせる。

上の女房たちの就寝の**地**に、**無敬語表現**（三5）を継いで、「藤壺わたりをわりなう忍びてうかがひありけど」と、藤壺宮対面の機を窺う源氏の君をクローズアップして、『紅葉賀』第6話の、「宮は、その頃、まかでたまひぬれば、例の、ひまもやと、うかがひありきたまふをことにて」と、藤壺宮の里邸三条宮の、源氏の宮対面の機画策想起により、里邸・宮中を問わず、常に宮に逢う機を窺う源氏の君の行動を思わせながら、新展開の「場」を用意する。

「けり」止め確認態（二5）を**連鎖**し、媒（なかだち）王命婦に、宮対面の手立て依頼の機なきを確認して、『若紫』第24話、『紅葉賀』第16・17話の、命婦を想起させながら、今夜の源氏の君のもくろみの挫折感を思わせる。

嘆きながら、「なほあらじ」懐いで弘徽殿の細殿（ほそどの）に立ち寄る源氏、開いている三の口を**地**で語る。

「けり」止め確認態（二6）で、弘徽殿女御は、上（うえ）の御局（みつぼね）に参上として、主人不在の、緊張感なき状況、来るべき機到来の突発的事態発生の必然性を思わせる。

人ずくなの感じ、奥の枢戸（くるるど）も開き、人の気配なく、このような状況下に男女の仲の過ち発生の起因を確信する好色人（すきびと）源氏の君の直感的判断即実行の、そっと上って中を覗く**地**の語りに聴く者（読む者）の苦笑を誘う。状況を、**草子地**推量態（一5）で、弘徽殿女房たちの就寝状況を推量して、主人不在の、緊張感なき、突発的事態発生の必然的状況に聴く者（読む者）を誘い入れる。

草子地話者認識態（一6）で、並の身分のとは聞こえぬ、若く美しい声の女性（ひと）の、「朧月夜に似るものぞなき」と吟唱しながら源氏の方に近づく驚嘆の懐いとして、天真爛漫で魅力的な生地そのままの響きを思わせながら、源氏の掌中に偶然飛び込んで来た、魅惑的な「上の品」の女君との因縁めく出逢いの展開にこの上なく興味を誘う。

地で、嬉しさのあまりに女の袖を捉える源氏、恐怖の様子で、「ああ、気味わる、一体誰」の女の**言葉**、何故気味わるかの源氏の**応答**に続けて、「深き夜の　あはれを知るも　入る月の　おぼろけならぬ　契りとぞ思ふ」の**囁き**、女を細殿に抱き下ろして「戸を押し立て」る源氏の強引な行為を**無敬語表現**（三6）でクローズアップして、『帚木』第18話、「方違へ」時に、小柄な女を抱いて御座所に戻り、「障子を引き立て」る状況を想起させながら、リアルなときめき感の、伊予介後妻とのかりそめの情事の二重写しの効果を期しながら、成り行きに興味を誘う。

地で、思いがけない出来事に途方にくれる女の容子を、源氏の君好みの「いとなつかしうをかしげなり」として、亡き夕顔似の設定の仕掛けに、本流『光源氏の物語』の流れに重大な影を落とす副流の展開を予想させる。

見知らぬ男に抱かれて震えながら「ここに誰か」の**言葉**に、女の耳元で囁く、「まろは、みな人にゆるされたれば、召し寄せたりとても、なんでふことかあらん。ただ忍びてこそ」と、自信に満ちた**声**として、「**けり**」**止め**確認態に**無敬語表現**の**融合化**（二7三7）を継いで、宰相中将源氏の君と理解する女君の少々の安堵感を強調して、抵抗心なく、無意識裏に、源氏の君の強引な行為を許容、成り行き任せの心情を思わせる。

無敬語表現（三8）を**連鎖**して、女君の、困惑しながらも、光源氏の君から情味なく気の強い女には見られぬ懐いを強調して、夕顔の宿の女と類似する、自然態の魅力を強く印象づける。

草子地推量態（一7）を**連ねて**、例ならず酔い痴れる源氏の君の心情を推量して、朝廷の要職宰相中将を忘れた、二十の若人の本能のままの行動を思わせ、**無敬語表現**（三9）を**連鎖**して、源氏の君の、掌中の魅惑的な女性を手放す残念な懐いを強調して、未だ知らぬ、天真爛漫な魅惑的女性に惹かれる、一方ならぬ執着心を思わせて、二人の偶然の出逢いの展開の、本流『光源氏の物語』への投影の仕方に興味を誘う。

草子地推量態に**無敬語表現**の**融合化**（一8三10）を**連ねて**、偶然の出逢いの源氏の君の求めに応える女の、若く温柔な人柄で、毅然とする心の知り得ぬを推量して、自然態で魅惑的な、初（うぶ）な深窓の姫君を印象づけながら、女君の人柄の今後の物語展開への投影の仕方に聴く者（読む者）好奇心をこの上なく昂める。

地で、事後の源氏の懐いを「らうたし」とし、さらに、「ほどなく明けゆけば、心あわただし」により、偶然の出逢いの女君の、世の好色人（すきびと）光源氏の君の想いに適うを思わせ、新展開の長編性を予想させる。

無敬語表現（三11）で、女君のさまざまの懐いによる煩悶の容子を強調して、その因に聴く者（読む者）の好奇の心をかき立てて、この成り行きの今後の物語展開への投影の仕方に興味を誘う。

かりそめの出逢いで終わる意思なき推量により、女君の名乗りを求める源氏の**言葉**への**返し**を、**和歌**を入れた**無敬語表現**（三12）で表して、積極的に源氏の君の情愛のまことを糺す女君の、幽艶・優美な様態をクローズアップして、左大臣家の婿君、朝廷の要職宰相中将光源氏の君と、積年の悪感情の弘徽殿存在の右大臣家の姫君を確信させる魅惑的女性の物語展開の幕開けに、両者の背景により、想っても所詮相添えぬ哀しい運命（さだめ）の出逢いを思わせて、その行方に興味を昂める。

源氏の返しを、**無敬語表現**（三13）の語りで、わが言葉遣いの誤りとして、女君の素姓を尋ねあぐむ間に、噂が立ち二人の仲が蹂躙される危惧の念を訴えきれぬに、別れの時の急迫感を強調して、相手を右大臣家の姫君を念頭に、周囲の圧力により相添えぬ仲の紆余曲折する展開の、長編的要素の物語の出現に興味を誘う。

「話」止めを地で、女房たちの起きて上の御局と行き来する慌ただしさに寸刻の猶予なく、「扇ばかりをしるしに取り換へ」て、弘徽殿の細殿を立ち去る源氏として、しるしの扇をめぐる展開を待たせる。

「話」の主題は、「源氏、酔い心地で情動心を誘われながらそぞろ歩き」（1）「源氏、藤壺宮対面の機を窺い、飛（ひ）香舎（ぎょうしゃ）のたたずみ歩き」（2）「媒王命婦に、宮対面の手立て依頼の機なき」（3）「源氏、弘徽殿の細殿に立ち寄り」（4）「「朧月夜に似るものぞなき」と吟唱する若く美しい声の女性の、源氏に接近」（5）「源氏、女を細殿に抱き下ろして閉扉」（6）「女君、男を宰相中将と理解して安堵感」（7）「女の、困惑しながらも、光源氏の君から情味なく気の強い女には見られたくない意思」（8）「源氏、掌中の魅惑的な女性を手放す残念な懐い」（9）「源氏、未だ知らぬ、天真爛漫な魅惑的女性に惹かれて、一方ならぬ執着心」（10）「偶然の出逢いの源氏の求めに応える女の、若く温柔な人柄で、毅然とする心の知り得ぬを推量」（11）「源氏、偶然の出逢いの女君「らうた」き懐い」（12）「女君、さまざまの懐いにより煩悶の容子」（13）「源氏、女君にかりそめの出逢いで終わる意思なき推量から、名乗りの求め」（14）「積極的に源氏の君の情愛のまことを糺す女君、幽艶・優美な姿態」（15）「源氏、女君の素姓を尋ねあぐむ間に噂が立ち、二人の仲が蹂躙される危惧心」（16）「源氏、女君としるしの扇を交換」（17）、作意は、「源氏・朧月夜の君の、偶然の逢う機による波乱予想の物語展開の行方に聴く者（読む者）好奇心昂揚」と見做される。

「けり」止め（二4）が、主題1の直接表出、**草子地**（一6）が、主題5の直接表出、**無敬語表現**（三6）が、主題6の直接表出、**「けり」止めに無敬語表現の融合化**（二7三7）が、主題7の直接表出、**無敬語表現**（三8）が、主題8の直接表出、**無敬語表現**（三9）が、主題9の直接表出、**草子地に無敬語表現の融合化**（一8三10）が、主題11の直接表出、**無敬語表現**（三11）が、主題13の直接表出、**無敬語表現**（三12）が、主題15の直接表出、**無敬語表現**（三13）が、主題16の直接表出、**「けり」止め**（二3）が、主題12の誘導表出、**無敬語表現**（三5）が、主題12の誘導表出、**「けり」止め**（二5）が、主題12の誘導表出、**「けり」止め**（二6）が、主題12の誘導表出、**草子地**（一5）が、主題12の誘導表出、**草子地**（一7）が、主題12の誘導表出となっている。

○第5話「源氏、偶然の出逢いの右大臣姫君に愛執の念」──**「場」**（181七～183九―約22行）
地で、女房たちの寝覚める時分に桐壺に戻る主（あるじ）を、「さも、たゆみなき御忍び歩きかなと、つきしろひつつ空寝（そらね）をぞしあへる」と、揶揄の筆致で語って、近侍の女房だけが承知している、光源氏の君の宮中生活における夜の部を垣間見せて、聴く者（読む者）を想像の世界に遊ばせる。

「入りたまひて臥したまへれど、寝入られず」と、源氏の君に敬語使用の語りから一転して、**無敬語表現**（三14）で、思わぬ契りの心身の昂まりを強調して、興奮状態から容易に覚め遣らぬを思わせながら、偶然の出逢いによる、源氏の裡のただならぬ余韻の行方に興味をそそる。

源氏の宰相任官後、藤壺宮の心奥に秘めた光源氏の君愛の魂の叫び後に、予兆なく急浮上させた、満を持したかの弘徽殿方の女君との新たな物語展開の行方に、本流『光源氏の物語』への投影の仕方に聴く者（読む者）好奇心を昂める。

無敬語表現（三15）を**連鎖**して、偶然の出逢いの右大臣五・六の君見当に対する源氏のまだ知らぬ魅力への愛執を強調して、姉君たちの帥(そち)の宮・頭中将の北の方に興味誘発、六の君を東宮妃とする右大臣の思惑理解、思わぬ契りの六の君に憐憫の情、女君の関係持続の意思理解、文通の手立て伝達失念後悔とする。

即ち、源氏に根深い悪感情を抱く弘徽殿女御の妹君、東宮妃とする右大臣の思惑、左大臣家の婿君の立場等、物語展開を複雑化する設定により、新展開の長編性、本流『光源氏の物語』の基幹流・副流との関わり合いの仕方に興味をそそる。

無敬語表現に**草子地推量態**の**融合化**（三15―9）を**連鎖**して、光源氏の君の心を捉えた女君の魅力に対する愛執の推量により、源氏・女君の関係の表の流れへの浮上化を確信させる。

「話」止めに、源氏、弘徽殿方の女君との偶然の出逢いにより、藤壺宮方の奥ゆかしい生活の対照の認識として、物語展開の展望による用意を思わせながら余韻を醸成する。

「話」の主題は、「宮中生活における源氏の「たゆみなき御忍び歩き」」（1）「源氏、思わぬ契りによる心身の昂揚感」（2）「女君、源氏のまだ知らぬ魅力」（3）「源氏、女君を右大臣五六の君と推測」（4）「源氏、姉の帥(そち)の宮・頭中将の北の方に興味誘発」（5）「源氏、六の君を東宮妃とする右大臣の思惑理解」（6）「源氏、思わぬ契りの六の君に憐憫の情」（7）「源氏、女君の関係持続の意思理解」（8）「源氏、女君に文通の手立て伝達失念を後悔」（9）「偶然の出逢いの右大臣姫君に対する源氏の愛執推量」（10）「源氏、弘徽殿方・藤壺宮方の生活対照認識」（11）、作意は、「新展開『源氏・朧月夜の君の物語』の、本流『光源氏の物語』の基幹流・副流との関わり合いの仕方に興味誘発」と見做される。

無敬語表現（三14）が、主題2の直接表出、**無敬語表現**（三15）が、主題3の直接表出、**無敬語表現**（三15）が、主題4の直接表出、**無敬語表現**（三15）が、主題5の直接表出、**無敬語表現**（三15）が、主題6の直接表出、**無敬語表現**（三15）が、主題7の直接表出、**無敬語表現**（三15）が、主題8の直接表出、**無敬語表現に草子地の融合化**（三15一9）主題10の直接表出となっている。

○第6話「源氏、朧月夜の君対応に思案」──「**場**」（183九〜186五─約25行）

地で、「後宴（ごえん）」を設定して、前日の二番煎じを避けて、帝前の、源氏の君の「箏の琴（さうのこと）」の演奏をクローズアップして、大宴に優る優美さ・興趣深さに聴く者（読む者）の心を集中させて、右大臣姫君との偶然の出逢いの心を逸らす。

「**けり**」**止め**確認態（二8）の語りで、藤壺宮、上の御局に参上として、弘徽殿の宮中退出、即その同行者の帰邸を思わせて、源氏・女君の再会の機に聴く者（読む者）好奇心を昂揚させる。

「**けり**」**止め**確認態（二9）を**連鎖**して、源氏、腹心の侍者、用意周到な良清・惟光に、弘徽殿同行者の詮索指示として、女君への源氏の愛執の念の昂揚を思わせる。

良清・惟光の、『若紫』以来の同時再登場により、良清の播磨の明石入道親娘の奇譚披露を想起させて、『源氏・朧月夜の君の物語』をベースにした展開に、両者の関わり合いを予想させる。

地で、弘徽殿の退出に車三つ、御方々の里人の中に、四位少将、右中弁伺候とする良清・惟光の報告を呼び水にして、源氏、朧月夜の君を右大臣五六の君いずれかの確認願望、右大臣の関係認知による婿扱いの問題発生懸念、女君の人物を十分に理解せぬ時は後日の面倒必定、朧月夜の君を誰と見知らぬままでは残念、適切な認知方法如何と、直情径行の世の好色人（すきびと）光源氏の君が適切な方法選択に思案投げ首の状態として、『源氏・朧月夜の君の物語』が、本流

『光源氏の物語』の基幹流・副流の展開といかに複雑な絡み合いをするかに聴く者（読む者）の好奇心を誘う。

「話」の主題は、「源氏、「後宴」で筝の琴演奏」（1）「「後宴」、大宴に優る優美さ・興趣深さ」（2）「源氏、腹心の侍者良清・惟光に、弘徽殿同行者の詮索指示」（3）『源氏・朧月夜の君の物語』に、良清・惟光の関わり合い予想」（4）「源氏、偶然の出逢いの右大臣姫君の確認方法に思案投げ首」、作意は、「新展開『源氏・朧月夜の君の物語』の、本流『光源氏の物語』の基幹流・副流との関わり合いの仕方に興味誘発」と見做される。

「けり」止め（二9）が、主題3の直接表出、**「けり」止め**（二8）が、主題3の誘導表出となっている。

○第8話「思わぬ契りの証（しるし）の扇に、源氏の愛執の念の昂まり」―「件」（186七〜187六―約9行）

第7話に、**『源氏・紫のゆかりの物語〈第二部〉』**（「破」）の「源氏、夫君不在の若紫の失意生活を思い、愛憐の情の昂まり」を入れたのは、本流『光源氏の物語』の基幹流と、新展開の関わり合いの展望依拠と理解される。

「話」頭に、証の扇の内容を取り上げ、**無敬語表現**（三16）で、光源氏の君の心惹かれる女君の嗜み・人柄を強調して、源氏の愛執の念の昂まりを印象づけており、源氏・朧月夜の君の出逢いが、本流『光源氏の物語』の基幹流の展開に影響をもたらす展望を確信させる。

地を継いで、第4話の、源氏の名乗りの求めに、女君が、挑発的歌詞で、偶然の出逢いの源氏の情愛のまことを積極的に糺す幽艶・優美な様態が心にかかる故にとして、朧月夜の君を見失って知る愛執の念の昂まりは全く未体験のものとの**独詠**を聴く者（読む者）の裡に刻んで、二人の浮上の機を待たせる。

「話」の主題は、「源氏、思わぬ契りの証の扇に愛執の念の昂まり」（1）「源氏、朧月夜の君を見失って知る愛執の念の昂まりは全く未体験の懐い」（2）、作意は、「新展開『源氏・朧月夜の君の物語』の、本流『光源氏の物語』との関わり合いの仕方に興味誘発」と見做される。

無敬語表現（三16）が、主題1の直接表出となっている。

語りの留意点として次が指摘される。

1　**「けり」止め**確認態の語りで、新たなロマンの展開誘導（第4話）。

2　**「けり」止め**確認態の語りで、酔い心地に情動心を誘われた源氏のそぞろ歩きに、突発的事態発生の必然性示唆（第4話）。

3　**無敬語表現**の語りで、常に藤壺宮に逢う機を窺う源氏の行動により、新展開の「場」の用意（第4話）。

4　**「けり」止め**確認態の語りで、藤壺宮に逢う機の媒（なかだち）に王命婦を確認（第4話）。

5　**「けり」止め**確認態の語りで、弘徽殿女御の上の御局参上として、主人不在の、緊張感なき状況に、突発的事態発生の必然性示唆（第4話）。

6　**草子地**推量態の語りで、主人不在の、緊張感なき、突発的事態発生の必然的状況に、聴く者（読む者）を誘導（第4話）。

7　**草子地**話者認識態の語りで、源氏の掌中に偶然飛び込んで来た、魅惑的な「上の品」の女君との因縁めく出逢いの展開にこの上なく興味誘発（第4話）。

8　**無敬語表現**の語りで、源氏の強引な行為をクローズアップして、伊予介後妻とのかりそめの情事の二重写しの効果期待（第4話）。

9　新登場人物の、亡き夕顔似の設定の仕掛けに、本流『光源氏の物語』の流れに重大な影を落とす副流の展開の予想化（第4話）。

10 **「けり」止め**確認態に**無敬語表現**の**融合化**の語りで、女君の、宰相中将源氏の君の強引な行為を許容、成り行き任せの心情示唆（第4話）。

11 **無敬語表現**の語りで、女君の、困惑しながらも、源氏の君から情味なく気の強い女には見られまいの懐い強調（第4話）。

12 **草子地**推量態の語りで、例ならず酔い痴れる源氏の心情を推量、朝廷の要職宰相中将を忘れた、二十の若人の本能のままの行動示唆（第4話）。

13 **無敬語表現**の語りで、源氏の、掌中の魅惑的な女性を手放す残念な懐いを強調、未だ知らぬ、天真爛漫な魅惑的女性に惹かれる、一方ならぬ執着心示唆（第4話）。

14 **草子地**推量態に**無敬語表現**の**融合化**の語りで、偶然の出逢いの源氏の君の求めに応える女君の、若く温柔な、毅然とする心の知り得ぬ、自然態で魅惑的な、初(うぶ)な深窓の姫君を印象づけながら、その人柄の今後の物語展開への投影の仕方に聴く者（読む者）好奇心昂揚（第4話）。

15 源氏の事後の懐いを「らうたし」とし、偶然の出逢いの女君の、世の好色人(すきびと)光源氏の君の想いに適うを思わせ、新展開の長編性の予想化（第4話）。

16 **無敬語表現**の語りで、女君のさまざまの懐いによる煩悶の容子を強調して、その因に聴く者（読む者）の好奇心をかき立てて、成り行きの今後の物語展開への投影の仕方に興味誘発（第4話）。

17 源氏、女君にかりそめの出逢いで終わる意思なき推量から、名乗りの求め（第4話）。

18 **無敬語表現**の語りで、積極的に源氏の君の情愛のまことを糺す、幽艶・優美な様態の女君の返し（第4話）。

19　左大臣家の婿君、朝廷の要職宰相中将光源氏の君と、積年の悪感情の弘徽殿存在の右大臣家の姫君を確信させる魅惑的女性の物語展開の幕開けに、両者の背景により、想っても所詮相添えぬ哀しい運命の出逢い示唆、その行方に興味昂揚（第4話）。

20　源氏・女君の、交換のしるしの扇をめぐる展開の待望化（第4話）。

21　源氏近侍の女房、主の宮中生活の夜の部承知（第5話）。

22　**無敬語表現**の語りで、偶然の出逢いによる、源氏の裡のただならぬ余韻の行方に興味誘発（第5話）。

23　藤壺宮の心奥に秘めた光源氏の君愛の魂の叫び後に、予兆なく急浮上させた、満を持したかの弘徽殿方の女君との新たな物語展開の行方に、本流『光源氏の物語』への投影の仕方に聴く者（読む者）の好奇心昂揚（第5話）。

24　**無敬語表現**の語りで、源氏に根深い悪感情を抱く弘徽殿女御の妹君、東宮妃とする右大臣の思惑、左大臣家の婿君の立場等、物語展開を複雑化する設定により、新展開の長編性、本流『光源氏の物語』の基幹流・副流との関わり合いの仕方に興味昂揚（第5話）。

25　**無敬語表現**に**草子地**推量態の**融合化**の語りで、女君の魅力に対する源氏の愛執推量により、二人の関係の表の流れに浮上の確信化（第5話）。

26　弘徽殿方・藤壺宮方の生活対照の源氏の認識により、物語展開の展望による用意示唆（第5話）。

27　「けり」止め確認態の語りで、源氏、女君に愛執の念の昂揚示唆（第6話）。

28　『源氏・朧月夜の君の物語』をベースにした展開に、源氏の腹心の侍者良清・惟光の関わり合いの予想化（第6話）。

29　『源氏・朧月夜の君の物語』が、本流『光源氏の物語』の基幹流・副流の展開にいかに複雑な絡み合いをするかに聴く者（読む者）の好奇心誘発（第6話）。

29 **無敬語表現**の語りで、源氏の心惹かれる女君の嗜み・人柄を強調して、源氏の愛執の念の昂まりの印象化（第8話）。

30 **無敬語表現**の語りで、源氏・朧月夜の君の出逢いが、本流『光源氏の物語』の基幹流の展開に影響をもたらす展望の確信化（第8話）。

31 源氏の**独詠**で、朧月夜の君を見失って知る愛執の念の昂まりの全く未体験強調（第8話）。

手法の留意点として次が指摘される。

1 「**けり**」**止め**確認態の語りで、こと発生の必然的状況確認（第4話）。

2 「**けり**」**止め**確認態の語りで、突発的事態の必然性示唆（第4話）。

3 **無敬語表現**の語りで、新展開の背景設定クローズアップ（第4話）。

4 「**けり**」**止め**確認態の語りで、必然的展開の状況確認（第4話）。

5 「**けり**」**止め**確認態の語りで、突発的事態発生の必然的状況確認（第4話）。

6 **草子地**推量態の語りで、突発的事態発生の必然的状況示唆（第4話）。

7 **草子地**話者認識態の語りで、「上の品」の女性の新しい物語の流れの誘導（第4話）。

8 **草子地**話者認識態の語りで、話者と登場人物の認識の一体化により、臨場感・物語の世界との一体感招来（第4話）。

9 **無敬語表現**の語りで、臨場感・物語の世界との一体感招来（第4話）。

10　**無敬語表現**の語りで、物語の流れを誘導するヒロインの心情強調（第4話）。
11　**無敬語表現**の語りで、ヒロインの魅力強調（第4話）。
12　**草子地推量態**の語りで、ヒーローの情動心の、本流『光源氏の物語』展開への投影の仕方に興味誘発（第4話）。
13　**無敬語表現**の語りで、ヒーローの懐いのその「生」への投影強調（第4話）。
14　**草子地推量態**の語りで、話者と登場人物の認識の一体化により、臨場感・物語の世界との一体感招来（第4話）。
15　**無敬語表現**の語りで、ヒロインの性情の、今後の物語展開への投影強調（第4話）。
16　**無敬語表現**の語りで、ヒロインの煩悶の因の、今後の物語展開への投影強調（第4話）。
17　**無敬語表現**の語りで、複雑な条件設定の魅惑的「上の品」のヒロインの物語の、本流『光源氏の物語』への投影の仕方に興味誘発（第4話）。
18　**無敬語表現**の語りで、物語展開に重要な布石示唆（第5話）。
19　**無敬語表現**に**草子地**推量態の**融合化**する語りで、物語展開に重大な問題提起示唆（第5話）。
20　**無敬語表現**に**草子地**推量態の**融合化**する語りで、新展開の、本流『光源氏の物語』の基幹流・副流への投影の仕方に興味誘発（第5話）。
21　**「けり」止め**確認態の語りで、人物の連鎖的行動確認（第6話）。
22　**「けり」止め**確認態の語りで、ヒーローの複数の腹心の侍者の登場により、新展開の条件設定確認（第6話）。
23　**無敬語表現**の語りで、ヒロインの嗜み・人柄強調（第8話）。
「余韻」（第11 12話）

○第11話「朧月夜の君の父右大臣」――「件」(191九～195三―約34行)

第9話に、『**源氏・紫のゆかりの物語〈第二部〉**』(〔破〕)の、「若紫、源氏の「思ふやう」に成長」を、第10話に、『**源氏・左大臣姫君の物語〈第二部〉**』(〔破〕)の、「夫君(おとこぎみ)に冷対応の姫君と対照的な舅左大臣の婿君大事愛」を入れたのは、次帖に本流『光源氏の物語』の基幹流・副流それぞれの物語の「急」の展開の展望依拠と理解される。

地で、「かの有明の君は、はかなかりし夢を思し出(い)でて、いともの嘆かしうながめたまふ」と、第4話の「女」ではなく、「かの有明の君は」として、いよいよ満を持した本命の展開の幕開けを思わせる入り方は、『光源氏の物語』の流れ中で、女君の「はかなかりし夢」ではなく、生涯に渉る現実(うつつ)の懐いとなる展望示唆を確信させる。

以下、聴く者(読む者)に物語展開のポイントを明確に示して巻のクライマックスに誘導する。

1 **地**で、「春宮には、卯月(うづき)ばかりと思し定めたれば」を、第5話「六は東宮に奉らむと心ざしたまへるを」と照応させて、源氏の偶然の出逢いの相手は「右大臣六君」と決まり、女君の「いとわりなう思し乱れたる」は、春宮入内の時の急迫、思わぬ契りの光源氏の君愛によるを確信させる。

2 **地**で、源氏は、思わぬ契りの対象不明の上に、左大臣家の婿君の立場で、「ことにゆるしたまはぬあたり」に女性関係で関わり合う体裁の悪さに苦悩するうちに時の経過として、二人の接点の機を待たせる。

3 **地**で、その機に、「やよひの二十日、右大殿(みぎのおほとの)の弓の結(けち)」を設定して、上達部・親王たちを多く集めて藤の宴を開催と運ぶ流れに、**草子地**推量態(一13)を入れて、興趣深く咲く遅咲き桜花の心根を推量する形で、桜花の擬人化により、源氏・朧月夜の君の再会の機を誘導する。

4 **草子地**話者述懐態(一14)を**連鎖**して、二木(ふたき)の遅咲き桜の実に興趣深さを語って、これまでの恋物語とは全く趣の異なる、遅れて咲く源氏・朧月夜の君の人知れぬ恋の行方に興味を誘いながら、複雑な条件の絡み合う異色の

「上の品」の恋物語『源氏・朧月夜の君の物語』の長編性を思わせる。
5　**地**で、右大臣の新築の御殿を弘徽殿女御の御腹の姫宮たちの御裳着（もぎ）の日のために美しく装う語りを契機に、万事華やかで目新しく飾り立てる右大臣の人柄をクローズアップする。
6　右大臣の、やがて今上の外祖父として絶大の権勢をもつ立場により、本流『光源氏の物語』の表舞台への登場間近を予想させ、物語展開の展望による用意の語りを思わせる。
7　**地・和歌**で、右大臣の、先日、宮中で御対面の折の案内にもかかわらず、源氏の君の来邸なきは、残念、光彩に欠ける懐い故に、御子の四位少将を使者に立てて再勧誘として、さる期待感の思惑をのぞかせる。
8　帝の**言葉**で、源氏に右大臣邸訪問の勧めとして、源氏の将来に対する帝の細やかな配慮を思わせる。
「話」の主題は、「朧月夜の君の苦悩」（1）「源氏、苦悩」（2）『源氏・朧月夜の君の物語』の長編性示唆に興味誘発」（3）「右大臣、万事華やかで目新しく飾り立てる人柄」（4）「右大臣の、本流『光源氏の物語』の物語の表舞台への登場間近示唆」（5）「源氏の将来を懐う帝の細やかな配慮示唆」（6）、作意は、「右大臣の、本流『光源氏の物語』への関わり合いの仕方に興味誘発」と見做される。
草子地（一14）が、主題3の直接表出、**草子地**（一13）が、主題3の誘導表出となっている。

○第12話「光源氏・朧月夜の君の再会」──「**場**」（195三～201一─約58行）
地で、光源氏の君、入念に準備万端調えて、日の暮れはてる時分に、人々に待たれるように御入来として、いよいよ本願の朧月夜の君との再会の状況に聴く者（読む者）の胸をときめかせる。
地を続けて、他の来客の袍（うえのきぬ）の正装姿に対照する形で、桜襲（さくらがさね）の唐の綺（き）の直衣（のうし）に、葡萄染（えびぞめ）の下襲（したがさね）の裾をとても長く引く容子として、**草子地**話者認識態（一15）を継いで、くつろいだ直衣姿の、優美な装いで、丁重に遇されながら宴席に入る光源氏の君の人目を惹く魅惑的な出で立ちの格別さをクローズアップする。

草子地話者述懐態（一16）を**連鎖**して、桜花の美しさも、源氏の君の光り輝く美貌に圧倒されて、かえって興ざまし感として、右大臣家との今後の関わり合いの仕方に興味を誘う。

以下、**地**で、源氏、一座の人々の興趣を誘う管絃の演奏、少々夜更けの時分に、酔い過ぎの不快演技で、人目につかぬように離席、寝殿に女一宮女三宮居住、弘徽殿腹以外の女二宮の存在示唆により、物語展開の先行きに興味誘発、女宮たち居住の寝殿東の戸口に源氏来、弘徽殿方女房たちの藤見物の開放感、ショー的演出感と、藤壺宮女房たちの用意ある姿勢を比較する源氏の懐いと、展開させて本命の「場」に入る。

酔い過ぎの不快、酒強要により困惑、庇護を願う源氏の諧謔味の**言葉**、妻戸の御簾を被って上半身を内に入れる過剰演出に、内の女房の揶揄の応答と運んで、源氏の覗き見る室内の様子の印象から、藤壺宮を理想の女性像とする源氏の懐いを確認しながら、右大臣家の女性群像の特質把握とする。

地で、1落ち着いた感じはないが、並の若女房ではなく、上品で風情あるムード顕著、2実に煙いほどに燻る空薫(そらだき)物(もの)、3特に華美に感じるように振る舞う衣擦れの音、4奥ゆかしく控えめの容子不足、5華やかで目新しいことを好む体質を列挙する。

草子地推量態（一17）を入れて、姫宮たち、東の戸口で藤見物として、意中の君に接近する源氏の君の、胸の鼓動の高鳴りを思わせながら、光源氏・朧月夜の君再会の瞬間に聴く者（読む者）のときめき感の昂揚を期する。

草子地話者注釈態（一18）を**連鎖**して、客人(まろうど)源氏の君の、姫宮たちに急接近の行動の非礼の理を入れながら、千歳一遇の機に、朧月夜の君何れの情動心の昂揚から、わざと戯け声で、「催馬楽」の「高麗人に帯を取られてからきめを見る」の「帯」を「扇」に変えて、俳諧味の**発語**とする。

草子地推量態（一19）でうけて、光源氏・朧月夜の君の事情知らぬも、臨機応変・才気煥発な女房の応答として、万事積極的姿勢の右大臣家の気風を思わせながら、二人の再会にワンステップを入れて、**贈答歌**による情念の昂まりを演出する。

几帳越しに、光源氏の君が朧月夜の君の手を捉えて、「ほの見し月の影」を求める一筋愛の訴えの**贈歌**を、**草子地**推量態に**無敬語表現**の**融合化**（一20三19）でうけて、身も心も燃えたぎる女君の苦衷、事もあろうに、源氏に根深い悪感情を抱く弘徽殿女御の同胞、父右大臣の野心を背負い、源氏の兄春宮の許に近々に入内内定の身でありながら、父の反目する左大臣の婿君を想う、この上なき複雑な条件の絡み合いの重圧感、所詮は相添えぬ仲の紆余曲折の展開を思わせながら想像に余る光源氏・朧月夜の君の哀しい「生」の行方に興味を誘う。

女君の満身の喜悦ながらも、「月なき空に迷」う男君の心への疑念で応える**答歌**により、二人の劇的な再開のハイライトシーンの余韻で聴く者（読む者）を包み、男女の顔を見せず、燃える想いを熱き手の血潮に託する「いとうれしきものから」の掉尾の語りには、各趣各様の各帖巻末の演出に、『源氏物語』作者の意（こころ）を見せる。

「話」の主題は、「源氏の君の人目を惹く魅惑的な出で立ち」（1）「源氏、管絃の演奏」（2）「弘徽殿腹以外の女二宮の存在示唆」（3）「源氏、弘徽殿方女房たちの開放感と、藤壺宮女房たちの用意ある姿勢比較」（4）「右大臣家の女性群像の特質」（5）「姫宮、女君たち、藤見物」（6）「源氏、女宮、女君たちに接近」（7）「源氏・朧月夜の君、几帳越しの和歌贈答の情念の昂まり」（8）、作意は、「光源氏・朧月夜の君の再会のロマンの行方に興味昂揚」と見做される。

草子地（一15 16）が、主題1の直接表出、**草子地**（一17）が、主題5の直接表出、**草子地**に**無敬語表現**の**融合化**

なっている。

（二20三19）が、主題8の直接表出、**草子地**（一18）が、主題7の誘導表出、**草子地**（一19）が、主題8の誘導表出と

語りの留意点として次が指摘される。

1　朧月夜の君の「はかなかりし夢」ではなく、生涯に渉る現実の懐いとなる展望示唆（第11話）。

2　源氏の偶然の出逢いの相手は「右大臣六君」と判明、朧月夜の君の苦悩の因は、春宮入内の時の急迫、思わぬ契りの光源氏の君愛によるもの（第11話）。

3　源氏、左大臣家の婿君の立場で、「ことにゆるしたまはぬあたり」に女性関係で関わり合う体裁の悪さに苦悩（第11話）。

4　「やよひの二十日、右大殿の弓の結」に藤の宴を設定して、源氏・朧月夜の君の再会の機を誘導（第11話）。

5　複雑な条件の絡み合う異色の「上の品」の恋物語『源氏・朧月夜の君の物語』の長編性示唆（第11話）。

6　万事華やかで目新しく飾り立てる右大臣の人柄クローズアップ（第11話）。

7　右大臣の、やがて今上の外祖父として絶大の権勢をもつ立場、本流『光源氏の物語』の表舞台への登場間近の予想化（第11話）。

8　右大臣、御子の四位少将を使者に立てて、藤の宴に源氏の来邸再勧誘（第11話）。

9　源氏の将来を懐う帝の細やかな配慮示唆（第11話）。

10　源氏の、くつろいだ直衣姿、優美な装い、人目を惹く魅惑的な出で立ちクローズアップ（第12話）。

11　源氏の、右大臣家との今後の関わり合いの仕方に興味誘発（第12話）。

12　源氏、一座の人々の興趣を誘う管絃の演奏（第12話）。
13　弘徽殿腹以外の女二宮の存在示唆により、物語展開の先行きに興味誘発（第12話）。
14　源氏、弘徽殿方女房たちの藤見物の開放感、ショー的演出感と、藤壺宮女房たちの用意ある姿勢を比較する懐い（第12話）。
15　藤壺宮を理想の女性像とする源氏の懐い確認（第12話）。
16　右大臣家の女性群像指摘―落ち着いた感じはないが、並の若女房ではなく、上品で風情あるムード顕著、実に煙いほどに燻る空薫物（そらだきもの）、特に華美に感じるように振る舞う衣擦れの音、奥ゆかしく控えめの容子不足、華やかで新奇を好む体質（第12話）。
17　姫宮、女君たち、藤見物（第12話）。
18　源氏、戯け声で、「催馬楽」による俳諧味の発語（第12話）。
19　源氏・朧月夜の君、几帳越しの和歌贈答による情念の昂まり（第12話）。

手法の留意点として次が指摘される。

1　**草子地推量態**の語りで、遅咲き桜花の擬人化の仕掛けに興味誘発（第11話）。
2　**草子地話者述懐態**の語りで、実に興趣深く咲く遅咲き桜に仮託する仕掛けに興味誘発（第11話）。
3　**草子地話者認識態**の語りで、右大臣家の招客ヒーローの晴れ姿クローズアップ（第12話）。
4　**草子地話者述懐態**の語りで、右大臣家の招客ヒーローの光り輝く美貌賛嘆（第12話）。
5　**草子地推量態**の語りで、クライマックスの「場」の状況設定（第12話）。

6 **草子地話者注釈態**の語りで、自制心喪失の行動示唆（第12話）。
7 **草子地推量態**の語りで、臨機応変・才気煥発な応答示唆（第12話）。
8 **草子地推量態**に**無敬語表現**の**融合化**の語りで、想像に余る、相添えぬ仲の紆余曲折の物語展開示唆に興味誘発（第12話）。

c 『源氏・紫のゆかりの物語〈第二部〉』（2話）

「**破**」（第7・9話）

○第7話「源氏、夫君不在の若紫の失意生活を思い、愛憐の情の昂まり」――「件」（第二巻186五〜七―約2行）

本流『光源氏の物語』の**基幹流**『**源氏・藤壺宮の物語〈第三部〉**』の「**序**」（第1話「二月（きさらぎ）二十日あまり、帝、南殿の桜の宴挙行」、第2話「光源氏の「春鶯囀（しゅんのうでん）」、頭中将の「柳花苑（りゅうかえん）」の輝き」、第3話「**藤壺宮の心奥に秘めた光源氏の君愛の魂の叫び**」）、**副流**『**源氏・朧月夜の君の物語〈第一部〉**』「**急**」（第4話「**源氏、朧月夜の君と逢う機**」、第5話「源氏、偶然の出逢いの右大臣姫君に愛執の念」、第6話「源氏、朧月夜の君対応に思案」）後に見えている。

これは、基幹流『源氏・紫のゆかりの物語〈第二部〉』の、基幹流『源氏・藤壺宮の物語〈第三部〉』と副流『源氏・朧月夜の君の物語〈第一部〉』との関わり合いを思わせ、第7話の『源氏・紫のゆかりの物語〈第二部〉』の**地**の一（ひと）語り後の、第8話は、副流『源氏・朧月夜の君の物語〈第一部〉』、第9話『源氏・紫のゆかりの物語〈第二部〉』の配列は、源氏の並々ならぬ若紫愛、朧月夜の君に対する源氏の愛執の念の昂まりの相乗効果により、今後の基幹流・副流の展開の複雑な絡み合いに聴く者（読む者）の興味の更なる昂揚を期する作意を確信させる。

「話」の主題は、「源氏、若紫に愛憐の情の昂まり」、作意は、「『源氏・紫のゆかりの物語』展開の行方に興味昂揚」

と見做される。

○第9話「若紫、源氏の「思ふやう」に成長」―「件」（187六～189一―約15行）

・**地**で、無沙汰後に行くべき所の選択肢に、左大臣の権勢下にある婿君源氏が、理知・本能の葛藤から、北の方ならぬ愛し姫君若紫を選ぶ心情に、聴く者（読む者）に来たるべき機を予感させる。

地を継いで、久しぶりに源氏の目に飛び込む若紫は、実に愛らしげに、魅力的に、格別才気煥発に、源氏の「思ふやう」に順調に成長する、他に類を見ぬ女性（ひと）を実感させる。

草子地推量態（一10）で、不満なところなく、「思ふやうならん人」像の本願成就の源氏の微笑みを思わせながら、本流『光源氏の物語』の基幹流『源氏・藤壺宮の物語』を継承する『源氏・紫のゆかりの物語〈第二部〉』のクライマックス間近を予想させる。

草子地話者述懐態に**無敬語表現**の**融合化**（一11三17）を**連鎖**して、源氏の、男の手の愛育により、若紫に人馴れしている面の染みて、生来の美質、類いなき魅力の損う懸念として、若紫をわが妻として、「思ふやうならん人」像そのままの女性としての成長を夢見る強烈な懐いを確信させる。

地を継いで、源氏、若紫に宮中生活の話、琴（こと）を教え暮らして離邸として、絵の描き交わしはないが、物語の展望よる語りを思わせながら、来たるべき光源氏の君・若紫の大ロマンの生活を夢想させる。

源氏の離邸に、「例の」と口惜しき懐いの**地**に、**無敬語表現**（三18）を入れて、若紫の、「後の親」に対する親愛の情・独占欲から、わが夫君としての源氏の生活を理解する大人の懐いへの推移を強調して、再度、『源氏・紫のゆかりの物語〈第二部〉』のクライマックス間近を印象づける。

「話」の主題は、「源氏・若紫の生活に来たるべき機の予感」（1）「若紫、源氏の「思ふやう」に成長」（2）「源氏、男の手の愛育により、若紫生来の美質、類いなき魅力の損う懸念」（3）『『源氏・紫のゆかりの物語〈第二部〉』のクライマックス間近の予想化」（4）「源氏、若紫に「思ふやうならん人」像そのままの女性としての成長を夢想」（5）「源氏、若紫に宮中の話、琴教授」（6）「若紫、源氏の生活理解に成長」（7）、作意は、「源氏の「思ふやう」に成長する若紫の来たるべき機に興味昂揚」と見做される。

草子地（一10）が、主題2の直接表出、**草子地**に**無敬語表現**の**融合化**（一11三17）が、主題3の直接表出、**無敬語表現**（三18）が、主題7の直接表出となっている。

語りの留意点として次が指摘される。

1　源氏、夫君不在の若紫の失意生活を思い、愛憐の情の昂まり（第7話）。
2　源氏、無沙汰後行くべき所に、北の方左大臣姫君ならぬ若紫を選択（第9話）。
3　源氏の見ぬ間に、源氏の「思ふやう」に、若紫の、実に愛らしげに、魅力的に、格別才気換発に成長（第9話）。
4　**草子地**推量態の語りで、源氏の不満なところなき若紫の成長に、「思やうならん人」像の本願成就の源氏の微笑み示唆（第9話）。
5　本流『光源氏の物語』の基幹流『源氏・藤壺宮の物語』を継承する『源氏・紫のゆかりの物語〈第二部〉』のクライマックス間近を予想化（第9話）。
6　**草子地**話者述懐態に**無敬語表現**の**融合化**の語りで、源氏、男の手の愛育により、若紫に人馴れしている面の染みて、生来の美質、類いなき魅力の損う懸念（第9話）。

7　源氏、若紫に宮中生活の話、琴を教え暮らして離邸（第9話）。
8　**無敬語表現**の語りで、源氏の生活を理解する若紫の大人の懐いへの推移強調（第9話）。

手法の留意点として次が指摘される。
1　**草子地推量態**の語りで、『源氏・紫のゆかりの物語〈第二部〉』クライマックスへの確かな布石示唆（第9話）。
2　**草子地話者述懐態**に**無敬語表現**の**融合化**の語りで、瑕疵なき珠玉のヒロイン像に、ヒーローの期待感強調（第9話）。
3　**無敬語表現**の語りで、ヒロインの精神的成長強調（第9話）。

d『源氏・左大臣姫君の物語〈第二部〉』（1話）
「**破**」（第10話）
○第10話「夫君（おとこぎみ）冷対応の姫君と対照的な舅左大臣の婿君大事愛」――「**場**」（第二巻189一～191九―約28行）
『**源氏・紫のゆかりの物語〈第二部〉**』のクライマックス間近を予想させる「話」に継いで、**地**で、「大殿（おほいどの）には、例の、ふとも対面したまはず」と入り、北の方左大臣姫君の、前回訪問時（『紅葉賀』（第12話））の応接態度とはあまりもの変わり様に唖然する源氏の表情を思わせるが、次の「よろづに思しめぐらされて」は、源氏の「思ふやう」に成長する若紫処遇を思い悩み、対応する源氏の決断を導く語りと理解される。

この左大臣姫君の語りは、正に、『若紫』第43話の「例の、女君、とみにも対面したまはず」への逆流で、その理由として次が指摘される。

作者は、『若紫』第5話で、聴く者（読む者）の好奇の心をそそる源氏の須磨行きの展望カードを明示しており、その時点の北の方左大臣姫君処遇の想による語りが、第43話の「例の、女君…」で、『若紫』から『紅葉賀』への流れは当初の予定通りだが、一方、裏の流れの源氏の須磨行き譚を現実化させる時に、ことの必然性に心し、口さがない所々サロンの面々を意識し、よりリアルに展開させる要から、弘徽殿女御本命の大役としての想に加えて、『紅葉賀』執筆途上か擱筆後に、新たに弘徽殿の妹朧月夜の君を要とする帖、『紅葉賀』と対照する『花宴』を着想した結果と考えられる。

この事に関連して、『若紫』で、代々の国の司の求愛の対象になった明石の君の年齢は、執筆当時、恐らくは、十四五六の心積りであったろうが、『須磨』『明石』に至っても、『若紫』で十ばかりあった若紫とほぼ同年齢と思われる筆致の矛盾が生じているわけだが、この年序の誤差の因は、『若紫』で予期していなかった『花宴』の発想によるものと見做される。

地で、源氏が、箏の琴を手すさびに掻き鳴らして、「催馬楽」の、男に「やはらか」な愛の手枕を求める女の一途を心を我が身に置き換えて**謡う**冷淡な北の方への訴えの抵抗心、女君の反応は皆無で、**地**で、源氏の演奏により情趣を誘われた左大臣の登場と展開させて、源氏・左大臣姫君の夫婦仲の件は進展なく幕とする。

次いで、左大臣の、花宴の優れた詩文、完全な舞・楽、管絃の演奏の**褒詞**に始めて、それを演出する源氏の君の裁量力の秀逸性**賛辞**、源氏は、頭中将の「柳花苑」は後世の範例、左大臣御自らの舞あればこの世の誉れの**返し**と運んで、**地**で、左中弁、頭中将の登場として、それぞれに楽器の音色を調律し合って音楽の遊びとする。

草子地話者述懐態（一12）で締めくくって、左中弁・頭中将の合奏の興趣深い懐いを述べて、『若紫』第15話、源氏の瘧病加療のための北山某寺訪問時の、「頭中将をはじめ迎えの人々、奏楽の楽しみ」を想起させながら、左大臣家の最後の春をクローズアップして、夢再びの機の有無に興味を誘う。

「話」の主題は、「北の方左大臣姫君の夫君冷対応」（1）「源氏、「思ふやう」に成長する若紫処遇に苦悩」（2）「源氏、北の方に愛の手枕の求め」（3）「北の方、夫君の訴え無視」（4）「左大臣、花宴の優れた詩文、完全な舞・楽、管絃の演奏に褒詞」（5）「左大臣、源氏の裁量力の秀逸性賛辞」（6）「源氏、頭中将の「柳花苑」は後世の範例、左大臣御自らの舞あればこの世の誉れの返し」（7）「左中弁・頭中将の、音楽の遊びの興趣深さ」（8）、作意は、「夫君冷対応の姫君と対照的な、舅左大臣の婿君大事愛の行方に聴く者（読む者）の好奇心誘発」と見做される。

草子地（一12）が、主題8の直接表出となっている。


語りの留意点として次が指摘される。

1　北の方左大臣姫君の夫君冷対応の行方に興味誘発。
2　源氏、「思ふやう」に成長する若紫処遇に苦悩。
3　源氏の愛の手枕の求めに、左大臣姫君無視。
4　源氏・左大臣の婿舅の関係で、互いの秀逸性賛辞。
5　左中弁・頭中将の、音楽の遊びの興趣深さ。

手法の留意点として次が指摘される。

1　語りの逆流現象の因は、物語の裏の流れの現実化、ことの必然性に留意、聴く者（読む者）の反応意識、よりリアルに展開させる要故。

2 『源氏物語』執筆当初から、主要人物に本命の大役の想示唆。
3 登場人物の新着想により語りの逆流現象現出。
4 「催馬楽」の歌詞解釈の変更により、諧謔的効果招来。
5 婿舅の関係で、互いの秀逸性賛辞により、来たるべき機の人物構図の予想化。
6 特定の人物の好尚による物語展開の予想化。

話ナンバーを一段目に、各話の、A話題（件場の別・行数〈約〉）、B物語展開（括弧入りは、背後の流れを思わせるもの）、C主題、D作意を二段目に、登場人物（通称か、この帖の呼び名。括弧入りは背景的存在）を三段目に表示し、草子地・「けり」止め・無敬語表現による語りの機能（a）・作意（b）を四段目に示した。（括弧の漢数字一～三と算数字の組み合わせは、一～三の叙述記号。Ⅰは主題の直接表出、Ⅱは主題の誘導表出、Ⅲは語りの余韻表出、Ⅳは次話への橋懸り表出、Ⅴは物語展開の展望による設定表出、Ⅵは語りの解説表出、Ⅶは登場人物の心情批評、Ⅷは登場人物の心情解説、Ⅸは登場人物の性情批判、Ⅹは登場人物の体験確認。◎は連鎖表出）。

1	A二月（きさらぎ）二十日あまり、帝、南殿（なでん）の桜の宴挙行（件・7） B『源氏・藤壺宮の物語〈第三部〉』（「破」） C弘徽殿の藤壺宮反感 D帝譲位、東宮即位、弘徽殿待望の春間近示唆	桐壺院 藤壺宮 東宮（朱雀院） 弘徽殿女御	
2	A光源氏の「春鶯囀（しゅんのうでん）」、頭中将の「柳花苑（りゅうかえん）」の輝き（場・47）	光源氏 頭中将	［草子地に無敬語表現融合化］（一1三1）Ⅰ◎ a頭中将の並々ならぬ光源氏の君ライバル意識示唆

桐壺院 東宮 親王達 左大臣 上達部 地下 文人 博士 講師	B『源氏・藤壺宮の物語〈第三部〉』（「破」） C源氏の君の探韻発声の、常の人とは異なる魅力1 源氏の君と対照する人目を意識する頭中将の穏やかならぬ心情2 頭中将の声調の重々しさ3 帝・春宮の学才非常に優秀4 帝、温情味ある人柄5 数々の舞楽、帝の御用意6 春宮、源氏の君に挿頭を下賜して舞を所望7 匹敵するものなき源氏の君の舞の輝き8 帝、頭中将に舞所望、興趣深い舞に御衣下賜9 源氏の君の詩作称讃10 帝、源氏の君重用の強い認識11 D名君への「餞」の宴クローズアップ 優越する臣下源氏の君・頭中将クローズアップ

a「源氏・頭中将・常陸宮姫君」「源氏・頭中将・源典侍」三巴の物語展開の踏襲示唆
b長編物語展開の展望に立脚する、大敵役頭中将の、光源氏の君ライバル意識示唆

［無敬語表現］（三2）Ⅰ◎
a大敵役頭中将の、光源氏の君優越点クローズアップ
b頭中将の光源氏優越点の、長編物語展開への投影示唆

［「けり」止め］（二1）Ⅰ
a老博士たちに対する主催者帝の感懐クローズアップ
b老博士たちに対する帝の感懐挿入の作意に聴く者（読む者）の注意喚起

［無敬語表現］（三3）Ⅰ
a匹敵するものなき光源氏の君の舞の輝きのイメージ化
b『紅葉賀』の「青海波」を契機とする展開を想起させながら、『花宴』の「春鶯囀」による成り行きに興味誘発

［草子地に無敬語表現融合化］（一2三2）Ⅱ
a頭中将の、用意周到、臨機応変な性格示唆
a頭中将、源氏の君と対になる立場の意識示唆
b大敵役頭中将の、用意周到、臨機応変な性格の長編物語展開への投影示唆

			[草子地](一3)Ⅰ◎ a帝の、これまでの最愛の皇子の意識から、朝廷にとり得難い人物、絶対に重用せねばならぬ存在との強い意識示唆 b退位を目前にした帝の一大決心を思わせ、語られぬ裏の流れに拠る『光源氏の物語』の本流を予想させて、聴く者(読む者)の好奇心昂揚
3	A藤壺宮の、心奥に秘めた光源氏の君愛の魂の叫び、弘徽殿の過度の源氏の君憎悪不審、複雑な胸裡(件・8) B『源氏・藤壺宮の物語〈第三部〉』(「破」) C藤壺宮、弘徽殿の過度の光源氏の君憎悪に不審感 1 藤壺宮、光源氏の君に心惹かれるわが身の宿命(さだめ)の情けなき懐いの反省2 藤壺宮の心奥に秘めた光源氏の君愛の魂の叫び3 D波乱の問題を内蔵する『源氏・藤壺宮の物語』の成り行きに興味誘発	藤壺宮 光源氏 弘徽殿女御	[「けり」止め](二2)Ⅰ◎ a藤壺宮の、無意識裏の光源氏の君愛の発露、弘徽殿を東宮の母として意識、過度の源氏の君憎悪心不審、理知の心による反省の懐いの確認 b藤壺宮の複雑な懐いの、『源氏・藤壺宮の物語』への投影の仕方に興味誘発 bヒーロー・ヒロインの敵役弘徽殿の、『源氏・藤壺宮の物語』への投影の仕方に興味誘発 [草子地](一4)Ⅰ◎ a藤壺宮の光源氏の君愛の意識表出の、『源氏・藤壺宮の物語』展開への投影の仕方に興味誘発 b『源氏・藤壺宮の物語』の新展開入り示唆
4	A源氏、朧月夜の君と逢う機(場・63) B『源氏・朧月夜の君の物語〈第一部〉』(「急」) (『源氏・藤壺宮の物語〈第三部〉』(「序」)) C源氏、酔い心地で情動心を誘われながらそぞろ歩	光源氏 朧月夜の君 弘徽殿女御 東宮	[「けり」止め](二3)Ⅱ◎ a来るべき機到来の状況設定示唆 b「こと」の幕から新たなことの幕開け誘導 [「けり」止め](二4)Ⅰ

き1
源氏、藤壺宮対面の機を窺い、飛香舎（ひぎょうしゃ）のたたずみ歩き2
媒王命婦に、宮対面の手立て依頼の機なき3
源氏、弘徽殿の細殿（ほそどの）に立ち寄り4
「朧月夜に似るものぞなき」と吟唱する若く美しい声の女性の、源氏に接近5
源氏、女を細殿に抱き下ろして閉扉6
女君、男を宰相中将と理解して安堵感7
女君、困惑しながらも、光源氏の君から情味なく気の強い女には見られたくない意思8
源氏、掌中の魅惑的な女性を手放す残念な懐い9
源氏、未だ知らぬ、天真爛漫な魅惑的女性に惹かれて、一方ならぬ執着心10
偶然の出逢いの源氏の求めに応える女君、若く温柔な人柄で、毅然とする心の知り得ぬを推量11
源氏、偶然の出逢いの女君「らうた」き懐い12
女君、さまざまの懐いにより煩悶の容子13
源氏、女君のかりそめの出逢いで終わる意思なき推量から、名乗りの求め14
積極的に源氏の君の情愛のまことを糺す女君、幽艶・優美な姿態15
源氏、女君の素姓を尋ねあぐむ間に噂が立ち、二人の仲が蹂躙される危惧心16

藤壺宮
上達部
上の女房達
（王命婦）

a常態ならぬ光源氏の君のイメージ化
b突発的事態発生の必然性示唆

［無敬語表現］（三5）Ⅱ◎
a『紅葉賀』第6話の、「宮は、その頃、まかでたまひぬれば、例の、ひまもやと、うかがひありきたまふをことにて」と、藤壺宮の里邸三条宮の、源氏の宮対面の機画策想起により、里邸・宮中を問わず、常に宮に逢う機を窺う源氏の行動示唆
b新展開の背景設定示唆

［「けり」止め］（二5）Ⅱ◎
a『若紫』第24話、『紅葉賀』第16・17話の、媒王命婦の想起化
b源氏のもくろみ挫折示唆

［「けり」止め］（二6）Ⅱ
a主人不在の、緊張感なき、来るべき機到来の状況設定示唆
b突発的事態発生の必然性示唆

［草子地］（一5）Ⅱ◎
a主人不在の、緊張感なき、来るべき機到来の状況設定示唆
b突発的事態発生の必然性示唆

［草子地］（一6）Ⅰ◎
a源氏の君の裡に、天真爛漫で魅力的な女性の、生地

源氏、女君としるしの扇を交換17
D源氏・朧月夜の君の、偶然の逢う機による波乱予想の物語展開の行方に聴く者（読む者）好奇心昂揚

そのままの響き示唆
b酔い歩きに、親藤壺から鬼門弘徽殿に入り、源氏の掌中に偶然飛び込んで来た、魅惑的な「上の品」の女君との因縁めく物語展開に興味誘発

［無敬語表現］（三6）Ⅰ
a『帚木』第18話、「方違へ」時に、小柄な女を抱いて御座所に戻り、「障子を引き立て」る状況の想起化
bリアルなときめき感の、伊予介後妻とのかりそめの情事の二重写しの効果を期しながら、成り行きに興味誘発

［「けり」止めに無敬語表現融合化］（二7三7）Ⅰ◎
a女君の、源氏の君に抵抗心なき示唆
b女君の、無意識裏に、源氏の君の強引な行為を許容、成り行き任せの心情示唆

［無敬語表現］（三8）Ⅰ◎
a女君の、光源氏の君から情味ある優しい女と見られる願望示唆
b夕顔の宿の女と類似する、自然態の魅力示唆

［草子地］（一7）Ⅱ◎
a朝廷の要職宰相中将を忘れた、二十の若人の本能のままの行動示唆
b源氏の情動による幕開けの『源氏・朧月夜の君の物

語』展開の、本流『光源氏の物語』への投影の仕方に興味誘発

［無敬語表現］（三9）Ⅰ◎
a源氏の、未だ知らぬ、天真爛漫な魅惑的女性に惹かれる、一方ならぬ執着心示唆
b二人の偶然の出逢いの、本流『光源氏の物語』への投影の仕方に興味誘発

［草子地に無敬語表現融合化］（一8三10）Ⅰ◎
a自然態で魅惑的な、初な深窓の姫君の印象示唆
b女君の人柄の今後の物語展開への投影の仕方に興味誘発

［無敬語表現］（三11）Ⅰ
a源氏との偶然の逢う機の女君の、さまざまの懐いによる煩悶の成り行きに興味誘発
b女君の煩悶の因の、今後の物語展開への投影の仕方に興味誘発

［無敬語表現］（三12）Ⅰ
a左大臣家の婿君、朝廷の要職宰相中将光源氏の君と、積年の悪感情の弘徽殿存在の右大臣家の姫君を思わせる魅惑的女性の物語展開の幕開け示唆
b両者の背景により、想うても所詮相添えぬ哀しい運命の出逢いの行方に興味誘発

［無敬語表現］（三13）Ⅰ

段	内容	登場人物	備考
			a右大臣家の姫君を念頭に、周囲の圧力により相添えぬ仲の紆余曲折する物語展開示唆 b長編的要素を思わせる、聴く者（読む者）の予期せぬ物語展開の出現に興味誘発
5	A源氏、偶然の出逢いの右大臣姫君に愛執の念（**場**・22） B『源氏・朧月夜の君の物語〈第一部〉』（「急」） C宮中生活における源氏の「たゆみなき御忍び歩き」1 源氏、思わぬ契りによる心身の昂揚感2 女君、源氏のまだ知らぬ魅力3 源氏、女君を右大臣五六の君と推測4 源氏、姉の帥（そち）の宮・頭中将の北の方に興味誘発5 源氏、六の君を東宮妃とする右大臣の思惑理解6 源氏、思わぬ契りの六の君に憐憫の情7 源氏、女君の関係持続の意思理解8 源氏、女君に文通の手立て伝達失念を後悔9 偶然の出逢いの右大臣姫君に対する源氏の愛執推量10 源氏、弘徽殿方・藤壺宮方の生活対照認識11 D新展開『源氏・朧月夜の君の物語』の、本流『光源氏の物語』の基幹流・副流との関わり合いの仕方に興味誘発	光源氏 朧月夜の君 弘徽殿女御 五の君 帥の宮北の方 頭中将北の方 藤壺宮	［無敬語表現］（三14）Ⅰ◎ a源氏の興奮状態から容易に覚め遣らぬを示唆 b偶然の出逢いによる、源氏の裡のただならぬ余韻の行方に聴く者（読む者）好奇心昂揚 b宰相任官後に、予兆なく急浮上した、満を持したかの方の弘徽殿方の女君との新たな物語展開の行方、本流『光源氏の物語』への投影の仕方に興味誘発 ［無敬語表現に草子地融合化］（三15―9）Ⅰ◎ a光源氏の君の心を捉えた、まだ知らぬ女君の魅力示唆 a源氏の女君に対する愛執の強調により、源氏・女君の関係の表の流れへの浮上化示唆 b長編物語展開の展望の下に、源氏に根深い悪感情を抱く弘徽殿女御の妹君、東宮妃とする右大臣の思惑、源氏、女君の関係持続の意思理解、左大臣家の婿君の立場等、物語展開を複雑化する設定示唆 b新展開の、本流『光源氏の物語』への投影の仕方に興味誘発 b新展開の、基幹流『源氏・藤壺宮の物語』、副流『源氏・左大臣姫君の物語』との関わり合いの仕方

			に興味誘発
6	A源氏、朧月夜の君対応に思案（場・25） B『源氏・朧月夜の君の物語〈第一部〉』（「急」） C源氏、「後宴」で箏の琴演奏1 「後宴」、大宴に優る優美さ・興趣深さ2 源氏、腹心の侍者良清・惟光に、弘徽殿同行者の詮索指示3 『源氏・朧月夜の君の物語』に、良清・惟光の関わり合い予想4 源氏、偶然の出逢いの右大臣姫君の確認方法に思案投げ首5 D新展開『源氏・朧月夜の君の物語』の、本流『光源氏の物語』の基幹流・副流との関わり合いの仕方に興味誘発	光源氏 朧月夜の君 藤壺宮 良清・惟光 女御達 四位少将 右中弁 弘徽殿女御 右大臣	［「けり」止め］（二8）Ⅱ◎ a弘徽殿女御の宮中退出、即その同行者妹君の帰邸示唆 b源氏・女君の再会の機に聴く者（読む者）好奇心昂揚 ［「けり」止め］（二9）Ⅰ◎ a女君への源氏の愛執の念の昂揚示唆 a源氏の侍者、良清・惟光の、『若紫』以来の同時再登場により、良清の播磨の明石入道親娘の奇譚披露を想起させて、それと『源氏・朧月夜の君の物語』と連関の仕方に興味誘発 b『源氏・朧月夜の君の物語』の今後の進展に聴く者（読む者）好奇心の昂揚化 b『源氏・朧月夜の君の物語』をベースにした展開に、腹心の侍者、良清・惟光両者の関わり合い示唆
7	A源氏、夫君不在の若紫の失意生活を思い、愛憐の情の昂まり（件・2） B『源氏・紫のゆかりの物語〈第二部〉』（「破」） C源氏、若紫に愛憐の情の昂まり D『源氏・紫のゆかりの物語』展開の行方に興味昂揚	光源氏 若紫	
8	A思わぬ契りの証の扇に、源氏の愛執の念の昂まり	光源氏	［無敬語表現］（三16）Ⅰ

(件・9) B『源氏・朧月夜の君の物語〈第一部〉』(「急」) C源氏、思わぬ契りの証の扇に愛執の念の昂まり1 源氏、朧月夜の君を見失って知る愛執の念の昂まりは全く未体験の懐い2 D新展開『源氏・朧月夜の君の物語』の、本流『光源氏の物語』との関わり合いの仕方に興味誘発	朧月夜の君	a源氏、思わぬ契りの証の扇に、愛執の念の昂まり b『源氏・朧月夜の君の物語』展開の長編性示唆
9		
A若紫、源氏の「思ふやう」に成長(件・15) B『源氏・紫のゆかりの物語〈第二部〉』(「破」) (『源氏・左大臣姫君の物語〈第二部〉』(「破」)) C源氏・若紫の生活に来たるべき機の予感1 若紫、源氏の「思ふやう」に成長2 源氏、男の手の愛育により、若紫生来の美質、類いなき魅力の損う懸念3 『源氏・紫のゆかりの物語〈第二部〉』のクライマックス間近の予想化4 源氏、若紫に「思ふやうならん人」像そのままの女性としての成長を夢想5 源氏、若紫に宮中の話、琴教授6 若紫、源氏の生活理解に成長7 D源氏の「思ふやう」に成長する若紫の来たるべき機に興味昂揚	光源氏 若紫 葵の上	〔草子地〕(一10)Ⅰ◎ a順調に成長する若紫に、「思やうならん人」像の本願成就の源氏の微笑み示唆 b本流『光源氏の物語』の基幹流『源氏・藤壺宮の物語』を継承する『源氏・紫のゆかりの物語〈第二部〉』のクライマックス間近示唆 〔草子地に無敬語表現融合化〕(一11三17)Ⅰ◎ a源氏、若紫の、他の女性とは全く異なる、生来の美質、類いなき魅力の保持願望示唆 b光源氏の君の、若紫をわが妻として、「思ふやうならん人」像そのままの女性としての成長を夢見る強烈な懐い示唆 〔無敬語表現〕(三18)Ⅰ a光源氏の君に対する若紫の懐いの推移示唆 b本流『光源氏の物語』の基幹流『源氏・藤壺宮の物語』を継承する『源氏・紫のゆかりの物語〈第二部

			部〉』のクライマックス間近示唆
10	A夫君（おとこぎみ）に冷対応の姫君と対照的な舅左大臣の婿君大事愛（場・28） B『源氏・左大臣姫君の物語〈第二部〉』（「破」） C北の方左大臣姫君の夫君冷対応1 源氏、「思ふやう」に成長する若紫処遇に苦悩2 源氏、北の方に愛の手枕の求め3 北の方、夫君の訴え無視4 左大臣、花宴の優れた詩文、完全な舞・楽、管絃の演奏に褒詞5 左大臣、源氏の裁量力の秀逸性賛辞6 源氏、頭中将の「柳花苑」は後世の範例、左大臣御自らの舞あればこの世の誉れの返し7 左中弁・頭中将の、音楽の遊びの興趣深さ8 D夫君冷対応の姫君と対照的な、舅左大臣の婿君大事愛の行方に聴く者（読む者）の好奇心誘発	葵の上 光源氏 左大臣 左中弁 頭中将	[草子地]（一12）Ⅰ a『若紫』第15話、源氏の瘧病（わらわやみ）加療のための北山某寺訪問時の、「頭中将をはじめ迎えの人々、奏楽の楽しみ」を想起化 b左大臣家の春クローズアップ
11	A朧月夜の君の父右大臣（件・34） B『源氏・朧月夜の君の物語〈第一部〉』（「余韻」） C朧月夜の君の苦悩1 源氏、苦悩2 『源氏・朧月夜の君の物語』の長編性示唆に興味誘発3 右大臣、万事華やかで目新しく飾り立てる人柄4	朧月夜の君 東宮（朱雀院） 右大臣 光源氏 親王達 上達部 女一の宮	[草子地]（一13）Ⅱ a人知れぬ遅咲き桜花の擬人化により、源氏・朧月夜の君の再会の機誘導 b源氏・朧月夜の君の人知れぬ恋の行方に興味誘発 [草子地]（一14）Ⅰ aこれまでの恋物語とは全く趣の異なる、おくれて咲く源氏・朧月夜の君の人知れぬ恋の行方に興味誘発

	右大臣の、本流『光源氏の物語』の物語の表舞台への登場間近示唆5 源氏の将来を懐う帝の細やかな配慮示唆6 D右大臣の、本流『光源氏の物語』への関わり合いの仕方に興味誘発	女三の宮 四位少将 桐壺院	b複雑な条件の絡み合う異色の恋物語『源氏・朧月夜の君の物語』の長編性示唆
12	A光源氏・朧月夜の君の再会（場・58） B『源氏・朧月夜の君の物語〈第一部〉』（「余韻」） C源氏の君の人目を惹く魅惑的な出で立ち1 源氏、管絃の演奏2 弘徽殿腹以外の女二宮の存在示唆3 源氏、弘徽殿方女房たちの開放感と、藤壺宮女房たちの用意ある姿勢比較4 右大臣家の女性群像の特質5 姫宮、女君たち、藤見物6 源氏、女宮・女君たちに接近7 源氏・朧月夜の君、几帳越しの和歌贈答の情念の昂まり8 D光源氏・朧月夜の君の再会のロマンの行方に興味昂揚	光源氏 朧月夜の君 親王達 上達部 女一の宮 女三の宮 女房達	[草子地]（一15）I◎ a他の来客の正装姿に対照する形で、源氏の君の直衣姿の人目を惹く魅惑的出で立ちクローズアップ a右大臣家の人々の源氏の君厚遇クローズアップ b帝意による、『紅葉賀』第2・5話「花の中将光源氏の君の「青海波（せいがいは）」の、至上美の舞の輝き」、『花宴』第2話「光源氏の君の「春鶯囀（しゅんおうでん）」の輝き」に継ぎ、右大臣家の手による光源氏の君の晴れ姿のクローズアップの仕掛け示唆 [草子地]（一16）I◎ a右大臣家の招客源氏の君の光り輝く美貌賛嘆の仕掛け示唆 b源氏の君の右大臣家との関わり合いの仕方に興味誘発 [草子地]（一17）I◎ a意中の姫君に接近する源氏の君の、胸の鼓動の高鳴り示唆 b光源氏・朧月夜の君再会の瞬間に聴く者（読む者）

のときめき感昂揚

［草子地］（一18）Ⅱ◎
a源氏の君の、自制心喪失の行動示唆
b千歳一遇の機に、情念昂揚の衝動心による行動示唆

［草子地］（一19）Ⅱ
a万事積極的姿勢の右大臣家の気風示唆
b光源氏・朧月夜の君の再会にワンステップを入れて、贈答歌による情念の昂まり示唆

［草子地に無敬語表現融合化］（一20三19）Ⅰ
a事もあろうに、源氏に根深い悪感情を抱く弘徽殿女御の同胞、父右大臣の野心を背負い、源氏の兄春宮の許に近々に入内内定の身でありながら、父の反目する左大臣の婿君を想う、この上なき複雑な条件の絡み合いの重圧実感示唆
b所詮は相添えぬ仲の紆余曲折の展開示唆
b想像に余る光源氏・朧月夜の君の哀しい「生」の行方に興味誘発

表出態別に整理すると、以下のようになる。

a『源氏・藤壺宮の物語〈第三部〉』「破」

[主題の直接表出] 8（草子地2、「けり」止め3、無敬語表現2・草子地に無敬語表現の融合化1）

草子地	帝、源氏の君重用の強い認識「破」（一3）[反語態]
	藤壺宮の心奥に秘めた光源氏の君愛の魂の叫び「破」（一4）[推量態]
「けり」止め	帝、温情味ある人柄「破」（二1）[確認態]
	藤壺宮、弘徽殿の過度の光源氏の君憎悪に不審感「破」（二2）[確認態]
	藤壺宮、光源氏の君に心惹かれるわが身の宿命の情けなき懐い反省「破」（二2）[確認態]
無敬語表現	頭中将の声調の重々しさ「破」（三2）[強調態]
	匹敵するものなき源氏の君の舞の輝き「破」（三3）[強調態]
草子地に無敬語表現の融合化	源氏の君と対照する人目を意識する頭中将の穏やかならぬ心情「破」（一1三1）[婉曲態・強調態]

[主題の誘導表出] 1（草子地に無敬語表現の融合化）

草子地に無敬語表現の融合化	帝、頭中将に舞所望、興趣深い舞に御衣下賜「破」（一2三4）[推量態・強調態]

b 『源氏・朧月夜の君の物語〈第一部〉』「急」「余韻」

[主題の直接表出] 20（草子地6、「けり」止め2、無敬語表現8、草子地に無敬語表現の融合化2、無敬語表現に草子地の融合化1、「けり」止めに無敬語表現の融合化1）

	「朧月夜に似るものぞなき」と吟唱する若く美しい声の女性の、源氏に接近「急」（一6）[話者認識態]

草子地	『源氏・朧月夜の君の物語』の長編性示唆に興味誘発「余韻」（一14）［話者述懐態］
	源氏の人目を惹く魅惑的な出で立ち「余韻」（一15 16）［話者認識態・話者述懐態］
	右大臣家の女性群像の特質「余韻」（一17）［推量態］
	源氏・朧月夜の君、几帳越しの和歌贈答の情念の昂まり「余韻」（一20）［推量態］
「けり」止め	源氏、酔い心地で情動心を誘われながらそぞろ歩き「急」（二4）［確認態］
	源氏、腹心の侍者良清・惟光に、弘徽殿同行者の詮索指示「急」（二9）［確認態］
無敬語表現	源氏、女を細殿に抱き下ろして閉扉「急」（三6）［強調態］
	女の、困惑しながらも、光源氏の君から情味なく気の強い女には見られたくない意思「急」（三8）［強調態］
	源氏、未だ知らぬ、天真爛漫な魅惑的女性に惹かれて、一方ならぬ執着心「急」（三9）［強調態］
	女、さまざまの懐いにより煩悶の容子「急」（三11）［強調態］
	積極的に源氏の君の情愛のまことを糺す女君、幽艶・優美な姿態「急」（三12）［強調態］
	源氏、女君の素姓を尋ねあぐむ間に、噂が立ち二人の仲が蹂躙される危惧心「急」（三13）［強調態］
	源氏、思わぬ契りによる心身の昂揚感「急」（三14）［強調態］
	源氏、女君を右大臣五六の君と推測「急」（三15）［強調態］

	源氏、姉の帥(そち)の宮・頭中将の北の方に興味誘発「急」（三15）［強調態］
	源氏、六の君を東宮妃とする右大臣の思惑理解「急」（三15）［強調態］
	源氏、思わぬ契りの六の君に憐憫の情「急」（三15）［強調態］
	源氏、女君の関係持続の意思理解「急」（三15）［強調態］
	源氏、思わぬ契りの証(しるし)の扇に愛執の念昂揚「急」（三15）［強調態］
草子地に無敬語表現の融合化	偶然の出逢いの源氏の求めに応える女の、若く温柔な人柄で、毅然とする心の知り得ぬを推量「急」（一8三10）［推量態・強調態］
	源氏・朧月夜の君、几帳越しの和歌贈答の情念昂揚「余韻」（一20三19）［推量態・強調態］
無敬語表現に草子地の融合化	偶然の出逢いの右大臣姫君に対する源氏の愛執推量「急」（三15-9）［強調態・推量態］
「けり」止めに無敬語表現の融合化	女君、男を宰相中将と理解して安堵感「急」（二7三7）［強調態］

［主題の誘導表出］10（草子地5、「けり」止め3、無敬語表現2）

草子地	源氏、偶然の出逢いの女に「らうた」き懐い「急」（一5）［推量態］
	源氏、偶然の出逢いの女に「らうた」き懐い「急」（一7）［推量態］
	『源氏・朧月夜の君の物語』の長編性示唆に興味誘発「余韻」（一13）［話者述懐態］
	源氏、女宮、女君たちに接近「余韻」（一18）［話者注釈態］
	源氏・朧月夜の君の事情知らぬ女房の、臨機応変・才気煥発な応答「余韻」（一

	19）［推量態］
「けり」止め	源氏、偶然の出逢いの女に「らうた」き懐い「急」（二5）［確認態］ 源氏、偶然の出逢いの女に「らうた」き懐い「急」（二6）［確認態］ 源氏、腹心の侍者良清・惟光に、弘徽殿同行者の詮索指示「急」（二8）［確認態］
無敬語表現	源氏、偶然の出逢いの女に「らうた」き懐い「急」（三5）［強調態］ 源氏、思わぬ契りの証の扇に愛執の念昂揚（三16）［強調態］

c　『源氏・紫のゆかりの物語〈第二部〉』「破」（第79話）

［主題の直接表出］3（草子地1、無敬語表現1、草子地に無敬語表現の融合化1）

草子地	若紫、源氏の「思ふやう」に成長「破」（一10）［推量態］
無敬語表現	若紫、源氏の生活理解に成長「破」（三18）［強調態］
草子地に無敬語表現の融合化	源氏、男手の愛育により、若紫生来の美質、類いなき魅力の損う懸念（一11三17）［話者述懐態・強調態］

d　『源氏・左大臣姫君の物語〈第二部〉』「破」（第10話）

［主題の直接表出］1（草子地）

草子地	左中弁・頭中将の、音楽の遊びの興趣深さ「破」（一12）［話者述懐態］

12話中、草子地・「けり」止め・無敬語表現のいずれも見えないのは、1話（第7話）で、11話は、以下のように

整理される。なお、それらは、主題の直接表出、主題の誘導表出に分けられので、ここでは直接表出の数をマル数字で示した。

物語展開	話数	件	場	単独 草子	単独 けり	単独 無敬	融合化 草子×無敬	融合化 無敬×草子	融合化 けり×無敬	
源氏・藤壺宮の物語〈第三部〉	3	2	1	2②	3③	2②	2①			9⑧
源氏・朧月夜の君の物語〈第一部〉	6	2	4	10⑥	5②	10⑧	2②	1①	1①	29⑳
源氏・紫のゆかりの物語〈第二部〉	2	2		1①		1①	1①			3③
源氏・左大臣姫君の物語〈第二部〉	1		1	1①						1①
	12	6	6	14⑩	8⑤	13⑪	5④	1①	1①	42㉛

あとがき

前書『源氏物語　草子地の考察――「桐壺」～「若紫」』（二〇一六年、新典社）は、紙幅の関係から、再校の段階で、「四　物語創出の手法」の構成の仕方の変更により、説明不足の問題が生じましたので、本書では、それをあるべき形に修正しました。

前書への数々の御教示に感謝しながら、『三条西家証本　源氏物語』の『末摘花』～『花宴』の全語りを、自立語・付属語の語義・用法に留意して音読・書写し、語りの機能・作意を納得するまで考える歩みの中で、『源氏物語』作者は、わが世界の意（こころ）を聴く者（読む者―音読）の裡に刻み、物語をリアルに展開させるために、草子地、「けり」止め、無敬語表現を適所に効果的に使う手法が再確認されました。

草子地、「けり」止め、無敬語表現の三者（帖により意図的敬語使用を入れて四者）の語りを、『源氏物語』の世界の形成に必須なものとしている作意が、五十四帖のどの帖を切り取っても指摘されます。

柔軟な感性をもたれる方々が、四者の用法に特に留意されながら、無私の心で丁寧に『源氏物語』の本文を読み返されることを提言いたします。

対聴く者（読む者）の意識を先立てて、従来のものとは味も香りも一変した、新しい物語の世界を創出する作者の演出の視座から、『源氏物語』を読み直す機ではないでしょうか。

長い道程（みちのり）の中で、必ずや、新しい理解に基づく学問的成果が生まれることを確信します。

今回も、厳しい状況の中で、本書の出版を快くお引き受けくださった新典社の皆様の、御配慮、当を得た御教示に心から御礼申し上げます。

平成三十年春

佐藤　信雅

佐藤 信雅（さとう のぶまさ）
1936年　青森県弘前市に生まれる
1963年　早稲田大学大学院文学研究科終了（修士課程）
主著『源氏物語の考察―「光君」「輝く日の宮」の物語研究序説Ⅰ―』
(1981年，笠間書院)
『源氏物語　草子地の考察――「桐壺」～「若紫」』
(2016年，新典社)

新典社研究叢書299

源氏物語　草子地の考察2
――「末摘花」～「花宴」

平成30年4月24日　初版発行

著者　佐藤信雅
発行者　岡元学実
印刷所　惠友印刷㈱
製本所　牧製本印刷㈱
検印省略・不許複製

発行所　株式会社　新典社
東京都千代田区神田神保町一—四四—一一
営業部＝〇三（三二三三）八〇五一番
編集部＝〇三（三二三三）八〇五二番
FAX＝〇三（三二三三）八〇五三番
振替　〇〇一七〇—〇—二六九三二番
郵便番号一〇一—〇〇五一番

ISBN 978-4-7879-4299-9 C3395
http://www.shintensha.co.jp/ E-Mail:info@shintensha.co.jp